The Duke and I

ブリジャートン家

1

恋のたくらみは公爵と

ジュリア・クイン 村山美雪 訳
by Julia Quinn

Raspberry Books

The Duke and I
by
Julia Quinn

Japanese translation rights arranged with
HarperCollins Publishers
through Japan UNI Agency, Inc., Tokyo.

ダネル・ハーモンとサブリナ・ジェフリーズに。ふたりがいなければ、本書を予定どおりに仕上げることはできなかっただろう。

本書に題名を提案してくれた、電子掲示板〈ロマンス・ジャーナル〉のマーサに。

そして、ポールに。あなたのダンスは棒立ちで手を取って、わたしがくるくるまわるのを見ているだけだけれど。

本書の売り上げから生じる著者の印税の一部は、全米多発性硬化症協会に寄付されます。

楽しんで、エリザベス！

ブリジャートン家１　恋のたくらみは公爵と

主な登場人物

ダフネ・ブリジャートン……ブリジャートン子爵家の長女。
サイモン・バセット……ヘイスティングス公爵。
アンソニー・ブリジャートン……現ブリジャートン子爵。サイモンの親友。
ヴァイオレット・ブリジャートン……先代ブリジャートン子爵の未亡人。
ベネディクト・ブリジャートン……ブリジャートン子爵家の次男。
コリン・ブリジャートン……ブリジャートン子爵家の三男。
エロイーズ・ブリジャートン……ブリジャートン子爵家の次女。
フランチェスカ・ブリジャートン……ブリジャートン子爵家の三女。
グレゴリー・ブリジャートン……ブリジャートン子爵家の四男。
ヒヤシンス・ブリジャートン……ブリジャートン子爵家の四女。
ナイジェル・バーブルック……上流階級の紳士。ダフネへの求婚者。
ポーシャ・フェザリントン……フェザリントン夫人。
プルーデンス・フェザリントン……フェザリントン家の長女。
フィリッパ・フェザリントン……フェザリントン家の次女。
ペネロペ・フェザリントン……フェザリントン家の三女。
フェリシティ・フェザリントン……フェザリントン家の四女。
ミドルソープ公爵……先代ヘイスティング公爵の友人。
レディ・ダンベリー……上流階級の婦人。
マックルズフィールド伯爵……コリンの友人。

プロローグ

サイモン・アーサー・ヘンリー・フィッツラヌルフ・バセット、すなわちクライヴェドン伯爵の誕生は、盛大な祝福をもって迎えられた。教会の鐘が何時間も鳴らされ、赤ん坊の住まいとなる巨大な城じゅう、所かまわずシャンパンが浴びせられ、クライヴェドンの村全体が仕事を切りあげて祝宴に興じ、この幼き伯爵の父の命《めい》により祝日と定められた。

「あの子は」パン屋は鍛冶屋《かじ》に言った。「並みの赤ん坊じゃないぞ」

それというのも、サイモン・アーサー・ヘンリー・フィッツラヌルフ・バセットは、クライヴェドン伯爵として生涯を送るわけではなかったからだ。それは単なる儀礼称号。サイモン・アーサー・ヘンリー・フィッツラヌルフ・バセット――赤ん坊にしてはおそらく最長の名の持ち主――は、イングランドでも屈指の伝統を誇る裕福な公爵家の後継ぎだった。そして、父親の第九代ヘイスティングス公爵は、この瞬間を長年待ちわびていた。

妻が出産した部屋の外の廊下で泣きわめく赤ん坊を抱いたとき、公爵の胸は誇らしさではちきれんばかりだった。すでに齢《よわい》四十を数年過ぎて、公爵や伯爵の友人たちがみな次々に後継ぎを授かる姿を目にしてきた。なかには何人か娘が続いてようやく待望の息子を授かった者もいるが、最終的には誰もがしっかりとイングランドの高貴な血統を次世代へ繋《つな》いで系図た引き伸ばしていた。

だが、ヘイスティングス公爵にはそれができなかった。妻は結婚以来十五年のあいだに五度の妊娠に恵まれたが、月満ちるまでもった子はふたりだけで、そのどちらもが死産だった。五度目の妊娠が五カ月目で流産に終わったとき、外科医も内科医も口を揃えて、もはや子をもうける営みは絶対にやめたほうがいいと公爵に忠告した。夫人自身の命を危ぶんでのことだった。夫人は華奢《きゃしゃ》で、体も弱っており、おそらくは年齢的にもきびしいだろうと、医師たちはやんわりと諭《さと》した。公爵は、バセット家が公爵位を手放さなければならないという事実をただ受け入れるしかなかった。

けれども公爵夫人は――ああ、神の祝福を――みずからの使命を悟り、半年の療養の後、夫婦それぞれの寝室を隔てるドアを開き、公爵ともうひとたび息子をもうける営みを始めた。

五カ月後、夫人は公爵に妊娠を告げた。当初は歓喜した公爵も、この妊娠をしくじらせてはならないという決意に気を引き締めた。夫人は月のものが途絶えたのに気づくとただちに寝室に引きこもった。主治医が毎日往診に呼ばれ、妊娠期も半ばに入ると、公爵はロンドンで最も高名な医師に大金を払い、診療を休ませてクライヴェドン城に仮に設《しつら》えた部屋に待機させた。

公爵にとってチャンスはその一度きりだった。必ずや息子を授かり、バセット家に公爵位をとどまらせなければならない。

公爵夫人は出産予定日のひと月前に痛みを訴え、腰の下に枕があてがわれた。お腹の赤ん坊の重みがこたえているのだと、スタッブズ医師は説明した。公爵はもっともな説明だと納得し、医師が寝室にさがると、妻の腰の下にさらに枕を入れて、二十度の傾斜に持ちあげた。夫人はその姿勢のまま残り一カ月を過ごした。

　そうしてついに、正念場を迎えた。屋敷じゅうの人々が後継ぎを待望していた公爵のために祈り、何人かは思いだしたように、お腹が大きくふくらむいっぽうで痩《や》せ細っていた公爵夫人のためにも祈った。みな期待はかけすぎないようにした——たとえ無事に出産できたとしても、当然ながら、女児であることも考えられたからだ。

　公爵夫人の叫び声がしだいに大きくなり、間隔も狭まってくると、公爵は医者や産婆や侍女の制止を振りきって妻の部屋のなかへ入っていった。そして赤ん坊の性別がわかるまで、その場を動こうとはしなかった。

　頭が現れ、それから肩が出てきた。全員が身を乗りだして見守るなか、公爵夫人が力を振り絞っていきむと……。

　そのとき公爵は、この世に神が存在し、バセット家にいまなお微笑みかけてくれていることを知った。産婆に一分ほどで赤ん坊を洗わせてから、自分の腕に引きとって大広間へ連れていき、息子を掲げて見せた。

「息子を授かったぞ！」公爵は高らかに告げた。「完璧な男子だ！」

　使用人たちが歓声をあげ、安堵の涙を流し、公爵はほんの小さな伯爵を見おろして言った。

「おまえは完璧だ。バセット家の男子。わたしのものだぞ」

ほんとうなら赤ん坊を外に連れていって、ついに自分が健康な男子を授かったことをみなに知らしめたかったが、四月初めの風は少しばかり冷たかったので、産婆の手で赤ん坊を母親のもとへ戻させた。公爵は自慢の去勢馬にまたがり、わが身の幸運をそこらじゅうの人々に叫び、触れまわった。

そのあいだに、公爵夫人は出産時の出血が止まらず、意識不明に陥って、ついには静かに息を引きとった。

公爵は妻の死を悼《いた》んだ。心から悲しんだ。恋人としては妻を愛してはいなかったし、妻も自分を愛してはいなかったが、ふたりは微妙な距離を保って友人同士の絆《きずな》を築いていた。公爵は後継ぎの息子をもうけることをなにより望み、妻はそれに応えてりっぱに務めを果たしてみせたのだ。公爵は季節に関係なく、毎週、墓碑の台座に新しい花を供《そな》え替え、居間に飾っていた妻の肖像画をひときわ映える階段上の広間に移した。

それから、公爵は息子を育てることに精力を傾けた。

もちろん、最初の一年はたいしたことはできなかった。赤ん坊ではさすがに領地の統治や責務を教えることはできないので、サイモンの世話を乳母にまかせてロンドンへ行き、親となる喜びに恵まれる前と同じ生活を続けつつ、誕生後まもなく描かせた息子の細密画を誰にでも――国王にさえ――見せびらかすことは忘れなかった。

公爵はたびたびクライヴェドンを訪れていたが、サイモンが二度目の誕生日を迎えたのを機に、いよいよみずから幼い息子の教育に取り組もうと戻ってきた。ポニーを手に入れて、将来の狐狩りに備えて小型銃を見つくろい、家庭教師はほぼすべての教科ごとに揃えた。

「幼くて、まだそこまでは無理ですわ！」乳母のホプキンズは抗議した。

「何をばかなことを」ヘイスティングス公爵は見下したように言い放った。「むろん、すぐに身につくとは思っておらんが、公爵の心得を学ぶのに早すぎることはない」

「この子は公爵ではありません」乳母はつぶやいた。

「将来、そうなるではないか」ヘイスティングスは乳母にくるりと背を向けて、積み木で床に不格好な城をこしらえていた息子のそばにしゃがんだ。数カ月ぶりにクライヴェドンを訪れた公爵は、サイモンの成長ぶりに目を細めた。艶やかな褐色の髪に澄んだ青い目をした息子は、逞《たくま》しく元気に育っている。

「何をこしらえているのだ？」

サイモンはにっこりして指差した。

ヘイスティングスは乳母のホプキンズを見やった。「この子は話せないのか？」

乳母が首を横に振る。「まだ話せません、旦那様」

公爵は眉をひそめた。「二歳だぞ。もう話せても良いころではないのか？」

「旦那様、もっと長くかかる子もいます。聡明なご子息であるのは間違いございません」

「聡明なのはあたりまえだ。バセット家の人間なのだからな」

ホプキンズはうなずいた。公爵がバセット家の血統の優秀さを語るときには、乳母は必ずうなずいた。「おそらく」と切りだした。「まだお話しになりたいことがないだけなのでしょう」

伯爵はなお納得しかねる顔をしながらも、サイモンにおもちゃの兵隊を手渡して頭を撫でると、ワース卿から買い入れた新たな雌馬をしつけるため屋敷を出ていった。


けれどもさらに二年が過ぎ、公爵はのんびりかまえてはいられなくなってきた。

「どうして、息子は喋《しゃべ》らないのだ？」ヘイスティングスは声高に訊いた。

「わかりません」乳母が両手を擦《こす》りあわせながら答えた。

「いったい、息子に何をした？」

「何もしておりません！」

「おまえがきちんと仕事をしていれば、息子は」――公爵はサイモンのほうへいらいらと指を突きつけた――「話せるはずだろう」

小さな机で文字を書く練習をしていたサイモンが、そのやりとりを興味深そうに見つめた。

「だいたい、あの子はもう四歳なのだぞ」公爵はがなり立てた。「話せて当然だろう」

「書くことはおできになります」乳母が即座に答えた。「わたしは五人の子供を育てましたけれど、サイモン坊ちゃまのように手紙を書ける子はおりませんでした」

「話せなければ、どれほど文字が書けようと意味があるまい」ヘイスティングスは目に怒りをたぎらせてサイモンを振り返った。「おい、わたしに話してみろ！」

サイモンは下唇をふるわせて身を縮こまらせた。

「旦那様！」乳母が声を張りあげる。「子供を怖がらせてはなりません」

ヘイスティングスはさっと向きなおった。「おそらく、叱ることが必要なのだ。この子に足りないのは、しっかりとしたしつけに違いない。多少、痛めつけたほうが声も出るのかもしれん」

公爵は乳母がサイモンの髪を梳《と》かすのに使っている銀の背のブラシをつかんで、息子ににじり寄った。「わたしがこの愚か者に口をきかせてやる――」

「やだ！」

乳母は息を呑んだ。公爵はブラシを落とした。ふたりとも、サイモンの声を聞いたのはこれが初めてだった。

「なんと言ったのだ？」公爵は目に涙を溜めて囁《ささや》いた。

サイモンは両脇に握りこぶしを垂らし、小さな顎《あご》を突きだして口を開いた。「ぶ、ぶ、ぶぶぶ――」

公爵の顔が死人のように青ざめた。「何を言いたいのだ？」

サイモンがふたたび言葉を継ごうとする。「ぶ、ぶ、ぶ、ぶた――」

「なんてことだ」公爵は愕然としてつぶやいた。「こいつは能無しだ」

「能無しなどではありません！」乳母は叫んで、少年を抱きしめた。

「ぶ、ぶ、ぶ、ぶたた、たた」――サイモンは大きく息を吸い込んだ――「ないで」

ヘイスティングスは窓ぎわの椅子にどさりと腰をおろし、両手に顔をうずめた。「わたしが何をしたというのだ？　いったいどうしてこんなことに……」

「坊ちゃまを褒《ほ》めてさしあげるべきです！」乳母のホプキンズは主人を諭した。「四年間、旦那様はこの日をずっと待ってらしたんじゃありませんか。だったら――」

「こいつは愚か者なのだぞ！」ヘイスティングスがわめく。「まったく、どうしようもない愚か者だ！」

サイモンが泣きだした。

「このヘイスティングスの爵位ができそこないに渡るとは」公爵は嘆いた。「何年も後継ぎを授かることを願ってきたというのに、すべては水の泡と消えた。爵位は従弟《いとこ》にゆずるべきであろう」父に強く見せようと鼻を啜《すす》って涙をぬぐう息子に背を向けた。「こいつの顔すら見たくない」嘆息を漏《も》らす。「顔を見るのも耐えられん」

そう言い放ち、公爵はつかつかと部屋をあとにした。

乳母のホプキンズは少年をしっかと抱きしめた。「あなたは愚か者などではないわ」強い口調で囁きかけた。「あなたは誰より利口な男の子よ。あなたなら、絶対にきちんと話せるようになるわ」

サイモンは乳母の温かい腕に抱かれて泣きじゃくった。

「お父様を見返してやりましょう」乳母は誓った。「なんとしてでも、旦那様にさっきの言葉を撤回させてやるわ」

乳母のホプキンズは、たしかにその誓いを果たそうとした。ヘイスティングス公爵がロンドンへ行ったきり、息子などいないふりを決め込んでいるあいだ、起きているときは四六時中サイモンに寄り添い、単語をひとつずつ発音させ、うまくできれば大いに褒めて、失敗すれば励ましの言葉をかけた。

ゆっくりではあるものの、サイモンの話し言葉は進歩していった。六歳になるころには、「や、や、や、や、やめて」が、「や、や、やめて」に縮まり、八歳になると、一文をつかえずに話せるようになった。動揺したときにはまだ口ごもるので、そのたびに乳母は、気を落ち着けて話したい言葉をひとつずつ思いだすよう言い聞かせた。

とはいえ、サイモンは意志が強く、賢かったし、なにより最も重要なのは、すこぶる頑固であることだった。一文を学ぶ前には必ず息継ぎを確かめて、声に出す前に必ずその言葉の意味を考えた。正確に発音できたときの口の感触を覚え、うまくいかなかったときにはどこが悪かったのかを解き明かそうとした。

そしてついに十一歳に達したとき、サイモンは乳母のホプキンズと向きあって、しばし自分の考えをまとめてから言った。「もう、父に会いに行けると思うんだ」

乳母はさっと見あげた。公爵はこの七年、息子に目を向けようとはしなかった。しかも、サイモンが送った手紙には一度も返事をよこしたことがない。

サイモンは百通近くもの手紙を送ったというのに。

「ほんとうにそう思うのですね?」乳母は尋ねた。

サイモンはうなずいた。

「そういうことなら承知しました。馬車を手配します。明日《みょうにち》、ロンドンへ発ちましょう」

一日半をかけ、ふたりの乗った馬車は夕方近くにバセット館《ハウス》に到着した。賑やかなロンドンの街並みをもの珍しそうに眺めるサイモンを、乳母のホプキンズが踏み段の上へ導いていった。ふたりともバセット館を訪れたことはなかったので、玄関前にたどりついたところで、乳母はほかに手立てもわからず、ノックした。

何秒も経たずに玄関扉がすばやく開かれ、いかにもいかめしい執事がふたりを見おろした。

「届け物は」執事はそっけなく言い、扉を閉めようと手をかけた。「裏口にまわりなさい」

「待って!」乳母はとっさに叫んで扉口に足を差し入れた。「使用人ではないわ」

執事が横柄な目つきでまじまじと彼女の服を眺めた。

「いえ、わたしは使用人だけれど、この方は違うわ」サイモンの腕をつかんで前へ押しだす。「クライヴェドン伯爵よ。きちんと敬意をもって対応してくださいな」

執事はまさしく口をぽかんとあけて、幾度か目をしばたたいてから言った。「クライヴェドン伯爵はお亡くなりになったはずでは」

「なんですって?」乳母は甲高い声をあげた。

「こんなことがあるもんか!」サイモンは叫んで、十一歳の少年としては精一杯の憤りをぶつけた。

執事は改めてサイモンに目をやって、すぐさまバセット家の面差しを見てとり、ふたりを屋敷のなかへ迎え入れた。

「どうして、ぼくが死、死んだと思ったんだい？」サイモンは尋ねた。言葉をつかえたことにいらだちながらも驚きはしなかった。怒ると必ず、つかえやすくなってしまうのだ。

「わたしからはお答えしかねます」執事は言った。

「つまりはおおよそ」乳母が即座に言葉を返した。「この年ごろの子には言えないようなことだというわけね」

執事はしばし押し黙り、ようやく口を開いた。「旦那様はここ何年も、ご子息についてお話しになっていません。最後にお聞きしたのは、息子はいないというお言葉でした。とてもつらそうにおっしゃられたので、それ以上誰もお尋ねすることはできませんでした。それで、わたしたち——使用人たちは、あなた様がこの世を去られたものと思い込んでいたのです」

サイモンは顎がこわばり、喉が激しくふるえるのを感じた。

「旦那様は喪《も》に服されていたわけではないのでしょう？」乳母は問いただした。「そんなことにも頭がまわらなかったの？　息子が亡くなったのなら、父親は喪に服すはずでしょう？」

執事は肩をすくめた。「旦那様は日ごろからよく黒い服をお召しになっているのです。喪に服されているからといって、服装が変わられるわけではないので」

「これは侮辱よ」乳母のホプキンズが言う。「旦那様をすぐにお呼びください」

サイモンは無言だった。必死の思いで、感情を抑えようとしていた。抑えなくてはいけない。こうして胸がどきどき騒いでいるあいだは、父と話せるはずがないのだから。

執事がうなずいた。「旦那様は階上《うえ》にいらっしゃいます。すぐに、おふたりのご到着を知らせてまいります」

乳母は荒々しく歩きだした。ぼそぼそと文句をつぶやき、恐るべき語彙《ごい》の豊富さを発揮して、主人に対するあらゆる罵詈《ばり》雑言《ぞうごん》を唱えた。サイモンは部屋の中央にとどまり、怒りでこわばった腕を両脇にぴんと伸ばして、大きく息を吸い込んだ。

できるぞ、と自分自身を奮い立たせる。おまえなら、できる。

乳母は振り返って、サイモンが気を鎮めようとしているのを見て、はっと息を呑んだ。「そう、それが大切よ」すばやく言うと膝《ひざ》をついて、少年の両手を握った。気が鎮まらないうちに父と対面すれば、サイモンがどのようになるのかは乳母が誰より承知していた。「深く息を吸って。そして、しっかり言葉を考えてから話すのよ。気を落ち着けさえすれば――」

「まだそうやって甘やかしておるのか」戸口から横柄な声がした。

乳母のホプキンズはすっと立ちあがり、ゆっくりと振り返った。礼儀をわきまえた言葉を探そうとした。このひどく気詰まりな空気をやわらげる言葉を懸命に考えた。でも、公爵の姿を目にして、そこにサイモンの面差しを見てとったとき、怒りがふたたび沸《わ》きあがってきた。公爵は姿こそ息子とそっくりだけれど、父親らしいことをまるでしていない。

「旦那様、あなたは卑劣です」乳母は吐き捨てた。

「ご婦人、きみを解雇する」

乳母はよろりとあとずさった。

「このヘイスティングス公爵にそのような物言いをする者は許さん」公爵は声を荒らげた。

「誰であろうと！」

「国王でもですか？」サイモンはあざけるように言った。

ヘイスティングスがさっと振り返った。息子がはっきりと話したことにも気づかずに。

「おまえ」低い声でつぶやいた。

サイモンはそっけなくうなずいた。短くはあるけれど一文をどうにかきちんと発音できた。とはいえ調子に乗るわけにはいかなかった。こんなふうに動揺してさえいなければ。ふつうの状態であれば、何日でもつかえずに話し続けられるけれど、いまは……。

父親にじっと見つめられ、自分が幼児であるような気分に陥った。なす術も思いつけない幼児に。

するとたちまち舌が重く、動きにくく感じてきた。

公爵が冷ややかに微笑んだ。「自分自身に何か言い聞かせなければならんのか、坊主？何か唱えなければならんのか？」

「大丈夫よ、サイモン」乳母のホプキンズが囁きかけて、怒りに満ちた目を公爵に向けた。

「挑発されてはだめ。ほうら、あなたならできるわ」

ところが乳母の励ましの言葉がますます状況を悪化させた。サイモンは父に自分の能力を示すためにやって来たというのに、乳母に赤ん坊のようにあつかわれている。

「どうした？」公爵があざけった。「猫に舌を抜かれたか？」

サイモンは腕に力を込めるあまりふるえだした。

父と息子は永遠にも感じるほど長く互いに見つめあい、とうとう公爵が毒づいてドアのほうへすたすた歩きだした。「おまえはわたしの最たる汚点だ」息子をなじった。「なぜ、おまえなどをもうけるはめになったのかはわからんが、二度とおまえと会わずとも、神はお許しくださるだろう」

「旦那様！」乳母のホプキンズは憤然と声を張りあげた。「けっして子供に言ってはならないことがある。

「わたしの見えるところに連れて来るな」公爵は乳母に言い放った。「こいつをわたしから遠ざけておくのなら、いつまででも仕事を続けてかまわん」

「待って！」

サイモンの声に公爵がゆっくりと振り返った。「何か言ったか？」間延びした口調で言う。

サイモンはぎゅっと口をつぐんだまま、鼻から三度深い呼吸を繰り返した。顎《あご》をゆるめ、上顎に舌を擦らせて、きちんと話せるときの感覚を取り戻そうとした。公爵がまた去りかけたとき、ようやく口を開いて言った。「ぼくはあなたの息子だ」

サイモンは乳母の安堵のため息を聞き、父の目にそれまでなかったものが花開くのを見た。

誇り。はっきりとではないものの、それが奥底に潜んでいるのを見てとり、サイモンの胸にかすかな希望が芽生えた。

「ぼくはあなたの息子だ」もう一度、今度はもう少し大きな声で言った。「それに、ぼくは、愚か、か――」

突如、喉が詰まった。それでサイモンはパニックに陥った。できるはずだ。おまえならできる。

けれど喉が苦しくなり、下はもつれて、父の目が狭《せば》まりはじめた……。

「ぼくは、愚か、か、か――」

「うちへ帰れ」公爵は低い声で言った。「ここはおまえのいる場所ではない」

父の拒絶はサイモンの骨身に染み入った。尋常ではない痛みが体に入り込み、じわじわと心臓に達するのを感じた。そして、憎しみが体を満たして目からあふれだしたとき、サイモンは固く誓った。

どうせ父が望む息子になれないのなら、神に誓って、けっして望まれない息子になってやる……。

1

『ブリジャートン家は貴族社会のなかでも抜きんでて多産な一族だ。亡き子爵と子爵未亡人の勤勉さには感心するが、子供たちへの陳腐《ちんぷ》な名づけ方だけはどうもいただけない。アンソニー、ベネディクト、コリン、ダフネ、エロイーズ、フランチェスカ、グレゴリー、ヒヤシンス――むろん、何事につけ順序どおりは便利がいいが、聡明な子爵夫妻のこと、なにも子供たちにアルファベット順の名をつけずとも、きちんと見わけられたはずであろう。

そのうえ、子爵未亡人と八人の子供たちがひと部屋に勢ぞろいした光景を見たならば、同じ人間がふたり、いや三人、あるいはさらにいるような恐怖に襲われかねない。筆者はいまだ、滑稽なほどそっくりなこの子供たちが一同に会した場面は見ていない。目の色まで書き留める暇《ひま》はとれないが、八人とも同じような骨格で、同じような濃い栗色の髪をしている。流行りの髪色をしたひとりっ子の母とは異なり、この子供たちの有利な結婚相手を探し求めねばならない子爵未亡人を気の毒に思わずにはいられない。ただし、これほどそっくりな一族には強みもある――八人とも間違いなく、正真正銘の嫡出子であるということだ。

ああ、読者のみなさま、誠実なる筆者は、すべての大家族の子供たちもそうであることを祈りたい……』

一八一三年四月二十六日付〈レディ・ホイッスルダウンの社交界新聞〉より

「もおうううう！」ヴァイオレット・ブリジャートンは一枚刷りの新聞紙を丸め、優美な客間の向う側に力いっぱい投げつけた。

娘のダフネは賢明にも沈黙を守って、刺繍《ししゅう》に熱中しているふりをした。

「彼女が書いたことを読んだ？」ヴァイオレットがきつい調子で訊く。「ねえ、読んだの？」

ダフネは、マホガニーの側卓の下に落ちた、丸まった新聞紙に目をくれた。「だって、お母様が読み終えるまでは見せてもらえないじゃない」

「だったら、読んでごらんなさい」ヴァイオレットは嘆き声で言って、片腕を大げさに振ってみせた。「あのご婦人に、わたしたちがどれほど中傷されているのかを」

ダフネはしとやかに刺繍道具を置くと、側卓の下に手を伸ばした。膝の上で新聞紙の皺《しわ》を伸ばし、自分の一族についての段落を読む。目をしばたたかせて顔を上げた。「それほど悪いことは書いてないじゃないの、お母様。実際、先週のフェザリントン家の記事に比べれば、どう見ても褒《ほ》め言葉だわ」

「わたしがあなたの花婿を探しているからといって、どうして彼女に、あなたたち子供の名前をけなされなくてはいけないの？」

ダフネは無理やり息を吐きだした。ロンドンの社交界に出て二シーズン目ともなると、

〝花婿〟という言葉を聞いただけでも、こめかみがずきずきしてくる。ぜひとも結婚したいのに、熱烈な恋愛結婚にこだわっているわけでもない。けれど、せめて少しは愛情を感じてくれる人を夫にしたいと思うのは、それほど贅沢なことだろうか？

　これまでのところ、四人の男性に結婚を申し込まれたものの、残りの人生をともに生きる相手として考えたとき、そのうちの誰とも添い遂げられるとは思えなかった。そこそこいい夫になりそうだと思える男性はたくさんいるのだけれど、問題はそのうちの誰ひとりとして、自分には関心を示してくれないということだ。もちろん、たしかにみな自分を好いてくれる。ダフネは誰にでも好かれた。誰にでも、楽しくて心やさしく、機転が利くと思われているし、つまらない相手だなどとはけっして思われないのだが、同時に、目がくらむほど美しいとか、そばにいるだけでぼうっとして話せなくなるとか、賛美する詩を書きたくなると言ってくれる男性もいなかった。

　男性はぎょっとさせられるような女性にしか興味を惹かれないのだろうと、ダフネは苦々しく思った。自分のような女性を口説きたくなる男性はいないらしい。男性はみな好意を抱いてくれて、口でもそう言うけれど、それはとても話しやすく、つねに男性の気持ちを汲み取ってくれると思われているからのようだ。ダフネがそこそこいい夫になりそうだと思っていた男性のひとりは言った。「すごいよ、ダフ。きみは並みの女性とは違う。なんてまともな人なんだ」

　男性がその足で人気のブロンド美人を追いまわしに向かわなければ、それも褒め言葉と信じられたかもしれない。

ダフネはふっと見おろして、手をきつく握りしめていたことに気づいた。それから目を上げると、母があきらかに返事を待ちかまえて、こちらをまじまじと見つめている。すでに息を吐きだしてしまったあとなので、空咳《からぜき》をしてから言った。「レディ・ホイッスルダウンのささいなコラムが、わたしの花婿探しの妨げになるわけではないわ」

「ダフネ、もう二年目なのよ！」

「でも、レディ・ホイッスルダウンの新聞は発刊されてまだ三カ月なのだから、彼女のせいにはできないわよね」

「誰のせいにするかは、わたしが決めます」ヴァイオレットはつぶやいた。

ダフネはさらにきつくこぶしを握りしめて、反論をこらえた。母が心から自分のためを考えてくれていることも、愛してくれていることも承知している。そして、自分も母を愛している。事実、ダフネが結婚適齢期を迎えるまで、ヴァイオレットはたしかにすばらしい母親だった。いまでもそうではあるのだけれど、ダフネのあとにまだ嫁がせなければならない娘が三人いることを嘆くときだけはべつだった。

ヴァイオレットはほっそりとした手で胸を押さえた。「彼女は、あなたたちの生まれを中傷しているのよ」

「違うわ」ダフネはゆっくりと言った。母に異を唱えるときは必ず、慎重に言葉を選ぶことが肝心だ。「現に彼女は、わたしたちが全員あきらかに、嫡出子だと書いてるわ。つまり、貴族の大家族が必ずしもそうとはかぎらないと言いたいのよ」

「そんな話題を持ちだす必要はないでしょう」ヴァイオレットは鼻息を吐いた。

「お母様、彼女はゴシップ紙の書き手なのよ。そういう話題を持ちだすのが仕事だわ」

「実在するかどうかもあやしいわ」ヴァイオレットは腹立たしげに言い添えた。いったん両手を華奢な腰にあてたあと、思いなおして人差し指を振り動かす。「ホイッスルダウンだなんて！　ホイッスルダウン家なんて聞いた覚えがないのよ。この下劣な女性が誰であれ、ほんとうにわたしたちの一員なのかしら。こんなはしたない偽りを書けば、お里が知れるというものだわ」

「間違いなく、わたしたちの一員よ」ダフネは褐色の目をおどけた表情で満たして言った。「貴族でないとすれば、この新聞に書いてあるような事情に通じているはずがないもの。窓から覗《のぞ》いたり、戸口で立ち聞きしたりする詐欺《さぎ》師のような人だと思う？」

「その言い方は感心しませんよ、ダフネ・ブリジャートン」ヴァイオレットは言って、目を狭めた。

ダフネは笑みを噛《か》み殺した。〝その言い方は感心しませんよ〟は、子供たちとの会話で言い負かされそうになったときの母の決まり文句なのだ。

でも、母をからかうことほど愉快なこともない。「わたしは驚かないわ」小首をかしげて続けた。「レディ・ホイッスルダウンが、お母様の友人のひとりだったとしても」

「口を慎みなさい、ダフネ。わたしの友人に、こんな下品なことをする人はいませんよ」

「わかったわよ」ダフネは折れた。「たぶん、お母様の友人ではないのよね。でも、わたしたちの知っている人ではないかしら。よそ者では、新聞に書かれているような情報を入手できるはずがないもの」

ヴァイオレットは腕を組んだ。「彼女にはこの仕事からすっぱり手を引いてもらいたいわ」

「ほんとうにそう思うのなら」ダフネは指摘せずにはいられなかった。「彼女の新聞を買って、わざわざ助けるようなことはしなければいいのよ」

「それで、どうなるというの？」ヴァイオレットがまくしたてる。「ほかの人はみんな読んでいるのよ。わたしひとりが買うのをやめたところで、ほかのみんなが最新のゴシップを読んでくすくす笑っているんですもの、わたしが無知だと思われるだけのことでしょう」

それは言えている、とダフネは心のなかで同調した。流行りに敏感なロンドンの街はすっかり〈レディ・ホイッスルダウンの社交界新聞〉に毒されている。この謎めいた新聞が貴族社会の全世帯の玄関先に届くようになったのは三カ月前に遡《さかのぼ》る。それから二週間続けて、月曜、水曜、金曜に勝手に届けられた。そうして、三週目の月曜日、ロンドンじゅうの執事たちが当然のように待ちかまえていると、それまで〈ホイッスルダウン〉を無料で配っていた新聞配達の少年たちが、一部五ペニーという法外な値段でゴシップ紙を売りつけてきたのだ。

ダフネは正体不明のレディ・ホイッスルダウンなる人物の才知に、感嘆せずにはいられなかった。彼女は、すべての貴族がゴシップ紙にのめり込むまで待って、販売を始めた。誰もがやむなく新聞代を払い続け、どこかの詮索好きな女性が富をどんどん増やしている。

ヴァイオレットが部屋を歩きまわって、なお家族への忌まわしい侮辱に文句をこぼしているあいだ、ダフネは母が自分のほうへ注意を向けていないことをたしかめてから、ゴシップ紙に目を落として残りの記事を詳しく読みだした。〈ホイッスルダウン〉――いまでは一般にそう呼ばれている――には、社交界のニュース、痛烈な指摘、たまには褒め言葉など、好奇心をそそる様々な論評が書かれている。従来の社交界新聞と大きく異なるのは、筆者が当事者の名前を実名でそのまま記していることだ。S卿、G嬢といった伏せ字は使われていない。レディ・ホイッスルダウンが誰かの話題を取りあげるときには、実名で記される。当の貴族たちは名誉を傷つけられたと嘆きつつ、内心ではそこに惹きつけられていた。

ダフネの手もとにある最新号も、典型的な〈ホイッスルダウン〉だった。ブリジャートン家についての短い記事――内実、家族の紹介に過ぎない――のほかに、レディ・ホイッスルダウンは昨夜の舞踏会での出来事を詳しく伝えていた。ダフネは妹の誕生日だったため、その舞踏会には出席していなかった。誕生日は盛大に祝うのがブリジャートン家の習慣なのだ。そして、八人の兄弟姉妹がいるということは、それだけ祝う誕生日も多くなる。

「そんなくだらないものを読みふけって」母が不満げに言った。

ダフネはやましさはまるで感じずに目を上げた。「きょうの記事はとてもよく書けているわ。ゆうべ、セシル・タンブレイがシャンパングラスの塔を倒してしまったんですって」

「あらそう？」母が無関心を装って答えた。

「ええ、ふうん」ダフネは続けた。「ミドルソープ家の舞踏会について、うまいことが書いてあるわ。誰がどんなものを身につけていたかを記述しているのだけれど――」

「彼女のことだから、自分の寸評を書かずにはいられないはずだわね」ヴァイオレットが口を挟む。

　ダフネはいたずらっぽく微笑んだ。「ほら、これ、お母様。たしかに、フェザリントン夫人はいつも紫色のひどい衣装を身につけているものね」

　ヴァイオレットは笑みをこらえていた。子爵未亡人として、母として、ふさわしい落ち着きを保とうとしながらも、その口角が引きつっているのが、ダフネには見てとれた。けれど二秒と経たずににこやかに微笑むと、娘の隣りのソファに腰をおろした。「見せてちょうだい」そう言って、さっと新聞を取りあげる。「ほかにはどんなことがあったのかしら？　重要なことを見逃すわけにはいかないわ」

　ダフネは言った。「ねえ、お母様、レディ・ホイッスルダウンが報告してくれさえすれば、夜会には実際に出席しなくてもいいくらいよね」新聞のほうを手ぶりで示す。「まるで、ほんとうにそこにいたみたいに詳しくわかるんですもの。ひょっとしたら、出席者よりも詳しいかも。ゆうべは、舞踏会よりもうちのほうがご馳走だったのはたしかね。ねえ、返して」

　ダフネがひったくると、ヴァイオレットの手に新聞の角の切れ端が残った。

「ダフネ！」

　ダフネはおどけた調子で正義を主張した。「わたしが読んでたんだもの」

「もう！」

「ねえ、聞いて」

ヴァイオレットは身を乗りだした。

ダフネが読みあげる。「『放蕩者のクライヴェドン伯爵が、ついにロンドンの社交界に登場する気になったようだ。まだ正式な夜会へは出席していないが、新たにヘイスティングス公爵位を継いだ彼の姿が、〈ホワイツ・クラブ〉で何度か、〈タッターソールズ・クラブ〉で一度、目撃されている』」ひと息つく。「『かの公爵は六年間、国外に滞在していた。先代の公爵が亡くなってすぐに舞い戻ったのは単なる偶然なのだろうか？』」

ダフネは目を上げた。「なんだか、失礼な書き方だと思わない？　クライヴェドン伯爵はアンソニーお兄様のご友人のひとりではなかった？」

「いまはヘイスティングス公爵だけれども」ヴァイオレットが習慣的に訂正した。「ええ、そうよ。ふたりはオックスフォード大学時代に親しくしていたはずだわ。たしか、イートン校のときから」眉根をぎゅっとひそめ、青い目をすがめて思いめぐらせた。「わたしの記憶では、ちょっと問題のある子だったわ。ずっと父親と不仲だったの。けれども、とても優秀だという評判だった。数学の最優等の学位を取ったとアンソニーが話していたはずよ。まったくほんとうに……」母親らしく目をぐるりとまわして付け加える。「わが子の誰かがそうだったと言えればいいのに」

「もう、お母様ったら」ダフネがすましてなだめた。「もしオックスフォードが女性の入学を認めてくれさえすれば、わたしが最優等を取ってあげるのに」

ヴァイオレットが鼻で笑う。「家庭教師が体調を崩したときに、わたしがあなたの算数の答案を添削してあげたわよね、ダフネ」

「あら、だったら、たぶん歴史なら自信があるわ」ダフネはにっこりして言った。手もとの新聞に目を戻し、新しい公爵の名前を眺めた。「なんだか面白そうな人ね」とつぶやく。

ヴァイオレットはさっと娘に視線を向けた。「あなたの年ごろの若い娘には、彼のような人はまるでふさわしくありません」

「わたしの年ごろなんて妙な言い方だわ。アンソニーお兄様のお友達と会うには若すぎて、良縁に恵まれるには苦労するほど歳をとりすぎてるだなんて、くるくる変わるのね」

「ダフネ・ブリジャートン、その言い方は――」

「――感心しませんよ、でしょう」ダフネはにっこりした。「でも、わたしを愛してくれているのよね」

ヴァイオレットは温かな微笑みを浮かべ、ダフネの肩を抱きしめた。「天に誓って、愛してるわ」

ダフネは母の頬に軽くキスをした。「母親って因果なものよね。どんなに手を焼かせる子供たちでも、愛さずにはいられないのですもの」

ヴァイオレットはふっとため息をこぼした。「あなたもいつか子供を授かれば――」

「――わたしのように、でしょう」ダフネは昔を懐かしむように微笑み、母の肩に頭をあずけた。母はかなり詮索好きなきらいがある。かたや父は、社交界の催し事よりも猟犬や狩りのほうに熱中していたが、ふたりは愛と笑いと子供たちに満たされ、温かい家庭を築いていた。「わたしのことだから、お母様の例にならうどころか、山ほど失敗してしまいそう」ダフネはつぶやいた。

「もう、ダフネったら」ヴァイオレットは目を潤《うる》ませて言った。「なんて嬉しいことを言ってくれるのかしら」

ダフネは栗色の髪の房を指に巻きつけて、にっこりすると、感傷的な空気をおどけた調子でやわらげた。「ねえ、結婚して子供を授かるところまでは喜んでお母様を見習うけれど、八人も授かる必要はないわよね」


まさに同じころ、ブリジャートン家の女性たちが話題にしていた新しいヘイスティングス公爵、サイモン・バセットは紳士の会員制クラブ〈ホワイツ〉に腰を据えていた。同伴者は、ほかでもないダフネの長兄、アンソニー・ブリジャートンだった。ともに長身で筋骨逞《たくま》しく、濃い褐色の髪のふたりは、ひときわ目を引いた。ただし、アンソニーの目が妹と同じ深い暗褐色であるのに対し、サイモンの目は氷のように薄青く、視線には驚くほどの鋭さがある。

なによりその目が、警戒されてしまう評判の原因だった。その澄んだ揺るぎない目で見つめられると、男性たちは落ち着きをなくし、女性たちはまず間違いなく、ふるえあがる。

でも、アンソニーはべつだった。ふたりは長年の友人で、サイモンが眉を吊りあげて冷たそうな目を向けても、アンソニーはただ笑っていた。「なんたって、おまえが便器に頭を入れてるところを見てしまったからな」かつてアンソニーはサイモンに言った。「あれ以来、どうも、おまえの話をまじめに聞けないんだ」

そのときサイモンはこう答えた。「ああ、だがそもそも、あの芳《かぐわ》しい容器におれの頭を押さえつけていたのはおまえだぞ」

「ああ、たしかにわが栄光の瞬間のひとつだな。ところが翌晩、ベッドに鰻《うなぎ》を山ほど入れられて、おまえに復讐された」

サイモンはそのふたつの出来事とそれにまつわる会話を思いだして、笑みを漏らした。アンソニーは窮地にみずから進んで味方についてくれるような親友だ。サイモンがイングランドに戻ってきて最初に訪ねた相手でもあった。

「おまえが帰ってきてくれて、ほんとうに嬉しいよ、クライヴェドン」〈ホワイツ〉のテーブルにつくとすぐにアンソニーが言った。「おっと、だがもうヘイスティングスと呼べと言われそうだな」

「やめてくれ」サイモンはやや語気を強めて言った。「ヘイスティングスの名はどうしても父を連想させる。父はそれ以外の名で呼ばれても答えなかったんだ」ひと呼吸おく。「父の称号を引き継ぐことになるのは仕方ないが、父の名では呼ばれたくない」

「仕方ない?」アンソニーはわずかに目を広げた。「男ならたいがい、公爵位を引き継げるとなれば、そんな投げやりな言い方はしないぞ」

サイモンは豊かな髪を片手で掻きあげた。本来なら、継承権のありがたみを噛みしめ、バセット家の輝かしい歴史に確固たる誇りを持つべきなのだろうが、じつのところ、心を悩ませるだけのものに過ぎなかった。これまでずっと父の期待にそむく人生を送ってきた。それなのにいまさら、父の名を裏切らずに生きようとするのはばかげている気がする。「ただの重荷でしかないんだ」サイモンはようやくぼそりと答えた。

「いやでも慣れてくる」アンソニーは説き伏せるように言った。「なにしろ、誰もがおまえのことをそう呼ぶようになるのだから」

サイモンはそのとおりだとは思いつつ、はたしてその称号の重みに耐えられるのかは疑問だった。

「まあ、なにはともあれ」アンソニーは友の心情を慮《おもんぱか》って、答えにくそうな話題にはそれ以上触れなかった。「おまえが帰ってきてくれて嬉しいんだ。今度、舞踏会で妹に付き添うときには、少しは安らげそうだからな」

サイモンは背をもたれて、長く筋肉質な脚を組んだ。「聞き捨てならない発言だな」

アンソニーが片眉を持ちあげた。「続きを聞きたいか?」

「これはまあ」

「まず言っておくが、わたしはもともと非情な男ではないからな」

サイモンが含み笑いする。「これが、おれの頭を便器に突っ込んだ男の発言とはね」

アンソニーはぞんざいに手を振った。「わたしも若かったからな」

「それでいまは礼儀と品位を備えた大人の紳士の鑑《かがみ》ってわけか?」

アンソニーはにやりとした。「まさしく」

「それで、なんなんだ」サイモンがのんびりとした口調で言う。「いったいどういうわけで、おれのおかげでおまえが安らげるようになると言うんだ？」

「これからはおおやけの場に出てくるんだろう？」

「それは違うな」

「だが、今週のレディ・ダンベリーの舞踏会に出席する予定なんだよな」アンソニーが訊く。

「それは、どういうわけか、あの老婦人には好感を抱いているからに過ぎない。彼女は本音で話をするし、それに――」サイモンの目がいくぶん狭まった。

「それに？」アンソニーが先を促《うなが》す。

サイモンはかすかに首を振った。「なんでもない。ただ、彼女には子供のころ、ずいぶん親切にしてもらった。学校の休みに何日か彼女の家でリバーデールと過ごしたこともある。知ってのとおり彼は彼女の甥《おい》なのでな」

アンソニーはひとたびうなずいた。「そうか。ということは、社交界の一員になる気があるわけではないのか。おまえの決意の固さには感心するよ。だが、ひとつだけ言わせてくれ――たとえ、おまえが貴族の催しに参加しようとしなくても、向こうがおまえを放っておいてはくれない」

ちょうどブランデーを啜《すす》っていたサイモンは、アンソニーの表情を見て蒸留酒にむせながら言った。「向こう」しばし唾を飛ばして咳き込んでから、ようやく言葉を継ぐ。「いったい、その向こう、とは誰のことだ？」

アンソニーが肩をすくめる。「母親たちだ」

「自分に母がいるわけでなし、おまえの言ってる意味がわからないな」

「わからないのか、社交界の母親たちのことじゃないか。結婚適齢期の――神よ、救いたまえ――娘を持つ、火を吹くドラゴンたちだ。おまえが走って逃げようと、彼女たちからけっして隠れることはできない。それと、忠告しておくが、その一団のなかでも、わが母上が最も手強い」

「なんと。こっちに来て改めて、アフリカは危険な所だったと思っていたんだが」

アンソニーが友に哀れみのまなざしを向けた。「彼女たちはおまえを探しだすだろう。そして、見つけられれば、揃って白いドレスを着て、天気以外に話題もなく、〈オールマックス社交場〉の会員証を持つ、リボン頭の色白なご令嬢たちと会話させられるはめになる」

リイモンの顔におどけた表情がよぎった。「なるほど、それで、おれが国外にいるあいだに、おまえはいかにも花婿にふさわしい紳士になったというわけか」

「その役割にはまるで意欲が沸かなくてね。これまで社交界の催しは疫病のごとく避けてきた。ところが、妹が昨年社交界にデビューしてから、時どき付き添い役を務めなくてはならなくなった」

「ダフネのことか？」

アンソニーは驚いて目を上げた。「会ったことがあったか？」

「いや」サイモンは答えた。「だが、学生時代、おまえのもとに手紙を送ってきていただろう。それで、彼女が第四子だったことを覚えてるんだ。Dで始まる名前だしな――」

「ああ、そうとも」アンソニーがわずかに目玉を動かして言う。「ブリジャートン家流の命名方式さ。おかげで、全員ちゃんと見わけがつく」

サイモンが笑った。「よくできてるよな？」

「ところで、サイモン」アンソニーは突如身を乗りだして言った。「今週末、ブリジャートン館《ハウス》で、家族と夕食をともにすると母に約束してしまったんだ。それに来てもらえないだろうか？」

サイモンは濃い眉の片方を持ちあげた。「社交界の母親たちと、花婿募集中の娘たちについて、忠告してくれたばかりだろう？」

アンソニーは笑い声をあげた。「母にはおとなしくするように言っておくし、ダフネのことも心配いらない。妹は、先ほど言った令嬢たちの定義には当てはまらないんだ。大いに気に入ってもらえるはずだ」

サイモンが目をすがめた。アンソニーはふたりの仲を取りもつ気ではないだろうか？　見きわめがつかない。

アンソニーはその思いを察したように笑った。「おいおい、おまえとダフネをくっつけようとしていると思ってるのか？」

サイモンは何も言わなかった。

「おまえは対象外だ。妹の好みからすると、やや陰気すぎるからな」

サイモンは妙な言い草だと思ったが、聞き流すことにして尋ねた。「結婚の申し込みは来てるのか?」

「何人かはな」アンソニーは残りのブランデーを呷《あお》ってから、満足そうに息を吐きだした。「どれも断わるのを認めてやった」

「おまえにしてはずいぶん甘いな」

アンソニーが肩をすぼめる。「このごろの結婚に愛を望むのは贅沢かもしれないが、妹が幸せになれなくても結婚しなければならないとは思えない。結婚を申し込んできた男のひとりは父親ほども年上だったし、もうひとりも父親の弟ぐらいの年配で、あとのひとりは、概して騒がしいわが家にはどうも嵩高すぎる男だった。それに、今週申し込んできたのが、まったく、いちばん始末が悪かった!」

「何があったんだ?」サイモンは興味津々で訊いた。

アンソニーがうんざりしたようにこめかみをさする。「その男というのが、すこぶる愛想はいいんだが、少々にぶくてな。一緒に遊びまわっていたおまえには、わたしは非情な男だと思われているだろうが――」

「ほう?」サイモンがいたずらっぽく微笑んで言う。「自覚してたのか?」

アンソニーは友を睨みつけた。「気の毒な男の心を傷つけて楽しめるわけがないだろう」

「でも、断わったのはダフネじゃないのか?」

「ああ、だが、伝えたのは、わたしだ」

「結婚を申し込まれた妹に、そこまでわがままを許す兄は多くないぞ」サイモンは静かに言った。

アンソニーはほかにどうしようもないのだというように、ふたたび肩をすぼめた。「大切な妹なんだ。せめてやれることはしてやりたい」

「〈オールマックス〉にも付き添ってやるというのか？」サイモンは茶化した。

アンソニーは呻くように返した。「場合によってはな」

「まあ、もう少しの辛抱だと慰めてやりたいところだが、おまえにはまだあと三人も妹が控えているんだろう？」

アンソニーは椅子にしょんぼりと沈み込んだ。「エロイーズは二年以内に、それからすぐにフランチェスカが続くが、そのあとはヒヤシンスが適齢期になるまでしばらく息がつけそうだ」

サイモンがくっくっと笑った。「その方面に責任を持たなければならないのは、ちっとも羨ましくないな」だが口ではそう言いながら、妙な羨望も覚えた。この世にたったひとりきりではないとしたら、どのような感じがするのだろう。サイモンは自分自身の家族を持つことには考えも及ばなかったが、まずは誰かとともにいるだけでも、少しは人生が変わるのではないだろうかと思った。

「それで、夕食会に来てくれるんだよな？」アンソニーは立ちあがった。「むろん、くだけた集まりだ。家族だけのときには形式ばった食事会はしない」

サイモンは数日中にすべきことが山ほどあったにもかかわらず、すませなければならない用事を思いだす前に、口を開いていた。「喜んでうかがわせてもらうよ」

「大歓迎だ。その前に、ダンベリー家の夜会で顔を合わせることになるな」

サイモンは身ぶるいした。「それはどうかな。目的は顔を見せることだから、三十分もいないつもりなんだ」

「まったく」アンソニーが疑わしげに片眉を持ちあげた。「パーティに行って、レディ・ダンベリーに挨拶して、すぐにでてこられると本気で信じてるのか？」

サイモンは力強く率直にうなずいた。

けれど、アンソニーはまるで励ましにならないせせら笑いを響かせた。

2

『新しいヘイスティングス公爵はなんとも興味深い人物だ。父親と良好な関係ではなかったことは周知の事実だが、この筆者ですら、ふたりの仲たがいの原因はつかめていない』

一八一三年四月二十六日付〈レディ・ホイッスルダウンの社交界新聞〉より

同じ週の後半、ダフネはレディ・ダンベリーの屋敷の舞踏場で、華やかな一団とは離れた片隅に立っていた。

いつもならこうした賑《にぎ》やかな催しを楽しんでいただろう。お隣りの令嬢に劣らず愉快なパーティは好きなのだけれど、その日の夕方にアンソニー兄から、ナイジェル・バーブルックが二日前に結婚を申し込みにやってきたことを聞かされたのだ。もう一度。兄はむろん、（もう一度！）断わったのだが、ナイジェルはきっとしつこく食いさがるつもりだろうと思うと、憂鬱《ゆううつ》な気分に沈んだ。つまり、この二週間に二度結婚を申し込んできた男は、いまだいさぎよく引きさがらなければならないことを理解できていない。

舞踏場の向こう側であっちこっちと見渡しているその男の姿を目にして、ダフネはさらに暗がりのほうへ引っ込んだ。

気の毒な相手をどのようにあしらえばいいのかわからない。賢いとはとうてい言えないが、不親切なわけでもない。そういう男にのぼせあがられて、はっきりと気がないことを伝えなければならないのはわかっているけれど、臆病者の策をとるほうがはるかに楽だと気づいて、ひたすら避《さ》けていた。

化粧室へ逃げ込もうかと考えていると、耳慣れた声に呼びとめられた。

「おい、ダフネ、こんなところで何してるんだ？」

目を上げると、長兄がこちらへ向かってきた。「アンソニーお兄様」会えて喜ぶべきなのか、また余計な世話を焼かれそうだといらだつべきなのか、ダフネは決めかねた。「いらしてるとは思わなかったわ」

「母上だよ」兄は渋い顔で答えた。それ以上の言葉は不要だ。

「そう」ダフネは同情のうなずきを返した。「その先はいらないわ。よくわかってるから」

「花嫁候補のリストを作られてしまったよ」アンソニーは悩ましげな目を妹に向けた。「われらの愛する母上なのだけどな」

ダフネは思わず吹きだした。「ええ、お兄様、わたしたちの愛する母上よ」

「一時的に気がふれてしまったんだな」アンソニーがぼそりと言う。「そうに違いない。ほかに説明のつけようがないからな。おまえが結婚適齢期に達するまでは、いたって理性的な母親だったのだから」

「わたし？」ダフネは甲高い声をあげた。「つまり、すべて、わたしのせいだと言うの？　お兄様はわたしより八つも歳とってるくせに！」

「ああ、だが、おまえが加わるまでは、結婚問題にあれほどとりつかれていなかった」

ダフネは鼻で笑った。「たいして同情できなくてごめんなさい。わたしのほうは去年、そのリストを受け取ってるんだもの」

「そうなのか？」

「ええ、そうよ。しかも、最近ではそれを週ごとに渡すと脅かされてるわ。お兄様の想像よりはるかにしつこく、結婚をせきたてられてるんだから。どのみち、未婚男性は狙われる側でしょう。未婚女性なんて哀れなものよ。念のため、言っておきますけど、わたしはその女性のほうなんだから」

アンソニーが低い含み笑いを漏らした。「わたしはおまえの兄だからな。そういうことは意識できないんだ」いたずらっぽくちらりと横目で見る。「それを持ってきたか？」

「リストのこと？　まさか、持ってきてないわ。どうしてそんなこと訊くの？」

兄の笑みが広がった。「わたしは持ってきた」

ダフネは唖然とした。「嘘《うそ》よ！」

「ほんとうだとも。母上をちょっと懲《こ》らしめてやろうと思ってね。母上の目の前で片眼鏡を取りだして、リストをまじまじと眺めて――」

「片眼鏡なんて持ってないでしょう」

アンソニーはにやりとした――ブリジャートン家の男子全員に備わっている、ゆっくりと広がる恐ろしくいたずらっぽい笑み。「そのためにわざわざ買ってきたんだ」

「アンソニーお兄様、そんなことできっこないわ。お母様に殺されるわよ。それに、なんとなく、わたしに非難の矛先《ほこさき》が向けられそうだもの」

「それをあてにしてるんだ」

ダフネが兄の肩をぴしゃりと叩き、大きめの唸り声を引きだしたせいで、六人ほどのパーティ出席者たちがふたりのほうへ好奇の目を向けた。

「こたえるパンチだ」アンソニーは言って、腕をさすった。

「四人も兄弟がいる女子は、これぐらいできないと生き残れないのよ」ダフネは腕を組んだ。

「お兄様のリストを見せて」

「これだけ痛めつけてからか？」

ダフネは褐色の目をぐるりとまわして、いかにもじれったそうに小首をかしげた。

「ああ、わかったよ」アンソニーはベストの内側から折りたたんだ紙を取りだして、妹に手渡した。「どういうつもりだ。手厳しい批評でも始めるつもりか」

ダフネは紙を広げて、母の几帳面な美しい手書き文字を眺めた。ブリジャートン家の子爵未亡人は八人の女性の名を書き連ねていた。八人とも、ちょうど適齢期の、とりわけ裕福な令嬢たち。

「わたしの予想どおりだわね」ダフネはつぶやいた。

「やっぱり、ひどいと思うか？」

「ひどいどころじゃないわ。フィリッパ・フェザリントンは柱並みに気がきかないし」

「あとの候補者は？」

ダフネは眉を吊りあげて兄を見やった。「本気で今年結婚しようと思っているわけではないのでしょう？」

アンソニーは顔をゆがめた。「それで、おまえのほうのリストはどうだったんだ？」

「さいわいにも、いまとなっては期限切れだわ。五人のうち三人は昨シーズンに身を固めたの。彼らをわたしがつかみ損ねたことを、お母様はいまだに嘆いてる」

ブリジャートン家のふたりはそっくりのため息をついて、壁にもたれかかった。ヴァイオレット・ブリジャートンは子供たちを結婚させるという使命に猛進している。長男のアンソニーと長女のダフネにはその重圧がどっしりとのしかかっていた。とはいえ、十歳のヒヤシンスですら、条件のいい結婚の申し込みがあれば、母は喜んで嫁がせるのではないだろうかとダフネは憶測していた。

「やれやれ、ふたりともずいぶん暗い顔をしてるなあ。こんな隅っこで、いったい何してるんです？」

またもすぐに聞きわけられる声がした。「ベネディクトお兄様」ダフネは顔を動かさずに目だけを向けた。「お母様の言いつけで、今夜の会に現れたなんて言わないでよ」

ベネディクトは陰気にうなずいた。「どんなにおだてても、母上はまるで無視して罪悪感をついてくる。今週は三回も、アンソニーにその気がなければ、次の子爵をもうけてもらわなければと迫られた」

アンソニーが唸った。

「ふたりが、舞踏場の一番目立たない隅っこに逃げ込んでる理由は察しがつくな」ベネディクトは続けた。「さしずめ母上を避けている？」

「そのとおりだ」アンソニーは答えた。「ダフがここでこそこそしていたから――」

「こそこそ？」ベディクトが大げさに驚いたふりをしてみせる。

ダフネはふたりの兄にいらだたしげなふくれ面を向けた。「わたしは、ナイジェル・バーブルックから身を隠そうと思ってここに来たのよ」と、打ち明けた。「お母様はレディ・ジャージーのお相手をしていたから、すぐにはうるさく言ってこないでしょうけれど、ナイジェルは――」

「人間よりは猿に近い」ベネディクトが皮肉を飛ばした。

「あら、わたしはそこまで言うつもりはないわ」ダフネは言って、思いやりを持とうと努めた。「でも、あまり賢い人とは言えないでしょうね。それに、気持ちを傷つけるより、さりげなくかわすほうがずっと楽なのだもの。こうしてふたりに見つかってしまったのだから、そう長くは隠れていられそうもないけど」

アンソニーはひと言だけ発した。「そうかな」

ダフネはふたりの兄を見やった。ふたりとも、百八十センチを超える長身で、肩幅は広く、とろけるような褐色の目をしている。どちらも、濃い栗色の髪――妹の自分とほとんど同じ色合いだ――をなびかせ、さらに言えば、社交界のどこへ現れても、くすくすと笑いさざめく若い令嬢たちにつきまとわれる。

そして、くすくす笑う若い令嬢たちの向かうところには必ず、ナイジェル・バーブルックが現れるのだ。

すでにダフネは、自分たちのほうにいくつかの顔が向けられていることに気づいていた。野心家の母親たちが娘たちをつついて、妹以外に連れのいないブリジャートン兄弟のほうへ視線を促《うなが》している。

「ちょうど化粧室へ行こうと思ってたのよ」ダフネはつぶやいた。

「ダフ、その手に持っているものはなんだい？」ベネディクトが訊く。

半ばうわの空で、アンソニーの花嫁候補リストを手渡した。

声高に笑うベネディクトに、アンソニーは腕を組んで言った。「他人ごとだと思って笑ってる場合ではないぞ。おまえも来週には似たようなリストを受け取ることになるだろう」

「たしかに」ベネディクトは認めた。「コリンだって――」さっと目を上げた。「コリン！」

またひとり、ブリジャートン家の男子が加わった。

「あら、コリン！」ダフネは叫んで、兄に飛びついた。「会いたかったわ」

「ふたりとも、こんなに熱烈に歓迎してもらえなかったよな」アンソニーはベネディクトにつぶやいた。

「ふたりとはいつも会ってるじゃない」ダフネは言い返した。「コリンとはまる一年ぶりだもの」最後にもう一度ぎゅっと兄を抱きしめてからあとずさり、口をとがらせた。「来週まで帰らないって言ってたのに」

コリンは、ゆがんだ笑みに吊りあわせるように片側だけ肩をすくめた。「パリに飽きてしまったんだ」

「あら」ダフネは鋭い目を向けて言った。「どうせ、お金が尽きたんでしょう」

コリンは笑って、両手をあげて観念した。「仰せのとおり有罪です」

アンソニーが弟の肩を抱いて、ぶっきらぼうに言う。「どうあれ、弟が家に帰ってきたのはめでたい。もうしばらくは、わたしが送った資金がもつはずだと思ったんだが――」

「勘弁してください」コリンは声に笑いを残しつつ、困惑顔で言った。「お叱りは必ず、あす聞きますから。今夜はとにかく、最愛の家族と一緒に楽しみたいんです」

ベネディクトが鼻息を吐きだした。「おまえが最愛のとまで言うということは、すっかりかんになったんだな」そう言いながらもやはり身を乗りだし、弟をがっしり抱きしめた。「よく帰ったな」

家族のなかではつねに一番のお調子者のコリンはにんまりして、緑がかった目を輝かせた。「帰れてほっとしてます。気候は大陸ほど良くありませんけど、まあ、女性については、イングランドのほうがイタリアとは比べものにならないほど――」

ダフネは兄の腕をばしっと叩いた。「まったく、ここに淑女がひとりいることをお忘れなく」とはいえ、さほど怒った口調ではなかった。コリンは兄弟のなかで最もダフネと歳が近く、ほんの十八カ月先に生まれたに過ぎない。子供のころはどこに行くのも一緒だったし――、喧嘩《けんか》も絶えなかった。コリンは生来のいたずらっ子で、ダフネはそのたくらみを造作なく見抜けた。

「お母様は帰ってきたことを知ってるの？」

コリンが首を振る。「家に着いたら誰もいなかったし――」

「ええ、お母様は今夜、下の子たちを早く寝かせたものね」ダフネはさえぎった。

「ぶらぶら待ってても仕方ないから、フンボルトにみんなの行き先を聞いて、ここに来たんだ」

ダフネは褐色の目に親愛の情を込めて、にっこり笑みを広げた。「来てくれて嬉しいわ」

「母上はどちらに？」コリンは訊いて、人々のほうへひょいと首を伸ばした。ほかのブリジャートン兄弟たちと同様、長身なのだから、さほど首を伸ばす必要もないのに。

「あちらにレディ・ジャージーと一緒にいるわ」ダフネは答えた。

コリンは身をふるわせた。「母上が解放されるまで待つとしよう。あのドラゴンに生きたまま皮を剝がれるのはごめんんだ」

「ドラゴンといえば」ベネディクトがそれとなく言う。顔は動かさず、目だけをちらりと左側へ向ける。

ダフネがその視線の先を追うと、レディ・ダンベリーがゆっくりとこちらに向かってくるのが見えた。杖をついている老婦人なのだが、ダフネは落ち着きなく息を吸い込み、肩をこわばらせた。レディ・ダンベリーがしばしば口にする痛烈な皮肉は貴族のあいだで伝説となっている。ダフネはいつもその辛らつな表情の裏に情の深さを察しつつ、それでもやはり、レディ・ダンベリーが会話に割り込んでくると、びくつかずにはいられなかった。

「逃げ場がない」兄たちのひとりがこぼすのが聞こえた。

ダフネはしっと黙らせて、老婦人のほうへぎこちない笑みを向けた。

レディ・ダンベリーは眉を吊りあげ、ブリジャートン兄弟までまだ二メートルを残したところで足をとめ、声を張りあげた。「見えてないふりは許しませんよ！」

続いてかつんと杖を叩きつけたので、ダフネは飛びあがってベネディクトの爪先を踏んづけた。

「いたた」ベネディクトが漏らした。

兄たちはとたんに口がきけなくなってしまったようなので（もちろん、ベネディクトはべつだけれど、苦痛の呻きはまともな言語とはみなせない）、ダフネは唾《つば》を呑み込んでから、切りだした。「そんなつもりではなかったのですが、レディ・ダンベリー、ただ――」

「あなたのことではないわよ」レディ・ダンベリーがつんとすまして言う。杖を突きだすと、まさしくコリンの腹部に刺さる寸前で水平にぴたりととめた。「そちらの紳士たちのことよ」

くぐもった挨拶の合唱が返ってきた。

レディ・ダンベリーは男たちをすばやくざっと眺めてから、ダフネに向きなおって言った。

「ミスター・バーブルックがあなたを探していたわよ」

ダフネは実際に顔が青ざめていくのを感じた。「そうですか」

レディ・ダンベリーがそっけなくうなずく。「わたしがあなただったら、ああいうのはさっさと断ち切ってしまうところだけれどね、ブリジャートン嬢」

「わたしがここにいるとおっしゃったんですか？」

レディ・ダンベリーの口もとが、いわくありげにいたずらっぽくほころんだ。「わたしは前からあなたのことを気に入ってるのよ。もちろん、あなたがどこにいるかなんて教えるはずがないでしょう」

「ありがとうございます」ダフネは感謝を込めて言った。

「あんな能無し男に煩《わずら》わされるのは、知性の無駄づかいよ」レディ・ダンベリーが言う。「それに、貴族のりっぱな紳士なら、わたしたちのように数少ない知的な女性を放っておくはずがないわ」

「あの、ありがとうございます」ダフネは答えた。

「そちらの紳士たちについては」――レディ・ダンベリーが杖をダフネの兄たちのほうへ振り向ける――「評価は保留にしておきます。あなたは」――アンソニーを杖で指す――「妹のためにバーブルックの求婚を断わったのだから、なかなか見込みがありそうだわね。けれども、あとのふたりは……ふふん」

そうして老婦人は立ち去った。

「ふふん？」ベネディクトは繰り返した。「『ふふん』だと？　知性を品定めしておいて、やっと出た言葉が『ふふん』とは」

ダフネがすまし顔で笑った。「わたしを好いてくれてるんだわ」

「気に入られてるんだろうな」ベネディクトがぼやく。

「バーブルックのことをからかいに来たというより、忠告しに来た様子だったものな」アンソニーも認めた。

ダフネはうなずいた。「そろそろ消えたほうがいいということよね」懇願するような目でアンソニーのほうへ向きなおる。「もし彼がわたしを探しに来たら――」

「まかせておけ」兄は静かに言った。「心配ない」

「ありがとう」ダフネは兄たち全員に笑顔を向けてから、舞踏場を抜けだすべくさっさと歩きだした。


サイモンは、ロンドンのレディ・ダンベリー邸の廊下を静かに歩くうち、いつしか妙に愉快な気分を覚えていた。その日の午後にアンソニー・ブリジャートンからさんざん脅かされたというのに、こうして舞踏会に出席しようとしていることが自分でもほんとうに意外で、ふっと笑みがこぼれた。

とはいえ、きょうを終えれば、こうした催しにはもう二度と出る必要もないのだと思うと、気も安らいだ。アンソニーに話したように、今回の舞踏会には、気難しいように見えて子供のころにいつもとても親切にしてくれたレディ・ダンベリーへ義理を立てて、特別に出席するだけのことだからだ。

愉快に感じるのは、単にイングランドに戻ってこられた嬉しさのせいだという気もした。世界じゅうをめぐる旅が楽しくなかったわけではない。欧州を縦横に訪ね歩き、地中海のすばらしく青い海を船で旅して、北アフリカの秘境に分け入った。そこから聖地パレスティナへ向かい、そのころ、問いあわせて聞いた話から、まだ帰る時期ではないと判断して、大西洋を渡り、西インド諸島を探検した。そのあと、アメリカ合衆国へ渡ろうかとも考えたのだが、新たな国家は英国と対立の様相を見せていたため、断念した。

しかも時を同じくして、数年来、病床についていた父がとうとう亡くなったことを知らされた。

なんとも皮肉な訃報《ふほう》だった。数年の探検旅行は、サイモンにとって何ものにもかえがたい経験となった。六年ほどの歳月は、ひとりの人間に、考え、生きることの意味を学ぶための多くの時間を与えてくれた。それにそもそも、当時二十二歳のサイモンがイングランドを旅立った理由とは、父が突如として心から息子を受け入れることを決断したからにほかならなかった。

けれども、サイモンのほうは父を受け入れる気にはなれず、老公爵の偽善者ぶった愛情の提供から逃れることを選んで、簡単な荷造りをして国をでたのだ。

ことが動きだしたのは、サイモンがオックスフォード大学を卒業したころのことだ。公爵は当初、息子の学費の支払いを渋っていた。父が家庭教師宛てに、イートン校で愚かな息子を一族の笑い者にしたくないと書いてきた手紙をサイモンは目にしていた。だが、サイモンは頑固な気質のみならず、生来の貪欲な精神も備えていたので、馬車を手配してイートン校に駆けつけ、校長室のドアを叩いて、入学を願いでた。

それまでで最も大胆な行動だったのだが、どういうわけか、その騒動の原因は学校側の過失で、イートン校がなんらかの理由で試験の答案用紙と費用を紛失したのだと、校長に思い込ませることができた。サイモンは父のしぐさをそっくり真似て、横柄に眉を吊りあげ、顎を突きだし、蔑《さげす》んだような目で、世界は我が物だといわんばかりの態度をしてみせた。

そのときもずっと、いつ舌がまわらなくなって同じ言葉を繰り返しはしないかと恐れてびくびくしていた。

だがそのような失敗もなく、長年イングランドの良家の子息たちを養成してきた校長はすぐにサイモンがバセット家の人間であると気づき、疑いもせずにあわてて入学を認めた。公爵（つねに自分の趣味で多忙だった）が、息子の新たな立場と転居を知ったのは数カ月後のことだ。そのころにはサイモンはすっかりイートン校になじんでいたので、公爵が理由もなく少年を退学させれば、かなり悪い評判が立ちかねない状況となっていた。

そして、公爵は汚名を着せられるのを好まなかった。

サイモンは、なぜ父はそのときに、息子を受け入れようとしなかったのかとよく考えたものだ。イートン校ではたしかに、一言一句につまづくような失敗はしなかったからだ。息子が勉強についていけないのであれば、校長から連絡が来るはずだと思わなかったのだろうか。話をするときにはまだ時おり舌がもつれることもあったけれど、そのころには間違いを隠す術も著しく向上し、咳き込んだり、さいわいにも食事中であれば、ちょうどいい具合に紅茶やミルクを飲んだりしてごまかせた。

それでも、公爵は一度も手紙を書いてはくれなかった。父は息子を無視することに慣れきって、バセット家の名を汚されることすら気にかけなくなっていたのかもしれない。

サイモンはイートン校を卒業後、当然の流れでオックスフォード大学へ進み、学業優秀と放蕩者という両方の評判を得た。じつを言えば、ほとんどの若い男子学生とたいして変わらず、放蕩と呼べるほどのことはしていなかったのだが、どこか打ち解けない態度のせいでそんなふうに印象づけられてしまったらしい。

どういうわけでそうなったのかは定かではないが、気づくといつしか同級生たちが自分に同意を求めるようになっていた。聡明で、体つきも逞しかったが、一目おかれるようになったのは、なにより態度と関係していたようだ。必要以上に話さないため、将来の公爵にふさわしく、尊大にふるまっているように見えたらしい。ほんとうに気を許せる少数の友人とだけ過ごすことを好んだので、これまた将来の公爵にふさわしく、つきあう仲間を厳選していると思われていた。

さほどお喋りではないが、いざ口を開くと、簡潔に、気のきいた皮肉を織り交ぜて話す――その話には聞き手が熱心に耳を傾けずにはいられない面白さがあった。そのうえ、多くの貴族のようにぺらぺらと口が軽いわけでもないので、サイモンの肝心な話を聞き逃すまいと、みなよけいに真剣に耳を傾けた。

サイモンは、〝無類の自信家〟〝心臓がとまりそうなほどのハンサム〟〝イングランド人男子の理想像〟などともてはやされた。男たちはどんな話題についても意見を求めてきた。

女たちは足もとにひれ伏した。

サイモンにはまるで信じられない展開だったが、とはいえやはり、その立場を楽しんだ。差しだされる物は受け取り、友人たちと気ままに遊びまわり、自分の気を惹こうとする若い未亡人たち、オペラ歌手たちと戯《たわむ》れた――どんな悪ふざけも、父が不満をつのらせるに違いないと考えるとますます愉快に思えた。

しかし結局、父は不満などまったく感じていなかった。サイモンの知らないうちに、ヘイスティングス公爵はすでにひとり息子の成長に関心を抱きはじめていたのだ。大学から成績表を取り寄せ、ボウ街の捕り手《ストリート・ランナー》を雇って、サイモンの校外での行動を報告させた。そしてとうとう、息子の愚かさを示す話はいかなる報告書にも含まれていないことを確信した。

父の心境がいつ変化したのかは正確にはわからないが、ある日、公爵は、やはり息子はきわめて優秀だったことに気づいたのだ。

公爵は誇らしさで胸をふくらませた。結局は、これまで同様、血統の良さが証明されたのだ。そもそもバセット一族から愚か者が生まれるはずがなかったのだ、と。

サイモンは数学の最優等の学位を取ってオックスフォード大学を卒業すると、友人たちとロンドンにやって来た。むろん、父と住むつもりはなかったので、独身男子用の下宿屋に部屋を借りた。そして、社交界にでるとますます、会話中の含みのある沈黙は横柄さゆえで、親しい少数の友人とのつきあいは気位の高さの表れなのだと誤解されるようになった。

その評判を決定づけたのは、伊達男《ボー》ブランメル——当時の社交界の流行の先導者と見なされていた——に、くだらない最新の流行について小難しい質問をされたときのことだ。ブランメルは慇懃無礼《いんぎんぶれい》な口調で、若者を困らせようとしているのがはっきりと見てとれた。この男が、イングランドの良家の子息をどうしようもない愚か者のように貶《おとし》めるのをなによりの楽しみにしていることは、ロンドンじゅうの人々が知っていた。だからこそ、いかにもサイモンの意見に関心があるそぶりで、最後に間延びした口ぶりで問いかけた。

「——そう思わないか？」

ゴシップ好きな観衆が息を詰めて見守るなか、王子の首巻《クラバット》の独特な結び方などに興味のないサイモンは、ただ冷ややかな青い目を向けて、答えた。「思わない」

説明も、言い訳もなく、否定しただけ。

そうして、立ち去った。

翌日の午後には、サイモンは社交界の帝王同然の存在にまつりあげられていた。その皮肉な結果にサイモンはうろたえた。ブランメルのことも、その口調も気にしてはいなかった。確実につかえずに答えられる自信があったなら、おそらくはもっと雄弁に反論していただろう。ところが、そのときにかぎっては、まさしく口数の少なさが功を奏した。サイモンの簡潔な返答は、どのような長たらしい演説よりもはるかに効果的な結果をもたらしたのだ。

聡明で、誰もが見惚れるほどハンサムなヘイスティングス公爵位の後継ぎの噂は、おのずと当の公爵の耳に届いた。公爵はすぐには息子を探しはしなかったが、サイモンの耳にも、父親との関係が変わるかもしれないことを予感させる噂話がちらほら入ってきた。公爵はブランメルとの一件を聞くと、笑って言ったという。「当然だ。バセット家の人間なのだから」ある知人によれば、公爵から、サイモンがオックスフォード大学で最優等の学位を取ったことを自慢げに語られたという。

そしてついに、親子はロンドンの舞踏会で顔を合わせた。

公爵はサイモンに他人のふりをする間も与えなかった。

サイモンは無視を決め込むつもりだった。ああ、どれほどそうしたかったことか。だが、父はどサイモンの自信を砕く威力を持つ人間はいなかった。公爵を見つめると、やや年老いてこそいるものの、まるで鏡に映った自分自身の姿を見ているようで動けなくなり、口を開こうとすることさえできなくなった。

舌が重くなり、口のなかに違和感を覚えて、その感覚が体じゅうにじわじわと広がって、にわかに皮膚すら自分のものではないように思えてきた。

公爵は心のこもった抱擁で、たちまちサイモンの理性を失わせた。「息子よ」

サイモンはその翌日、国をでた。

イングランドにとどまれば、父を完全に避けることは無理だとわかっていた。そして、何年も父を否定してきた自分が、息子の役割を演じることができるとも思えなかった。

そのうえ、ロンドンでの気ままな暮らしにもちょうど飽きてきていた。放蕩者と噂されてはいたが、じつのところ、もともと怠惰な生活を送れる気質ではなかった。遊び好きな悪友たちと同じように夜な夜な街で楽しんでいたけれど、オックスフォードで三年、ロンドンで一年もそうして過ごせば、かぎりなく繰り返されるパーティや娼婦たちにも、さすがにうんざりしてくる。

そこで、サイモンは旅立った。

とはいえ、こうしていま戻ってこられたことは嬉しかった。家に帰ってきたという、どこかほっとする気持ちがあったし、イングランドの春に穏やかな安らぎを感じた。それに、六年間、孤独な旅をしてきたので、友人との再会にもひときわ心が弾んだ。

だが、この舞踏会に自分が来たことを広く知られたくはない。今後も出席するものと受けとられることだけは避けたかった。その日の午後にアンソニー・ブリジャートンと話して、ロンドンの社交界には積極的にかかわらないという決意を新たにしてもいた。

結婚するつもりはないのだ。永遠に。そうだとすれば、妻を探していない人間に、貴族のパーティに出席する意味などない。

しかしながら、子供時代にあれこれと親切にしてくれたレディ・ダンベリーには恩のようなものを感じていたし、じつを言えば、歯に衣を着せぬ老婦人に少なからず親愛の情を抱いていた。彼女の招待を断わるのは無礼のきわみだろう。なにしろ老婦人は、帰国を喜ぶ私信と同封してくれていたのだから。

サイモンは屋敷内の配置を心得ていた。うまく行けば、目立たずに舞踏場にもぐり込み、レディ・ダンベリーに挨拶をしてすぐに出て行けるはずだった。

だが、角を曲がろうとしたところで、話し声を耳にし、凍りついた。

サイモンは唸り声を押し殺した。恋人たちの逢引に出くわしてしまったらしい。なんてことだ。さて、気づかれずに立ち去る策を考えなければ。ふたりに見つかれば、なんとも芝居臭くてぎこちない、このうえなく気詰まりな場面が展開されることになる。ここは恋人たちがのぼせあがっている隙に、影にまぎれて消えるのが得策だろう。

けれども、そろそろと後ずさりはじめたとき、聞き捨てならない言葉を耳にした。

「やめて」

やめて？　どこぞの令嬢は意に反して廊下へ連れだされたのだろうか？　誰かの英雄になりたいなどという野望は持ちあわせていないが、侮辱的な行為を見過ごすこともできない。サイモンは、もう少し聞いてみようとわずかに首を伸ばして耳をそばだてた。ただ聞きまちがえただけのことかもしれない。助けを求められてもいないのに、愚かな雄牛のごとく猛進することだけは避けたい。

「ナイジェル」若い女性の声。「こんなところで、問いつめられても困るわ」

「でも、きみを愛してるんだ！」感情的に叫ぶ若い男の声。「なにがなんでも、きみをぼくの妻にしたいんだ」

サイモンは唸り声を漏らしかけた。恋に溺《おぼ》れた気の毒な愚か者よ。聞くに耐えない。

「ナイジェル」女性はふたたび、驚くほどやさしく辛抱強い声で言った。「わたしはあなたとは結婚できないって、もう兄から聞いているでしょう。あなたとは、いいお友達のままでいたいのよ」

「きみのお兄さんに何がわかるっていうんだ！」

「いいえ」女性はきっぱりと言った。「わかるわ」

「くそ！　きみがぼくと結婚してくれないのなら、いったい誰がしてくれるというんだ？」

サイモンは唖然《あぜん》として目をしばたたいた。求婚の最中にしては、ずいぶんと野暮《やぼ》な物言いだ。

女性もやはり同じように思ったらしい。「あら」ややむっとした口調で続けた。「なんだかまるで、レディ・ダンベリーの舞踏会にはもう、ほかに若い女性がたいしていないような口ぶりね。あのなかにはひとりぐらい、あなたと結婚したがる女性もいるはずよ」

サイモンは、ひと目様子を見てみようとわずかに身を乗りだした。女性は暗がりのなかにいるが、男性のほうははっきりとよく見えた。情けない顔をして、しょんぼりと前かがみに肩を落としている。男性がゆっくりと首を振った。「いるもんか」侘《わび》しげに言う。「彼女たちは結婚してくれない。そう思うだろう？　だって……だって……」

男性が言葉に詰まるのを目にして、サイモンは顔をしかめた。感情的に打ちのめされているほどではないようだが、最後まで言葉を継げない人間を見るのはけっして気分のいいものではない。

「きみのように親切な女性はいないからね」男性はどうにか続けた。「ぼくに笑いかけてくれたのだって、きみだけなんだ」

「まあ、ナイジェル」女性は言うと、深いため息をついた。「そんなことはないわよ」

けれどもサイモンには、女性が努めて親切にしようとしているのが見てとれた。そして女性がもう一度ため息をついた気配から、救いの手は必要なさそうだと判断した。彼女のほうがしっかりと主導権を握っているようだし、気の毒なナイジェルにはどことなく同情を覚えつつ、してやれそうなことは何もなかった。

それに、自分がひどく詮索《せんさく》好きな人間のように思えてきた。

書斎へ続いているはずのドアに目を据えて、じりじりとあとずさりはじめた。その書斎には反対側にもうひとつドアがあり、温室に通じている。そこから表側の廊下へ出れば、舞踏場へ入ることができる。裏廊下を通り抜けるほうがより目立たないが、少なくとも気の毒なナイジェルにみじめな姿を見られたことを気づかせずにすむだろう。

ところが、音もなく一歩を踏みだしたとき、女性の悲鳴を聞いた。

「きみはぼくと結婚しなきゃならないんだ！」ナイジェルが叫んだ。「絶対に！　ぼくにはもうほかに誰も見つからない――」

「ナイジェル、やめて！」

サイモンは振り返って、唸り声を漏らした。やはり、あの娘を助けざるをえないようだ。

サイモンはひどくいかめしい、公爵然とした表情をこしらえて、大股で廊下を戻っていった。「お嬢さんはやめてほしいと言ってるじゃないか」と、口先まででかかったが、今夜はどうやら英雄を気どるようには運命づけられていないことを今度こそ悟った。なにしろ言葉を発する間もなく、若い女性が右腕を振りかぶって、ナイジェルの顎に正面から驚くほど強烈なげんこつをぶち込んだのだ。ナイジェルは滑稽《こっけい》なぐらい腕を振りまわし、足をつるんと滑らせて倒れ込んだ。サイモンが信じられない思いで立ち尽くして見ていると、女性が膝をついた。

「まあ、どうしましょう」女性の声がわずかにうわずっている。「ナイジェル、大丈夫？　こんなに強くぶつつもりではなかったのに」

サイモンは笑った。笑わずにはいられなかった。

女性がびくりとして目を上げた。

サイモンは息を呑んだ。それまで女性は暗がりにいたので、豊かな濃い色の髪しか見わけがつかなかった。けれども顔を上げた彼女と向きあってみると、同じように濃い色の大きな目と、見たこともないほど幅広でふっくらとした唇が目に入った。ハート形の顔は社交界の基準からすれば美しいとは言えないかもしれないが、息をすっかり吸いとられてしまいそうなほど惹きつけられた。

濃いけれど優美な翼形《つばさ》の眉がぎゅっと引き寄せられた。「あなたは」まるで歓迎していない口ぶりで訊いた。「誰？」

3

『ナイジェル・バーブルックが、モートン宝石店でひと粒ダイヤモンドの指輪を購入したとの目撃情報が寄せられた。バーブルック夫人となる花嫁を迎える日も、そう遠くはないのだろうか？』

一八一三年四月二十八日付〈レディ・ホイッスルダウンの社交界新聞〉より

これ以上ひどくなりようのない晩だと、ダフネは思った。まずは舞踏場の最も暗い片隅で夜会を過ごすことを強いられ（レディ・ダンベリーはあきらかに蠟燭《ろうそく》の美観と明るさにこだわっていたので、容易なことではなかった）、次にそこから抜けだそうとして、よりにもよってけっして黙ってはいられないフィリッパ・フェザリントンの足につまずいて、金切り声をあげられた。「ダフネ・ブリジャートン！　けがをなさらなかった？」その声が注意を引いたらしく、ナイジェルは驚いた鳥のようにさっと顔を上げ、すぐさま舞踏場の向こう側から急ぎ足でやってきた。ダフネは、ナイジェルを振りきって、追いつかれる前に化粧室に逃げ込めることを祈るというより信じたのだが、失敗し、廊下で追いつめられて、泣き声で口説き文句を聞かされることになった。

　それだけでもさんざんな災難だったのに、今度は目が覚めるほどハンサムで、不気味なほど落ち着き払った正体不明の男性に、事の顚末《てんまつ》を見られていたとは。そのうえ腹立たしくも、その男性は笑っている！

　ダフネは自分の窮地《きゅうち》に含み笑いしている男性を睨《にら》みつけた。見覚えのない顔なので、ロンドンに来たばかりなのに違いない。独身の紳士については間違いなく、すでに母に引きあわされているか、少なくとも聞かされているはずなのだから。もちろん、この男性が結婚していてヴァイオレットの犠牲者候補リストに載っていないことも考えられたが、ダフネは直感的に、ロンドンに来て長くはなく、まだ噂にはのぼっていない人物ではないかと察した。

　彼の顔は完璧としか言いようがない。ミケランジェロのどの彫刻にも勝《まさ》ることが一秒とからずに見てとれた。視線に独特な強さがあり、あまりに青い目が実際に輝いている。髪は濃く、暗い色で、兄たちと同じぐらい長身の数少ない男性のひとりだった。

　彼ならじゅうぶん、賑やかにさえずる令嬢たちをブリジャートン家の兄弟たちから盗みとれるだろうと、ダフネは皮肉っぽく思った。

　どうしてそれがいらだたしく思えてしまうのか、自分でもわからない。たぶん、彼のような男性はけっして自分に興味を持たないとわかっているからだろう。それとも、堂々と立っている彼の前で床に坐り込んでいる自分が、ひどくみすぼらしく感じるせいだろうか。いや単に、彼が自分をサーカスの見世物であるかのように笑って見おろしているからかもしれない。

理由はどうあれ、いつになく腹立たしさがつのってきて、ダフネは眉をぎゅっとひそめて訊いた。「あなたは、誰？」

サイモンはなぜかその質問に素直に答えられず、内に潜む悪魔に喋らせた。「きみの救世主になるつもりだったんだが、どうやら手助けは無用らしいな」

「まあ」女性がやや気が抜けた口調で言った。きつくつぐんだ唇をわずかにゆがめて、言われたことを反芻《はんすう》しているらしかった。「あら、だったら、お礼を言わなければいけないのよね。十秒前にさっさとでてきてくれなかったのが残念だけれど。そうしてくだされば、この人をぶたずにすんだはずだわ」

サイモンは床に倒れている男を見おろした。顎の痣《あざ》はすでに黒ずみ、呻き声を漏《も》らしている。

「ラッフィ、ああ、ラッフィ。きみを愛してるんだ、ラッフィ」

「きみはラッフィというのか？」サイモンはつぶやいて、視線を彼女の顔へのぼらせた。たしかに、きわめて魅力的な顔立ちだし、この角度からだと、ドレスの襟《えり》ぐりが着くずしたようにさがって見える。

女性はしかめ面を向けてきた。皮肉をきかせた言いまわしはあきらかに気に入ってもらえなかったようだし、顔より体のほうを見られていることにもひどく不服そうだった。

「わたしたち、この人をどうすればいいのかしら？」

「わたしたち？」サイモンは訊き返した。

彼女のしかめ面がさらに険《けわ》しくなった。「わたしの救世主になりたかったと言わなかったかしら？」

「言ったとも」サイモンは両手を腰にあて、現状を見きわめた。「この男を通りに引きずりだそうか？」

「そんなのだめよ！」女性は声を張りあげた。「なに言ってるの、外はまだ雨が降っているでしょう？」

「おいおい、ラッフィ嬢」サイモンは横柄な口調に聞こえようとも気にせずに続けた。「心配のしどころをちょっと間違えてやしないか？　この男はきみを襲おうとしたんだぞ」

「わたしを襲おうとしたんじゃないわ」女性は答えた。「ただ……ただ……まあ、でも結局、襲おうとしたんだわ。だけど、わたしのことを本気で傷つけるつもりはなかったはずよ」

サイモンは片眉を持ちあげた。まったく、女というのはなんとも強情な生き物だ。「それは間違いないのか？」

女性が慎重に言葉を選んでいるのが窺《うかが》えた。「ナイジェルは悪意を持てるような人じゃないの」ゆっくりと言う。「彼の罪は、誤解したことだけよ」

「つまり、きみはわたしより寛大な人だということか」サイモンは静かに言った。

女性がまたため息をつくと、その柔らかな吐息がサイモンの全身に響いた。「ナイジェルは悪い人ではないの」女性が静かな威厳を込めて言う。「ただ、いつも賢明な行動をとれるわけではないわ。きっと、わたしの親切心をそれ以上のものに誤解してしまったのね」

サイモンはその女性に称賛にも似た思いを抱いた。知りあいのほとんどの女性たちは、こういう場面で感情的になるのだろうが、彼女——誰であるかは知らないが——は、しっかりと状況を見定めて、驚くほど寛大な態度をとっている。このナイジェルという男を擁護しようとさえしているのは考えられないことだ。

女性が立ちあがり、灰緑色のシルクのスカートを手ではたいた。髪は肩の片側に太い一本の房に束ねられ、胸の高みで毛先が艶っぽくカールしている。サイモンは話を聞かなければと思いつつ——彼女は女性たちのつねでまだ何か喋り続けている——、その濃い色の髪の房から目をそらせそうになかった。白鳥みたいな首にシルクのリボンが巻きついているように見えてきて、ふたりのあいだの距離を詰めて、その髪を唇でなぞりたくて仕方なかった。

これまで純真な女性を弄《もてあそ》ぶようなまねはしたことがないが、どうせ世間には放蕩者の汚名を着せられている。いまさら、評判を気にする必要があるだろうか？　なにも襲いかかろうというのではない。ただのキス。一度ちょっとキスするだけだ。

ううむ、なんとも甘美な光景で、猛烈にそそられる。

「ねえ！　ちょっと！」

どうにかしぶしぶ、彼女の顔に目を戻した。むろん、この部分だけでも魅力的なのだが、睨みつけられては誘惑することを考えるのは難しくなった。

「わたしの話を聞いてるの？」

「もちろん」嘘をついた。

「聞いてなかったわ」

「ああ」認めた。

彼女の喉の奥から絞りだしたのは、唸り声らしきいぶかしげな音だった。「それならどうして」いきり立って言う。「もちろん、だなんて答えたの？」

サイモンは肩をすくめた。「きみがそう答えてほしいのかと思ったからだ」

サイモンが興味津々で見つめる先で、彼女は深く息を吸い込んでから、何か独り言をつぶやいた。はっきりとは聞こえなかったが、どうやら褒め言葉とは解釈しがたいものらしい。ようやく、滑稽なほど淡々とした声で言った。「わたしを助けてくれる気がないのなら、すぐに立ち去ってくれたほうがましだわ」

サイモンはそろそろ悪ふざけをやめる頃合だと見て、言った。「悪かった。むろん、手を貸すよ」

女性は息を吐きだして、まだ床に伸びたまま、意味をなさない言葉を呻いているナイジェルを見やった。サイモンも同じように見おろし、ふたりは何秒間か無言で気絶した男をただ見つめていた。それから、女性が口を開いた。「ほんとうに、そんなに強くぶつつもりはなかったのに」

「彼は、酒が入ってたんじゃないかな」

女性はけげんな顔をした。「そう思う？　たしかに息がお酒臭かったのだけれど、この人がお酒を飲んだところを見たことはないのよ」

その言葉に付け加えるべきことは見つからないので、やむなく尋ねた。「それで、きみはどうしたいんだい？」

「ここに、このままにしておくしかないかしら」女性の濃い色の目にためらいの表情が浮かんだ。

サイモンはすばらしい案だと思ったが、女性がこの愚か者をさらに手厚くあつかいたがっているのはあきらかだ。そしてどういうわけか、彼女を喜ばせたいという抗いがたい衝動に駆られた。「まず、できることを考えよう」きびきびと言い、妙な下心が声にでずにすんだことにほっとした。「わたしが自分の馬車を呼び寄せて――」

「まあ、ありがたいわ」女性が言葉を差し入れた。「ほんとうは、このままにしておくのは気が進まなかったの。なんだか気の毒で」

サイモンからすれば、自分を襲おうとしたうどの大木に寛大すぎる気もしたが、この思いは胸にとどめて、提案を続けた。「わたしが戻ってくるまで、きみは図書室で待っていればいい」

「図書室のなかで？　でも――」

「図書室のなかでだ」サイモンは断固とした口調で繰り返した。「ドアを閉めて。誰かがたまたま通りかかって、ナイジェルの身体《ボディ》に付き添っているところを見られたくはないだろう？」

「身体？　いやだ、死人みたいな言い方をするのはやめてよ」

「だから、言ったように」サイモンは抗議を完全に無視して続けた。「図書室にいるんだ。わたしが戻ったら、ナイジェルを馬車で移動させよう」

「それで、どうするの？」

サイモンはふっと、人の気をなごませるようなゆがんだ笑みを浮かべた。「まるで考えてない」

一瞬、ダフネは呼吸を忘れた。呆れるほど傲慢な救世主気どりの男だと思っていたのに、こんなふうに微笑みかけてくれるなんて。半径十マイル以内の女性たちすべての心をとろけさせてしまいそうな、少年っぽい笑顔だ。

ダフネはひどく動揺し、その笑顔のせいで腹立たしさを維持することがどうにも難しくなってきた。四人の兄弟に囲まれて育ち、その兄弟が揃って生まれつき女性を魅了する術を心得た男たちなのだから、自分には免疫があると思っていたのに。

でも、そうではなかったらしい。胸がぞくぞくして、胃はひっくり返り、膝はバターみたいに溶けだしそうな気がした。

「ナイジェル」ダフネはつぶやいて、向かいに立っている名前も知らない男性から必死に視線を引き離そうとした。「ナイジェルの具合を見なくちゃ」かがみ込んで、まったく加減せずに肩を揺さぶった。「ナイジェル？　ナイジェル？　ねえ、目を覚まして、ナイジェル」

「ダフネ」ナイジェルが呻いた。「おお、ダフネ」

暗褐色の髪の謎の男性がさっと顔を向けた。「ダフネ？　ダフネと言ったのか？」

そのぶしつけな口調と、強烈な視線に気おされて、ダフネは身を引いた。「ええ」

「きみの名前はダフネなのか？」

この男性はもしや気がふれているのではないかと、ダフネは疑いはじめた。「ええ」

男性は唸った。「ダフネ・ブリジャートンではないよな」

女性がいぶかしげに眉をひそめる。「その本人だけれど」

サイモンはよろりと後ろに一歩さがった。脳がようやく彼女の濃い栗色の髪の意味を理解し　急に気分が悪くなってきた。有名なブリジャートン一族の髪の色。ブリジャートン一族らしい鼻といい、頬骨といい――どう見たって間違いなく、アンソニーの〝妹〟じゃないか！

なんてことだ。

友人同士には、まさしく掟《おきて》と言うべき不文律があり、なかでも最も重要な一条が、〝汝、友の姉妹を恋《こ》うるなかれ〟なのだ。

立ち尽くしたまま、どうやら完全に呆けた顔で見ていたらしく、友人の妹は腰に手をあてて、詰め寄ってきた。「それで、あなたはどなたなの？」

「サイモン・バセット」ぼそりと答えた。

「公爵様？」ダフネは甲高い声をあげた。

サイモンは渋い顔でうなずいた。

「まあ、なんてこと」

彼女の顔から血の気が失せていくのを見て、サイモンは不安をつのらせた。「おいおい、頼むよ、気絶しないよな？」気絶する理由など想像もつかなかったが、アンソニー――彼女の兄なのだと改めて自分に言い聞かせる――からは、その日の午後の半分を費やして、未婚の公爵が若い未婚の女性たちに与える影響について解説を受けていた。兄はことさら、妹のダフネがその女性たちの特性にあてはまらないことを強調していたが、それでも、彼女の顔色はやけに青ざめている。「大丈夫か？」答えがないので、サイモンは繰り返した。「気絶しないよな？」

ダフネはそう思われることすら腹立たしそうに言った。「しないに決まってるでしょ！」

「良かった」

「ただ――」

「ただ？」サイモンはいぶかしげに尋ねた。

「つまり」ダフネはいともたおやかに肩をすくめて言った。「あなたについては忠告されていたから」

ずいぶんな言い方だ。「誰から？」思わずきつい調子で問いかけた。

ダフネが能無しを見るかのような視線をよこした。「みんなに」

「そんなことは、親愛なる――」サイモンはふいにどもるのではないかという恐れがよぎり、深く息をして舌を落ち着かせた。そうした調整は手慣れたものだった。彼女の目には、いらだちを鎮めているように映っているはずだ。それにここまでの会話の流れからすれば、さほど場違いな様子には見えないだろう。

「親愛なるブリジャートン嬢」サイモンはより穏やかな抑えた口調で言いなおした。「そんなことは信じられないな」

ダフネがまた肩をすくめたので、サイモンはとまどいぶりをからかわれているようで、強いいらだちに駆られた。「それはあなたの自由だけれど」陽気に言う。「きょうの新聞にも書かれてたわ」

「新聞？」

「〈ホイッスルダウン〉よ」ダフネはそのひと言でじゅうぶんだろうといわんばかりに答えた。

「ホイッスル……なんだって？」

ダフネはしばし呆然と見つめたあと、相手がロンドンに帰ってきたばかりであることを思いだした。「あら、知らないのね」低い声で言うと、口もとにちらりといたずらっぽい笑みを浮かべた。「びっくりだわ」

公爵はいかにも威嚇《いかく》するように前に踏みだした。「ブリジャートン嬢、忠告しておいたほうが良さそうだな。わたしは首を絞めてでもきみから話を訊くぞ」

「ゴシップ紙なの」ダフネは答えて、あわててあとずさった。「それだけよ。たしかに、たいした内容ではないのだけれど、みんな読んでるわ」

サイモンは何も言わず、片眉をふてぶてしく吊りあげた。

ダフネはすぐに付け加えた。「その月曜の紙面に、あなたが帰ってきたと書かれてたの」

「それで」――目が不気味なほどに狭まる――「正しくは」――その目が凍《こお》った。――「なんと書かれてたんだ？」

「ええと、正しくは、たいしたことではないのよ」ダフネはごまかした。あとずさろうとしたが、踵《かかと》はすでに壁にあたっている。ついには爪先立ちになった。公爵が怒りを噴出させそうに見えたので、ナイジェルとともに置き去りにして逃げだす方法はないだろうかと考えはじめた。完璧な組みあわせだわ――ふたりとも、いかれてるんだから！

「ブリジャートン嬢」たっぷりと脅しをきかせた声。

ダフネは思いやってあげなければと考えなおした。なにしろ、この人は街へ戻ってきたばかりで、〈ホイッスルダウン〉がつくりだした新たな世界になじむにはまだ時間が足りていない。新聞に書かれたことにそれほど怒るのも、じつのところ責められなかった。自分も初めて書かれたときには同じようにとても驚いた。それでも一カ月前の〈ホイッスルダウン〉のコラムであらかじめ予告されていたのだ。ようやくレディ・ホイッスルダウンが自分について触れた記事を読んだときには、拍子抜けした気分だった。

「気にする必要はないわ」ダフネは声に思いやりを込めようとしたものの、うまくいきそうになかった。「あなたは大変な放蕩者だと書かれていただけだもの。わたしの長年の経験から言えば、男性は元来、遊び人に見られたいとあこがれるものらしいから、否定する必要はないわよね」

ダフネはひと息ついて反論や否定を待ち受けた。反応がない。

それで続けた。「それに、わたしの母も、あなたはそういう人だったらしいと言ってたわ」

「そうなのか?」

ダフネはうなずいた。「それでわたしに、あなたと一緒にいるのを人に見られるのもだめだと言うのよ」

「ほんとうに?」サイモンはのんびりと言った。

その口調の響きと、こちらを見る目がくすんでいくさまを見て、ダフネはひどくうろたえ、ひたすら懸命に目を閉じまいとした。

自分がどれほど動揺させられているのかを絶対に悟られたくない。

リイモンが唇をゆがめてゆっくりと微笑んだ。「誤解がないよう確認させてくれ。きみの母上はきみに、わたしが性悪な男で、わたしといるところをけっして見られてはならないと言ったわけだな」

ダフネはとまどいつつ、うなずいた。

「ということは」サイモンは間をおいて、大げさにもったいをつけた。「きみの母上に、この事態を知られたらなんと言われるだろうな?」

ダフネは目をぱちくりまたたいた。「どういうこと?」

「つまりナイジェルを数に入れなければ」――気絶して床に倒れている男のほうを手振りで示す――「誰も、わたしときみが一緒にいるところを実際には見ていない。しかも……」言葉を途切らせた。彼女の表情の変化を十二分に楽しみたくて、できるかぎりその瞬間を長引かせようとした。

もっとも、ダフネの表情にはほとんど、いらだちと動揺の微妙な変化しか見られないのだが、それを眺めているのがじつに愉快だ。

「しかも？」ダフネが歯軋《はきし》りするように言った。

サイモンは身を乗りだして、ふたりの距離を数センチほどに縮めた。「しかも」彼女が顔にかかる息を感じているのを意識しながら、囁きかける。「いまここには、完全にふたりだけしかいない」

「ナイジェルを除けば」ダフネは指摘した。

サイモンはほんのちらっと床の男に目を落としてから、狼のごとく貪欲な視線をダフネに戻した。「ナイジェルのことはまったく気にならない」と、囁く。「きみは？」

サイモンは、困惑顔でナイジェルを見おろすダフネを見つめた。こちらに気を惹きつけるには、ふった求婚者には救ってもらえないことをしっかりわからせなければならない。むろん、本気ではなかった。なにしろ相手はアンソニーの妹なのだ。

とはいうものの、ささやかなゲームを終わらせる機を逸しかけていた。彼女がこの間《かん》の出来事をアンソニーに報告するとも思えない。なぜだか、彼女なら黙っていることを選ぶようる気がした。それも密かに後ろめたさに気を揉《も》みつつ、願わくは、少しばかりの興奮を感じてくれはしないだろうか？

こんな悪ふざけはやめて、ダフネのまぬけな求婚者を屋敷から引きずりだす仕事にかかるべきだとわかってはいても、最後のひと言をこらえきれそうもなかった。それを口にすれば、彼女はたぶんむっとして唇をすぼめるだろう。あるいは啞然として口をあけるだろうか。たしかなのは、彼女がそうした表情をしたとき、こちらの生来のいたずら心はどうにも抑えきれなくなるということだ。

とうとうサイモンは前かがみになり、誘惑するように囁いた。「きみの母上がなんと言うかは想像がつく」

「そうかしら？」

ダフネは猛襲にややうろたえたように見えたが、なおも毅然と立ち向かおうとしていた。

リイモンはゆっくりとうなずいて、彼女の顎に指で触れた。「母上はきみに、よくよく用心しろと言うだろうな」

束の間しんと静まり返り、ダフネの目がとても大きく広がった。まるで何かをこらえるかのように唇を引き結び、肩がわずかに持ちあがり……。

笑い声をあげた。正面からサイモンの顔を見据えて。

「もう、やだわ」ダフネは息を切らせた。「だって、おかしいんですもの」

サイモンはちっともおかしくなかった。

「ごめんなさい」笑いの合間に言う。「もう、ごめんなさいね、でも、あんまりにも芝居がかった言い方なんですもの。似合わないわ」

サイモンは黙り込み、こんな華奢な娘に権威を平然と傷つけられたことにひどくいらだった。危険な男だと見られているのだし、若く無垢な女性のひとりぐらい、怯えさせられると高《たか》を括《くく》っていた。

「あら、でも、やっぱり似合っていたと言うべきね」ダフネはなおも面白がって笑いながら続けた。「とっても危険な男に見えたもの。それにもちろん、とってもハンサムだし」サイモンが何も言わずにいると、ダフネが困惑した表情になって訊いた。「そう見せるつもりだったのよね？」

それでもサイモンが黙り込んでいるので、ダフネは言った。「もちろん、そうよね。失礼にならないように言っておくけど、わたし以外の女性にだったら、ちゃんと成功してたわよ」

訊かずにいられなかった。「それはまたどうして？」

「兄弟が四人もいるのよ」ダフネはそれですべての説明がつくとばかりに肩をすくめた。「そういうゲームには慣れすぎてしまったのね」

「そうなのか？」

ダフネは励ますように彼の腕を軽く叩いた。「でも、あなたの誘惑はほんとうに見事だったわ。それにじつを言うと、わたしにそこまで派手に公爵らしい遊び人を演じる価値があると思ってくれたのが、すごく嬉しかった」心から嬉しそうに大きな笑みを浮かべた。「それとも、遊び人らしい公爵と言うべきかしら？」

サイモンは恐ろしげな捕食動物の雰囲気を取り戻そうと、もの思わしげに顎をさすった。

「きみはまったく小僧らしい娘だな、そう思わないか、ブリジャートン嬢？」

ダフネはげんなりした笑みを向けた。「ほとんどの人には、やさしくて、気だてがいいって言われるわ」

「ほとんどの人は」サイモンはぶっきらぼうに言った。「まぬけなんだ」

ダフネはその返事を思案するようにわずかに首を傾けた。それから、ナイジェルを見やって、ため息をつく。「残念ながら、同意せざるをえないわね」

サイモンは笑みを噛み殺した。「残念なのは、同意せざるをえないことか、それとも、ほとんどの人がまぬけだってことのほうかい？」

「両方よ」ダフネはふたたび微笑んだ――脳に不埒《ふらち》な考えを抱かせる、魅力的な大きい笑み。

「でも、どちらかといえば前者のほうね」

リイモンは思わず笑い声をあげ、自分の声になんとも違和感を覚えてはっとした。もともとよく微笑むし、たまに笑い声も立てるが、こんなふうに心から楽しくて笑えたのはずいぶん久しぶりのことだ。「親愛なるブリジャートン嬢」サイモンは目をぬぐいながら言った。

「きみが、やさしくて気だてがいいのだとしたら、世の中はすこぶる危険な場所だということになる」

「ええ、そうなのよ」ダフネは答えた。「少なくとも、母にはそう言われてるもの」

「その母上を、なんだって思いだせないのだろう」サイモンはぼそりと言った。「間違いなく、忘れられない個性の持ち主だろうに」

ダフネは片眉を吊りあげた。「母を覚えてらっしゃらない？」

サイモンは首を振った。

「それなら、会ったことがないのよ」

「きみに似ているのか？」

「妙な質問ね」

「それほど妙でもないさ」サイモンはダフネの言うとおりだと思いつつ答えた。たしかに妙な質問で、どうしてそれを声に出してしまったのかわからない。でも、すでに訊いてしまったわけだし、相手はそれに対して疑問を抱いているようなので、付け加えた。「なんといっても、きみたちブリジャートン一族はみんなそっくりだと聞いている」

彼女の顔にかすかに、サイモンからすれば不可解な渋い表情がよぎった。「そうよ。たしかに似ているわ。ただし母はべつなの。金髪だし、目も青いのよ。わたしたち子供は父から濃い色の髪を受け継いだの。わたしは母と笑顔が似ていると言われるけれど」

ぎこちない沈黙が落ちた。ダフネは公爵に何を話せばいいのかわからず、片足から片足へ重心を移しかえた。そのとき、ナイジェルが、おそらくは人生で初めて絶妙の間合いで起きあがった。「ダフネ？」視線が定まらないらしく瞬きを繰り返す。「ダフネ、きみなのか？」

「やれやれ、ブリジャートン嬢」公爵が嘆く。「きみはどれだけ強く殴ったんだ?」

「倒そうとは思ったけど、ほんとうに、それほど強く殴ってないわ!」眉根を寄せる。

「きっと、この人がお酒を飲んでたのよ」

「おお、ダフネ」ナイジェルが呻いた。

公爵はその脇に身をかがめ、すぐさま離れて咳き込んだ。

「お酒を飲んでる?」ダフネは訊いた。

公爵がよろりとあとずさる。「求婚する勇気を奮い立たせるために、ウィスキーのボトル一瓶《ひん》は空けてるな」

「わたしのことをそんなに怖がってたのかしら?」ダフネはつぶやいて、自分のことをとても楽しい気さくな友人にしか見ていなかった男性たちのことを思った。「すばらしいわ」

リイモンは、気がふれたのかとでもいうように彼女を見つめてつぶやいた。「その発言の意味は尋ねる気にもならないね」

ダフネはその言葉を聞き流した。「そろそろ計画を実行に移すべきではないかしら?」

サイモンは腰に両手をあてて、状況を改めて見きわめた。ナイジェルは立ちあがろうとしているが、少なくとも自分の目には、近いうちにその試みが成功するようには見えない。それでも、おそらく面倒を起こせる程度には正気づいているだろうし、現にすでに物音を立てられることを示していた。いや、絶好調と見える。

「おお、ダフニェ。とても愛してるんら、ダフェリ」ナイジェルはどうにか膝をつくと、教会で祈る酔っ払いのように、よたよたとダフネのほうへ足を引きずって進みだした。「どうか結婚してくれ、ラッフィ。しなくちゃだめだ」

「ほら、しっかりしろ」サイモンは低く叱りつけて、ナイジェルの襟首をつかんだ。「また面倒を起こすぞ」ダフネのほうを振り返る。「こいつをいま外に出してくる。廊下にこのままおいておくわけにはいかない。このぶんでは、病んだ乳牛みたいに鳴きはじめ――」

「もうとっくに、鳴きだしてると思うけど」ダフネが言う。

サイモンは思わず口の片端を上げて苦笑した。ダフネ・ブリジャートンは結婚適齢期の女性で、つまりは自分のような立場の男を待ちかまえている災いのはずなのに、間違いなく話のわかる相手だと思った。

なんとも妙なときに思いついたものだが、この女性がもし男性なら、おそらくは良き友人になれただろう。

とはいえ、自分の目も体も、彼女が男でないことはきわめて明白に認識していたので、その目と体の意識をできるだけ、〝現状〟を打開することに振り向けようと思い定めた。こうしているところを見つかれば、ダフネの評判をひどく傷つけることになるだろうし、自分自身もそう長くは彼女に手を触れずにいられる自信がない。

それにしても落ち着かない気分だ。自制心をきわめて大事にしてきた男であるはずなのに。自制こそ、すべてだ。それができなければ、父に立ち向かうことも、大学で最優等の学位を取ることもできなかった。それができなければ――。

それができなければ、いまもまだ幼いときのようにしか話せなかっただろう、とサイモンは厳然と思った。

「わたしがこいつをここから引きずりだす」サイモンはいきなり言った。「きみは舞踏場に戻っていてくれ」

ダフネは肩越しに舞踏会へ続く廊下を見やって顔をしかめた。「それでいいの？　図書室で待っているという話だったでしょう」

「それは、馬車を呼び寄せてくるまで、彼をここにおいておくつもりだったからだ。だが、本人が目覚めてしまったのだから、そうはいかない」

ダフネは了承のしるしにうなずいてから尋ねた。「ほんとうに、あなたにまかせていいの？　ナイジェルはわりと大きいわ」

「わたしのほうが大きい」

ダフネは首を傾けた。公爵は細身だけれど、肩幅は広く、太腿にはしっかりと筋肉がつき、逞しい体つきをしている（紳士の服装に目がきくほうではないけれど、自分の知らないうちに、ほんとうにこのようなぴったりとしたズボンが最近の流行りになっていたのだろうか？）。さらに言えば、彼はどことなく、強さと力をしっかりと制御した捕食動物のような独特の雰囲気を漂わせていた。

彼なら間違いなく、ナイジェルを運びだせるだろう。

「わかったわ」サイモンにうなずいてみせた。「それから、ありがとう。こんなふうに助けてくださるなんて、あなたはとても親切だわ」

「親切なことはめったにしないんだが」サイモンはつぶやいた。

「ほんとうに？」ダフネはつぶやき返して、小さく微笑んだ。「変だわ。そうとしか言いようがないわよ。だって、わたしの経験からすれば、男性は――」

「男性の専門家みたいな口ぶりだな」サイモンはいくぶん辛らつな口調で言ってから、唸りながらナイジェルを引っぱりあげて立たせた。

ナイジェルはすぐさまダフネのほうへ歩きだし、ほとんど泣き声で名を呼んだ。サイモンが脚を踏んばって、どうにかナイジェルを引き留める。

ダフネはすかさず後ろにさがった。「ええ、なにしろ、四人も兄弟がいるのよ。どれだけ勉強になったか計り知れないわ」

公爵に答える気があるのかどうかは知りようもなかった。なぜなら、ナイジェルがその機に気力を取り戻すことにしたらしく（どう見ても平静ではないが）、サイモンの腕を振りほどいたからだ。酔っ払いの意味をなさないたわごとを並べながら、ダフネのほうへ突進してくる。

壁を背にしていなければ、ダフネは床に倒されていただろう。けれども結局、骨に響くほどの衝撃で背中が壁にぶつかり、体じゅうの息を吐きだした。

「まったく、いい加減にしろ」公爵がほとほとうんざりした調子で毒づく。ナイジェルをダフネから引き離し、彼女のほうを向いて訊いた。「こいつを殴っていいか？」

「ええ、遠慮なくお願い」ダフネはまだ息を切らしながら答えた。求婚してくれた相手にやさしく寛大に接しようと思ったけれど、さすがにもうこりごりだ。

公爵は「了解」というような言葉をつぶやいて、ナイジェルの顎に驚くほど強烈な一発を見舞った。

ナイジェルが石のごとく転がった。

ダフネは床にのされた男を淡々と眺めた。「今度は目を覚ましそうにないわ」

サイモンが握りしめていたこぶしを振り払う。「ああ」

ダフネは目をしばたたいて見あげた。「ありがとう」

「どういたしまして」そう返して、ナイジェルを睨みつけた。

「これからどうすればいいのかしら？」ダフネも彼にならって床に倒れている男に目を落とす――今度こそ完全に気絶したようだ。

「もとの計画に戻そう」サイモンがきびきびと言う。「こいつはここにおいといて、きみは図書室で待つ。馬車の用意ができてから引きずりだしたほうがいいだろう」

ダフネは思慮深くうなずいた。「彼の位置をずらすのを手伝ったほうがいい？　それともすぐに図書室に入るべき？」

サイモンはしばし沈黙した。頭を左右に傾けて、床に横たわったナイジェルの位置を検討する。「たしかに、少々手を貸してもらえると大いにありがたい」

「ほんとう？」ダフネが驚いて訊く。「手伝いはいらないと言われると思ったわ」

するると、公爵が少し面白がるように高慢な視線を返してきた。「だから、訊いたのか？」

「まさか、そんなはずないでしょう」ダフネはややむっとして答えた。「手伝うつもりもないのにわざわざ訊くほどまぬけじゃないわ。わたしはただ、経験上、男性のそういうところを指摘しようと——」

「きみは頭でっかちなんだよ」サイモンはつぶやくように吐き捨てた。

「なんですって？」

「おっと失礼」サイモンが言いなおす。「きみは経験豊富だと自分で思ってる、、、だけだ、と言いたかったんだ」

ダフネは公爵を睨みつけた。その濃い色の目が黒く見えるほど翳《かげ》っていく。「それは違うわ。どうしてそんなことをあなたに言われなきゃならないの？」

「いや、さっきのも正確ではなかったな」サイモンは彼女の憤慨した質問のほうは無視して、考えをめぐらせて言った。「きみは経験豊富だと自分で思っているだけだと、わたしは思う、、、と言うべきかな」

「あなたは——あなたは、いったい——」反論しようとすればするほどうまくいかなくなるのに、なにかを言おうとすることしか考えられなかった。ダフネには憤《いきどお》るとうまく話せなくなる癖《くせ》がある。

そして、いままさに憤っていた。

サイモンは、彼女の激怒した顔などまるで意に介さぬふうに肩をすくめた。「親愛なるブリジャートン嬢――」

「もう一度そんなふうにわたしの名を呼んだら、叫んでやるわ」

「いいや、叫ばないな」公爵が遊び人らしい笑みを浮かべて言う。「そんなことをすれば人が集まってくる。わたしと一緒にいるのを見られたら困るはずだろう」

「覚悟の上だわ」ダフネは一語一語を歯の隙間から吐きだすように言った。

サイモンは腕を組み、ゆったりと壁にもたれかかった。「ほんとうに？」間延びした声で言う。

「ならば拝見しようか」

ダフネは腹立たしさで両手を振りあげそうになった。「いまの話は忘れて。わたしのことも。今夜のことは全部忘れてちょうだい。もう、行くわ」

ダフネはくるりと背を向けたが、一歩も踏みださないうちに、公爵の声に引きとめられた。

「手伝ってくれるんじゃなかったのか」

もう！　してやられた。ダフネはゆっくりと向きなおった。「ええ、もちろん」空々しい声で答えた。「喜んで、お手伝いするわ」

「まあ、でも」公爵が何食わぬ顔で言う。「手伝いたくないんなら、べつに――」

「手伝うって言ってるでしょ」ダフネは跳《は》ねつけた。

サイモンはほくそ笑んだ。彼女の性格はなんともわかりやすい。「では、手順を言おう。わたしがこいつを立たせて右手を自分の肩にかけさせる。きみは反対側から支えてくれ」

ダフネは彼の横柄な態度を心のなかで罵《ののし》りながら、言われたとおりにした。けれど、ひと言も声には出さなかった。つまるところ、どれほど腹立たしい態度を取られようとも、ヘイスティングス公爵が醜聞《こうむ》を被りかねない状況から救いだしてくれようとしていることに変わりはない。

もちろん、いまこの場面を誰かに見られたら、よけいにまずい状況に立たされるはずだけれど。

「いい考えがあるの」ダフネは出し抜けに言った。「この人をここにおいてきましょうよ」

公爵がくるりと顔を向けた。窓から放りだしてやろうかと言いかねない形相だ——さいわいにも窓はしっかり閉じられている。「そもそも」無理に平静を装おうとしているのがありありとわかる声で言う。「きみはこいつを床においたままにしたくなかったんだろう」

「それは、この人に壁に打ちつけられる前のことよ」

「苦労してこいつを持ちあげる前に、気が変わったことを知らせようとは思わなかったのか？」

ダフネは顔を赤らめた。女性が気まぐれでわがままな生き物だと男性に思われるのはいやだし、たったいま自分がそれを証明するような行動を取っていることはもっといやだった。

「わかったよ」サイモンはそっけなく言うと、ナイジェルを手放した。

いっきに重みがのしかかってきて、ダフネもナイジェルと一緒に床に倒れかかった。驚きの悲鳴をあげて、すんでのところで逃れた。

「さて、行くとするか？」公爵がもはや我慢の限界だといわんばかりの口調で訊く。

ダフネはためらいがちにうなずいて、ナイジェルを見おろした。「なんだか、寝心地が悪そうに見えない？」

サイモンはダフネを見つめた。ひたすらじっと。「こいつの寝心地が気にかかるのか？」ようやく訊いた。

ダフネは気づかわしげに首を振り、それからうなずいて、また首を振った。「だから、つまり、なんていうか――ちょっと待って」しゃがみこんで、ナイジェルが仰向けにまっすぐな姿勢になるよう脚を伸ばさせた。「あなたの馬車でわざわざ送り届けてあげることはないと思ったのよ」上着を整えてやりながら説明する。「だけど、ここにこのまま放っていくのはあまりに不憫《ふびん》な気がしたの。でももう、気がすんだわ」立って、目を上げた。

さっさと歩き去っていく公爵が見えた。何か文句をつぶやいているようだけれど、自分のことを言われているのか、女性一般についてなのか、まるで関係のないことなのか、ダフネにははっきり聞きとれなかった。

けれども、そのほうがかえって良かったのだろう。それが褒め言葉であるとは、はとうてい思えなかった。

4

『ロンドンはこのところ、〝野心満々な母親〟たちであふれかえっている。先週のレディ・ワース邸での舞踏会では、筆者が目にしただけで少なくとも十一人の意志強固な未婚男子が、この野心満々な母親たちの襲撃を避けようと片隅で縮みあがっていた。
なかでも最も厄介な母親を選ぶのは難しいが、筆者の見たところ、フェザリントン夫人とレディ・ブリジャートンがほぼ並んで群を抜き、フェザリントン夫人のほうが僅差《きんさ》でリードといったところだろうか。なにせ、現在、結婚市場に出ているフェザリントン嬢が三人であるのに対し、レディ・ブリジャートンの心配の種はまだひとりに過ぎない。
とはいえ、ブリジャートン家の娘たち、E、F、Hが適齢期に達したおりには、わが身を案ずる方々すべてに、若い未婚男子たちから離れていることをお勧めしたい。レディ・ブリジャートンとて、娘三人を従えて舞踏場を練り歩くのでは左右にまで目は届くまい。いっそ爪先部分が金属のブーツでも履いてくれればありがたいのだが』
一八一三年四月二十八日付〈レディ・ホイッスルダウンの社交界新聞〉より

これ以上悪くなりようのない晩だと、サイモンは思った。その時点では考えもしなかったが、ダフネ・ブリジャートンとの奇遇な出会いが今夜の転機となったのは間違いない。まずは親友の妹に情欲——ほんのいっときであろうと——を抱いたことを気づかれることに怯えた。それから、ナイジェル・バーブルックのぶざまな口説きかたに、遊び慣れた男として神経をかりかりさせられた。さらには、ナイジェルを罪人としてあつかうのか、それまでどおり親しい友人として気づかうのか、ダフネの優柔不断さに我慢の限界を超えて憤慨した。

しかしそれらも、その後に待っていた苦難に比べれば、たいしたことはなかった。

舞踏場にひっそりもぐり込み、レディ・ダンベリーに挨拶をして、誰にも気づかれずに去るという、すばらしく賢明な計画はあっという間に打ち砕かれた。舞踏場に両足を踏み入れもしないうちに、オックスフォード大学時代からの旧友に見つかってしまったのだ。そのうえ、ついていないことに、この友人は最近結婚したばかりだった。新妻は申しぶんのない若く魅力的な女性なのだが、あいにく上流社会での地位への野心に富んでいて、嬉嬉《きき》として新顔の公爵を紹介する役目をかってでた。そして、いくら世をすねた皮肉屋を自任するサイモンとはいえ、大学時代の友の妻をむげにあしらうような無礼はできなかった。

そんなわけで、サイモンは二時間後、舞踏場のすべての未婚女性、その未婚女性たちすべての母親たち、それからむろん、その未婚女性たちすべての既婚の姉たちすべてに紹介されていた。どのご婦人の集団が最も苦痛だったのかは決めかねる。未婚の女性たちはいたって退屈だったし、その母親たちの野心には辟易《へきえき》し、未婚女性の姉たちにいたっては、あまりの厚かましさに、娼家にまぎれこんでしまったのかと思うほどだった。そのうち六人がきわめて淫らな言葉を発し、ふたりは私室《ブドワール》に誘うメモをこっそり手渡し、ひとりは実際に太腿に手を滑らせてきた。

いまにしてみれば、実際、ダフネ・ブリジャートンはこのうえなく好ましい女性に思えた。

ダフネといえば、いったいどこへ行ったのだろう？　一時間ほど前、大柄で近寄りがたい兄弟たちに囲まれている姿をちらりと見た気がしたのだが（ひとりひとりは近寄りがたいわけではないが、集まっているときに下手な挑発をすれば、ただではすまないことはひと目でわかる）。

それ以来、ダフネは消えてしまったかのようだった。考えてみれば、じつのところ、このパーティでまだ紹介されていない未婚女性は彼女だけかもしれない。

サイモンは廊下を去ったあとで、ダフネがナイジェルにまた何か面倒をかけられることは心配していなかった。顎に強烈な一撃を食らわせたので、数分は起きあがれないはずだ。ナイジェルが相当にアルコールを飲んでいたことを考えると、おそらくもっと時間がかかるに違いない。それに、いくらダフネがぶざまな求婚者にばかげた同情を感じていたとしても、目覚めるまで廊下で待つようなことはしないだろう。

ブリジャートン家の兄弟たちが集まっている隅のほうを振り返ると、なんとも愉快そうに過ごしていた。自分とほぼ同じぐらいたくさんの令嬢や、年配の母親たちの挨拶を受けているが、複数でいるおかげで、だいぶ身を守られているらしい。見たところ、ブリジャートン兄弟のところへ行くデビューしたての若い令嬢たちは、こちらに来たときの半分ほどの時間しかとどまらずに去っていた。

サイモンはブリジャートン兄弟たちのほうをいらだたしげに睨みつけた。

壁にゆったりともれかかっていたアンソニーがその表情をとらえてにやりと笑い、赤ワインのグラスを掲げてみせる。それから、頭をわずかに傾け、左側のほうへサイモンの視線を誘う。サイモンはそちらを向いて、まんまと三人の娘を従えた新たな母親につかまった。親子で揃いも揃って襞《ひだ》飾りだらけで、むろんレースもたっぷりあしらわれた、恐ろしく派手派手しいドレスに身を包んでいる。

サイモンは、飾り気のない灰緑色のドレスをまとったダフネのことを思った。ダフネのまっすぐに見つめる褐色の目、唇を大きく広げた微笑み……。

「公爵様！」母親がけたたましい声をあげた。「公爵様！」

サイモンは視界を晴らそうと目をまたたいた。アンソニーのほうを睨みつける間もなく、レースに覆われた親子にいとも手ぎわよく取り囲まれてしまった。

「公爵様」母親が繰り返す。「お近づきになれて、とても光栄ですわ」

サイモンはどうにか冷ややかなうなずきを返した。言葉などとうていでてこない。窒息しそうで恐ろしいぐらい、女一族にすぐそばまで迫られている。

「ジョージアナ・ハクスリーに勧められましたの」母親が詰め寄る。「あなたに、娘たちをせめて紹介しておきなさいって」

ジョージアナ・ハクスリーなどという名に覚えはないが、そのご婦人を締め殺してやりたい心境だった。

「いつもなら、こんな厚かましいまねはしませんのよ」母親が続ける。「ですけれど、あなたのそれはごりっぱなお父様と、とても親しくさせていただいておりましたの」

サイモンは身を固くした。

「ほんとうにすばらしい方でしたわ」婦人の声が釘のように脳に突き刺さる気がした。「公爵としての務めに、強い責任感をお持ちでしたわ。すばらしい父親でもいらしたのでしょうね」

「知りませんね」サイモンは吐き捨てた。

「まあ！」母親は何度か咳払いをしてからどうにか続けた。「そうなんですの。ええっと。どうしましょう」

サイモンは何も返さず、冷淡な態度に女性たちが引きさがることを願った。まったく、アンソニーはどこにいる？　女性たちに貴重な種馬のごとくあつかわれるだけでもぞっとするのに、先代の公爵がどれほどいい人物だったかという話を黙って聞いてることなど……耐えられるはずもない。

「公爵様！　公爵様！」

サイモンは目の前の婦人に無理やり冷たい目を戻し、もっと寛大にならなければと自分に言い聞かせた。しょせん、この婦人も、おそらくは自分を喜ばせたくて父親のことを褒めているだけなのだ。

「ただ、思いだしていただきたかっただけなんですの」婦人が言う。「わたしたち、数年前に、あなたがまだクライヴェドン伯爵を名乗ってらしたときに、お会いしてますのよ」

「はあ」サイモンはつぶやいて、女性たちの壁を打ち破って逃げだす策を探した。

「こちらが娘たちですの」婦人は言うと、三人の若い娘たちを手振りで示した。ふたりはまあまあの容貌だが、あとのひとりはまだ幼さの残るふっくらとした体つきで、顔色にまるで不似合いなオレンジ色のドレスを着ている。この夜会を楽しんでいるようには見えない。

「可愛らしいでしょう？」母親が続ける。「わたしの自慢の種ですわ。しかも、気だてもいいんですの」

サイモンは、かつて犬を買い求めたときにも同じような言葉を聞いた気がして、胸がむかついた。

「公爵様、ご紹介しますわ。プルーデンス、フィリッパ、ペネロペですわ」

二人の娘は膝を曲げてお辞儀をして、誰ひとり目を合わせようとはしなかった。

「家のほうにもうひとり、娘がおりますの」婦人が言う。「フェリシティと言うんです。でも、まだ十歳ですので、こちらには連れてまいりませんでした」

婦人がどういうつもりでその情報を伝えているのか想像もつかなかったが、サイモンは努めて退屈そうな口調をつくろって（これが怒りを見せない最善の策であることはとうの昔に学んだ）、せかすように訊いた。「それで、あなたは……？」

「あら、失礼！　わたしは、もちろん、ミセス・フェザリントンですわ。夫は三年前に他界したのですけれど、あなたのお父様とは、あの、とても親しくしておりましたのよ」婦人の声は消え入るように萎《しぼ》んだ。先ほど父親の話をしたときの相手の反応を思いだしたのだろう。

サイモンはそっけなくうなずいた。

「プルーデンスはピアノがとても上手に弾けますのよ」フェザリントン夫人が無理に明るく言う。

サイモンは一番年上の娘のばつの悪そうな表情に気づき、フェザリントン家での音楽会にはけっして出席しまいと即断した。

「それから、こちらの愛らしいフィリッパは水彩画の達人ですの」

フィリッパはにっこりした。

「それで、ペネロペ嬢は？」いたずら心が疼《うず》いて、訊かずにいられなかった。

フェザリントン夫人がうろたえた目を向けると、最も若い娘はすっかり委縮《いしゅく》してしまった。ペネロペはさして目立つ容貌ではなく、いくぶんふっくらとした体型も母親が着せたドレスではまるで隠せていない。けれども、やさしい目をしているように見えた。

「ペネロペ？」フェザリントン夫人はやや鋭さを含んだ声で訊き返した。「ペネロペは……ええと……そう、ペネロペなのよ！」唇をふるわせ、見るからに作り笑いを浮かべた。

ペネロペは絨毯《じゅうたん》の下にでももぐり込みたそうな顔をしている。サイモンは、どうしてもダンスをしなければならないときがきたら、ペネロペを誘おうと心に決めた。

「フェザリントン夫人」あきらかにレディ・ダンベリーのものとわかる鋭く高慢な声がした。「公爵を困らせているのではないかしら?」

サイモンはそのとおりだと答えたかったが、ペネロペ・フェザリントンのつらそうな顔を思いだして低い声で言った。「そんなことはないですよ」

レディ・ダンベリーは片眉を吊りあげ、ゆっくりとサイモンのほうへ顔を近づけた。「嘘つき」

青ざめた顔のフェザリントン夫人のほうへ振り返る。夫人は黙り込んだ。レディ・ダンベリーも黙り込む。とうとう、フェザリントン夫人はもごもごとご親族のところに挨拶に行くというようなことを言い、三人の娘たちをひっつかんで、そそくさと立ち去った。

サイモンは腕を組んだものの、真面目くさった顔を保ちきれなかった。「いまのは、お見事とは言いがたいですね」

「ふん。彼女のおつむは鳥の羽根並みに軽いのよ。娘たちもおんなじ。まあ、あの冴えない娘だけはべつだけれど」レディ・ダンベリーは首を振った。「せめて、もうちょっと違った色のドレスを着せてやれば……」

サイモンは含み笑いをこらえられなかった。「いらぬお節介はしないたちだったんじゃないんですか?」

「そのとおり。そんなことをしてもちっとも楽しくないものね?」レディ・ダンベリーは微笑んだ。意に反して微笑んでしまったことが、サイモンには見てとれた。「それにしても、あなたときたら」老婦人が続ける。「とんでもない客人だわね。招待主に挨拶に来る礼儀ぐらいは心得ていると思っていたのだけれど」

「ずっと崇拝者たちに取り囲まれていらしたから、近づくことさえできなかったんです」

「まったく口がうまいのだから」老婦人は辛らつに言った。

サイモンはその言葉の真意をはかりかねて、何も返さなかった。この女性には秘密を知られているのではないかとずっと疑ってきたが、ほんとうのところはまるでわからない。

「お友達のブリジャートンがこちらに来るわ」

サイモンは老婦人が顎をしゃくった先に目を向けた。アンソニーがぶらりと歩いてきて、目の前にたどり着くやいなや、レディ・ダンベリーに臆病者と罵られた。

アンソニーは目をぱちくりさせた。「どういうことです？」

「とっくにやって来て、フェザリントン家の四人組から友達を救ってやらなければだめでしょう」

「友の悩める顔があまりに傑作だったもので」

「ふむむむ」それ以上、何も言わず（唸り声も漏らさず）、レディ・ダンベリーはその場を離れた。

「すこぶる変わったご婦人だ」アンソニーが言う。「彼女があの毒筆のホイッスルダウンなる婦人だとしても驚かないな」

「ゴシップ紙の執筆者のことか？」

アンソニーはうなずくと、サイモンを鉢植えの向こうの兄弟たちのいる片隅へ導いていった。歩きながら、アンソニーがにやりとして言う。「ずいぶんたくさんの令嬢たちと話してたな」

サイモンはあからさまに罵り言葉をつぶやいた。

それでも、アンソニーはただ笑っている。「警告しなかったとは言わせないぞ」

「どうあれ、おまえが正しかったと認めるのは癪《しゃく》なんだから、それは望まないでくれ」

アンソニーはさらに笑い声をあげた。「そうと聞けば、今度はわたしがみずから初登場の令嬢たちをおまえに紹介するとしよう」

「そんなことをしようものなら」サイモンは忠告した。「じわじわと痛めつけて殺してやる」

アンソニーはにやりとした。「剣でか、銃でか?」

「いいや、毒を使う。すこぶる強烈な毒薬だ」

「おお、怖い」アンソニーは舞踏場をぶらぶらと歩いてきた足をふたりの兄弟の前でとめた。栗色の髪、高い背丈、均整のとれた骨格から、ふたりともブリジャートン兄弟であることははっきりとわかった。ひとりは緑色の目で、もうひとりはアンソニーと同じ褐色の目であることにサイモンは気づいたが、それを除けば、夜会の薄明かりのなかで、三人はまさしく見わけがつかないほどよく似ている。

「わたしの弟たちのことを覚えてるかな?」アンソニーがかしこまって訊く。「ベネディクトとコリンだ。ベネディクトとはイートンのときに会っているはずだ。入学してきて最初の三カ月は、われわれのあとをくっついて歩いてたからな」

「そんなことはないですよ！」ベネディクトが笑いながら言う。

「コリンには会ったことがあっただろうか」アンソニーは続けた。「学校で顔を合わせるには、おそらくちょっと歳が離れているだろう」

「お会いできて嬉しいです」コリンは陽気に言った。

サイモンは若者の緑色の目にやんちゃな光を見てとって、思わず微笑みを返した。

「アンソニー兄さんから、あなたの所業についてはいろいろ聞いてます」コリンはますますいたずらな笑みを広げて言葉を継いだ。「きっと、すばらしい友人になれますよ」

アンソニーはぐるりと目をまわした。「母上の気持ちもわかるよな。子供たちのことで気が変になるとすれば、その原因はまず間違いなくコリンだと言ってるんだ」

コリンが言う。「ぼくは実際、その言葉を誇りにしてるんですけどね」

「さいわい、まだいまのところは、コリンのやさしい気質に救われているようだが」アンソニーが続ける。「じつは、ちょうど大陸巡遊旅行《グランドツアー》から戻ってきたばかりなんだ」

「きょうの夕方に」コリンは少年っぽい笑顔で言った。向こう見ずな若さにあふれている。

ダフネよりさほど年上ではないだろうと、サイモンは見定めた。

「わたしもちょうど旅から戻ったばかりなんだ」サイモンは言った。

「ええ、でも、あなたは世界じゅうをめぐらされたのだと聞いてます」コリンが言う。「ぜひいつか、お話を聞かせてください」

サイモンは快くうなずいた。「喜んで」

「ダフネには会いましたか？」ベネディクトが尋ねた。「ブリジャートン家の出席者のなかでは唯一の行方知れずだな」

サイモンがその質問にどう答えるのが最善なのかを考えあぐねているあいだに、コリンが鼻先で笑って言った。「おっ、ダフネの行方を見つけましたよ。陰気な顔をしてるが、たしかにダフネだ」

サイモンがコリンの視線を追って舞踏場の向こう側を見やると、ダフネがあきらかに母親とわかる女性の隣りで、兄の言うようにこのうえなく陰気な顔で立っていた。

そのとき、ふとサイモンは気づいた。ダフネも、母親に連れ歩かれる恐ろしい未婚令嬢たちのひとりなのだ、と。同じ生き物にしてははるかに節度があり、率直すぎるように思えるが、それでも同じ行動を取らざるをえないのだろう。二十歳そこそこだろうし、ブリジャートンの名を持つ以上、純潔も守られているはずだ。それにむろん、母親が張りついていて、ひっきりなしに紹介に連れまわされることから逃れられはしない。

ダフネも自分とまるで同じような境遇に苦しんでいるらしい。そう思うと、サイモンはなぜだか大いに気分が良くなった。

「誰かが救ってやらなければ」ベネディクトが独りごちた。

「いやいや」コリンがにんまりして言う。「母上がダフネをマックルズフィールドのところへ連れていってまだ十分ぐらいですからね」

「マックルズフィールド？」サイモンは訊いた。

「伯爵です」ベネディクトが答える。「カッスルフォード様のご子息」

「まだ十分？」アンソニーが言う。「マックルズフィールドも気の毒に」

サイモンはいぶかしむ目を向けた。

「ダフネが退屈な人間だというわけじゃない」アンソニーは即座に付け加えた。「だが、母上はいったん狙いをつけると、つまり……」

「しつこい」ベネディクトが助け船をだす。

「——母上は」アンソニーは弟に礼のうなずきを返して続けた。「紳士に、つまり……」

「容赦しない」コリンが付け足した。

アンソニーは苦々しく笑った。「ああ。そのとおりだ」

サイモンはけげんな顔で話題の三人のほうへ視線を戻した。ダフネは陰気な顔をしているし、マックルズフィールドは一番近い出口を探しているらしく辺りに目を走らせている。そして、レディ・ブリジャートンの目が野心満々にきらめいているのを見て、サイモンは若い伯爵に同情を覚えてぞっとした。

「ダフネを助けなければな」アンソニーが言う。

「そうですね」ベネディクトが答える。

「それに、マックルズフィールドも」と、アンソニー。

「もちろん」ベネディクトも口を揃えた。

だが、サイモンの見たところ、誰もすぐに動く気配はない。

「口だけですか？」コリンが声高に笑う。

「おまえだって、あそこに行って救いだす気はないだろう」アンソニーがやり返す。

「冗談じゃない。そもそも、ぼくは助けるべきだとは言ってませんからね。だけど、兄さんたちは……」

「いったい何を揉めてるんだ？」ついにサイモンは訊いた。

ブリジャートン家の三兄弟がまったく同じ後ろめたそうな顔を向ける。

「ダフを助けなければ」ベネディクトが言う。

「ほんとうにそう思ってるんだ」と、アンソニー。

「兄たちは恥ずかしくて言えないようですが」コリンがせせら笑って言う。「ふたりとも、母が怖いんです」

「事実だ」アンソニーが情けなさそうに肩をすぼめる。

ベネディクトがうなずいた。「素直に認めます」

これ以上滑稽な光景があるだろうかとサイモンは思った。この三人は、かのブリジャートン兄弟だ。長身で、ハンサムで、逞しく、国じゅうの未婚女性たちが気を惹こうとする三人が、華奢な女性ひとりに完全に恐れをなしているとは。

たしかに、彼女は三人の母親だ。その事実は考慮しなければならないだろうが。

「わたしがダフを救いに行けば」アンソニーが釈明する。「まんまと母の罠に掛かって、自分の首を絞めることになる」

アンソニーが母親に未婚の令嬢から令嬢へ連れまわされる姿が頭に浮かび、サイモンは思わず吹きだした。

「これで、どうしてこういう夜会を疫病のごとく避けているのか、わかっただろう」アンソニーが苦々しげに言う。「挟み撃ちにあってるんだ。令嬢たちやその母親たちに見つからなくとも、自分の母親の手で、間違いなく彼女たちに引きあわされる」

「そうだ!」ベネディクトが声をあげた。「あなたに救ってもらえませんかね、ヘイスティングス?」

サイモンはレディ・ブリジャートンをちらりと見やり(その時点で、子爵未亡人はマックルズフィールドの肘をしっかりと握っていた)、臆病者という消えない烙印を押されてもかまわないと思った。「まだ紹介を受けていないのだから、そんなことをするのは非常に無礼にあたるのではないかな」言いつくろった。

「そんなことはないさ」アンソニーが言う。「きみは公爵だ」

「だから?」

「だから?」アンソニーが繰り返す。「母はダフネを公爵と引きあわせられるとなれば、多少の無礼は気にしないだろう」

「ちょっと待ってくれよ」サイモンはかっとして言った。「おれをおまえの母上の祭壇に捧げる生贄《いけにえ》の子羊にするつもりか」

「アフリカにもだいぶ長くいらしたんですよね？」コリンが軽口を叩いた。

サイモンはそれを無視した。「それに、きみの妹はさっき――」

ブリジャートン家の三兄弟がいっせいにくるりと向きなおる。サイモンはすぐに口を滑らせたことを後悔した。まずい。

「ダフネに会ったということかな？」アンソニーが気味の悪いほど丁寧な口調で問いかけた。

サイモンが答えるより早く、ベネディクトがほんのわずかに身を寄せて訊く。「どうして、それを話してくださらなかったんです？」

「そうですよ」コリンはその晩初めてきまじめな口調になって言った。「なぜなんですか？」

サイモンは三兄弟の顔から顔へ視線を移し、ダフネがいまだ未婚である理由を完璧に悟った。敵意丸だしのこの三人組がいては、よほど意思の固い――あるいは愚かな――求婚者ではないかぎり、逃げ去ってしまうだろう。

こうしてナイジェル・バーブルックが残ったこともうなずける。

「じつは」サイモンは切りだした。「舞踏場に来るときに廊下でばったり会ったんだ。それで」――ブリジャートン兄弟に、いかにもあてつけがましく視線を走らせる――「ひと目できみたち一族の人間だとわかったから、こちらから挨拶した」

アンソニーがベネディクトのほうを向く。「ということは、バーブルックからは逃げられたんだな」

ベネディクトがコリンのほうを向く。「バーブルックはどうしたんだろう？　知ってるか？」

コリンが肩をすくめた。「ぜんぜん。傷ついた心を癒しに帰ったんでしょう」

いや、傷ついた顔だ、とサイモンは胸の内で苦々しくつぶやいた。

「なるほど、それならすべて説明がつく」アンソニーは言うと、威圧的な長男らしい表情を消し、ふたたび遊び仲間の親友らしい顔に戻った。

「いや」ベネディクトがいぶかしげに言う。「それを話さなかった理由がまだわかってません」

「言う機会を逃してしまったんだ」サイモンはむっとして言い、腹立たしさで腕を振りあげそうになった。「自覚がないなら言っておくが、アンソニー、おまえにはやたらたくさん兄弟がいるから、それを紹介するのにもやたら時間がかかるんだ」

「ここにいるのはふたりだけですよ」コリンが口を挟んだ。

「もう帰るよ」サイモンは告げた。「きみたち三人は正気じゃない」

三人のなかで一番強硬に見えたベネディクトが、突如にやりとした。「妹さんはいないんですか？」

「ああ、ありがたいことに」

「娘でもできたら、あなたにもわかりますよ」

サイモンは娘を持つことはありえないと確信していたが、黙っていた。

「試練だろうな」アンソニーが言う。

「ダフはまだましですよ」ベネディクトが言い添える。「じつのところ、求婚者はさほど多くありませんから」

なぜさほど多くないのか、サイモンには見当がつかなかった。

「求婚者が多くない理由は定かじゃないが」アンソニーが考え込んで言う。「妹はたしかに、すてきな女性だ」

サイモンは胸に誓った。もう少しでその妹を壁に押しつけて、気絶させるようなキスをしようとするところだったなどとはけっして言うまい。彼女がブリジャートン家の人間だと気づかれなければ、まさしく実行していただろう。

「ダフは最高ですよ」ベネディクトも同調した。

コリンがうなずく。「賢い妹です。すごく気だてがいいし」

ぎこちない間があり、サイモンが言った。「まあ、気だてが良かろうと悪かろうと、わたしはあそこへ救いに行くつもりはない。彼女にはっきりと、わたしと一緒にいるところを見られてはならないと、母親から注意されていると言われたのだから」

「母上がそんなことを？」コリンが訊いた。「あなたは相当に評判が悪いんですね」

「大部分は根拠のないことだ」サイモンはぼそりと言い、なにをわざわざ自己弁護しているのだろうと思った。

「それはまずいな」コリンが言う。「あなたにあちこち連れて行ってもらおうと思ってたのに」

サイモンは、この青年の末恐ろしい無鉄砲な将来を予感した。

アンソニーのこぶしがするりとサイモンの腰に落ちて、前へ押しだした。「きちんと説明すれば、母の気も変わるはずだ。行こう」

サイモンはダフネのほうへ歩いて行かざるをえなくなった。抵抗すれば、まさにひと騒動起こすことになり、そうなればうまく立ちまわれないことはとうの昔に学んでいる。それに、自分がアンソニーの立場であれば、妹を救うためにやはり同じ策をとったかもしれない。

さらには、フェザリントン姉妹のような女性たちと夜のひとときを過ごしたあとでは、ダフネのことをまんざら悪くも思えなかった。

「お母さん！」アンソニーは快活な声で呼びかけて、子爵未亡人のほうへ近づいていった。「ずっと探してたんですよ」

息子が近づいてくるのを見て、レディ・ブリジャートンの青い目が輝いたことにサイモンは気づいた。野心満々な母親であろうとなかろうと、レディ・ブリジャートンが子供たちを愛していることはあきらかだ。

「アンソニー！」子爵未亡人が答えた。「会えて良かったわ。ダフネと一緒に、ちょうどマックルズフィールド伯爵とお話ししていたところなの」

アンソニーはマックルズフィールドに同情の視線を投げた。「ああ、そうなんですか」

サイモンはさっとダフネの視線をとらえて、ほんのかすかに首を振った。ダフネは機転のきく女性らしく、かすかにうなずいて返した。

「それで、こちらはどなたなの？」レディ・ブリジャートンが尋ねて、目を輝かせてサイモンの顔を見る。

「新しいヘイスティングス公爵です」アンソニーが答えた。「イートン校とオックスフォード大でともに過ごした友人ですよ。覚えておられるのでは」

「もちろんですわ」レディ・ブリジャートンはていねいに答えた。

きっちりと沈黙を守っていたマックルズフィールドがすばやく会話の隙を見てとって、言葉を差し入れた。「父が来たようです」

アンソニーは若い伯爵に愉快げな訳知りふうの目を向けた。「では何はともあれ、ご挨拶にいらしたほうがよろしいでしょう」

若い伯爵はその言葉に応じて、さっさと立ち去った。

「伯爵はお父様のことを嫌ってらしたはずなのに」レディ・ブリジャートンがとまどい顔で言う。

「嫌ってるわよ」ダフネがあからさまに言った。

サイモンは笑いを押し殺した。ダフネが眉を吊りあげて、言いぶんを目顔で問いただす。

「まあ、いずれにせよ、あの方には良くない評判が立っていたから」レディ・ブリジャートンが言う。

「最近はそういう噂話が多いようですね」サイモンは低い声で応じた。

ダフネの目が広がり、今度はサイモンのほうが眉を吊りあげて、沈黙で反論を挑発した。

　むろんダフネは何も返さなかったが、母親のほうが鋭い視線を向けてきた。公爵位の継承で、良くない評判を埋めあわせられる人物であるかどうかを見きわめられているのだと、サイモンは直感した。

「国をでる前には、お目にかかれていないと思います、レディ・ブリジャートン」サイモンはよどみなく言った。「しかしながら、こうしてお会いできて、とても光栄です」

「わたしもですわ」子爵未亡人はダフネのほうを身振りで示した。「娘のダフネです」

　サイモンはダフネの手袋をした手を取って、礼儀正しく慎重に指関節に口づけた。「正式にお知りあいになれて光栄です、ブリジャートン嬢」

「正式に？」レディ・ブリジャートンが尋ねた。

　ダフネが口をあけたが、言葉を発する前にサイモンが口を挟んだ。「先ほど、ちらりとお会いしたことは、お兄様方にすでにお話ししました」

　レディ・ブリジャートンの頭がくるりとすばやくダフネのほうへ向く。「今夜すでに公爵様にご挨拶していたの？　なぜ、それを言わなかったのかしら？」

　ダフネはぎこちなく微笑んだ。「ずっと伯爵とお話ししていたからよ。それに、その前はウエストバラ卿とお話ししていたし。さらにその前は――」

「言いたいことはもうわかりましたよ、ダフネ」レディ・ブリジャートンが唸るような声で言った。

　笑うのは許されない無礼にあたるのだろうと、サイモンはこらえた。

するとレディ・ブリジャートンが満面の笑みを振り向けたので――ダフネのとてもにこやかな笑みは母親ゆずりであることは一目瞭然だ――良くない評判には目をつむれると判断してもらえたのだとわかった。

子爵未亡人の目に異様な光が灯り、その首がダフネとサイモンのほうへ交互に動く。それから、ふたたび微笑んだ。

サイモンは逃げだしたい衝動を抑えた。

アンソニーがわずかに身をかがめ、耳もとに囁きかけてきた。「ほんとうに、すまない」

サイモンは歯を食いしばってつぶやいた。「おまえを殺してやりたいぐらいだ」

ダフネの冷え冷えとした目が、ふたりの会話を聞きとって微塵《みじん》も愉快でないことを告げている。

けれども、レディ・ブリジャートンはすでに盛大な結婚式の空想で頭がいっぱいであるのか、さいわいまるで気づいていないらしかった。

と、子爵未亡人が男性たちの背後を見やって、目をすがめた。あまりに不愉快そうな表情に、サイモン、アンソニー、ダフネも何事かと揃って顔を振り向けた。

フェザリントン夫人が、プルーデンスとフィリッパを引き連れ、ずんずんこちらに向かってくる。サイモンはそこにペネロペの姿が見えないことに気づいた。

サイモンは即座に決断した。せっぱ詰まった状況では、せっぱ詰まった手を打たざるをえない。「ブリジャートン嬢」さっとダフネのほうに向きなおる。「踊りませんか？」

5

『みなさんは昨夜のレディ・ダンベリーの舞踏会に出席されただろうか？　出席しなかったのなら、悔やむべし。これぞ今シーズン最大の見物を見逃したということだ。筆者にはむろん、パーティ出席者の皆々方にも、ダフネ・ブリジャートン嬢が、イングランドに戻ったばかりのヘイスティングス公爵の心をとらえたことは明白に見てとれた。

レディ・ブリジャートンが安堵するさまが目に浮かぶようだ。ダフネがもし今シーズンも売れ残ってしまうようなことがあれば、屈辱を味わうことになるだろう！　しかも、レディ・ブリジャートンには、嫁がせなければならない娘がさらに三人控えている。ああ、恐ろしや』

一八一三年四月三十日付〈レディ・ホイッスルダウンの社交界新聞〉より

ダフネは断わりようがなかった。

第一に、母が、〝母親のわたしに、逆らうことは許しません〟という恐ろしげな視線をひしひしと突きつけている。

第二に、公爵はあきらかに、薄暗い廊下での出来事の詳細をアンソニー兄に話してはいない。つまり、ダンスの相手を断わるそぶりを見せれば、間違いなく不要な憶測を呼ぶということだ。

そして言うまでもなく、フェザリントン一族との会話をとりたてて楽しめるとは思えないし、さっさとダンスフロアに出ていかなければ、その輪に引きずり込まれるのは間違いない。それに結局のところ、ほんの少しばかりはたしかに、公爵とダンスを踊りたいという思いがないわけでもなかった。

当然ながら、傲慢で無作法な公爵は応じる間を与えようとすらしなかった。「喜んで」とか、「ええ」とさえ言わせてもらえないうちに、ダフネは公爵に導かれて舞踏場の中央へ連れだされていた。

演奏家たちはすでに準備に入っていたものの、まだひどく耳障りな音を調整していたので、実際に踊るのはもうしばらく待たなければならなかった。

「断わらないでくれて、ほんとうに良かった」公爵が心から嬉しそうに言う。

「断わる時間なんてあったかしら？」

公爵がにやりと笑う。

ダフネはその笑顔にしかめ面で答えた。「応じる時間さえ与えてくださらなかったわ」

公爵は片眉を上げた。「もう一度、尋ねなければならないということかな？」

「もちろん、けっこうよ」ダフネは答えて、目をぐるりとまわした。「わたしがそれほど大人げないことを言うと思う？　それに、ここで揉めごとを起こすのは、わたしたちのどちらも望んでいないことだもの」

公爵がやや首をかしげて、いかにも見定めるような目を向けた。即座に人柄を見きわめて、信じてもかまわないだろうと決めたようなそぶりだ。ダフネはそのせいでなんとなく落ち着かない気分になった。

ちょうどそのとき、オーケストラが不協和音の調整を終えて、円舞曲《ワルツ》の始まりの音を奏でだした。

サイモンが唸った。「若い令嬢たちはいまだに円舞曲を踊るのに許しが要るのかい？」

ダフネは呆れ顔の公爵に思わず微笑んだ。「どれぐらい国を離れてらしたの？」

「五年。返答は？」

「ええ、そうよ」

「きみも許しを得た？」公爵はせっかくの逃亡策に水を差されるのを憂うように尋ねた。

「もちろん」

サイモンはダフネをさっと腕のなかに引き寄せてはまわしながら、優雅に装ったカップルの群れのなかへ進んだ。「それは良かった」

舞踏場をちょうどひとめぐりしてきたところで、ダフネは尋ねた。「わたしたちが先に出会っていたことを、兄たちにどれぐらい話したの？　兄たちと一緒にいらしたのよね」

サイモンは微笑んだだけだった。

「どうして笑ってるの？」ダフネはいぶかしんで訊いた。

「きみの慎み深さに感心しているだけのことさ」

「どういうこと？」

サイモンは肩を持ちあげてわずかに背をすくめ、頭を右側へ傾けてみせた。「きみがここまで辛抱強いお嬢さんだとは思わなかったよ。なんたって、きみの兄上たちとの会話について尋ねるまでにまる三分半もかかった」

ダフネは恥ずかしさをぐっとこらえた。じつのところ、公爵がきわめて巧みな踊り手なので、円舞曲を踊ることにすっかり夢中になり、兄たちとの会話を心配することすら忘れかけていた。

「きみが尋ねられたので答えよう」サイモンが寛大にも返事を待たずに言う。「兄上たちに言ったのはこれだけだ。きみと廊下で出くわして、きみの容貌を見てすぐにブリジャートン家の人間だと気づき、自己紹介した」

「兄たちはそれを信じたと思う？」

「ああ」サイモンが穏やかに言う。「わたしにはそう見えた」

「べつに、隠し立てするようなことはないものね」ダフネはすばやく言い添えた。

「もちろん」

「こういうことになった原因があるとすれば、間違いなくナイジェルのせいだもの」

「いかにも」

ダフネは下唇を噛んだ。「まだ廊下にいるのかしら？」

「むろん、たしかめにいくつもりはないね」

束の間、気まずい沈黙が流れ、ダフネが言った。「ロンドンの舞踏会に出席するのは久しぶりなんでしょう？　ナイジェルとわたしは、とんだ歓迎をしてしまったわね」

「きみに会えたのは嬉しいが、彼のほうはよけいだった」

ダフネはその褒め言葉にかすかに笑った。「さっきの事件はべつとして、今夜は楽しいひとときを過ごせてる？」

その答えが否定であるのは明白なので、サイモンは言葉にせずに、大げさに鼻で笑った。

「あらそう？」ダフネは言うと、問いかけるように眉を吊りあげた。「それは興味深いわ」

「わたしが苦しむ姿が興味深いというのか？　病気にでもなったら、きみにはけっして頼らないと胸に刻もう」

「あら、やだ」ダフネはくすりと笑った。「そんなにひどくはないでしょう」

「いや、ひどいね」

「間違いなく、わたしの今夜よりはましだわ」

「母上とマックルズフィールドのところにいたときには、たしかにずいぶん陰気な顔をしていたよな」

「ご親切に解説してくださってありがとう」ダフネはつぶやいた。

「だがやっぱり、こっちの今夜のほうがひどい」

ダフネが笑った。その軽やかな調べのような声が、サイモンの骨身を温めた。「とってもみじめなふたり組というわけね」ダフネが言う。「せめて、お互いのひどい晩以外の話題に変えましょうよ」

サイモンは黙り込んだ。

ダフネも黙り込む。

「ううむ、思いつかないな」サイモンが言った。

ダフネが先ほどよりも陽気な笑い声をあげ、サイモンはまたもその笑顔に見とれた。

「負けたわ」ダフネが吐息をついて言う。「あなたの夜がそんなにひどいものになってしまったのは、なんのせいなの？」

「なんなのか、人なのか」

「人？」ダフネは首をかしげて見つめた。「ますます興味深い話になってきたわ」

「今夜お目にかかった人々を形容する言葉ならいくらでも思いつくが、そのなかに興味深いというのは含まれない」

「あら、ちょっと待って」ダフネは叱るふりをした。「それは失礼じゃないかしら。だって、わたしの兄たちとも話してらしたわよね」

サイモンはいさぎよく頭をさげると、彼女の腰をつかむ手にわずかに力を込めて、優美な弧を描くように踊り進んだ。「これは失礼。もちろん、ブリジャートン家の人々は、わたしの非難の対象外だ」

「家族一同、ほっとしたわ」サイモンはそのさりげない皮肉に笑みを漏らした。

「わたしはブリジャートン家を幸せにするために生きていますので」

「そんなことを言うと、自分の首を絞めることになるわよ」ダフネはたしなめた。「でも、まじめな話、どうしてそんなにひどい気分になってしまったの？　もしもナイジェルとの一件から今夜の運気がいっきにさがったのだとしたら、ほんとうに気の毒なことをしたわ」

「どう言えばいいのかな」サイモンが考えをめぐらせる。「きみを絶対に怒らせないように話すには」

「あら、正直に言ってほしいわ」ダフネは邪気なく言った。「怒らない、と約束するから」

サイモンはいたずらっぽく微笑んだ。「その言葉が、きみの首を絞めることになるかもしれないぞ」

ダフネがかすかに顔を赤らめた。薄暗い蠟燭の灯りのもとではほとんど目立たなかったが、サイモンはしっかりと見ていた。けれども返事がないので、続けた。「いいかい、なんたって、この舞踏場にいる未婚令嬢全員に紹介されたんだ」

彼女の口の辺りから嘲笑らしき妙な音が聞こえた。サイモンは笑われたことに密かな疑念を抱いた。

「それに」さらに続ける。「その令嬢たちの母親たち全員にも紹介された」

ダフネが喉を鳴らした。実際に喉が鳴る音が聞こえた。

「ひどいんじゃないか」サイモンは顔をしかめた。「ダンスのパートナーを笑うとは」

「ごめんなさい」ダフネは言うと、笑わないよう唇をぎゅっとつぐんだ。

「まだ笑ってるな」

「そうね」ダフネは認めた。「仕方ないのよ。だって、わたしはその苦痛にもう二年も耐えているんだもの。たったひと晩くらいでは、そんなに同情してあげられないわ」

「じはなぜ、さっさと結婚相手を見つけて、その苦しみから抜けだそうとしないんだ？」

ダフネは鋭い視線を突きつけた。「なんてこと訊くの？」

サイモンは顔から血の気が引くのを感じた。

「冗談よ」ダフネは彼をちらっと見て、いらだたしげに息を吐きだした。「やだわ、もう。ちゃんと息をしてよ、公爵様。からかっただけなんだから」

ここはさらりと痛烈な皮肉のきいた文句を返したかったが、正直なところ、サイモンはふいをつかれて言葉すらでてこなかった。

「あなたの質問に答えるとすれば」先ほどまでサイモンの耳になじんでいた声より乾いた調子でダフネが続けた。「女性は選択しなくてはいけないからよ。もちろん、ナイジェルについては、あなたもご存知のとおり、ふさわしい相手ではない」

サイモンは首を縦に振った。

「今年はそれより前に、チャルマーズ卿から申し込まれたわ」

「チャルマーズ？」サイモンは眉根を寄せた。「しかし彼は――」

「六十歳という難点がある？　そうよ。わたしはいつか子供が欲しいから、そう考えると――」

「それぐらいの歳でも子をもうけられる男もいる」サイモンは指摘した。

「不確かなことに賭けてみる気はないわ」ダフネは反論した。「それに――」かすかに肩をすくめ、厭《いと》わしげな表情を浮かべた。「彼との子供を特に欲しいとは思えなかった」

　年老いたチャルマーズとベッドにいるダフネをつい思い浮かべ、サイモンはぞっとした。胸の悪くなるような光景に、かすかに怒りが湧いた。誰に対しての怒りなのかはわからない。たぶん、わざわざばかげたことを想像した自分自身に対してだとは思うのだが――。

「チャルマーズ卿の前にも」ダフネが続ける声に不愉快な思考をさえぎられ、サイモンはほっとした。「ふたりの人に申し込まれたけれど、どちらも不快にしか感じなくて」

　サイモンは考え込んでダフネを見やった。「結婚する気はあるのか？」

「ええ、もちろんよ」驚いた顔をする。「誰でもそうでしょう？」

「わたしは違う」

　ダフネが知ったかぶりで微笑んだ。「自分でそう思ってるだけよ。男性はみなする気はないのだと思い込んでる。でも、結婚するのよ」

「いや」サイモンは断固とした口調で言った。「わたしは結婚しない」

　ダフネは唖然として口をあけた。公爵の口調はそれが本心であることを告げていた。「爵位はどうなさるの？」

サイモンは肩をすくめた。「それがなんだっていうんだ？」

「あなたが結婚して後継ぎをもうけなければ、途絶えてしまうのよ。そうでなければ、どこかの鼻もちならない親戚にゆずることになるわ」

公爵はその言葉を面白がるように片眉を吊りあげた。「どうして、わたしの親戚が鼻持ちならないやつだとわかるんだ？」

「爵位の継承順位が二番目の親戚は、鼻持ちならない人だと決まってるのよ」ダフネは茶目っ気たっぷりにわずかに顎を持ちあげた。「少なくとも、実際に爵位を持っている男性たちにへつらってる人たちだもの」

「これも、きみの男性についての豊富な知識から導きだしたことなのかい？」サイモンはからかうように言った。

ダフネはこのうえなく自信に満ちた笑みを浮かべた。「そのとおりよ」

サイモンはしばし沈黙したあと、尋ねた。「それほど価値があるのかな？」

突如話題を変えられ、ダフネはとまどった顔をした。「なんのこと？」

サイモンは彼女からいったんわずかに手を離して、人々のほうを示した。「これだよ。数かぎりなく続くパーティ。これのせいで、きみは母上にじりじりと追いつめられている」

ダフネは予想外の言葉にくすくす笑った。「そんなふうにたとえられて、母が喜ぶとは思えないけど」一瞬黙り込み、遠くを見るような目で言葉を継いだ。「でも、そうね、わたしは価値があると思う。価値がなくては困るわ」

さっと気を取りなおし、純真でとろけそうな褐色の目をサイモンの顔に戻す。「わたしは夫がほしい。家族を持ちたい。そう考えるのはそれほど愚かなことではないでしょう。わたしは八人きょうだいの四番目なの。大家族しか知らない。家族のいない生き方なんてわからないのよ」

サイモンは燃えるように熱く強い視線でダフネの目をとらえた。頭のなかで警鐘が鳴っている。彼女が欲しい。どうしようもなく欲しくて、服の布地が引っぱられていたが、彼女に触れることはけっして許されない。彼女の夢をぶち壊してしまうことになるし、たとえ放蕩者と呼ばれてきた男であろうと、そんなことをしたあとでひとりで生きていける自信は持てそうになかった。

けっして結婚しないし、子供をもうけるつもりもない。そして、ダフネはその両方を人生に望んでいる。

欲望を抑える自信はない。だが、ダフネと一緒にいることを楽しむだけならかまわないだろう。誰かほかの男のために、ダフネには手を触れずにいなくてはならないが。

「公爵様？」ダフネが静かに問いかけた。サイモンが目をしばたたくと、ダフネは微笑んで続けた。「空想にふけってらしたみたい」

サイモンはにこやかに首を傾げた。「きみの言葉について考えてただけさ」

「それで、賛同してくださるの？」

「じつは、誰かと真剣に意見を交わすのは、覚えていないぐらい久しぶりなんだ」のんびりとした声で付け加えた。「きみが人生に望むことが理解できて良かったよ」

「あなたが望むことは何？」

ああ、どう答えればいいものか。そういったたぐいのことは口にすべきではないと信じてきた。だが、この女性にはいともたやすく話せる気がした。彼女といるとなぜだか心が安らぎ、欲望のせいで体に疼《うず》きすら覚える。そもそも、ついさっき知りあったばかりでこうした率直な会話ができるとは考えてもいなかったが、どういうわけかとても自然に思えた。

ようやくサイモンは口を開いた。「わたしには、もっと若かったときにいくつか心に決めたことがあるんだ。その誓いを守って人生を生きていこうと思っている」

タフネはひどく知りたそうな顔をしたが、礼儀を心得てそれ以上問いつめはしなかった。

「あらやだ」無理に笑みをこしらえた。「いつのまにか深刻に話し込んでたわね。ここでこんなふうに討論してたら、誰かさんの夜を台無しにしちゃうわ」

ふたりともとらわれている。サイモンはそう思った。社交界の慣習や常識に縛りつけられている。

と、そのとき、サイモンはふいに名案をひらめいた。奇抜で、大胆で、驚くほどすばらしい思いつき。彼女と長い時間を一緒に過ごせば、間違いなく欲求不満を抱え込むことになるのだから危険な案とも言えるが、何にもまして自制心には自信があるし、さもしい衝動はこらえきれるはずだ。

「ひと休みしないか？」サイモンは唐突に尋ねた。

「ひと休み？」ダフネがとまどいがちに訊き返した。くるくるとまわって踊りながらも、左右に目を走らせる。「いまから？」

「厳密には違うな。まだもう少し耐えなくちゃならない。つまり、きみの母上にも、しばらく休みをとってもらおうということなんだ」

ダフネは驚いて息を詰まらせた。「社交界の催し事から母を締めだそうと言うの？　ちょっと無謀ではないかしら？」

「きみの母上を締めだすなんて言ってない。むしろ、きみを締めだしたいんだ」

ダフネは足がもつれてつまずき、バランスを取り戻すとすぐにまた彼の足につまずいた。

「どういうこと？」

「わたしはロンドンの社交界とはいっさいかかわりを持たずにいようと思っていた」サイモンは説明した。「だが、それは不可能なことだとわかってきた」

「突然、ラタフィア（果実の種子などで造る甘口リキュール）や、薄いレモネードの味にでも目覚めたから？」ダフネは茶化した。

「いや」サイモンはその冗談を無視して続けた。「わたしがいないあいだに、大学時代の友人の半数が結婚していて、その妻たちが盛大なパーティを催したくてうずうずしているとわかって――」

「招待されてしまったわけね？」

サイモンは苦々しくうなずいた。

ダフネが重大な秘密でも打ち明けるかのようにかがんで身を寄せる。「あなたは公爵なのよ」囁きかけた。「なんでも断われるわ」

ダフネは彼のこわばった顎に魅入られた。「彼女たちの夫は」サイモンが言う。「わたしの友人なんだ」

ダフネは唇を自然にほころばせていた。「そしてあなたは、友人の妻たちの気持ちを傷つけたくない」

サイモンは感心されて気まずそうに顔をゆがめた。

「ふうん、なるほど」ダフネがいたずらっぽく言う。「あなたは結局、いい人なのよね」

「いい人などではない」サイモンは一蹴した。

「そうだとしても、非情な人でもないわ」

音楽が終わりに近づき、サイモンは彼女の腕を取って舞踏場の端へ導いた。踊るうちにダフネの家族からはちょうど部屋の反対側に来ていたので、会話を続けながらゆっくりとブリジャートン一族のほうへ戻っていった。

「きみに見事に話をそらされる前に言いたかったのは」サイモンが言う。「ロンドンの数ある催しを避けられないことがわかったということだ」

「死より無残な運命ってわけでもなさそうだけど」

サイモンはその論評を無視した。「察するところ、きみもわたしと同じ境遇らしい」

ダフネがしとやかに一度だけうなずく。

「わたしがフェザリントン一族のような人々の注意を遠ざけ、きみも母上のしつこい縁談話から逃れられる方法があるんだ」

ダフネは公爵をじっと見つめた。「続けて」

「ふたりで」――身を乗りだし、うっとりとさせる目で見つめる――「つきあうんだ」

ダフネは何も言わなかった。ひと言たりとも。相手が地球上で最も厚かましい男なのか、単に頭がいかれているのかを見きわめるかのように、ただじっと見つめている。

「ほんとうにつきあうわけじゃない」サイモンはいらだたしげに言った。「おいおい頼むよ、わたしがそんな男に見えるか？」

「ええ、あなたの良くない評判については忠告されてるもの」ダフネは指摘した。「それに、今夜はすでにもう、遊び人らしい手で脅されかけたのよ」

「そんなことはしていない」

「間違いなくしたわよ」彼の腕を軽く叩く。「でも許してあげるわ。そうせずにはいられなかったんだものね」

サイモンは唖然とした目を向けた。「女性に、これほど偉そうな態度を取られたのは初めてだ」

ダフネが肩をすくめる。「きっと時代が変わったのね」

「まったく、きみが結婚しないのは兄上たちが求婚者を追い散らしてしまうからだと思っていたが、やはりすべて、きみ自身のせいなのかもしれないな」

ダフネがいきなり笑ったので、サイモンは呆然とした。「違うわ」ダフネが言う。「わたしが結婚しないのは、誰からでも友達と見なされてしまうからよ。いままで誰もわたしに恋愛感情を持ってくれた人はいないの」顔をゆがめる。「ナイジェル以外は」

サイモンはしばしその話を思案して、自分の計画は当初想像していた以上に彼女に有利に働くかもしれないと悟った。「聞いてくれ」サイモンは言った。「もうすぐきみのご家族のところへ着いてしまうからさっさと話す。アンソニーはいまにもこちらへ駆けだしてきそうだしな」

ふたりは揃ってちらりと右手を見やった。アンソニーはなおもフェザリントン一族との会話を強いられていた。愉快そうには見えない。

「わたしの計画はこうだ」サイモンは低く張りつめた声で続けた。「ふたりは互いにどんどん惹かれあっていくふりをする。そうすれば、わたしはもはや見込みのない相手と見なされ、令嬢たちが山ほど押し寄せてくることはなくなるだろう」

「そうはうまくいかないわ」ダフネが答えた。「あなたが主教の前に立って誓いの言葉を述べるまで、見込みのない相手だなんて見なされないでしょうね」

そう考えるだけで、サイモンは胸がむかついた。「ばかな。少々時間はかかるかもしれないが、社交界に、わたしが誰の花婿候補にもならないことを納得させられるはずだ」

「わたし以外の、でしょう」ダフネが指摘した。

「きみ以外の花婿には、ということだ」サイモンは同意した。「だが、それが事実でないことは、われわれふたりだけが知っている」

「当然よ」ダフネがつぶやいた。「はっきり言って、この計画がうまくいくとは思えないけど、あなたに自信があるのなら……」

「自信はある」

「そう、それなら、わたしにはどんな利点があるの？」

「まずひとつに、きみの母上は、きみがわたしの気を惹いたと知れば、男性を次々に紹介することはやめるはずだ」

「あなたの自惚《うぬぼ》れもたいしたものだけど」ダフネが考えながら言う。「たしかにね」

サイモンは皮肉を聞き流して続けた。「次に、男というものはつねに、ほかの男が興味を持った女にますます興味をそそられる」

「つまり？」

「つまり、簡単に言うと、わたしの自惚れで恐縮だが」――おどけた視線を向けて先ほどの皮肉を聞き漏らしていないことを暗に伝えた――「わたしがきみを公爵夫人にしようと考えていることが広く知られれば、男たちがこぞって、気さくな友人としか見ていなかったきみを爛々《らんらん》とした目で見なおすようになる」

ダフネの唇がすぼまった。「つまり、あなたと別れたとなればすぐに、わたしは求婚者を選び放題になるってわけ？」

「ああ、きみがこの計画から途中で手を引くことも認めよう」サイモンはうやうやしく言った。

ダフネはその心づかいに感謝するつもりはなさそうだった。

「この密約で、あなたよりわたしのほうが得るものが多いかどうかはまだ疑問だけど」

サイモンはダフネの腕をやや強めにつかんだ。「それで、きみの決断は？」

ダフネは猛禽《もうきん》のような表情のフェザリントン夫人を見て、それから、鳥の骨を呑み込んだような表情の兄を見やった。同じような表情の組みあわせをこれまで幾度も目にしてきた──自分の母と、今後現れる気の毒な花婿候補についてはまだだけれど。

「ええ」ダフネはきっぱりと言った。「その話に乗るわ」


「あの方たちと何をそんなに長く話すことがあるの？」

ヴァイオレット・ブリジャートンは長男の袖をぐいと引っぱりつつ、娘から目を離すことができなかった──ロンドンに戻って一週間足らずですでに今シーズンの目玉となったヘイスティングス公爵の関心を、娘のダフネがすっかり惹きつけたらしい。

「知りませんよ」アンソニーは答えて、次なる犠牲者のもとへ移動したフェザリントン一族の後ろ姿をほっとした顔で見やった。「しかし何時間にも思えましたね」

「あの子、気に入られたんだと思う？」ヴァイオレットが浮かれた様子で訊く。「わたしたちのダフネに、公爵夫人になるチャンスがめぐってきたのかしら？」

アンソニーの目がいらだちと疑念に満たされた。「お母さん、彼といるところを見られてはいけないとまで、ダフネに言ったんですよね。なのに、もう結婚の話ですか?」

「わたしの早とちりだったのよ」ヴァイオレットは陽気に手を振りふり答えた。「彼はどう見ても、気高くて洗練された男性だわ。あら、でもどうして、わたしがダフネに言ったことをあなたが知ってるの?」

「もちろん、ダフに聞いたんです」アンソニーは嘘をついた。

「ふふん。ええ、ポーシャ・フェザリントンのことだもの、この晩のことをそうすぐには忘れるはずがないわ」

アンソニーは目を見開いた。「ダフネが幸せな妻や母となることを願って結婚させようとしてるんですよね。それともまさか、フェザリントン夫人の鼻をあかすために教会に送り込もうとしてるんですか?」

「もちろん、前者よ」ヴァイオレットは不機嫌そうに答えた。「そうではないだなんて、ほのめかされるだけでも心外だわ」ダフネと公爵からほんの一瞬目を離して、ポーシャ・フェザリントンとその娘たちを見やる。「けれども、ダフネが今シーズン最良の婚約をしたとして、それを知ったときの夫人の顔を見るのはいとわなくてよ」

「お母さん、どうしようもありませんね」

「なんてこと言うの。恥知らずではあるかもしれないけれど、どうしようもないなんてことはないわよ」

アンソニーは黙って首を振り、何事かぼそりと小さくつぶやいた。

「独り言は無作法よ」ヴァイオレットはいやがらせのように言い、ダフネと公爵に目を据えた。「あら、ふたりが戻ってくるわ。アンソニー、お行儀良くしてよ。ダフネ！　公爵様！」ひと息ついたところに、ふたりがすぐそばへやって来た。「ダンスを楽しまれたようですわね」

「とても楽しめました」サイモンは低い声で答えた。「お嬢さんは惚れ惚れするほど美しい」

アンソニーが鼻で笑った。

サイモンはそれを無視して続けた。「ぜひまたすぐに、ダンスをご一緒したいものです」

ヴァイオレットは意気揚々と顔を輝かせた。「ええ、もちろん、ダフネもそう願っております
わ」ダフネが全速力で答えなかったので、母はすかさず念を押した。「そうよね、ダフネ？」

「もちろんですわ」ダフネは慎み深く答えた。

「じはいえ、すぐに次の円舞曲を踊るようなはしたないことは、あなたの母上もお許しになりますまい」サイモンは寸分の隙もない礼儀正しい公爵といったふうに続けた。「しかしながら、舞踏場をふたりで散歩する程度はお許しくださるとありがたいのですが」

「舞踏場を散歩してきたばかりだろうに」アンソニーが指摘した。

サイモンは友の言葉をまたも無視した。ヴァイオレットに言う。「もちろん、ずっとお目の届くところにおります」

ヴァイオレットが手にした薄紫色のシルクの扇子が急激にぱたぱたはためきだした。「喜

んでお受けしますわ。あっ、いえ、ダフネが。そうよね、ダフネ？」

ダフネがまるで気のないそぶりで言う。「ええ、もちろん」

「こっちはどうやら熱がでてきたみたいだから、アヘンチンキでも飲むとするか。いったい、何をたくらんでるんだ？」

「アンソニー！」ヴァイオレットが叫んだ。あわてて公爵のほうへ向きなおる。「気になさらないでね」

「いえ、ご心配なく」サイモンは愛想よく答えた。

「ダフネ」アンソニーがあてつけがましい口ぶりで言う。「喜んで付き添い役をかってでるぞ」

「いい加減になさい、アンソニー」ヴァイオレットが口を挟んだ。「舞踏場からでないのだから、そんなもの必要ないでしょう」

「いや、必要ですよ」

「ふたりで行ってらっしゃいな」ヴァイオレットは言って、ダフネとサイモンに手を振った。「アンソニーとはまたすぐ会えるのだから」

アンソニーがすぐにあとを追おうとすると、ヴァイオレットがその手首をつかんだ。きつく。「なんて失礼なことをするの？」声をひそめて叱った。

「妹を守ろうとしてるんです！」

「公爵から？　そんな悪い方ではないわ。実際、あなたにどことなく似ているし」

アンソニーは唸り声で言った。「だからこそ絶対に、守ってやらなければならないんです」

ヴァイオレットが息子の腕を軽く叩く。「そんなに過保護にする必要はないでしょう。公爵がこっそりあの子をバルコニーに連れだそうとでもしたら、すぐにあなたに助けに行かせると約束するわ。けれども、そういうことでも起きないかぎり、妹に輝かしいひと時を楽しませてあげなさいな」

アンソニーはサイモンの背中をぎろりと睨んだ。「あす、覚えてろよ」

「あらまあ」ヴァイオレットは首を振った。「あなたがそんなふうにむきになる子だとは思わなかったわ。とりわけあなたは最初に産んだ子なんだもの、母親なら、そういうことがわかっていて当然のはずなのに。なにしろ、あなたのことは子供たちのなかで一番長く見てきたわけだし――」

「あれはコリンじゃないかな？」アンソニーが押し殺した声でさえぎった。

ヴァイオレットは瞬きしてから目を細めた。「ええ、嬉しいことに、予定より早く帰ってきたのよね。一時間前に見たときには、自分の目が信じられなかったわ。実際、わたし――」

「向こうに行ってやります」アンソニーはすばやく言った。「寂しそうだし。ではまた、母上」

ヴァイオレットは、アンソニーが立ち去る姿を見送った。おそらくは、うるさい小言から逃げおおせたつもりなのだろう。「ばかねえ」母は独りごちた。子供たちにはまだ誰にも、手の内をまったく見抜かれてはいないらしい。たいした内容もないことを喋りだすだけで、たちまちどの子も追い払うことができるのだから。

ヴァイオレットは満ち足りた吐息をついて、娘のほうに目を戻した。いまは舞踏場の向こう側で、公爵の肘に心地良さそうに手をかけている。すばらしく似合いのふたりに見える。

ヴァイオレットは目を潤ませて思った。ああ、娘がりっぱな公爵夫人になる日が来るのだわ。それから、アンソニーを探してちらりと視線をずらすと、長男はまさに行かせたかった場所に落ち着いていた――邪魔にならない所に。ヴァイオレットはひっそり微笑んだ。子供たちのあつかいなんてたやすいものだわ。

と、ダフネがこちらに戻ってくるのに気づいて、微笑んでいた顔をしかめた――べつの男性の腕に手をかけている。ヴァイオレットはすぐさま舞踏場に目を走らせて公爵を探した。

まあ、なんてこと。いったいどうして、ペネロペ・フェザリントンと踊っているの？

6

『昨夜、ヘイスティングス公爵は、結婚する気がないという発言を少なくとも六回は口にしたとの情報を得た。公爵が、〝野心満々な母親〟たちの関心をかわすつもりで言ったのだとすれば、とんだ考え違いだ。母親たちはその発言を大胆不敵な挑戦状としか受けとらない。もうひとつ興味深い情報を付け加えておくと、公爵の結婚を拒否する発言は、六回とも、愛らしく聡明なダフネ・ブリジャートン嬢と知りあう前に述べられたものとのこと』

一八一三年四月三十日付〈レディ・ホイッスルダウンの社交界新聞〉より

翌日の午後、サイモンはダフネの家の玄関先に立っていた。片手にとんでもなく高価なチューリップの大きな花束を抱え、もう片方の手で真鍮《しんちゅう》のノッカーを玄関扉に軽く打ちつける。昼日中につまらない芝居を打つ必要があるとは思いもよらなかったが、ゆうべ、舞踏場をふたりで歩いていたとき、ダフネからしたり顔で忠告されたのだ。翌日に訪ねて来なければ、誰も――とりわけ母は――ほんとうに彼女に関心を持ったとは信じないだろうと。

サイモンは、こうしたたぐいの礼儀作法についてはたしかにダフネのほうが自分より詳しいだろうと考えて、その言葉を信じることにした。そして律義に花を見つくろい、ブリジャートン館《ハウス》へ向かってグロヴナー・スクウェアを重い足どりで歩いていった。良家の令嬢に求愛したことはないので、勝手のわからない儀式だ。

ほとんど間をおかず、ブリジャートン家の執事によって玄関扉が開かれた。サイモンは名刺を手渡した。長身で痩《や》せた鷲鼻《わしばな》の執事は、それを数秒も見ずにうなずいて、低い声で言った。

「お入りください、公爵様」

あきらかに待ちかまえていた対応だと、サイモンは胸の内で苦笑した。

けれども、ブリジャートン家の客間に通されると、予想外の光景が目に飛び込んできた。ダフネが淡青色のシルクのドレスを麗しくまとい、ゆうべと同じとてもにこやかな笑みを湛《たた》えて、緑色のダマスク織りのソファの端に腰かけている。

その周りを少なくとも半ダースの男たちが取り囲んでいなければ、美しい光景に見えたことだろう。ひとりの男は実際に片膝をつき、詩を朗々と読みあげている。

サイモンは美辞麗句の散文を耳にして、いつこのまぬけ男の口から薔薇《ばら》の木が芽吹いてきても不思議ではないと思った。

全体的に見ると、不愉快きわまりない光景だ。

詩を朗誦するまぬけ男に盛大な笑みを向けているダフネに目を据え、気づいてくれるのを待った。

気づかない。

サイモンは空いているほうの手を見おろし、ぎゅっと握りしめていたことに気づいた。部屋をゆっくり見まわして、そのこぶしを使うのにふさわしい男の顔を探す。

ダフネはふたたび笑みを広げたが、サイモンにではなかった。

まぬけな詩人。こいつがぴったりだ。サイモンはわずかに首を脇に傾けて、垢抜《あか》けない若者の顔をしげしげと見きわめた。こぶしを見舞うのは右の目玉、それとも左の目玉がいいだろうか？　だがそれではやはり乱暴すぎるか。顎をかすめる程度にとどめておくべきだろうか。それでもせめて口はふさげるだろう。

「いまのは」詩人がもったいぶった口調で言う。「ぼくが昨晩、あなたのために書き綴った詩です」

サイモンは唸った。ひどく大げさに仕立てたシェイクスピア風ソネットで、聞くに堪えない創作詩だ。

「公爵様！」

目を上げると、部屋にもうひとり入っていたことにダフネがようやく気づいたらしかった。

サイモンは、子犬のような表情の求婚者たちとはまるで違う、冷ややかな顔で威厳たっぷりにうなずいた。「ブリジャートン嬢」

「お会いできて、とても嬉しいわ」ダフネは晴れやかな微笑みを浮かべた。

ふむ、上出来だ。サイモンは花束をまっすぐに持ちなおし、ダフネのほうへ踏みだしてすぐ、三人の若者に行く手をふさがれていることに気づいた。しかも、ひとりとして道をあけようとしない。まずひとりの男にすこぶる傲慢な視線を突き刺すと、その青年――実際、まだ二十歳ぐらいで、大人の男とは呼びがたい――は、ひどく無骨なしぐさで咳払いして、空いている窓ぎわの椅子にそそくさと退いた。

またひとり邪魔な若者に同じ手を繰り返そうと前へ進んだとき、突如、子爵未亡人が目の前に現れた。紺青色のドレスをまとい、ダフネにも劣らない華やかな笑みを湛えている。

「公爵様！」たかぶった口調で言う。「お会いできて嬉しいですわ。拙宅を訪ねてくださるとは光栄です」

「ほかにお訪ねするところなど思いつきません」サイモンは小声で言うと、子爵未亡人の手袋をした手を取って口づけた。「娘さんは、たぐいまれなるご令嬢です」

子爵未亡人は満足げに吐息をついた。「それにしても、なんて美しいお花なのかしら」母親としての誇りをしばし味わってから、すかさず続けた。「オランダのお花かしら？　相当、値が張るのでしょうね」

「お母様！」ダフネがきつい声で言った。とりわけ熱心な求愛者につかまれていた手を引き抜き、すたすたと歩いて来る。「公爵様がそんなことに答えられるはずがないでしょう？」

「お答えしてもかまいませんよ」サイモンはいたずらっぽい笑みをちらりと浮かべて言った。

「そんな必要はないわ」

サイモンは身をかがめて、ダフネにだけ聞こえるように声をひそめた。「きみがゆうべ、公爵の特権を思いださせてくれたんだろう？」囁きかける。「なんでも思いどおりにできるのだと」

「ええ、でも、この話はべつだわ」ダフネはぞんざいに手を振って言った。「そんなはしたないことはすべきではないもの」

「公爵様が、はしたないわけないでしょう！」母は、娘が彼の前でその言葉を口にすることすら忌まわしいというように叫んだ。「いったい、何を言ってるの？　なぜ、公爵様がはしたないことをするなんて言うの？」

「花のことですよ」サイモンが答えた。「値段です。ダフネは、わたしがあなたに答えるべきではないと考えているのです」

「のちほど、教えてくださいね」子爵未亡人は口の端から囁いた。「あの子が聞いていないときに」そうして緑色のダマスク織りのソファに戻っていき、ダフネと並んで坐っていた求愛者たちを三秒足らずで立ちあがらせてしまった。サイモンは、軍隊並みに戦略的な手ぎわの良さに感心せずにはいられなかった。

「さてと」子爵未亡人が言う。「そこでは居心地が悪いでしょう。ダフネも、公爵様も、どうして腰かけないのかしら？」

「ついさっきまで、レールモント卿と、ミスター・クレインがそこに腰かけてらしたでしょう？」ダフネがさりげなく訊き返す。

「そうだわね」母が答えた。まるでいやみのない見事な答えっぷりだとサイモンは思った。

てらしたのよ」

「でもね、ミスター・クレインは三時に〈ガンターズ〉でお母様と待ちあわせていると言ってらしたのよ」

ダフネは時計を見やった。「まだ二時よ、お母様」

「道が混むもの」ヴァイオレットが鼻息を漏らして言う。「このごろはほんとうにひどいのよ。通りに馬がいっぱいなのだから」

「失礼にあたりますからね」サイモンは言って、会話に調子を合わせた。「お母様をお待たせするのは」

「そのとおりなんですの、公爵様」ヴァイオレットはにっこり微笑んだ。「わたしもつねづね、子供たちに同じことを言い聞かせておりますわ、信じてくださいますでしょう？」

「信じてくださらなければ」ダフネが微笑んで言う。「わたしが喜んで証言してあげるわ」

ヴァイオレットはすんなり微笑みを返した。「あなたならもちろん、証言できるものね、ダフネ。さてと、わたしは失礼して、仕事にかからなければ。ええと、ミスター・クレイン！　ミスター・クレイン！　お時間に間に合うようにお送りしないと、あなたのお母様に顔向けできないわ」せわしなく腰を上げると、哀れなミスター・クレインの腕を取って、別れの挨拶もそこそこにドアのほうへ導いていった。

ダフネはおどけた表情でサイモンを振り返った。「母は、困った良識人なのか、親切な無礼者なのか、判断がつかないわ」

「親切な良識人ではないのかい？」サイモンがやんわり指摘した。

ダフネが首を振る。「あら、それだけはありえないわ」

「その逆となると、当然——」

「困った無礼者？」ダフネはにっこりして母を見つめた。ヴァイオレットが今度はレールモント卿の腕に自分の腕を巻きつけ、いったんダフネのほうへ向かせて別れの会釈をさせたあと、部屋から連れだしていく。それから、まるで魔法をかけられたように、残っていた紳士たちもあわただしく別れの挨拶をつぶやいてあとに続いた。

「見事な手ぎわの良さよね？」ダフネが小声で言う。

「きみの母上のことかい？　恐るべしだな」

「もちろん、母は戻ってくるわ」

「気の毒に。なにしろここで、きみがわたしの魔の手に落ちたのを目にすることになるのだから」

ダフネは笑った。「あなたを遊び人と呼ぶひとの気が知れないわ。あなたのユーモアのセンスはとびきりすてきだもの」

「笑わせて誘惑するのが、われわれ遊び人の常套手段なんだ」

「遊び人の冗談は」ダフネが言う。「本来、残酷なものよ」

その言葉にサイモンは虚をつかれた。ダフネをじっと見つめて、褐色の目のなかを覗いたが、何を探しているのか自分でもよくわからなかった。緑色の細い線に縁取られた瞳は、森の奥のように濃く深みのある色をしている。そういえば、この目を昼間に見るのは初めてなのだとサイモンは気づいた。

「公爵様？」ダフネの静かな声で、はっとわれに返った。

サイモンは目をしばたたいた。「申し訳ない」

「千マイルは遠くに行ってしまったみたいだったわ」ダフネが眉間に皺を寄せて言う。

「千マイルは遠くに行ってきたな」サイモンは彼女の目に視線を戻したい衝動をこらえた。

「意味が違うが」

ダフネが小さく笑った声がひときわ音楽のように聞こえた。「あなたはほんとうに旅していらしたのよね？　わたしはランカシャーすら越えたことがないわ。なんて世間知らずかと思われてしまうわよね」

サイモンはその言葉を聞き流した。「うわの空になってしまって悪かった。たしか、わたしのユーモアの欠如について話してたんだよな？」

「違うわ、聞いていたはずよ」ダフネは両手を腰にあてた。「詳しく言うと、あなたは、そのへんの遊び人よりユーモアのセンスが優れていると言ったのよ」

サイモンはやや横柄な表情で片眉を上げた。「それで、きみの兄上たちは遊び人に分類されないのかい？」

「兄たちは、自分たちで遊び人だと思ってるだけ」ダフネは否定した。「本物とはずいぶんと差があるわ」

サイモンは鼻で笑った。「アンソニーが遊び人ではないとすれば、遊び人の男と付きあう女性はよほど大変だろうな」

「単に大勢の女性を口説けば遊び人というわけではないでしょう」ダフネがさらりと言う。

「女性の口に舌を差し入れてキスするだけなら――」

サイモンは喉が締めつけられそうな気がしたが、どうにか早口で言った。「そういうことは口にすべきじゃない」

ダフネが肩をすくめた。

「そういうことを知っていることすら問題だ」ぶつぶつと言う。

「兄弟が四人いるのよ」ダフネは言い訳した。「まあ、実質的には三人かしら。グレゴリーはまだ若すぎるから」

「きみの前では口を慎むように、誰かが彼らに忠告すべきだ」

ダフネが今度は片方だけ肩をすくめた。「話しているときの半分は、わたしがいることにすら気づいてないわ」

サイモンには考えられないことだった。

「ところで、もとの話題からそれているように思うんだけど」ダフネが言う。「つまり、わたしが言いたいのは、遊び人の冗談は非情さから生まれるものだということなの。餌食を求めているのだから、自分自身を笑い飛ばすようなことは考えもつかないはずだわ。あなた……公爵様はもっと機知が働くから、自分を笑いの種にすることができるのよ」

「礼を言うべきなのか、きみを絞め殺すべきなのか、皆目わからない」

「絞め殺す？　やだわ、どうして？」ダフネがふたたび笑い、深みのあるかすれた声がサイモンの胸の奥に響いた。

サイモンはゆっくりと息を吐きだして、その長く静かな音でどうにか鼓動を落ち着けた。彼女にこのまま笑い続けられたら、自分の反応に対処できそうにない。

けれど、ダフネはいまにも笑いだしかねない微笑みを浮かべてこちらを見つめている。

「ほんとうなら絞め殺しているところだぞ」サイモンは唸り声で言った。「原則からすれば」

「どんな原則？」

「男の原則さ」威嚇するふりで言う。

ダフネはいぶかしげに眉を吊りあげた。「女性の原則に反するとしても？」

サイモンは辺りを見まわした。「きみの兄上はどこにいる？　きみはあまりに生意気すぎる。誰かにしつけてもらわなくてはな」

「あら、アンソニーならもう来るころなんだけれど。ほんと、まだ現れていないのが不思議なくらいだわ。ゆうべはひどく怒っていたのよ。あなたの数多くの短所や悪行について、まる一時間もお説教されたんだから」

「悪行とはずいぶん大げさだな」

「短所については？」

「たぶん、事実なんだろう」サイモンは気恥ずかしそうに認めた。

その返答がふたたびダフネを微笑ませた。「まあ、事実がどうあれ、兄はあなたが何かを

「兄はあなたが不埒《ふらち》なことをたくらんでいると思ってるわ」

「たくらんでいる」

ダフネが皮肉っぽく小首をかしげて目を上向かせた。「兄はあなたが不埒《ふらち》なことをたくらんでいると思ってる」

「不埒なことをたくらみたいものだ」サイモンはつぶやいた。

「なんですって？」

「なんでもない」

ダフネが眉をひそめる。「わたしたちの計画について、アンソニーには話しておくべきではないかしら」

「話せば、何か得することがあるのか？」

ダフネはゆうべ、まる一時間も質問攻めに耐えたことを思い返してから、ぼそりと答えた。「まあ、得かどうかはあなたの判断におまかせするわ」

リイモンはただ眉を吊りあげた。「親愛なるダフネ……」

ダフネの唇が驚きでわずかに開く。

「きみをブリジャートン嬢と呼び続けるわけにはいかないだろう」サイモンは大げさにため息をついた。「なにせ、ふたりは通じあってる仲なわけなのだから」

「とんでもない、ぜんぜん通じあっていないわよ。まあ、でも、ダフネと呼ぶのはかまわないわ」

「それはありがたい」慇懃無礼にうなずく。「きみは『公爵様』でいいな」

ダフネはサイモンをぱしりと叩いた。

「わかったよ」サイモンは答えて、口角を引きあげた。「きみがそうしたければ、サイモンと呼べばいい」

「もちろんよ」ダフネはぐるりと目をまわした。「そうしたいに決まってるでしょう」

サイモンは青い目の奥に炎らしき妙な光を灯して身を乗りだした。「そうしたい？」囁きかける。「そんなことを言われると、とても興奮してしまいそうだ」

ダフネはふいに、単なる呼び名のことにとどまらない、はるかに親密なことをほのめかされているのだと悟った。体が熱く疼き、無意識にさっと一歩後ろにさがった。「そのお花、とても美しいわ」口早に言う。

サイモンは物憂げに花束に目を向けて、手首をまわしてくるりと回転させた。「ああ、そうだろう？」

「見とれてしまうわ」

「きみに持ってきたんじゃない」

ダフネは息を呑んだ。

サイモンがにやりと笑う。「きみの母上に持ってきたんだ」

ダフネは唖然としてゆっくりと口を開き、ほんの少し息を吐きだしてから言った。「もう、ほんとうに頭のまわる人なのね。母は間違いなく、あなたにまいってしまうわ。でも、それが自分の首を絞めることになるのよ」

サイモンがいたずらな目を向ける。「へえ、そうなのかい？」

「そうですとも。母はこれまで以上にあなたを教会へ引きずり込もうと張りきりだすわ。せっかくの計画も無駄に思えるぐらい、パーティでつきまとわれるわよ」

「ばかばかしい」サイモンは笑い飛ばした。「この計画がなければ、大勢の野心満々な母親たちのお相手に耐えなければならなかったんだ。おかげでひとりだけですむのだから」

「母の粘り強さには驚くわよ」ダフネがつぶやいた。それから首をまわして、少しあいたドアのほうを見やった。「母はほんとうにあなたを気に入ってるんだわ」付け加える。「普段ならありえないほど長くふたりきりにさせてるもの」

サイモンは思案して、前のめりになって囁いた。「ドアの外で立ち聞きしてるんじゃないのか？」

ダフネは首を振った。「それはないわ。廊下を歩いてくる靴音が聞こえるはずだもの」

この返事にサイモンはなぜだか笑い、ダフネもつられて笑った。「だけど、あなたには心からお礼を言っておきたいの」ダフネが言う。「母が戻ってくる前に」

「お礼？　またどうして？」

「あなたの計画はすばらしく成果をあげているからよ。少なくとも、わたしのほうには。このお昼に、たくさんの紳士が訪ねて来ていたのをご覧になったでしょう？」

サイモンはチューリップを逆さまにぶらさげて、腕を組んだ。「見たとも」

「ほんとうにすばらしいことだわ。一日の午後に、あれほど多くの訪問者を迎えたのは初めてよ。母は誇らしさで有頂天になってたわ。フンボルトまで――うちの執事なのだけれど――にこにこしちゃって。彼のあんなにこやかな顔を見たことはないもの。まあ！　見て、水が滴《したた》ってる」ダフネが身をかがめて花をまっすぐに立てなおしたとき、その手がサイモンの上着の前身ごろに擦れた。ダフネは彼の熱さと逞しさにはっとして、すばやく飛びのいた。なんてこと、上着とシャツを通してここまで感じられるということは、彼はきっといま――。

ダフネは顔を赤く染めた。濃い、深紅色に。

「こういった男女のはかりごとについては、全財産を賭けてもいいほど自信があるんだ」サイモンは言って、いぶかしげに眉を持ちあげた。

さいわい、ヴァイオレットがちょうどその機を選んで部屋にすたすたと入ってきた。「ずいぶんお待たせしてしまって、ほんとにごめんなさいね」母が言う。「ミスター・クレインの馬の蹄鉄《ていてつ》が取れてしまったものだから、当然ながら、厩《うまや》にお供して、修理できる厩番を探さなければいけなかったのよ」

ともに過ごしてきた長い日々のなかで――生まれてからずっとなのだと、ダフネは皮肉っぽく思った――、母が厩に足を踏み入れたところなど見たことがない。

「あなたはまったく、すばらしい女主人だ」サイモンは言うと、花束を差しだした。「これは、あなたのためにお持ちしました」

「わたしのため？」ヴァイオレットは驚いて口をあけ、ため息まじりの妙なつぶやきを漏らした。「ほんとうに？ けれども、わたしは──」ダフネを見やってから、サイモンを見て、もう一度娘に目を戻す。「ほんとうに？」

「間違いありません」

ヴァイオレットが激しく瞬きする。ダフネは母の目に実際に涙が浮かんでいることに気づいた。母はいままで誰にも花束を贈られたことがないのだと悟った。少なくとも、十年前に父が他界してからは。ふだんのヴァイオレットはいかにも母親らしいので、女性でもあることをダフネは忘れていた。

「なんて言ったらいいのかしら」ヴァイオレットは鼻を啜《すす》った。

「『ありがとう』って言ってみたら」ダフネは温かみを込めた声で囁いて、にっこりした。

「まあ、ダフ。ほんと憎らしい子なんだから」ヴァイオレットが娘の腕をぱしりと叩く。「ダフネはこれほど若く見える母を目にしたことはなかった。「でも、公爵様、ありがとうございます。美しいお花だけれど、それ以上に、お心づかいがなにより嬉しいわ。この瞬間はいつまでも忘れません」

サイモンは何か言おうとしているように見えたが、結局ただ微笑んで、わずかに頭をさげた。

ダフネは、紫がかった青い瞳にあふれんばかりの喜びを湛《たた》えている母を見て、子供たちの誰ひとりとして横に立つ男性のような心づかいをもてなかったことに、少しばかり恥ずかしさを覚えた。

ヘイスティングス公爵。その瞬間、彼に恋しなければ、よほどの愚か者だろうとダフネは思った。

もちろん、その想いに相手も応えてくれたなら、なんてすてきなことだろう。

「お母様」ダフネは言った。「花瓶を取ってきましょうか?」

「なあに?」母はまだ喜びに浮かれて花の匂いを嗅ぐのに忙しく、娘の言葉をまともに聞いていなかった。「ああ。ええ、そうね。フンボルトに頼んで、わたしの祖母のカットグラスの花瓶を出してもらいなさい」

ダフネはサイモンに感謝の笑みを見せて、ドアのほうへ歩きだしたのだが、二歩と行かないうちに長兄の威圧感のある大きな体が戸口にぬっと現れた。

「ダフネ」アンソニーが低い声で言う。「ちょうど話したかったんだ」

兄の不機嫌さには気づかないふりをするのが得策だと、ダフネは見きわめた。「ちょっと待ってて、アンソニーお兄様」にこやかに言う。「お母様に頼まれて、花瓶を取りに行くところなの。ヘイスティングス様がお花を持ってきてくださったのよ」

「ヘイスティングスが来てるのか?」アンソニーは妹から部屋の奥のふたりへ視線をずらした。「ここで何してるんだ、ヘイスティングス?」

「きみの妹さんを訪ねてきたんだ」

アンソニーはダフネを押しのけ、雷雲のごとく足音を響かせて部屋にずかずかと入っていった。「おまえに妹を口説くことを認めた覚えはない」怒鳴りつけた。

「わたしが認めてるわ」ヴァイオレットが言う。アンソニーの顔の前に花束を突きだし、鼻に大量の花粉がふりかかるように揺する。「きれいでしょう？」

アンソニーはくしゃみをして花束を脇に押しやった。「母上、公爵と話がしたいんです」

ヴァイオレットがサイモンのほうを振り向いた。「息子とお話ししたいことがありますか？」

「特には」

「あら、良かった。アンソニー、静かになさい」

ダフネはさっと手で口を押さえたものの、くすくすと忍び笑いが漏れてしまった。

「おい！」アンソニーが妹のほうへ指を突きつける。「静かにしろ」

「化瓶を取ってきたほうがいいわよね」とダフネ。

「わたしは兄上のなすがままにまかせようというのかい？」サイモンは穏やかな声で言った。

「いい考えとは思えないな」

ダフネは片眉を吊りあげた。「つまり兄には太刀打ちできないってこと？」

「そんなことはない。ただ、彼の話を聞くのはわたしではなく、きみであるべきで――」

「何をがたがた言ってるんだ？」アンソニーがわめいた。

「アンソニー！」ヴァイオレットが声を張りあげる。「わたしの客間でそんな下品な物言いは許しませんよ」

ダフネは薄く笑った。

サイモンはただ頭をわずかにそらして、興味深げにアンソニーを見ている。

アンソニーはふたりを陰気なしかめ面で眺めてから、母に視線を移した。「この男は信用できません。いま何が起きているのか、わかってるんですか?」きびしい口調で訊く。

「もちろん、わかってるわ」ヴァイオレットが答える。「公爵様は、あなたの妹をお訪ねくださったのよ」

「そして、きみの母上に花を持参した」サイモンは言い添えた。

アンソニーがサイモンの鼻を物欲しそうにじろりと見つめた。殴りつけようと考えていることがあきらかに読みとれた。

アンソニーが母親のほうへくるりと顔を振り向ける。「彼の評判の悪さは、ご存知ですよね?」

「遊び人から改心した人ほど、いい夫になるのよ」ヴァイオレットが言う。

「ばかげたことを」

「それに、彼は本物の遊び人ではないもの」ダフネが加勢した。

妹を見るアンソニーの顔が滑稽《こっけい》なほど憎々しげなので、サイモンは吹きだしそうになった。必死にこらえたのは、少しでも笑みを見せれば、アンソニーのこぶしが脳との戦いに敗れ、そのせいで最大の被害を被《こうむ》るのは自分の顔であることが明白だったからだ。

「おまえは知らないんだ」アンソニーが怒りでふるえぎみの低い声で言う。「こいつがしてきたことを」

「あなたがしてきたことと、そう変わらないでしょう」ヴァイオレットが茶目っ気たっぷりに言う。

「そのとおり！」アンソニーが吠えるように声をあげた。「だからこそ、たったいま、こいつが考えていることは手に取るようにわかる。詩や薔薇とはまったく無関係のことだ」

サイモンは、薔薇の花びらで覆われたベッドに横たわるダフネを思い描いた。「いや、薔薇とは関係あるな」ぼそりとつぶやく。

「殺してやる」アンソニーが告げた。

「こちらはオランダ産の」ヴァイオレットがすまし顔で言う。「チューリップだけれど。それに、アンソニー、感情を自制しなくてはだめよ。見苦しくてしょうがないわ」

「こいつは、ダフネの足もとでへつらうような男じゃない」

サイモンはさらに官能的な空想をふくらませ、今度はダフネの足の爪先を舐《な》めている光景を思い浮かべた。口は開くまいと胸に誓った。

そもそも、そのような事柄に思考を傾けてはならないと心に決めていたはずだった。なにしろ、ダフネはアンソニーの妹なのだ。彼女を誘惑することはできない。

「これ以上、公爵様を非難する言葉は聞きたくないわ」ヴァイオレットはきっぱりと断言した。「ですから、この話題は打ち切ります」

「でも――」

「あなたの言い方は感心しませんよ、アンソニー・ブリジャートン！」

サイモンはダフネの押し殺した含み笑いが聞こえた気がして、その言葉のどこがそんなにおかしいのだろうかといぶかしく思った。

「もし母上がお許しくださるのなら」アンソニーがひどく堅苦しい口調で言う。「公爵とふたりだけで話したいのですが」

「今度こそ、わたしは花瓶を取りに行ってくるわね」ダフネは言うと、さっさと部屋からでていった。

ヴァイオレットが腕組みをして、アンソニーに言う。「わたしの家で、お客様に無礼を働くことは許しません」

「彼に手をあげるようなことはしませんよ」アンソニーが答えた。「約束します」

母を持ったことのないサイモンは、このやりとりを興味深く見つめた。じつのところ、名義上で言えば、ブリジャートン館は母親のものではなくアンソニーのものであるはずで、アンソニーがその事実を指摘しないのも妙に思えた。「かまいませんよ、レディ・ブリジャートン」口を挟んだ。「たしかに、アンソニーとはじっくり話をしたほうが良さそうだ」

アンソニーが目をすがめた。「じっくりか」

「いいでしょう」ヴァイオレットが言う。「わたしが何を言おうと、どうせあなたたちはやりたいようにするのだものね。でも、わたしはでていかないわよ」ソファにどすんと腰をおろす。「ここはわたしの客間だもの。あなたたちが男性同士にしかわからない愚かしい話に熱中したいのなら、どこかほかの場所でやることね」

サイモンは驚いて目をしばたたいた。ダフネの母親はあきらかに、見た目からでは計り知れない一面を持っている。

アンソニーがドアのほうへ顎をしゃくったので、サイモンはあとに続いて廊下にでた。

「わたしの書斎へ行こう」アンソニーが言う。

「ここに書斎を持ってるのか？」

「わたしはこの家の当主だぞ」

「たしかに」サイモンは認めた。「だが、べつの所に住んでるじゃないか」

アンソニーが立ちどまり、サイモンのほうへ見定める目を向けた。「ブリジャートン家の当主として、わたしが重大な責任を負っているのは、おまえにもわからないわけではないだろう」

「そのとおり」

サイモンは平然と見返した。「ダフネのことが言いたいのか？」

「たしか」サイモンが言う。「今週の初め、彼女を紹介したいと言ってたよな」

「それは、おまえが妹に関心を持つとは思わなかったからだ！」

サイモンは口をつぐんでアンソニーより先に書斎に入り、ドアが閉まるまで黙っていた。

「どうして」静かに訊いた。「おれがおまえの妹に関心を持たないと思い込んでたんだ？」

「キず第一に、おまえは結婚するつもりはないと断言してたよな？」アンソニーが間延びした声で訊く。

サイモンは痛いところをつかれた。急所をつかれるのは面白くない。「ほかには」いらいらと問い返した。

アンソニーが数回目をまたたいてから、続ける。「ダフネは誰からも興味を持たれないからだ。少なくとも、ふさわしいと思われる相手からは」

サイモンは腕を組んで、壁に背をもたれた。「おまえたちが、必要以上に過保護にしてるからじゃ――」

最後まで言い終えないうちに、アンソニーに喉をつかまれた。「妹を侮辱することは許さない」

だが、サイモンは長旅のあいだに身を守る術をしっかりと身につけていたので、ほんの二秒で体勢を逆転した。「おまえの妹を侮辱する気はない」邪気をこめて言う。「おまえを侮辱してるんだ」

アンソニーの喉が妙な音を鳴らしたので、サイモンは手を放した。「たまたま」両手を擦るように払った。「ダフネが、ふさわしい求婚者たちに恵まれない理由を話してくれたよ」

「それで？」アンソニーがあざけるように訊く。

「おれとしては、すべて、おまえや弟たちの猿並みの反応に原因があると思うんだが、彼女自身は、ロンドンじゅうの男に友人と見られていて、誰も恋愛の対象に見てくれないからだと言っていた」

アンソニーはしばらく黙り込んだのち、答えた。「そうか」それからふたたび間をおいて、考え深げに付け加えた。「そうなのかもしれないな」

サイモンは何も言わず、その話を反芻している友をじっと見つめた。ようやく、アンソニーが口を開いた。「それでも、おまえが妹の周りを嗅ぎまわるのは気に入らない」

「おいおい、おれがまるで犬みたいな言い草だな」

アンソニーは腕組みした。「忘れるな、おれたちはオックスフォードをでたあと、一緒に同じようなことをしてたんだ。おまえがしてきたことはよくわかっている」

「まったく、勘弁してくれよ、ブリジャートン。おれたちは二十歳だったんだぞ！ その年ごろの男は誰だってはめをはずす。それに、おまえだってよくわかってるだろう、よ、よ——」

舌の動きが鈍くなってきたのを感じて、サイモンは空咳をした。くそっ。動揺したり怒ったりしたときにはどうしても口がまわらなくなる。感情を自制しきれなくなれば、話し言葉も自制できなくなる。きわめて単純な仕組みだ。

そしてあいにく、こうした場面はもっぱら動揺と怒りのみを引き起こし、その結果、言葉のつかえは悪化する。きわめて厄介な部類の悪循環というわけだ。

アンソニーがけげんな目を向けた。「大丈夫か？」

サイモンはうなずいた。「喉がちょっと」と、ごまかした。

「呼び鈴を鳴らしてお茶を持って来させようか？」

サイモンはふたたびうなずいた。たいしてお茶を飲みたいわけでもないが、喉に埃でも入った人間ならば、いかにも頼みそうなことだと思ったからだ。

アンソニーは呼び鈴の紐を引いてから、サイモンのほうへ向きなおって訊いた。「何を言おうとしたんだ?」

サイモンは憤りを鎮める助けになることを願って唾を呑み込んだ。「おれはただ、良くない評判の少なくとも半分は事実ではないことを、誰よりもおまえが知っているだろうと言いたかったんだ」

「ああ、だが残りの半分が事実であることもこの目で見ている。ダフネと友人としてたまに話をする程度ならかまわないが、口説くのはだめだ」

サイモンは長年の友人——いや、自分では友人だと思っているというべきか——を信じられない思いで見つめた。「ほんとうに、おれがおまえの妹をたぶらかそうとしていると考えてるのか?」

「どう考えていいものかわからない。おまえに結婚する気がないのは知っている。ダフネは結婚を望んでいることも」アンソニーは肩をすくめた。「率直に言えば、それだけでもじゅうぶん、ふたりを舞踏場の両端に引き離す理由になる」

サイモンは長い息を吐きだした。アンソニーの態度はすこぶる腹立たしいが、気持ちもわからないではなく、内心、称賛の念すら覚えた。つまるところ、妹のためを思って行動しているだけのことなのだ。サイモンにとっては自分のことをさておいて誰かのためを考えることなど想像しがたかった。だが、妹がいたとすれば、やはり彼女に求愛してくる男には相当うるさくならざるをえないだろう。

そのとき、ドアをノックする音がした。

「どうぞ！」アンソニーが呼びかけた。

お茶を運ぶ女中ではなく、ダフネがすっと部屋に入ってきた。「お母様から、あなたたちふたりが険悪な雰囲気だったと聞いて来たのだけれど、どうやら決闘してるわけではなさそうだし、放っておいても良さそうね」

「ああ」アンソニーが凄んだ笑みを浮かべて言う。「軽く首を絞めた程度だ」

たいしたもので、ダフネは表情ひとつ変えなかった。「誰が誰の首を締めたの？」

「わたしが彼の首を絞めたんだ」兄が答える。「そのあと、やり返された」

「そう」ダフネがゆっくりと言う。「面白そうなものを見逃してしまって残念だわ」

その返答に、サイモンは笑いをこらえきれなかった。「ダフ」口を開いた。

アンソニーがくるりと振り向いた。「ダフと呼んでるのか？」さっとダフネのほうに顔を戻す。「こいつに洗礼名で呼ぶことを許してるのか？」

「もちろんよ」

「だが――」

「どうやら」サイモンが口を挟んだ。「白状したほうが良さそうだな」

ダフネは沈んだ顔でうなずいた。「そのようね。だから、そう言ったのに」

「ずいぶん偉そうな口ぶりだな」サイモンがつぶやく。

ダフネはしたり顔で微笑んだ。「否定しないわ。四人も兄弟がいれば、『そう言ったのに』って言うべきときを心得ているものなのよ」

サイモンは兄と妹を交互に見やった。「どちらのほうに同情すべきやら」

「いったい全体、どういうことなんだ？」アンソニーはきつい調子で訊いてから、小声で付け足した。「それから、おまえに返事をするとすれば、こっちに同情してくれ。妹にされる態度に比べて、わたしははるかに親切な兄だからな」

「嘘よ！」

サイモンは兄妹喧嘩を無視して、アンソニーに目を据えた。「いったい全体、どういうことなのか知りたいか？　じつは……」

7

『男性は羊である。ひとりがどこかへ行けば、残りもこぞってすぐにあとを追う』

一八一三年四月三十日付〈レディ・ホイッスルダウンの社交界新聞〉より

たいたいのところ、アンソニーはおとなしく聞いていたと、ダフネは思った。サイモンがふたりのささやかな計画を説明し終えるまでに（自分も頻繁に口を挟んだことは否めない）、兄が声をあげたのはたったの七回だった。

これは、ダフネの予想よりもおよそ七回少なかった。

姉からふたりの話が終わるまで口をつぐんでいてほしいと頼まれたあとは、アンソニーはぞんざいにうなずき、腕組みをして、説明が終わるまで唇をぎゅっと引き結んでいた。壁の漆喰《しっくい》を剝《は》がし落とさんばかりに睨《にら》みつけていたが、約束どおり、ひと言も発しなかった。

ついにサイモンが「以上だ」と締めくくった。

沈黙が落ちた。完全な沈黙。まる十秒間、静まり返ったままで、ダフネの耳にはアンソニーからサイモンへ自分の眼球が動く音がはっきりと聞こえるような気がした。

それからようやく、アンソニーが切りだした。「気はたしかか？」

「そうくると思ったわ」ダフネはぼそりと言った。

「おまえたちはふたりとも、完全に、どうしようもなく、忌まわしいほどいかれてるぞ」アンソニーが声を荒らげる。「おまえたちのばかさ加減はどっちもどっちだ」

「静かにしてよ！」ダフネは低い声で叱った。「お母様に聞こえるでしょう」

「おまえたちがしようとしていることを知ったら、母上は心臓麻痺《まひ》でひっくり返るぞ」アンソニーは言い返したが、声音はやや抑えられていた。

「でも、お母様に知られないようにすればいいのよね？」ダフネが反論する。

「ああ、知られはしない」アンソニーは答えて、顎を突きだした。「なぜなら、おまえたちの子供じみた計画は、いまこの瞬間に終わるからだ」

ダフネは腕を組んだ。「お兄様にとめることはできないわ」

アンソニーがサイモンのほうへ顎をしゃくる。「こいつを殺せばいい」

「ばかなこと言わないで」

「決闘で手を打とう」

「ばかげてるわ！」

「爵位ではこいつに対抗できないからな」

「言わせてもらえるなら」サイモンが静かに言う。

「彼は親友でしょ！」ダフネが抗議する。

「いいや」アンソニーは怒りを無理やり一語に封じ込めて言った。「もう違う」

ダフネはむっとしてサイモンを振り返った。「何か言おうとした？」

サイモンがおどけた苦笑いを浮かべる。「話す機会を与えてくれるのかい？」

アンソニーがサイモンのほうを向く。「この家から出て行け」

「自己弁護もさせてくれないのか？」

「ここはわたしの家でもあるのよ」ダフネが憤然と言う。「わたしは彼に残ってもらいたいわ」

アンソニーはいらだちを態度の隅々にまでありありと表して妹を睨んだ。「いいだろう。反論する時間を二分やろう。それ以上は待てない」

ダフネはためらいがちにサイモンを見やり、この二分をどう使うつもりなのだろうかと窺《うかが》った。けれど、サイモンはただ肩をすくめて言った。「きみが話してくれ。きみの兄上なのだから」

ダフネは息を吸って気持ちを奮い立たせ、ほとんど無意識に両手を腰にあてて、口を開いた。

「まずひとつに、この密約では、わたしのほうにより得られるものが大きいことを言っておくわ。この人は、わたしを利用して、ほかの女性たち――」

「その母親たちも」サイモンが口を挟む。

「――と、その母親たちを遠ざけることをもくろんでる。でも、はっきり言えば」――ダフネは話しながらサイモンに目をくれた――「それは考え違いだと思うわ。彼がほかの令嬢とおつきあいしているかもしれないと思っても、女性たちは追いまわすことをやめないわ――とりわけ、その相手がわたしでは」

「おまえのどこがいけないというんだ？」アンソニーが詰問した。

ダフネは説明しようとして、ふたりの男性が不自然な視線を交わしたことに気づいた。

「それはなんなのよ？」

「べつに」アンソニーはややばつが悪そうに口ごもった。

「求婚者が押し寄せないことについて、きみが考える理由をお兄さんに話したんだ」サイモンが静かに言う。

「そう」ダフネは口をすぼめ、腹を立てるべきことなのかどうかを思案した。「まあ、でも、兄はそれぐらいとっくに見当がついているはずだわ」

サイモンは笑いを抑えようとしたのか妙な音を立てて鼻息を漏らした。

ダフネはふたりの男性に等しく鋭い視線を向けた。「いまの割り込みは、わたしの持ち時間の二分に含めないでもらいたいんだけど」

サイモンが肩をすくめる。「計時係《タイムキーパー》はきみの兄上だ」

アンソニーが机の端をつかむ。おそらく、サイモンの喉につかみかからないよう自制したのだろうとダフネは見てとった。「そいつに」凄んだ口調で言う。「口を閉じないと、そこの窓からまっ逆さまに放りだしてやると伝えてくれ」

「前々から、男性は愚か者だろうとは思ってたけど」ダフネは歯の隙間から言った。「きょうで確信できたわ」

　サイモンがにやりとした。

「言わせてもらえば」アンソニーがなおもサイモンをじろりと睨みつけたまま、ダフネに言い捨てた。「残り時間はあと一分半だ」

「わかってるわ」きつく返した。「だったら、ひとつの事実に要約して話すわ。きょう、わたしは六人の訪問者を迎えたの。六人よ！　わたしに六人も男性が訪ねてきたことがこれまであったと思う？」

　アンソニーは呆然として妹を見つめた。

「思わないわよね」ダフネはしだいに名調子になって続けた。「実際、そんなことは一度もなかったんだもの。六人の男性がうちの玄関先に来て、扉をノックして、フンボルトに名刺を渡したのよ。六人の男性がわたしに花を渡して、熱心に話をして、ひとりは詩の朗読までしてくれたわ」

　サイモンは顔をしかめた。

「それはどうしてかしら？」ダフネはことさら声を張りあげて訊いた。「わかる？」

　アンソニーはいくぶん遅まきながら分別を取り戻し、押し黙った。

「すべては、この人が」――サイモンに人差し指を突きつける――「ゆうべのレディ・ダンベリーの舞踏会で、わたしに惹かれたふりをしてくれたからなのよ」

机の端に気楽に寄りかかっていたサイモンがとたんに姿勢を正した。「いや、まあ」あわてて言う。「ああいう光景を見込んでいたわけではないんだが」

ダフネは落ち着き払った目をサイモンに向けた。「じゃあ、どういうのを見込んでいたの？」

ろくに口が開きもしないうちに、ダフネにさえぎられた。「これまでだったら、あの人たちはわたしを訪ねようとも思わなかったはずだわ」

「それほど浅はかな男たちにでも」サイモンが穏やかに言う。「好意を持たれたいのかい？」

ダフネは押し黙り、わずかにのけぞった。サイモンは非常にまずいことを言ったのかもしれないという胸騒ぎがしたが、ダフネのすばやいまばたきを見るまで確信が持てなかった。

うわっ、まずい。

それから、ダフネは片方の目をぬぐった。同時に咳をして、口を覆ったふりでごまかそうとしたが、サイモンはただもう情けないろくでなしの気分に陥った。

「自分のしていることがわかっただろ」アンソニーが語気を強めた。励ますように妹の腕に手をおいて、サイモンをぎろりと睨みつける。「あいつにはかまうな、ダフネ。ろくでなしだ」

「そうかもしれないけど」ダフネは鼻を啜《すす》った。「頭のきれるろくでなしだわ」

アンソニーは口をぽかんとあけた。

ダフネは兄に不機嫌な目を向けた。「言い返されたくなかったら、口をださないで」

アンソニーは呆れた吐息を漏らした。「この昼に、ほんとうに六人の男が来てたのか？」

ダフネはうなずいた。「ヘイスティングス公爵を入れると七人」

「それで」兄は慎重に尋ねた。「そのなかに、おまえが結婚したくなりそうな男がいたのか？」

サイモンはふと指が太腿に小さな窪《くぼ》みをこしらえていることに気づき、意識的に手を机に戻した。

ダフネがふたたびうなずいた。「みんな、わたしがこれまで友人関係を楽しんでいた男性たちよ。公爵がきっかけを作ってくれなければ、恋愛の対象には見てくれなかったでしょうけれど。機会に恵まれれば、そのうちのひとりに惹かれる可能性もあると思うわ」

「だが――」サイモンはすばやく口を閉じた。

「だが、何？」ダフネが興味深げに目を向けた。

言いたかったのはつまり、ひとりの公爵が惹かれているのを見てようやくダフネの魅力に気づいたような男たちならば、愚か者だし、そんなやつらとの結婚は考えるべきではないということだった。とはいえ、自分が興味を示せば彼女への求愛者が増えると提案したのがそもそも自分自身であることを考えると――正直なところ、それを口にすれば自分の首を絞めることになると思った。

「なんでもない」サイモンはようやく答えた。「たいしたことじゃないんだ」

ダフネは少しのあいだ彼を見つめたあと、兄のほうを振り返った。「だから、わたしたちの賢明な計画を認めてくれる？」

「賢明と言うには少しばかり無理があるが」――アンソニーが苦々しげに続ける――「自分に利があると、おまえは考えてるんだよな」

「アンソニーお兄様、わたしは夫を見つけなければならないの。お母様にとてもせかされているというだけではなくて、わたしだって夫がほしい。結婚して、自分自身の家族を持ちたいわ。お兄様には想像できないぐらい、それを願ってる。でもいままでのところ、その願いを叶えられる相手は現れていないわ」

アンソニーが妹の褐色の目に浮かんだ熱い切望を拒めるとは、サイモンにはとうてい思えなかった。そして案の定、アンソニーは机にもたれかかって、あきらめの呻き声を漏らした。

「わかったよ」自分の言葉が信じられないかのように目を閉じる。「認めるしかないだろう」

ダフネは飛びあがって、兄に抱きついた。

「思ってたとおり、やっぱりアンソニーお兄様がきょうだいのなかで一番の理解者だわ」兄の頬にキスを落とす。「たまに見当違いをするけれど」

アンソニーは目で天を仰いでからサイモンを見据えた。「わたしがどれほど耐えているか、わかるか？」首を振りつつ訊く。その声は悩める男同士にしか伝わらない独特の響きを帯びていた。

サイモンは邪悪な誘惑者から善良な友人への変わりどきを計りかねて、含み笑いした。

「ただし」アンソニーは高らかに言い、ダフネをたじろがせた。「いくつか条件がある」

ダフネは何も言わず、ただ瞬きをして兄の言葉の続きを待った。

「ひとつめに、この話は、この部屋のなかだけにとどめること」

「承知したわ」ダフネがすばやく答えた。

アンソニーがサイモンにあてつけがましく目を向ける。

「わかってる」サイモンが応じた。

「母は事実を知れば打ちのめされてしまうだろう」

「それどころか」サイモンが低い声で続ける。「きみたちの母上なら、ふたりの思いつきを褒めてくれそうな気もするが、むろん、おまえのほうが長いつきあいなのだから、その判断に従うとしよう」

アンソニーは友に冷ややかな視線を投げた。「ふたつめに、いかなることがあろうと、おまえたちふたりだけで過ごしてはならない。絶対に」

「あら、そんなのたやすいことだわ」ダフネが言う。「だって、ほんとうに恋愛中だったとしても、ふたりだけで会うことは許されないんだから」

サイモンはレディ・ダンベリーの屋敷の廊下でのひと時を思いだし、もう二度とダフネとふたりだけの時間を過ごせないことを残念に感じたが、目の前にあるものは煉瓦《れんが》の壁だと考えればいいのだと気づいた。奇《く》しくも、たまたまアンソニー・ブリジャートンという名前の付いた喋る壁。それで、サイモンは素直にうなずき、同意の文句をつぶやいた。

「三つめは――」

「三つめもあるの？」ダフネが訊いた。

「ちゃんと考えれば、三十にはなるな」アンソニーが唸るように言う。

「わかったわ」ダフネはいかにも不満げに応じた。「聞くわよ」

ほんの一瞬、アンソニーが妹の首を絞めるのではないかとサイモンは思った。

「何がおかしい？」アンソニーがいきなり訊いた。

それで初めて、サイモンは自分が鼻で笑っていたことに気づいた。「べつに」すばやく答える。

「いいか」アンソニーが不機嫌な声で続ける。「三つめの条件を言うぞ。おまえが一度でも妹を傷つけるようなまねをしたら……付き添い役もいないところで妹の大事な手にキスでもしたら、おまえの頭を引き裂いてやる」

ダフネが目をぱちくりさせた。「ちょっと大げさじゃない？」

アンソニーは妹のほうへきびしい目を向けた。「そんなことはない」

「まあ」

「ヘイスティングス？」

サイモンはうなずかざるをえなかった。

「よし」アンソニーがぶっきらぼうに応じた。「これで用件は片づいた。おまえは」――すかさずサイモンを振り向く――「もう帰っていいぞ」

「お兄様！」ダフネが叫んだ。

「今夜の夕食会への招待は取り消しということかな」サイモンは尋ねた。

「そうとも」

「ためよ！」ダフネが兄の腕を揺さぶる。「彼は夕食に招待していたの？　どうして何も言ってくれなかったの？」

「何日も前のことだ」アンソニーが不満げにつぶやく。「何年もだな」

「月曜だ」サイモンが言う。

「あら、だったら、ぜひご一緒しましょう」ダフネはきっぱりと言った。「お母様がとても喜ぶわ。それと」――兄の腕を突く――「彼に毒を盛ろうなんて考えないでよ」

アンソニーが答える前に、サイモンが低く笑いながら手を振って否定した。「わたしのことは心配無用だ、ダフネ。なにしろ、きみの兄上とは学生時代に十年近くも一緒に過ごしたんだ。兄上は化学式がまったく理解できていなかった」

「殺してやる」アンソニーが独りごちた。「今週中にな」

「無理ね」ダフネが悠然と言う。「あすにはすっかり忘れて、〈ホワイツ〉で葉巻を吸ってるわ」

「そうはいくものか」アンソニーは恐ろしげに含みを持たせて言った。

「そうはいくわよ。そう思わない、サイモン？」

サイモンは親友の顔に目を据えて、初めて見る表情が浮かんでいることに気づいた。どこか違う目。なんとも思慮深い表情。

六年前、イングランドを離れたときには自分もアンソニーもまだ青臭かった。むろん、自分たちは一人前の男だと思い込んでいたのだが。ギャンブルと娼婦にうつつを抜かし、偉ぶって散財もしたし、風を切って歩いていたのだが、ふたりとも当時とはすっかり変わった。いまではふたりとも大人の男だ。

サイモンは長旅のあいだに自分自身の変化を感じとっていた。新たな試練にぶつかっては乗り越えて、ゆっくりと変化を遂げてきた。だがいま、イングランドに戻ってきてなお、アンソニーを過ぎ去った日の二十二歳の若者として見ている自分に気づいた。

友人もまた自分と同じように成長していたことを忘れ、ひどい仕打ちを与えてしまったことをいまさらながら自覚した。アンソニーは自分には想像も及ばない責任を負っている。弟たちを導き、妹たちを守らなければならない。自分にあるのは公爵の地位だけだが、アンソニーは家族を背負っている。

そこには大きな違いがあり、友をたやすく過保護だとか、いささか頑固者だと責めることはできないのだと悟った。

「思うに」サイモンはゆっくりと口を開いて、ようやくダフネの質問に答えた。「きみの兄上もわたしも、六年前に向こう見ずに遊んでいたころとは変わったんだ。だから、それほどひどい目に遭わされることはないはずさ」

数時間後、ブリージャントン家は大わらわとなっていた。

ダフネは、かつて誰かに目の色があまり暗く見えないと言われた濃い緑色のビロードの夜会服に着替えてから、母の興奮を鎮める手立てに悩みながら、大広間をゆっくり歩きまわっていた。

「信じられないわ」ヴァイオレットが胸の上で片手をそわそわ動かしながら言う。「アンソニーが公爵様を夕食に招いたことを伝え忘れていたなんて。用意する時間がなかったじゃないの。まったく時間がなかったわ」

ダフネは手にした献立表を眺めた。亀肉のスープから始まり、さらに三皿の料理が供されたあと、子羊のベシャメルソースがけで締めくくられている（もちろん、その後に四種類から選べるデザート付きだ）。ダフネは皮肉に聞こえないよう気づかって言った。「公爵様が文句をおっしゃるとは思えないけど」

「そう祈るしかないわね」ヴァイオレットが言う。「けれども、もしいらっしゃるとわかっていたら、わたしは必ず牛肉料理を加えていたわ。牛肉料理がなければ、おもてなしにはならないのよ」

「正式な夕食会ではないことは、公爵様も承知されてるわよ」

ヴァイオレットはとげとげしい目をくれた。「公爵様を招待していて、正式ではない食事会などありえないわ」

ダフネはしみじみと母を見やった。両手を揉みあわせ、歯を軋《きし》らせている。「お母様」声をかけた。「公爵様が、自分のために夕食の予定を大きく改めるようなことを望んでらっしゃるとは思えないわ」

「それはそうでしょうけれど」ヴァイオレットが言う。「けれども、わたしの気がすまないわ。ダフネ、社交界にはふさわしい流儀というものがあるの。期待されて当然なのよ。それに、ほんとうのところ、あなたがどうしてそんなに落ち着いて無関心でいられるのか、わからないわ」

「無関心なんかじゃないわ！」

「どう見ても、緊張はしていないわ」ヴァイオレットは疑わしそうに娘を見た。「なぜ、緊張しないの？　しっかりしてよ、ダフネ、相手はあなたとの結婚を考えている男性なのよ」

　ダフネは一瞬口をつぐみ、唸り声を漏らした。「そんなことはまだひと言もおっしゃってないじゃない、お母様」

「その気がないわけないでしょう。そうでなければ、ゆうべ、あなたと踊ったりすると思う？　あの方から同じ栄誉を授かった女性は、ペネロペ・フェザリントンだけなのよ。彼女とは同情心から踊られたことは、あなたにもわかるでしょう」

「わたしはペネロペが好きよ」

「わたしだって、ペネロペは好きよ」ヴァイオレットは言い返した。「それに、彼女のお母様が、娘の肌の色に濃いオレンジの繻子《しゅす》のドレスは似合わないことに気づく日が来るのを願ってもいるけれど、話がそれたわね」

「つまり、何が言いたいの？」

「わからないわよ！」ヴァイオレットはほとんど泣きそうな声で言った。

ダフネはかぶりを振った。「エロイーズを呼んで来るわ」

「ええ、そうしてちょうだい」母がうわの空で言う。「それに、グレゴリーが清潔にしてあるかもたしかめてね。あの子は耳の後ろを洗わないのだから。それと、ヒヤシンスは――あら、まあ、ヒヤシンスのことはどうしたらいいかしら？　ヘイスティングス様は十歳の子がテーブルにつくとは思ってらっしゃらないわよね」

「あら、そんなことはないわ」ダフネは辛抱強く答えた。「アンソニーお兄様から、家族で夕食をとると話してあるのだもの」

「たいていの家族は、幼い子供を食事会に同席させないものなのよ」ヴァイオレットは指摘した。

「でも、それぞれの家庭の問題でしょう」ダフネはさすがにいらだちがつのってきて、大きな嘆息を漏らした。「お母様、わたしは公爵様とお話ししたのよ。これが正式な食事会ではないことは理解されてるの。それに、気分転換できることを楽しみにしていると、はっきりとおっしゃってたわ。公爵様には家族がいないから、ブリジャートン家の夕食会のようなものは経験がないのよ」

「神よ、お助けください」ヴァイオレットの顔がたちまち青ざめた。

「ねえ、お母様」ダフネはすばやく言った。「何を考えているかは想像がつくわ。グレゴリーがまた、フランチェスカの椅子にジャガイモのクリーム煮をのっける心配はいらないわよ。そんな子供じみたいたずらは、もう卒業したはずだもの」

「あの子は先週もやったのよ！」

「あら、それなら」ダフネは怯《ひる》みもせずに、きびきびとした口ぶりで言った。「きっともう懲《こ》りてるわよ」

母はこのうえなく疑わしそうな目を向けた。

「わかったわよ。だったら」ダフネはそっけなく聞こえないよう、できるかぎり配慮して言った。「お母様を困らせるようなことをしたらただではおかないって、あの子をちょっと脅かしておくわ」

「ただではおかないでは、効き目がないわ」ヴァイオレットが思案する。「あの子の馬を売り払ってしまうと脅かそうかしら」

「信じないんじゃないかしら」

「ええ、そうよね。わたしはとても慈悲深いから」ヴァイオレットが眉をひそめる。「でも、日課の乗馬を禁じると言えば、あの子も信じるのではないかしら」

「それなら効くかも」ダフネは請《う》けあった。

「決まりね。さっそくあの子のところへ行って、脅しをかけてくるわ」ヴァイオレットは二歩進んでから振り返った。「子供がいると、ほんとうに苦労するわ」

ダフネはただ微笑みを返した。母がその苦労を心から楽しんでいることはわかっている。

ヴァイオレットは軽く咳払いして、より重要な話題に移ることを合図した。「わたしはこの夕食会がうまくいくことを願っているわ、ダフネ。ヘイスティングス様は、あなたにとって、すばらしいお相手であるような気がするの」

「気がする？」ダフネはからかうように繰り返した。「公爵であれば、頭がふたつあろうと、唾を飛ばして喋ろうと、すばらしいお相手に決まってるものと思ってたわ」くすくす笑う。

ヴァイオレットは温和な笑みを浮かべた。「あなたにはなかなか信じてもらえないかもしれないけれど、ダフネ、わたしはあなたに誰とでもいいから結婚してほしいと思っているわけではないのよ。あなたに次から次へ独身男性を紹介しているのは、できるだけたくさんの候補者のなかから夫を選んでほしいからなの」切なげに微笑む。「あなたのお父さんとわたしのように、あなたが幸せになってくれるのを見るのが、わたしの一番の望みなのだから」

そして、ダフネが答えを見つける前に、ヴァイオレットは廊下へ姿を消した。

残されたダフネは改めて考えた。

もしかしたら、ヘイスティングス公爵とのたくらみは結局、名案ではなかったのかもしれない。ふたりがまやかしの恋愛関係を解消したら、母は打ちのめされてしまうだろう。サイモンはふられた役まわりをつとめると言っていたが、ダフネの胸に、それが逆効果になるのではないかという疑問が芽生えた。サイモンにふられる形になるのは恥ずかしいことだけれど、少なくとも、母の「なぜなの？」という当惑した嘆きの連発を聞かずにすむはずだ。自分からサイモンとの縁談を断われば、母は娘が正気を失ったと考えるだろう。

そして、母の言うとおりだったと後悔することになるのだろうか。

サイモンには、ブリジャートン家との夕食会がどのようなものなのか想像もつかなかった。賑やかで騒々しい、笑いにあふれたひと時で、ありがたいことに、事件は空飛ぶ豆に絡んだ一件だけだった（問題の豆はどうやら当初、テーブルの端のヒヤシンスの所にあったらしい。このブリジャートン家の末娘があまりに無邪気で天使のような顔をしているので、その豆を実際に兄に向かって投げつけたとは信じがたかった）。

豆はヴァイオレットの頭上をきれいな弧を描いて飛び越えたものの、さいわい、女主人は気づかなかった。

だが、サイモンの真向かいに坐っているダフネはすばやく口をナプキンで覆ったので、あきらかに気づいていた。その目もとから察するに、四角い亜麻布の下で笑っているのは間違いない。

サイモンは食事のあいだ、ほとんど話さなかった。じつを言えば、ブリジャートン家の人々と実際に言葉を交わすより、家族の会話に耳を傾けているほうがずっと楽だった。なんといっても、アンソニーとベネディクトから、敵意のこもった視線を突きつけられっぱなしなのだから。

とはいえ、サイモンはブリジャートン家の長男、次男とは反対側のテーブルの端に離れて坐っていたので（おそらくはヴァイオレットの計らいで）、わりあいたやすくふたりを無視して、ダフネとほかの家族とのやりとりを楽しむことができた。ほんのたまに、家族の誰かに直接質問を投げかけられて答え、また静かな聞き手の態度に戻る。

ついに、ダフネの右隣りに坐っているヒヤシンスが、まっすぐサイモンを見つめて言った。

「あまり、お話しなさらないのね？」

ヴァイオレットがワインにむせた。

「公爵様は」ダフネがヒヤシンスに言う。「わたしたちよりずっと礼儀正しい方なのよ。わたしたちは聞いてもらえないのを怖がるみたいに、しょっちゅう会話に割り込んだり、ほかの人の話に口をだしたりするでしょう」

「ぼくは聞いてもらえないかもなんて怖がってない」グレゴリーが言う。

「わたしも怖がってはいませんよ」ヴァイオレットがさりげなく口を挟んだ。「グレゴリー、豆をちゃんと食べなさい」

「でも、ヒヤシンスが――」

「レディ・ブリジャートン」サイモンは高らかに言った。「よろしければ、このおいしい豆をもう少しいただけますか？」

「ほら、ご覧なさい」ヴァイオレットは茶目っ気たっぷりにグレゴリーを見やった。「公爵様は豆をちゃんと食べてらっしゃるわよ」

グレゴリーは豆を食べた。

サイモンはほくそ笑み、スプーンで自分の皿にさらに豆を取りわけながら、レディ・ブリジャートンが夕食にロシア式を選ばなかったことに感謝した。従僕を呼んで給仕させなければばならなかったら、グレゴリーが豆を投げたヒヤシンスを咎《とが》めるのを阻止することは難しかっただろう。

もはや豆をひと粒残らず片づけざるをえなくなったので、せっせと食べ続けた。それでもこっそりダフネを見やると、いわくありげな笑みをかすかに浮かべている。ついつられそうなほど陽気さにあふれた目を見て、サイモンはいつしか同じように口角を引きあげていた。

「アンソニーお兄様、どうして怖い目をしているの？」ブリジャートン姉妹のべつのひとりが訊いた——フランチェスカなのだろうと思うのだが、はっきりとはわからない。真ん中のふたりの姉妹は母親と同じような青い瞳に至るまで、驚くほどよく似ている。

「怖い目などしていない」アンソニーはきっぱり否定したものの、もう一時間近くもその怖い視線の標的となっているサイモンには、それが嘘であると断言できた。

「ほらまた」フランチェスカだか、エロイーズだかが言う。

アンソニーが答える口調はきわめてわざとらしかった。「わたしが『そんなことはない』と答えると思っているのなら、あいにくはずれだ」

ダフネがふたたびナプキンの下で笑った。

サイモンは、これほど愉快な気分になるのはずいぶんと久しぶりだと思った。

「いいこと」ヴァイオレットが唐突に切りだした。「わたしは、今夜が今年一番のすてきな晩になると信じているのよ。たとえ」——テーブル越しにヒヤシンスのほうへ訳知りふうの視線を投げる——「うちの末娘がテーブルの向こうに豆を放っていようとも」

サイモンが目を向けると同時にヒヤシンスが声をあげた。「どうしてわかったの？」

ヴァイオレットが首を振りながら目で天を仰ぐ。「愛しい子供たち。あなたたちはいつになったら、わたしがなんでも知っていることを学ぶのかしら？」

ヴァイオレット・ブリジャートンは大いに尊敬できる女性だと、サイモンは確信した。

ところが一転、ヴァイオレットは微笑みながら問いかけて、サイモンをすっかりとまどわせた。「お聞かせくださいな、公爵様。あすはお忙しいのかしら？」

ブロンドの髪に青い目であるにもかかわらず、そう尋ねたときのヴァオイレットはダフネにそっくりで、サイモンは一瞬面食らった。単にそのせいで何も考えられなくなり、口ごもった。「い、いや。特には」

「すばらしいわ！」ヴァイオレットは叫んで、にっこり微笑んだ。「でしたら、ぜひ、わたしたちとグリニッジまでご一緒いたしましょう」

「グリニッジ？」サイモンはおうむ返しに訊いた。

「ええ、数週間前から、日帰りの家族旅行を計画していましたのよ。船で渡ってから、テムズ川沿いでピクニックをしようかと思っておりますの」ヴァイオレットは自信満々に微笑んだ。「ご一緒にいらしてくださいますわよね？」

「お母様」ダフネが言葉を差し挟んだ。「公爵様はご予定がうんと入ってらっしゃるはずだわ」

ヴァイオレットがダフネに向けた目はあまりに冷ややかで、よくぞふたりとも凍ってしまわないものだとサイモンが驚くほどだった。「寝ぼけたことを」ヴァイオレットが言う。「公爵様は忙しくないとおっしゃったじゃないの」サイモンに顔を戻す。「それから、王立天文台も訪ねるつもりですから、退屈な旅になる心配はありませんわ。もちろん、一般には公開されていないのですけれど、亡き主人が有力な支援者でしたので、わたしたちは特別に見学させてもらえるんですの」

サイモンはダフネを見た。ダフネはただ肩をすくめ、目で詫びる気持ちを伝えた。

サイモンはヴァイオレットのほうへ顔を戻した。「喜んで、ご一緒させていただきます」

ヴァイオレットに満面の笑みを向けられ、腕を軽く叩かれた。

そして、サイモンは運命を握られたような気分に沈んだ。

8

『土曜日、ブリジャートン家一同（と、公爵一名）が、船でグリニッジを訪ねたとの情報が筆者の耳に届いた。

さらに、前述の公爵はブリジャートン家のひとりとともに、びしょ濡れでロンドンに帰ってきたとのこと』

一八一三年五月三日付〈レディ・ホイッスルダウンの社交界新聞〉より

「もう一度あやまったら」サイモンが頭の後ろで手を組んで言う。「きみを殺してしまいかねない」

ダフネは、母が家族全員――もちろん公爵も――で、グリニッジへ向かうため手配した小型船のデッキチェアからいらだった目を向けた。「だけど、いくらわたしでも、母のあからさまなやり口にお詫びしようと思うぐらいの礼儀は心得てるわ。ささやかなお芝居の目的は、娘を売り込もうと躍起《やっき》の母親たちからあなたの身を守るためなのだもの」

サイモンはその言葉を手で払って、椅子に深く坐りなおした。「わたしが楽しんでいなければ、問題だったかもしれないが」

ダフネは驚いてわずかに顎を引いた。「あら」自分でも愚かな返事に聞こえた。「だったら良かったわ」

サイモンが笑う。「たとえグリニッジまでであろうと、わたしは船旅がすこぶる好きなんだ。それに、海でたっぷり時を過ごしてきたあとに、王立天文台へ行ってグリニッジ子午線《しごせん》を見られるとは洒落てるじゃないか」ダフネのほうへ首を傾ける。「航海術や経度については詳しいのかい？」

ダフネは首を振った。「恥ずかしながら、あまり知らないわ。じつを言うと、グリニッジに子午線が定められている意味もよくわからないの」

「すべての場所の経度を測る基点になってるんだ。船乗りや海洋冒険家はかつて出発地点からの縦の距離を測っていたんだが、王立天文台長がグリニッジをその基点に定めた」

ダフネは眉を持ちあげた。「勝手に世界の中心を決めてしまうなんて、ちょっと横暴な気がしない？」

「だが実際、航海をしようとするときには、世界共通の基準点があることは非常に便利だ」

それでもダフネは納得のいかない顔をしていた。「それで、誰もがすぐにグリニッジにすることで同意したの？　フランス人がパリにしようと主張しなかったなんてとても信じられないわ。それに、ローマ教皇にとってはやはりローマがいいでしょうし……」

「ああ、たしかに意見が一致したわけではないな」サイモンは笑って認めた。「きみが言う意味からすれば、正式に合意されてはいない。だが、王立天文台は毎年、すばらしく綿密な海図本を発行している――〈航海暦〉と言うんだ。かつてはひとりきりで航海しようとすればば方向感覚を失いかねなかった。〈航海暦〉はグリニッジをゼロ地点として経度が示されているから……まあ、それで誰もが使うようになったというわけだ」

「ずいぶん詳しいのね」

サイモンは肩をすくめた。「船上で長く過ごせば、誰にでも身につく」

「でも、残念ながら、ブリジャートン家の子供部屋《ナースリー》で学べることではないわ」自嘲ぎみに言う。「わたしの学んだことはほとんど、家庭教師が知っていたことにかぎられているもの」

「不憫《ふびん》だな」サイモンがつぶやく。それから、尋ねた。「ほとんど以外は？」

「何かに興味を覚えると、たいてい家の図書室に行けば、それについての本が何冊か見つかったわ」

「察するところ、きみの興味はまず複雑な数学には向かわなかっただろう」

ダフネは笑った。「あなたと違って、ってこと？　残念ながら、そのとおりよ。母にはいつも言われてたわ。よく足の指を使わなくても計算できるようになったものだわって」

サイモンはたじろいだ。

「ええ、そうよね」ダフネはなお笑いながら言った。「あなたのように計算が得意な人たちには、わたしみたいに不得意な人間たちが数字のあるページを見て、答えや、答えを出す方法すらすぐにわからないのが理解できないのよね。コリンもそうだもの」

そのとおりだったので、サイモンは微笑んだ。「それなら、きみの好きな科目は？」

「そうねえ。歴史と文学かしら。そういう本なら事欠かなかったから、恵まれていたわ」

サイモンはレモネードをひと口飲んだ。「歴史にはまるで情熱が湧《わ》かないな」

「そうなの？　どうしてなのかしら？」

サイモンはしばし考えをめぐらせて、歴史に興味を持てないのはたぶん、公爵位や、それに伴う様々な慣習への嫌悪感が原因なのではないかと思った。父はその爵位に相当な愛着を抱いていたが……。

だがむろん、それは口にしなかった。「さっぱりわからない。単に好きではないだけなんだろうな」

束の間、心地良い沈黙が流れ、柔らかな川風がふたりの髪をなびかせた。それから、ダフネが微笑んで言った。「だったら、もうあやまらないわ。大事な命をあなたに無駄に捧げて失うのは惜しいもの。でも、母に脅かされてつきあわされているのに、あなたがいやな思いをしていないのなら、ほっとしたわ」

サイモンがどことなく皮肉めいた視線を向けた。「わたしが来る気がなさそうだったら、きみの母上は拒めないような言い方をしなかったんじゃないかな」

ダフネは鼻で笑った。「その相手がじつは、よりにもよって、わたしに求愛しているふりをしている男性なんだものね。それも、礼儀正しいばかりに、友人の新妻たちからの招待を断われないいないからという理由だけで」

彼の顔が突如、ひどく腹立たしそうに渋く翳《かげ》った。「よりにもよって、というのはどういう意味だ？」

「ええと、ただ……」ダフネは驚いて目をしばたたいた。意味など考えてはいなかった。

「わからないわ」やむなく答えた。

「だったら、そういうことは言うな」ぼそりと言い、椅子にもたれた。

ダフネは場違いの笑みをこらえようとして、意味もなく手摺りの濡れた部分を見つめた。

むっとしたときのサイモンはなんとも可愛いらしい。

「何を見てるんだい？」サイモンが訊く。

ダフネの唇が引きつった。「何も」

「だったらなぜ笑ってるんだ？」

これればかりはけっして口にするわけにはいかない。「笑ってないわ」

「笑っていないのなら、発作とか、くしゃみでも我慢してるのか」

「どちらでもないわ」さわやかな声で言う。「すばらしいお天気を楽しんでるだけよ」

サイモンは椅子の背に頭をあずけて、彼女が見えるよう首だけまわした。「しかも、同伴者も悪くないしな」からかうように言う。

ダフネは、甲板の反対側の手摺りにもたれてこちらを睨んでいるアンソニーに、鋭い視線を返した。「同伴者全員？」ダフネが訊いた。

「きみの攻撃的な兄上のことを言ってるのなら」サイモンが答える。「じつのところ、彼の悩める姿はすこぶる愉快だ」

ダフネは笑いをこらえきれなかった。「親切心にあふれた人の言葉じゃないわ」

「自分が親切な人間だなんて一度も言ってないぞ。それに、見ろよ――」サイモンはアンソニーのほうへほんのわずかに頭を傾けた。アンソニーのしかめ面が信じがたいほど険しくなっていく。「兄上は自分のことを話されていることに気づいてるんだ。だから、かっかしてる」

「あなたたちは友達だったのでしょう」

「いまも、友達さ。友達同士だからこそ、こうしていられる」

「どうかしてるわ」

「そうかもしれないな」サイモンは認めた。

ダフネは目をぐるりとまわした。「友人の妹をたぶらかしてはならないというのも、友達同士の大切な掟だと思ってたわ」

「ああ、だが、わたしはたぶらかしているわけじゃない。たぶらかしているふりをしてるだけだ」

ダフネは考え込むようにうなずいて、アンソニーを見やった。「それでも、兄を悩ませてる――兄は真実を知っているのに」

「まったく」サイモンがにやりとする。「見あげたものじゃないか？」

そのとき、ヴァイオレットが甲板の向こうからすたすたと歩いてきた。「子供たち！」声んを張りあげる。「子供たち！　あら失礼、公爵様も」ちらっと目を向けて言い添えた。「あなたを子供たちと一緒にするなんて、とんだご無礼をしましたわ」

サイモンはただ微笑んで、手を振って詫びの言葉をとどめた。

「船長がもうすぐ到着すると言ってるわ」ヴァイオレットは知らせた。「荷物をまとめてちょうだい」

サイモンが立ちあがって手を差しのべると、ダフネはしとやかにその手を取って、ふらつきながら立ちあがった。

「揺れる船に脚が慣れないのよね」ダフネは笑い、彼の腕につかまって体勢を整えた。

「たかが川の上なのにな」サイモンがつぶやく。

「ひどい。慎みがないとか、バランスが悪いとかいう指摘はご遠慮するわ」

ダフネがそう言いながら顔を振り向けた瞬間、風に髪が吹かれて、頰がピンク色に染まった。その愛らしさに見惚れ、サイモンは息をするのも忘れかけた。

みずみずしい唇が笑いかけるようにほころび、髪が陽光で赤味を帯びて輝いている。こうして息苦しい舞踏場を離れ、水の上で清々しい空気に包まれていると、ダフネが生き生きと美しく見えて、サイモンはそばにいるだけで呆けたように顔がほころんだ。

もしもこれが船着場へ入ろうとしているときではなく、彼女の家族一同が周りを駆けまわっていなければ、キスをしていただろう。ダフネを誘惑するわけにはいかないことはわかっているし、結婚などできないことも承知していたが、サイモンはいつしか身をかがめていた。ふいにバランスを崩してよろめきながら姿勢を立てなおすまで、そうしていることにすら気づけなかった。

あいにく、アンソニーはその一部始終を見ていたらしく、ひどく無愛想にふたりのあいだに割り込んできて、親切をはるかに超えた力強さで妹の腕をつかんだ。「長兄の務めとして」唸り声で言う。「わたしが岸まで付き添おう」

サイモンは一瞬われを忘れたことに動揺と怒りを覚えて言い返せず、頭をさげてアンソニーに先をゆずるしかなかった。

船が着岸し、道板が渡された。サイモンはブリジャートン家の全員が船を降りるのを待って、最後尾からテムズ川の草深い岸辺に降り立った。

王立天文台は丘の頂上にあり、濃い赤煉瓦の、古めかしい荘厳な建物だった。最上部には灰色の丸屋根の付いた尖塔がそびえている。ダフネの言葉どおり、まさしく世界の中心であることをサイモンは実感した。すべてはこの場所を基点に計測されるのだ、と。

地球の大部分をめぐってきたあとでそう考えると、いくぶん謙虚な気持ちにさせられた。

「全員いるかしら?」子爵未亡人が声をあげる。「みんな、じっとしてるのよ。いまからちゃんと数えますからね」頭数を数えていき、最後に意気揚々と自分も含めた。「十人!良かったわ、全員揃ってるわね」

「年齢順に並ばされずにすんだだけでも、助かった」

サイモンが左手を見ると、コリンが笑いかけてきた。

「年齢順は身長の高さと比例していたときには、数えやすい方法だったんです。でも、ベネディクト兄さんがアンソニー兄さんをちょっぴり抜いて、グレゴリーがフランチェスカより大きくなってからは――」コリンが肩をすくめる。「母上もさすがに断念しました」

サイモンは一同をざっと眺めて、片方の肩だけ持ちあげた。「わたしはどの辺りに入るんだろうな」

「たぶん、アンソニー兄さんのそばでしょう」コリンが答えた。

「勘弁してくれ」サイモンはつぶやいた。

コリンが興味深げにおどけた目を向けた。

「アンソニー！」ヴァイオレットが叫ぶ。「アンソニーはどこ？」

アンソニーがいかにも不機嫌そうな唸り声を漏らして自分の居場所を知らせた。

「あら、そこにいたのね、アンソニー。こっちに来て、わたしの付き添い役を務めてちょうだい」

アンソニーはしぶしぶダフネの腕を放して、母のそばへ歩いていった。

「うちの母はずうずうしいでしょう？」コリンが囁く。

サイモンは何も言わぬが得策だと決め込んだ。

「でも、悪く思わないでください」コリンが言う。「あれも、少しでもあなたにダフネの腕を取らせようという母の策略なんですから」

サイモンはコリンに眉を吊りあげてみせた。「きみも母上同様、悪知恵が働きそうだな」

コリンはにっと笑った。「ええ、少なくともぼくは賢いふりはしませんがね」

ダフネがその機を選んで歩み寄ってきた。「わたしの付き添い役がいなくなっちゃったわ」

「やっぱりだ」コリンが言う。「となれば、ぼくはお邪魔のようなので、ヒヤシンスの所へ行きます。エロイーズの付き添い役をやらされるくらいなら、ロンドンまで泳いで帰ったほうがましですからね。十四歳になってから生意気でしょうがない」

サイモンは困惑して目をまたたいた。「きみは先週、大陸から戻ったばかりだったよな？」

コリンがうなずく。「ええ、でも、エロイーズが十四歳の誕生日を迎えたのは一年半前ですから」

ダフネがコリンの肘をぴしゃりと叩いた。「わたしがあの子に告げ口しなかったら、運が良かったと思ってよね」

コリンは目で天を仰ぐと、大声でヒヤシンスの名を呼びながら小さな集団のなかへまぎれた。

ダフネは差しだされたサイモンの肘に手をかけてから、問いかけた。「わたしたちにまだ呆れてない？」

「どうして？」

ダフネは苦笑いを浮かべた。「ブリジャートン一族との外出ほど、疲れるものはないもの」

「ああ、そういうことか」サイモンはすばやく右へ進んで、悪口や仕返しの言葉を叫んでヒヤシンスを追いかけるグレゴリーをかわした。「むしろ。新鮮な体験だ」

「なんて寛大なお言葉なのかしら、公爵様」ダフネは感心して言った。「胸を打たれたわ」

「いや、ほんとうに――」サイモンはそばを走り抜けるヒヤシンスから飛びのいて、こんな甲高い声を聞いたら、ここからロンドンまでの至る所の犬たちが遠吠えを始めるに違いないと思った。「わたしには兄弟がいないからな」

ダフネは夢見るようにため息をこぼした。「兄弟がいない」思いをめぐらす。「いまは天国のように聞こえるわ」それから数秒のあいだ遠い目を続けたあと、しゃきっと背筋を伸ばして夢想を振り払った。「それはともかく、いまは――」さっと手を伸ばし、走り抜けようとしたグレゴリーの上腕をがっしりつかんだ。「グレゴリー・ブリジャートン」叱りつける。

「そんなふうに人のあいだを走りまわってはだめでしょう。誰かを倒してしまうわよ」

「どうして、そんなことができるんだ？」サイモンは訊いた。

「どうして、つかまえられたかってこと？」

「ああ」

ダフネは肩をすくめた。「長年の訓練の賜物《たまもの》かしら」

「放せ！」グレゴリーが駄々をこねる。その腕はまだ姉の手に握られていた。

ダフネが手を放した。「いい、おとなしくするのよ」

グレゴリーは大股に二歩踏みだすと、たちまち走り去った。

「ヒヤシンスは叱らないのかい？」サイモンは訊いた。

ダフネは肩越しを身ぶりで示した。「ヒヤシンスは母がつかまえるわ」

見ると、ヴァイオレットがヒヤシンスに向かって、かなりきつい調子で人差し指を振っている。ダフネのほうに向きなおって訊いた。「グレゴリーに邪魔される前に、何か言おうとしなかったか？」

ダフネは目をしばたたいた。「わからないわ」

「兄弟がいないことを想像して、うっとりしていたように見えたが」

「ええ、そうだったわ」ダフネは小さく笑って、サイモンとともにほかのブリジャートン家の人々を追って、天文台のある丘へのぼっていった。「じつは、信じられないかもしれないけれど、時どきはまったくの独りぼっちにあこがれても、家族がいないのはやっぱりとても寂しいと思ってしまうのよ」

サイモンは黙っていた。

「自分がひとりっ子だったらなんて想像できないわ」ダフネは言い添えた。

「そういった境遇は」サイモンが乾いた声で言う。「往々にして自分では選べない」

ダフネの頬がたちまち赤く染まる。「まあ、ごめんなさい」口ごもり、足がぴたりと動かなくなった。「忘れていたの。あなたのお母様が……」

サイモンは彼女の隣りで足をとめた。「わたしは母を知らないんだ」肩をすくめる。「母の死を悲しんではいない」

けれど、サイモンの青い目はひどくうつろで閉ざされているように見え、ダフネはなぜだかその言葉が偽りであることを悟った。

そして同時に、彼がその言葉を完全に信じ込んでいることにも気づいた。

ダフネには不思議に思えた——どうしてこの人は、これほど何年も自分自身を騙《だま》し続けてこられたのだろう？

サイモンの顔をじっと眺め、頭をわずかに傾けて、その表情に見入った。風のせいで頬に赤味がさし、濃い色の髪が乱れている。サイモンは見つめられることに気まずさを覚えたらしく、とうとう小さく唸ってから、言った。「遅れをとってしまったな」

ダフネは丘を見あげた。家族はだいぶ先を進んでいる。「あら、ほんとう」背筋を伸ばして言う。「歩きだしたほうがいいわね」

けれど、重い足どりで丘をのぼりながら考えたのは、家族や天文台のことでもなければ、経度のことでもなかった。なぜだか無性に公爵を抱きしめて放したくないなどと感じてしまう理由を考えていた。


数時間後、一行は全員テムズ川の草深い岸辺に戻ってきて、ブリジャートン家の料理人がこしらえた、簡単だけれど気のきいた軽食を最後のひと口まで楽しんだ。前夜と同じように、サイモンはほとんど喋らず、ダフネの家族のときには騒々しいほどのやりとりを眺めていた。

けれどもどうやら、ヒヤシンスがまた何か思いついたらしい。

「ご機嫌いかが、公爵様」ヒヤシンスは言うと、従僕のひとりがピクニック用に広げた毛布の上にサイモンと並んで腰をおろした。「天文台見学を楽しまれたかしら？」

サイモンは笑いを隠しきれずに答えた。「もちろんですよ、ヒヤシンス嬢。あなたは？」

「ええ、とっても。特に、あなたの緯度と経度の講話がすばらしかったわ」

「あれ、講話だなんて、言ったただろうか」サイモンはその表現が少々古臭く思えて言った。

毛布の向こう側で、ダフネが困惑顔のサイモンを笑って見ている。

ヒヤシンスがあだっぽく――なんてことがありうるのだろうか？――微笑んで言った。

「グリニッジにはとってもロマンチックな歴史もあるのはご存知？」

ダフネが幼い裏切り者に身をふるわせて笑いだした。

「そうなのかい？」サイモンはなんとか応じた。

「そうなのよ」ヒヤシンスは気どった声色で答えた。サイモンは一瞬、その十歳の体のなかにほんとうに四十歳の既婚婦人がいるのではないかと疑った。「ここで、かの寵臣《ようしん》サー・ウォルター・ローリーが、ぬかるみで女王エリザベスの履《は》き物が汚れないよう、外套《がいとう》を地面にかぶせたんですって」

「ほんとうに？」サイモンは立ちあがって辺りを見渡した。

「公爵様！」ヒヤシンスが十歳らしい勢い込んだ表情を取り戻してさっと立ちあがる。「どうなさったの？」

「地形をたしかめてるんだ」サイモンは答えた。ダフネにこっそり視線を投げる。見返すダフネの表情には、陽気さと、温かみと、気分を何倍にも高揚させてくれる何かが含まれていた。

「だけど、なんのために？」ヒヤシンスが問いつめる。

「ぬかるみを探すために」

「ぬかるみ？」少女はその答えの意味を知り、ゆっくりとなんとも嬉しそうな表情に変わった。「ぬかるみ？」

「そのとおり。きみの靴を守るために外套を台無しにしなくちゃならないのなら、ヒヤシンス嬢、あらかじめ知っておきたいんだ」

「でも、あなたは外套を着てないわ」

「おお、なんたること」サイモンが大きな声をあげたので、それにまぎれてダフネが吹きだした。

「きみは、わたしにシャツまで脱がせようというのではあるまいな」

「違うわ！」ヒヤシンスが甲高い声で言う。「あなたはなんにも脱がなくていいのよ！　ぬかるみなんてないんだから」

「おお、感謝します」サイモンは息をついて、ついでに片手で胸を押さえて見せた。おかげで、想像もできなかったほどとても愉快な気分になってきた。「きみたち、ブリジャートン家の女性たちはまったく世話が焼けると思わないかい？」

ヒヤシンスが疑念と興奮の入りまじった目で見ている。ついには疑念が勝利した。両手が小さな腰にいき、目を細めて訊く。「わたしをからかってるの？」

サイモンはまっすぐ微笑みかけた。「きみはどう思う？」

「からかわれてるんだと思うわ」

「わたしは、ぬかるみがどこにもなくて幸運だと思ってる」

ヒヤシンスはしばし考えをめぐらせた。「あなたが姉と結婚する気なら――」

ダフネは喉にビスケットを詰まらせた。

「認めてあげるわ」

サイモンは息を詰まらせた。

「でも、そうじゃないんなら」ヒヤシンスが恥ずかしそうに微笑んで続ける。「わたしを待っててくれると、すごく嬉しいんだけど」

サイモンは少女のあつかいには慣れていないし、どう答えていいものか皆目わからなかったので、グレゴリーがいきなり駆けてきて妹の髪を引っぱってくれたのはありがたかった。

ヒヤシンスは追いつくことだけに気を振り向けて目を細め、すぐさま兄を追って走りだした。

「こんなこと、言う機会があるとは思わなかったけど」ダフネが笑いながら声をかけてきた。

「どうやら、弟に救われたみたいね」

「妹さんはいくつなんだい？」サイモンは尋ねた。

「十歳だけれど、どうして？」

サイモンは呆れたように首を振った。「一瞬、四十歳にも見えたからさ」

ダフネは微笑んだ。「時どき、母とそっくりに見えるから、どきっとするのよ」

ちょうどそのとき、話題の女性が立ちあがり、船に戻るよう子供たちを呼び集めだした。

「ほら、いらっしゃい！」ヴァイオレットが声を張りあげる。「遅くなってしまうわ！」

サイモンは懐中時計を見やった。「まだ三時だ」

ダフネが肩をすくめて立ちあがる。「彼女にとっては遅いのよ。母いわく、淑女は必ず五時には家にいなくてはならないんですって」

「どうして？」

ダフネが手を伸ばして毛布を拾いあげる。「わからないわ。晩の準備をするためかしら。それも決まりごとのひとつだと思って育ってきたから、疑問も持たずに守ってたわ」上体を起こし、淡い青色の毛布を胸もとに抱えて微笑む。「もう行ける？」

リイモンは腕を差しだした。「もちろん」

船のほうへ何歩か進んでから、ダフネが言った。「あなたはヒヤシンスをとてもうまくあつかってたわ。子供たちと長い時間を過ごしたことがあるのでしょうね」

「ない」そっけなく答えた。

「あら」ダフネの顔がとまどいの色に染まった。「あなたに兄弟がいないのはわかってるわ。でも、旅のあいだに子供たちに出会ってきたのかしらと思って」

「いや」

ダフネはひとたび押し黙り、その話題を続けていいものかどうか迷った。サイモンの声はきつくよそよそしくなっているし、表情も……。

ほんの数分前にヒヤシンスをからかっていたときとは別人のように見える。

それでもなぜだか話し続けたくなって――たぶん、あまりにすてきな午後だったたし、もしかしたら、ただ単に天気が良かったたからなのかもしれない――、にこやかな笑みを取りつくろって言った。「でも、経験はどうあれ、あなたは要領を心得てるわ。子供との話し方がわからない大人もいるもの」

サイモンは無言だった。

ダフネは彼の腕を軽く叩いた。「あなたはいつか、幸運な子供のすばらしい父親になるのでしょうね」

サイモンの頭がくるりと振り向き、その目の表情にダフネの心は凍りつきそうになった。「すでに話したはずだ、結婚するつもりはない」つっけんどんに言う。「絶対に」

「でもきっといつか――」

「したがって、子供を持つこともありえない」

「わ……わかったわ」ダフネは唾を呑み込んでどうにか微笑んだつもりが、唇をわずかにふるわせることしかできなかった。ふたりの恋愛はお芝居にすぎないことはわかっているのに、なんとなくがっかりしたような気分を覚えた。

岸辺の船着場まで来ると、ブリジャートン家のほかの人々がほぼ勢ぞろいしていた。何人かはすでに船に乗り込み、グレゴリーが道板の上で飛び跳ねている。

「グレゴリー！」ヴァイオレットが鋭い声をあげた。「いますぐやめなさい！」

グレゴリーは飛び跳ねるのはやめたが、その場所から動かなかった。

「船に乗るか、こちらに戻るかしなさい」

サイモンがダフネの腕からすっと腕を放し、「あの道板は濡れてるぞ」とつぶやくと、足早に歩きだした。

「お母様の言うとおりにしなさいよ！」ヒヤシンスが叫ぶ。

「もう、ヒヤシンス」ダフネはため息まじりに言った。「よけいなことを言わないの」

グレゴリーが舌を突きだした。

ダフネは唸り声を漏らし、ふと、サイモンがまだ道板のほうへ進んでいることに気づいた。すぐに脇に追いついて囁いた。「サイモン、あの子は平気よ」

「滑って、ロープに引っかかったらどうする」サイモンは船から垂れさがっている乱雑に絡みあったロープのほうへ顎をしゃくった。

心配などまるでしていないといったそぶりでなにげなく歩き続け、道板の手前に行き着いた。

「さっさと行ってくれないか？」声をかけて、狭い木の板に足を踏みだした。「わたしが渡れないだろう？」

グレゴリーは目をぱちくりさせた。「ダフネに付き添わなくていいんですか？」

サイモンが唸って進みだしたとき、すでに小型船に乗り込んでいたアンソニーが道板の反対端に現れた。

「グレゴリー！」きびしい声で言う。「すぐに船に乗り込むんだ！」

ダフネは船着場の側から、グレゴリーがびくんと振り返って濡れた板の上で足を滑らせたのを見てぞっとした。アンソニーがとっさに身を乗りだしてあわてて弟をつかもうとしたが、その前にグレゴリーは尻を着き、兄の手をすり抜けた。

アンソニーがバランスを取り戻そうとしているあいだに、グレゴリーが道板からずり落ちかけて、その手がちょうどまともにサイモンの向こうずねをはたいた。

「サイモン！」ダフネはかすれ声で叫んで駆けだした。

サイモンがテムズ川のよどんだ水のなかへ転げ落ちると、グレゴリーは心から詫びる泣き声をあげた。「ごめんなさい！」後ろ向きで船のほうへ――まさしく蟹《かに》のごとく――進行方向をまったく見ずに進んでいく。

わずか数メートル先で、長兄がどうにか体勢を立てなおしたところであるとは気づくはずもない。

アンソニーは後ろ向きのグレゴリーにどすんとぶつかられ、呻き声を漏らしたかと思うと、みなが気づいたときには、サイモンのすぐ隣りの水のなかで唾を吐いていた。

ダフネはさっと手で口を押さえ、目をまんまるに見開いた。

ヴァイオレットがぐいと腕を引っぱった。「極力、笑うのは避けるべきね」

ダフネはその言葉に従って唇をぎゅっとつぐもうとしたけれど、難しかった。「そっちこそ笑ってるじゃない」母に指摘した。

「笑ってないわよ」ヴァイオレットがしらを切る。笑いを無理にこらえようとしているせいで、母の首全体がふるえている。「わたしは母親なのだし、そんなことをするはずがないでしょう」

アンソニーとサイモンが川からゆっくりあがってきて、水を滴らせて睨みあった。

グレゴリーは道板を這って渡りきり、さっさと姿を隠した。

「あなたがふたりをとりなすべきでしょうね」ヴァイオレットが提案した。

「わたしが？」ダフネは甲高い声をあげた。

「殴りあいになりそうだもの」

「でも、どうしてわたしなの？　全部グレゴリーのせいじゃない」

「もちろんそうよ」母がもどかしげに言う。「だけど、ふたりとも大人の男性なのよ。どちらも頭に血がのぼって、気まずい思いをしているし、十二歳の男の子にあたるわけにもいかないでしょう」

はたして、アンソニーが「まかせておけばいいものを」とぼやくと、サイモンも唸り声で返した。「おまえが驚かしさえしなければ……」

ヴァイオレットは目をぐるりとまわして、ダフネに言った。「あなたにもそのうちわかるわ。殿方というのは、自分が恥ずかしい目に遭うと、ほかの誰かを責めずにはいられないものなのよ」

ダフネはふたりの男性を諭《さと》す意欲じゅうぶんで駆け寄ったものの、両者の顔をそばでひと目見るなり、このような状況ではいかに知性と分別を備えた女性であろうと、説き伏せられる言葉はないと悟った。そこでやむなく明るい微笑みを貼りつけて、サイモンの腕を取って言った。「付き添い役をお願いできるかしら？」

サイモンがアンソニーを睨みつけた。

アンソニーもサイモンを睨み返す。

ダフネは腕をぐいと引っぱった。

「これではすまされないぞ、ヘイスティングス」アンソニーが低い声で脅しつける。

「あたりまえだ」サイモンが脅し返した。

ダフネには、ふたりがただ殴りあいの口実を求めているだけのように見えた。必要とあらばサイモンの肩を脱臼させることも覚悟して、さらに強く引っぱった。

サイモンは最後に煮えたぎった目でひと睨みしてから、しぶしぶおとなしくダフネに従って船に乗り込んだ。

帰路はとてつもなく長かった。


その晩遅く、ダフネは寝支度を整えても妙に気分が落ち着かなかった。眠るのはとうてい無理だとあきらめて、化粧着をまとい、温めたミルクと話し相手を求めて階下へぶらりとおりていった。兄弟姉妹がこれだけたくさんいるのだから、誰かしらは起きてうろついているだろうと考えて苦笑した。

厨房へ行く途中でアンソニーの書斎から物音が聞こえたので、顔を覗かせた。長兄は机に覆いかぶさるような格好で、指にインクの染みを付けて返信文書をしたためていた。こんな遅い時間に書斎に兄がいるのは珍しい。アンソニーは独身男性用の住まいに移ってからもブリジャートン館に書斎を残していたが、執務はたいてい日中にすませていた。

「秘書は必要ないかしら？」ダフネはにっこりして問いかけた。

アンソニーが顔を上げた。「悪友が結婚して、ブリストルに引っ越したんだ」とつぶやく。

「あら」ダフネは部屋のなかへ入っていって、机の反対側の椅子に腰をおろした。「それでこんな真夜中すぎにここにいるわけね」

アンソニーが時計を見やる。「十二時では真夜中すぎと言うにはまだ早いだろう。それに、テムズ川の匂いを髪から消すのに午後をたっぷり費やしてしまったからな」

ダフネは笑みをこらえた。

「だが、おまえの言うとおりだ」アンソニーはため息まじりに言うと、羽根ペンを置いた。「もう遅いし、朝までにやらなければならないことでもない」椅子の背にもたれて首筋を伸ばす。「おまえこそ夜更かしして何してるんだ？」

「眠れなくて」ダフネは肩をすくめて答えた。「温かいミルクを求めておりてきたら、お兄様の悪態が聞こえたのよ」

アンソニーが低い唸り声を漏らした。「この羽根ペンはどうにも使いにくい。だいたい――」気恥ずかしそうに微笑む。「悪態には気をつけるとしよう」

ダフネは微笑みを返した。兄弟たちはこれまでダフネの前で言葉に気を使うことはまったくなかった。「じゃあ、これからすぐに帰るの？」

アンソニーはうなずいた。「とはいえ、温かいミルクという提案にもそそられるな。呼び鈴を鳴らそうか？」

ダフネは立ちあがった。「いい考えがあるわ。自分たちで用意してみない？　わたしたちは何もできない愚か者ではないのだし、ミルクぐらい温められなくちゃ。それに、使用人たちはきっともう寝てるわよ」

アンソニーは妹のあとから部屋をでた。「気持ちはわかるが、すべて自分でやらなくてはならないのだぞ。わたしはミルクを沸騰させる方法など、まるでわからない」

「沸騰させるのではないと思うわ」ダフネは眉をひそめて言った。厨房へ至る最後の角を曲がってドアを押し開く。窓から月光が差し込んでいるだけで、部屋は暗かった。「わたしはミルクを探すから、ランプを探して」兄に言うと、やや皮肉っぽい笑みをこしらえた。

「ランプをつけることはできるわよね？」

「ああ、やってみよう」アンソニーは愛想よく答えた。

ダフネはくすりと笑って暗闇のなかを手探りし、頭上の吊り棚から小瓶を取りだした。アンソニーとはもともと気楽に冗談を言いあえる関係で、またいつもの兄に戻ったように見えて嬉しかった。兄はこの一週間、ひどく不愉快そうにしていたし、そのいらだちの矛先はおもにまっすぐダフネに向けられていた。

それともちろん、サイモンにも。とはいえ、サイモンはほとんど、アンソニーのしかめ面がまともに見える場所にはいなかった。

背後から明かりがほのかに広がり、ダフネが振り返ると、アンソニーが得意げに微笑んでいた。「ミルクは見つかったのか」と尋ねる。「それとも、わたしが乳牛を探しにいかねばならないかな?」

ダフネは笑って瓶を掲げた。「見つけたわよ!」埋め込み式の焜炉《こんろ》のほうへ歩いていく。その年の初めに料理人が買い入れた、ひときわ近代的な外観の調理器具だ。「使い方を知ってる?」

「いや、まったく。おまえは?」

ダフネは首を横に振った。「知らないわ」手を伸ばして、焜炉の表面に恐る恐る触れてみる。

「熱くないわ」

「少しも?」

ダフネは首を振った。「むしろ、冷たいぐらい」

兄と妹はしばし黙り込んだ。

「どうだろう」アンソニーがようやく口を開いた。「冷たいミルクもなかなかさっぱりしていいんじゃないかな」

「わたしもちょうどそう思ってたの!」

アンソニーがにやりとして、マグカップをふたつ探しだした。「さあ、注いでくれ」

ダフネがミルクを注ぎ、ふたりはすぐにスツールに腰かけ、新鮮なミルクをごくとり飲んだ。アンソニーはたちまち飲み干して、もう一度マグカップにミルクを注いだ。「もう少し飲むか？」口まわりのミルクをぬぐって訊く。

「いいわ。まだ半分残ってるから」ダフネは言うと、もうひと口飲んだ。唇を舐めて、椅子の上でそわそわと身じろいだ。いまならふたりきりだし、アンソニーもいつもの機嫌の良さを取り戻したようだから、ちょうどいい機会に思える……そうはいっても、実際は……。

ほら、もう。ダフネは自分に言い聞かせた。とにかく思いきって訊いてみるのよ。

「アンソニーお兄様？」ダフネはためらいがちに問いかけた。「ちょっと訊いてもいいかしら？」

「もちろん」

「公爵様のことなんだけれど」

アンソニーのマグカップがテーブルにがちゃんとぶつかった。「公爵のこと？」

「お兄様は彼のことを好きではないようだけれど……」言いかけて、声が消え入った。

「好きではないわけではない」アンソニーがうんざりしたようなため息をついた。「最も親しい友のひとりだしな」

ダフネの眉が持ちあがる。「お兄様の最近の行動からすると、そんなふうにはとても見えないわ」

「女性絡みのことについては彼を信用できないだけだ。特に今回は、おまえが絡んでいるしな」

「ねえ、お兄様らしくないばかげた発言だわ。公爵様は遊び人だったかもしれないし、ひょっとしたらいまもそうなのかもしれないけれど、親友の妹のわたしを誘惑するはずがないじゃない」

アンソニーは納得がいかないような顔をしている。

「たとえ、そういった男性同士の了解ごとを守る倫理を欠いていたとしても」ダフネは目をまわしたいのをどうにかこらえて説き続けた。「わたしに触れれば、お兄様がただではすまさないことは承知してるわよ。愚かな男性じゃないわ」

アンソニーは直接の返事は避けて、問いかけた。「わたしから何を聞きだそうというんだ？」

「だからつまり」ダフネはゆっくりと続けた。「公爵様はどうしてあれほど結婚をいやがっているのか、お兄様なら知っているかと思ったの」

「なに言ってるんだ、ダフネ！　これはただの芝居だったはずじゃないか！　まさか、あいつとの結婚を考えてるんじゃないだろうな？」

「違うわよ！」ダフネは否定したが、嘘のようにも思えて、そうかといって自分の気持ちをしっかりとたしかめる気にもなれなかった。「ただの好奇心よ」言い訳がましくつぶやいた。

「あいつが自分と結婚したがっているなどと考えないほうがいい」アンソニーは唸るように言った。「なぜなら、あいつにはその気はないと断言できるからだ。けっしてな。わかった

ないじゃない」

「いいえ、終わってないわ！」ダフネは言い返した。「まだ、わたしの質問に答えてくれてないじゃない」

「よし。だったら、この話は終わりだ」

「そこまで言われてわからなかったら、まぬけだわ」ダフネは不満げにこぼした。

か、ダフネ？　彼はおまえと結婚する気はない」

アンソニーがテーブル越しに無表情な視線を突きつけた。

「彼がなぜ結婚したがらないかについて」ダフネはせかした。

「どうして興味があるんだ？」兄がうんざりしたように訊く。

兄の非難を呼び起こすことにはもう触れたくなかったけれど、率直に答えた。「好奇心よ。それに、わたしには知る権利があると思うの。だって、すぐにふさわしい求婚者が現れなければ、わたしは公爵に捨てられた恥さらし者になるかもしれないのよ」

「おまえが彼をふるという芝居のはずだろう」アンソニーが疑わしげに言う。

「そんなこと、誰が信じると思うの？」

アンソニーがすぐに擁護する言葉を返してくれなかったので、ダフネは少しばかりいらだちを感じた。すると兄が口を開いた。「ヘイスティングスがなぜ結婚を拒むのかはわからない。ただ、わたしと知りあって以来、彼がずっと同じ考えを持ち続けてきたことはたしかだ」

ダフネは話そうと口を開きかけたが、アンソニーがさえぎって続けた。「それに、彼がそう言っているということは、悩める未婚男子の軟弱な言い訳であるとは思えない」

「どういうこと？」

「たいがいの男とは違って、彼がそう言うからには、言葉どおり、けっして結婚しないということだ」

「そう」

アンソニーは疲れたように長い息を吐きだした。兄の目尻に見たこともない気づかわしげな小皺が寄っていることにダフネは気づいた。「これから群がってくる求婚者のなかから選ぶんだぞ。ヘイスティングスのことは忘れろ。彼はいいやつだが、おまえにはふさわしくない」

ダフネは兄の言葉の前半部分に反応した。「でも、いいやつだと思うのなら——」

「おまえにはふさわしくない」アンソニーは繰り返した。

それでもダフネは、もしかしたら、いいえきっと、兄が間違っているかもしれないと考えずにはいられなかった。

9

『またしても、ヘイスティングス公爵がブリジャートン嬢（筆者同様、ブリジャートン家の子供たちが多すぎて見わけのつきにくいみなさんのため、ダフネ・ブリジャートンと明記しておく）とともにいる姿が目撃された。あきらかに互いに気のある様子のふたりを目にするようになってからしばらく経っている。

しかしながら、十日前に弊紙でお伝えしたとおり、ブリジャートン一家がグリニッジを訪れたおりを除き、ふたりが夜会でしか並んだ姿を目撃されていないのは奇妙なことだ。最も信頼できる筋の話によれば、公爵は二週間前にブリジャートン嬢を家に訪ねたが、その後の再訪はないそうだし、なにしろ一度として、ふたりがハイド・パークで乗馬する姿は目撃されていない！』

一八一三年五月十四日付〈レディ・ホイッスルダウンの社交界新聞〉より

二週間後、ダフネはハムステッド・ヒースにある、レディ・トローブリッジ邸の舞踏場で華やかな集団から離れた隅に立っていた。そこにいるほうがずっと居心地が良かった。

パーティの中心にはいたくないし、このところうるさくダンスの相手を求めてくる大勢の男性たちに見つかりたくもない。正直に言うと、そもそもレディ・トローブリッジの舞踏会にすら来たくなかった。

なぜなら、サイモンがいないから。

だからといって、そのせいで今夜は壁の花となって過ごさなければならないわけではなかった。人気が急激に高まるというサイモンの予測は的中し、つねに誰からも好かれるけれど熱愛されたことはなかったダフネが一転、今シーズンの一番人気と誉めそやされるようになった。その手の話題に口だしせずにはいられない人々はみな、以前からダフネが特別であることは知っていて、なぜ誰も気づかないのかと思っていたと得意げに語った。ことにレディ・ジャージーはそこらじゅうの人々に、ダフネの人気の上昇は数カ月前から予測していたのに、誰も耳を傾けてくれなかったのが不思議だと吹聴していた。

もちろん、そんなことはでたらめだ。ダフネはたしかにレディ・ジャージーの嘲笑の対象にこそならなかったけれど、〝未来の宝〟のように（いまはそう言われている）評する言葉も、ブリジャートン家の人間は誰ひとりとして耳にしたことはない。

けれどもたとえ、どこの舞踏会でも到着して数分でダンスの予約カードに名が埋まり、男性たちが先を争ってレモネードのグラスを運んで来ようとも（最初にこの光景を見たときには声をあげて笑いだしそうになった）、サイモンがそばにいなければ心から忘れがたい晩にはならないことに、ダフネは気づいた。

サイモンが少なくともひと晩に一度は結婚制度にきっぱりと異を唱えずにいられなくとも、かまわなかった（たいていきちんと、〝野心満々な母親たち〟の大群から救われたことをダフネに感謝する言葉も忘れない）。それに、サイモンが時おり沈黙し、社交界の特定の人々にやや無礼な態度をとることも、気にならなかった。問題なのは、ふたりきりでいるわけでもないのに（一度もふたりきりになったことはない）、なぜだか、ふたりで気ままに過ごしているように思える瞬間だった。片隅で談笑しているとき、舞踏場で円舞曲を踊っているとき。ダフネは彼の澄んだ青い瞳を見つめるうち、五百人もの観衆に囲まれていることも、その人々がみな自分たちの交際に興味津々であることも忘れてしまいそうになった。

その交際が、まったくのお芝居であることまでも。

アンソニーの前では、サイモンの話は二度と持ちださないようにしていた。公爵の名前が会話に出るたび、兄は敵意をあらわにした。そしてサイモンと実際に顔を合わせたときには――どうにか友人同士にふさわしい挨拶をするのだが、それで精一杯のように見えた。けれど、そんな険悪な状況でさえ、ダフネはふたりのあいだに長年の友情の片鱗《へんりん》を感じていた。だからすべてが終わったら――退屈だけれど愛想のいい、けっして心ときめかないどこかの伯爵のもとへ自分が嫁いだら――、ふたりの友情が戻ることを祈るしかなかった。

アンソニーのいくぶん強引な求めを聞き入れて、サイモンはヴァイオレットとダフネが出席の返事を出した社交界行事のうち、いくつかには出席しないことを決めた。そもそもばかげた芝居を認めたのは、ダフネに新たな求婚者たちのなかから夫を見つけさせるために過ぎないというのが、アンソニーの言いぶんだった。長兄の考えでは残念ながら（ダフネにはありがたいことに）、サイモンがそばにいては、熱心な若い紳士たちが近づいて来ないというのだ。

正確には、「それではほとんど意味がない」とアンソニーは言った。

もっと正確に言えば、罵詈《ばり》雑言《ぞうごん》を山ほど吐いたあとにそう付け加えたのだが、ダフネは長々と抗議しても無駄だと思った。テムズ川（のなかと言うべきか）での一件以来、アンソニーはサイモンの名に罵り言葉を付《ふ》すことにかなりの時間を費やしている。

けれども、サイモンはアンソニーの指摘に同意して、ダフネにはふさわしい夫を見つけてほしいと言った。

そうして、サイモンは欠席した。

ダフネはみじめな気分だった。

こうなることは当然、予想ができたはずだった。社交界で最近、〝粉々公爵《こなごな》〟と呼ばれている男性に誘惑される――まやかしであれ――危険性を覚悟しておくべきだったのだ。

その呼称は、フィリッパ・フェザリントンがサイモンを〝胸が粉々に砕かれちゃいそうなぐらいハンサム〟と評したのをきっかけにつけられたもので、フィリッパは声をひそめるということを知らないため、その発言は社交界じゅうの人々の耳に届いた。何分も経たないうちに、オックスフォード大をでたてのひょうきんな若者たちが彼女の言葉を略して頭韻《とういん》を踏み、粉々公爵が誕生した。

ダフネは皮肉な呼称だと切なく思った。粉々公爵にまさに心を粉々に砕かれそうになっているのだから。

本人にそのつもりがあるわけではない。サイモンがダフネに接する態度はていねいで、誠実で、温かい。その部分については、兄のアンソニーも文句のつけようがないはずだ。サイモンは絶対にダフネとふたりきりになろうとはしなかったし、手袋をした手に口づける（それもたった二度であるのが、とても悲しかった）だけで、それ以上のことはけっしてしなかった。

気楽に沈黙に身をまかせたり、軽口を叩きあったり、ふたりはきわめて仲の良い友人同士になっていた。どのパーティでも、ダンスを一緒に踊るのは二回にとどめた。このぐらいであれば、社交界で取り沙汰されることもない。

そしてダフネは、まぎれもなく、彼に恋していることに気づいた。

なんという皮肉だろう。もとはと言えば、ほかの男性たちを惹きつけるためにサイモンと多くの時間を過ごすことにしたのだ。サイモンのほうは、結婚を避けたくて自分と一緒に過ごしているだけのことなのに。

そう考えると、皮肉な成り行きがどうしようもなく哀しく思えて、ダフネは壁にもたれかからなかった。サイモンの結婚についての主張は相変わらずで、幸せな家庭を築こうという気はさらさらなさそうだが、ダフネはたまに、自分を見る彼の目に欲望が浮かんでいるように思えることがあった。サイモンは、彼女がブリジャートン家の人間だと気づく前のようなきわどい物言いはいっさいしないものの、時どき、初めて出会った晩と同じ野性的に欲する目で見られている気がした。もちろん、そう感じたとたん、サイモンに顔をそむけられてしまうのだが、ダフネはそれだけでいつも肌が疼きだし、興奮で呼吸が速まった。

それに、彼の目！　その目の色を誰もが氷のようだとたとえるのだが、ダフネは社交界のほかの人々と話すサイモンを見て、その理由がわかった。ほかの人々と話しているときのサイモンは、自分と一緒にいるときのように雄弁ではない。言葉も短めだし、口調もそっけなく、その目が態度の冷たさを際立たせていた。

けれども、ふたりだけで社交界の愚かしい慣習について冗談を言いあい、ともに笑っているときのサイモンの目は違った。もっと穏やかで、やさしそうな、くつろいだ表情をしていた。つい空想をふくらませ、その目が溶けているようにすら見えることもあった。

ダフネはため息をこぼして、壁にぐったりともたれた。このところ、空想する回数がますます増えている気がする。

「あれ、ダフネ、どうしてこんな隅っこに隠れてるんだ？」

ダフネが見あげると、コリンが端正な顔にいつもの憎らしげな笑みをしっかり浮かべて近づいてきた。コリンはロンドンに戻ってきてから、たちまち街の人気をさらい、彼に夢中で気を惹きたくてうずうずしている令嬢の名前なら、ダフネはいくらでも挙げられた。兄がどの女性の好意に応えようと気にもならないが、身を固める前にまだたっぷり放蕩を尽くそうともくろんでいるのはあきらかだ。

「隠れてはいないわ」ダフネは指摘した。「避けているのよ」

「誰を？　ヘイスティングスを？」

「いいえ、そんなわけないでしょう。彼は今夜は来ないんだから」

「いや、来てるよ」

相手は妹をからかうことを人生の重要な目的（むろん、尻軽女を追いかけまわすことと競馬の次に）としているコリンなので、知らんぷりを決め込むつもりが、やはり興味をそそられて尋ねた。「ほんとう？」

コリンはいたずらっぽくうなずいて、舞踏場の入り口のほうへ顎をしゃくった。「入って来るのを見てから十五分も経ってない」

ダフネは目をすがめた。「わたしをかつぐ気？　彼は今夜は出席しないってはっきり言ってたもの」

「それなのに、おまえは来たのか？」コリンは大げさにびっくりした顔をしてみせる。

「当たり前でしょ」きつく言い返す。「わたしの人生は、公爵を中心にまわってるわけではないわ」

「そうじゃないのか？」

兄がおどけていないので、ダフネは気が沈んだ。「ええ、違うわよ」ダフネはしらじらしくごまかした。人生はまだしも、思考はすっかり公爵を中心にまわっている。

コリンのエメラルド色の目がいつになく真剣味を帯びた。「のぼせあがってるんじゃないのか？」

「言ってる意味がわからないわ」

コリンは知ったかぶりで微笑んだ。「わかってるくせに」

「コリン！」

「まあ、とにかく」――ふたたび舞踏場の入り口のほうを手振りで示す――「自分で行って、探してみたらどうなんだい？　才知あふれる可愛い顔がすっかり青ざめてるぞ。足がもうじりじり進みだしてるじゃないか」

まさか体が勝手に動いているのだろうかとぞっとして、ダフネは足もとを見おろした。

「はら！　引っかかった」

「コリン・ブリジャートン」ダフネは唸り声で言った。「あなたが時どき、三歳の子どもかと思うことがあるわ」

「面白い見解だ」コリンが考え込むふりをする。「だとすると、妹よ、きみは計算上、一歳半の幼児ということになるな」

反論しようにもぴったりの皮肉が思い浮かばず、ダフネはただ思いきり怖い顔で兄を見据えた。

けれどコリンは笑うだけだった。「なんとも魅力的な表情だが、妹よ、そのふくれた頬はなんとかしたほうがいい。粉々《こなごな》公爵がおでましだぞ」

ダフネは罠には引っかかるまいと思った。もう、〝引っかかった〟などとは言わせない。

コリンが身をかがめ、いわくありげに囁きかけた。「今度は嘘じゃないんだよ、ダフ」

ダフネはきっと睨みつけた。

コリンが含み笑いする。

「ダフネ！」サイモンの声。たしかに聞こえた。

ダフネはくるりと振り返った。

コリンの含み笑いにさらに親しみがこもる。「可愛い妹よ、大好きな兄をもっと信頼しなきゃだめだぞ」

「彼が大好きな兄なのかい？」サイモンは訊いて、信じられないというように濃い眉を片方だけ吊りあげた。

「グレゴリーはゆうべ、蛙をわたしのベッドに入れたし」ダフネが口をとがらせて言う。「ベネディクトお兄様への評価は、お気に入りの人形の頭を引っこ抜かれてから落ちたままだし」

「アンソニー兄さんは特別賞すら辞退しそうだものなあ」コリンがつぶやく。

「どこか、行かなければいけない所があるわよね？」ダフネはあてつけがましく兄に訊いた。

コリンが肩をすくめる。「特には」

「さっき」ダフネは食いしばった歯の隙間から言葉を吐きだした。「プルーデンス・フェザリントンと踊る約束をしたと言ってなかったかしら？」

「いやいや、とんでもない。聞きまちがいだろう」

「でもきっと、お母様が探してるわよ。現に、お母様が名前を呼んでる声を聞いたもの」

コリンが困惑顔の妹ににやっと笑った。「そんなにあからさまにしないほうがいいな」サイモンには聞こえる程度に声をひそめて、芝居がかった口調で言う。「彼のことが好きだとばれてしまうぞ」

サイモンが笑いをこらえきれずに全身をひくつかせている。

「彼とふたりになりたくて言ってるんじゃないわ」ダフネはとげとげしく言った。「あなたを追っ払いたいだけよ」

コリンが手で胸を押さえた。「傷つくなあ、ダフ」サイモンのほうを向く。「ねえ、ひどいと思いませんか」

「きみは道を誤ったな、ブリジャートン」サイモンがにこやかに言う。「舞台役者のほうが向いてるようだ」

「興味深い思いつきですね」コリンが応じる。「でも、間違いなく母が怒りの湯気を立てるだろうな」目を輝かせる。「よし、その手でいこう。パーティにもちょうど飽きてきたし。ではおふたりさん、良い晩を」頭をさげて、軽やかに歩き去っていった。

ダフネとサイモンは黙ったまま、コリンが人々のなかに消えるまで見つめていた。「もうすぐ」ダフネがすまして言う。「母の悲鳴を聞くことになるわ」

「そして、母上が気絶して床に倒れる音が響く？」

ダフネはうなずいて、唇に苦い笑みを浮かべた。「だけどほんとうに」間をおいてから続ける。「今夜あなたが現れるとは思わなかったわ」

サイモンが肩をすくめ、黒い夜会服の上着にわずかに皺が寄った。「退屈だったんだ」

「退屈だから、はるばるハムステッド・ヒースまで来て、レディ・トローブリッジの毎年恒例の舞踏会に出席しようと思ったの？」ダフネの眉が吊りあがった。ハムステッド・ヒースまではメイフェアから優に七マイルはあり、きわめて順調に馬車を飛ばしても一時間、今夜のように貴族で道がごった返していてはもっと時間がかかるはずだった。「悪いけど、どうしてそう思ったのか不思議だわ」

「自分でも、なぜ来たのかわからなくなってきたよ」サイモンはぼそりと言った。

「でも、理由はどうあれ」ダフネが嬉しそうな吐息をついて言う。「あなたが来てくれて良かったわ。ひどい晩になりそうだったから」

「そうなのかい？」

ダフネはうなずいた。「あなたのことで質問攻めに遭ってたんだもの」

「ふうむ、それはまた面白そうな話だな」

「面白いものですか。最初に問いつめてきたのは母なの。どうして、あなたが午後の訪問をしてくださらないのか知りたがってるわ」

サイモンは眉根を寄せた。「きみは必要だと思うのかい？　わたしはむしろ、こうした夜会にかぎったほうが、芝居がしやすいと思ったんだ」

ダフネはいらだちの唸り声を我慢できたことに自分でも驚いた。サイモンはそんな面倒なことをする必要はないとでも言いたげな口ぶりだ。「その方法ではほかの人は騙せても、母は騙せなかったわけね。もっとも、〈ホイッスルダウン〉に訪問がないことを書かれなければ、母は何も言わなかったかもしれないけど」

「書かれたのか?」サイモンは興味津々で訊いた。

「ええ。だから、あすはうちを訪問すべきね。そうしないと、みんなが疑いだすわ」

「そのご婦人の密偵が誰なのかを知りたいものだ」サイモンがつぶやく。「わかれば、わたしが雇いたい」

「調べたいことでもあるの?」

「べつに。だが、それほど優れた才能を無駄づかいさせるのは惜しいんだ」

ダフネは、レディ・ホイッスルダウンがそれを才能の無駄づかいだと考えているとは信じがたかった。とはいえ、彼女の新聞の利点や弊害をとりたてて議論したいとも思わないので、サイモンの言葉は肩をすくめて受け流した。「そういうわけで」ダフネは続けた。「母が疑いだしたから、みんなも口をだしてきて、この人たちのほうが厄介なのよ」

「そりゃ、大変だ」

ダフネは苦々しい目を向けた。「訊いてくるのは、ひとりを除いてみんな女性。いかにもわたしのためを思うふりで熱心に自分たちの結婚話を披露してくれるのだけれど、あきらかに、破談の可能性を探ってるのよ」

「わたしがきみにぞっこんだと話してるんだよな?」

ダフネの胸のなかで何かが揺れた。「ええ」嘘をついて、にこやかすぎる笑みを返した。

「どうにか、評判を保ててるわ」

サイモンは笑った。「それで、訊いてくる唯一の男性というのは？」

ダフネは顔をしかめた。「じつは、べつの公爵様なのよ。風変わりな老人で、あなたのお父様の友人だったとおっしゃってる」

サイモンの表情がとたんに張りつめた。

初めて見る表情の変わりように、ダフネは思わず肩をすくめた。「『どれほど、り、っぱな、公爵だったことか』って、あなたのお父様のことをとうとうと説明するの」ダフネは老人の声をまねて言い、小さな笑い声を漏らした。「あなたたち公爵がそれほど互いに気づかいあっているものとは知らなかったわ。まあたしかに、無能な公爵に爵位を汚してほしくはないけれど」

サイモンは無言だった。

ダフネは人差し指で頬を軽く打ちながら考え込んだ。「そういえば、実際、あなたからお父様の話を聞いたことはないわよね」

「話す機会がなかったからだ」サイモンはぶっきらぼうに答えた。

ダフネは気づかわしげに目をしばたたいた。「何か問題でもあるの？」

「まったくないね」口早に言う。

「そう」ダフネは下唇を噛んでいたことに気づいて、無理に口を開いた。「でも、聞かないほうがいいのよね」

「何も問題はないと言っただろう」

ダフネは無表情を取りつくろった。「そうよね」

長く気詰まりな沈黙が流れた。ダフネは落ち着かなげにスカートの布地をつまんで、ようやく問いかけた。「レディ・トローブリッジはすてきなお花を飾ってるわよね」

サイモンは彼女の手の動きを追って、豪華に活けられたピンクと白の薔薇に目をやった。

「ああ」

「ご自分で育てたのではないかしら」

「見当もつかないな」

またしても、ぎこちない沈黙。

「薔薇を育てるのはとても難しいのよ」

今度は呻き声しか返ってこなかった。

咳払いしても、サイモンがちらりともこちらを向こうとしないので、ダフネは尋ねた。

「レモネードは試してみた？」

「レモネードは飲まないんだ」

「でも、わたしは飲むの」ぴしゃりと言い、もうじゅうぶんだと思った。「それに、喉が渇いてるし。悪いけど、自分でグラスを取りにいくから失礼するわ。あなたは暗い気分に浸ってらして。わたしより楽しめるお相手が見つかるわよ」

ダフネは去ろうと背を向けたものの、足を踏みだす間もなく、腕に手の重みを感じた。見おろして、薄紅色のシルクのドレスにのった彼の白い手袋にしばし目を奪われた。動きを待つように見つめていると、その手が腕を滑りおりて剝きだしの肘に行き着いた。

でも、もちろん、彼がそんなことをするはずがない。するとしても、夢のなかでしか考えられない。

「ダフネ、お願いだ」サイモンが言う。「振り向いてくれ」

その声は低く、口調の強さにダフネはふるえた。

向きなおって目と目が合った瞬間、サイモンは言った。「どうか許してほしい」

ダフネはうなずいた。

それでも、サイモンはさらなる説明の必要性を感じているらしい。「父……」言葉を切り、口に手をあてて静かに咳き込んだ。「父とはいい関係ではなかったんだ。父――父のことを話すのは好きではないんだ」

ダフネは呆然と見つめた。彼がこんなふうに言葉に詰まるのは見たことがない。

サイモンはいらだたしげに息を吐きだした。まるで自分自身にいらだっているように見えたので、ダフネは妙に思った。

「きみが父の名を持ちだしたとき……」会話の流れを変えようと思いなおしたように首を振る。「心のわだかまりになってるんだ。父のことを考えずにいられない。そ、それがどうにも腹立たしい」

「ごめんなさい」ダフネはとまどいの表情を隠せずに言った。もっと何か言うべきだとわかっているのだけれど、適切な言葉が浮かばない。

「きみが悪いんじゃない」サイモンがすばやく答えた。ダフネは自分の顔に据えられた青い目のなかで、何かが晴れたように見えた。同時に表情もやわらぎ、口もとに寄っていたきつい皺も消え去った。サイモンはばつが悪そうに唾を呑み込んだ。「自分に腹が立ってるんだ」

「お父様にもなのよね」ダフネは穏やかに言った。

サイモンは黙り込んだ。ダフネも答えを期待してはいなかった。彼の手はまだ腕に触れていたので、その手に自分の手を重ねた。

「ちょっと外の空気を吸いに行かない？」静かに尋ねた。「そうしたほうが良さそうだわ」

サイモンはうなずいた。「きみはここにいてくれ。きみをテラスに連れだしでもしたら、アンソニーに首を取られる」

「アンソニーお兄様のことはわたしにまかせておいて」ダフネはむくれて口をとがらせた。「だいたい、いつもつきまとわれてうんざりしてるのよ」

「きみの兄として、ちゃんと務めを果たそうとしているだけさ」

ダフネが驚いた表情で口を開いた。「いったい、あなたはどちらの味方なの？」

サイモンはその質問をさりげなくかわして言った。「わかったよ。だが少し歩くだけだ。アンソニーだけならなんとかなるが、弟たちを加勢につけられたら、こちらの命はない」

数メートル先にテラスへ通じる扉がある。ダフネがそちらのほうへ首を傾けると、サイモンの手がするりと肘にかけられた。

「でもきっと、テラスには大勢の人がでているはずだわ」ダフネが言う。「文句の言いようがないわよ」

けれども、ふたりが屋外へでる前に、背後で男性の大きな声がした。「ヘイスティングス！」

サイモンは足をとめて振り返り、その呼び名に自分が慣れてきていることに気づいて顔をしかめた。もうまもなく、自分の名だと感じるようになるのだろう。

そう考えると無性に気分が悪くなった。

老紳士が杖をつきながらよたよたとふたりのほうへ近づいてくる。「あの人が、さっき話した公爵よ」ダフネが言う。「たしか、ミドルソープ様」

サイモンは口を開く気もせず、ぶっきらぼうにうなずいた。

「ヘイスティングス！」老紳士は呼びかけて、サイモンの腕をぽんぽんと叩いた。「ずっとお会いする日を待ち望んでいたのだ。ミドルソープと言う。きみの父上は良き友人だった」

サイモンは軍人並みのきびきびとした調子で、黙ってもう一度うなずいた。

「父上は寂しがっていたぞ。きみが旅に出ているあいだ」

怒りが口のなかに湧いてきて、舌がふくらみ、頬が硬く張りつめた。いま話そうとすれば、八歳の少年だったときのようにしか発音できないだろう。

ダフネの前でそんな姿をさらしたくはない。

どういうわけか——理由はよくわからないが、たぶん「わたし《アイ》」以外の母音の発声はほとんど失敗したことがないからだろう——「ええ？」という言葉がでた。さいわい鋭く横柄な口調で言えた。

だが、老公爵は口調に憎しみを聞きとったとしても反応を見せなかった。「わたしはきみの父上の臨終に立ち会ったのだ」ミドルソープは言った。

リイモンは何も返さなかった。

ダフネが、すぐさま思いやり深い口調で不穏な空気を破った。「まあ、そうでしたの」

「お父上からきみへの伝言を託されていてね。自宅に何通か手紙を預かっている」

「燃やしてください」

ダフネが息を呑んでミドルソープの腕をつかんだ。「あの、いえ、それはいけませんわ。いまは見たくないのかもしれませんが、彼もきっと将来、気が変わるはずです」

サイモンは冷ややかな目で彼女を非難してから、ミドルソープのほうへ向きなおった。

「燃やしてください」

「いや、しかし——」ミドルソープは困りきっていた。バセット家の父と息子の折りあいが悪いことには気づいていたはずだが、亡き公爵が親子の溝の深刻さを明かしていなかったことは間違いない。老公爵がダフネを見て、口添えを期待するように言った。「手紙のほかにも、彼への伝言を託された。ここで話してもかまわんが」

けれども、サイモンはすでにダフネの腕を放し、すたすたと屋外へ歩きだしていた。

「申し訳ありません」ダフネはサイモンの無骨な態度を詫びずにはいられず、ミドルソープに言った。「わざと失礼なふるまいをしているわけではないんです」

ミドルソープの表情は、わざとであるのはわかっていると告げていた。

それでもダフネは続けた。「お父様のことには少し感情的になってしまうらしくて」

ミドルソープはうなずいた。「亡き公爵から、こうした態度をとられるだろうという話は聞いていた。だが、そう言いながら笑っていたし、バセット家のプライドの高さを冗談めかして話していた。まさか本気であったとは」

ダフネは、テラスへ通じるドアが開いた戸口を気づかわしげに見やった。「様子を見てきたほうが良さそうですね」

ミドルソープがうなずく。

「手紙はどうか燃やさないでください」ダフネは言った。

「そのようなことは考えておらんよ。しかし――」

すでにテラスに出る戸口のほうへ踏みだしていたダフネは、老紳士の口ごもった声を聞いて振り返った。「どうしました？」

「わたしは体調が思わしくなくてね」ミドルソープが言う。「医者には――いつ何があってもおかしくないと言われている。きみにその手紙を預かってはもらえんだろうか？」

ダフネは驚きと恐ろしさの入りまじる思いで老公爵を見つめた。公爵が出会ってまだ一時間も経たない若い娘を信用し、とても個人的な手紙を預けようとしていることに驚いた。そして、手紙を預かる役目を引き受ければ、サイモンは許してくれないかもしれないと思うと恐ろしかった。

「どうお答えすればいいのでしょう」ダフネは張りつめた声で言った。「わたしがふさわしい人間なのかどうかわかりません」

ミドルソープの年老いた目に思慮深い皺が寄った。「きみは間違いなく、ふさわしい人間だ」穏やかに言う。「それに、きみなら彼に手紙を渡すべきときがわかると信じている。きみのところへお送りしてもいいだろうか？」

ダフネは黙ってうなずいた。ほかにどうすればいいのかわからなかった。

ミドルソープ公爵が杖を持ちあげて、テラスのほうを指し示す。「彼のところへ行ってやりなさい」

ダフネは老人の視線をとらえてうなずき、急いで外へでていった。テラスは壁に取り付けられたいくつかの燭台で照らされているだけで、夜の屋外は薄暗く、月明かりの助けを借りてどうにか片隅にいるサイモンを見つけた。憤然とした表情で、腕組みをして立っている。テラスの向こうに果てなく広がる芝地のほうを向いているけれど、その目に何かが見えているとは思えなかった。

ダフネは静かに近づいていった。混雑した舞踏場のよどんだ空気のあとで感じる涼風は心地いい。薄闇にひそひそ声が低く漂い、テラスにほかにも人がでてきていることを知らせていたが、人影は見えなかった。きっと、ほかの招待客たちは暗がりに引きこもっているのだろう。あるいは庭園へ続く階段をおりて、ベンチに腰かけているのかもしれない。

　ダフネはサイモンのほうへ進みながら、「あなたの態度は公爵様に失礼だったわ」とか、「どうしてお父様の話になると、そんなに怒るの？」といったことを言おうかと考えた。けれども結局、サイモンの気持ちを突きつめるべきときではないと思い定めて、そばにたどり着くと手摺《す》りにもたれて、言った。「星が見えたらいいのに」

　サイモンはまず驚いて、それから興味深げにダフネを見た。

「ロンドンでは星は見えないわよね」ダフネは努めて明るい声で続けた。「街が明るすぎるし、霧も垂れ込めてるし。そのうえ、空気が汚れていて見通しがきかないときもあるんですもの」肩をすくめ、どんよりとした空をふたたび見あげる。「ハムステッド・ヒースまで来れば見えるかと思っていたのに。残念ながら、雲が味方してくれないわ」

　とても長い沈黙が続いた。やがて、サイモンが咳払いしてから、尋ねた。「南半球では星がまったく違って見えるのを知ってるかい？」

　ダフネは問いかけられて全身の力が抜けるのを感じ、ずいぶんと緊張していたことに気づいた。あきらかにサイモンはいつものような晩に戻そうとしている。ならば喜んで調子をあわせることにした。けげんな目を向けて言う。「からかってるんでしょ」

「違うよ。天文学の本を見てみるといい」

「ふうん」

「面白いぞ」サイモンは言葉を継ぎ、よりくつろいだ声になってさらに説明を続けた。「天文学に覚えのない人間にも――まあ、わたしもそうだが――」

「あら、もちろん」ダフネは自嘲めいた笑みを浮かべてさえぎった。「わたしもそうよ」

サイモンに手を軽く叩かれ、笑顔を向けられて、ダフネはその目に幸せそうな表情が浮かんでいるのを見て安堵した。それから、その安堵が何かもう少し価値あるものに変わった――喜びに。ずっと、彼の目から暗い影を追い払いたいと思っていたからだ。それを永遠に消し去ってしまえればいいのにと願った。

そうすることさえできれば……。

「本を見れば、とにかくまるで違うことがわかる」サイモンが言う。「ほんとうに不思議なんだ。星座にはまるで興味がなかったんだが、アフリカで空を見あげてみたら――とても空気が澄んでいた。あの夜空はここではけっして見ることはできない」

ダフネは心奪われて、彼をじっと見つめた。

「空を見あげたら」サイモンが当惑顔で首を振る。「違うと思ったよ」

「空が違うってどういうこと？」

サイモンは肩をすくめ、なにげなく片手を持ちあげた。「とにかく違うんだ。星がすべて違う位置にあった」

「ふつうは南の国の空を見てみたいと思うのでしょうけれど」ダフネは考えながら言った。「もっと刺激的な魅力にあふれて、男性に詩を捧げてもらえるような女性だったら、きっと旅してみたいと思うのよね」

「きみは男性に詩を捧げてもらえる女性じゃないか」サイモンはやや皮肉っぽく小首をかしげて、思い起こさせた。「ひどい詩だったが」

ダフネは笑った。「もう、茶化さないでよ。感激したんだから。初めて六人も訪問者を迎えて、ネヴィル・ビンスビーはほんとうに詩を書いてくれたのよ」

「訪問者は七人だ」サイモンが指摘した。「わたしを含めて」

「あなたを含めれば七人ね。でも、あなたはほんとうは数に入れられないもの」

「傷つくなあ」コリンそっくりの口調で冗談めかして言う。「きみはなんて、ぼくを傷つけるんだ」

「あなたも、舞台役者のほうが向いてるかもしれないわ」

「そうかな」サイモンが応じた。

ダフネは穏やかに微笑んだ。「きっとそうよ。だけど、言いたかったのは、わたしは退屈なイングランド娘で、どこかほかへ行こうなんて考えていないということなの。ここにいれば幸せなんだもの」

サイモンは目に稲光にも似た妙な輝きを灯して、首を振った。「きみは退屈なんかじゃない。それに」——声を落とし、感情をこめて囁きかける——「きみが幸せであることが嬉しいよ。わたしはほんとうに幸せな人をあまり知らない」

ダフネは彼を見あげ、やがて相手が近づいてきていることに気づいた。本人は意識していないのかもしれないが、体が大きく傾いてきて、ダフネはいつの間にか、すぐそばの彼の目から目を離せなくなっていた。

「サイモン？」ダフネは囁いた。

「人がいる」サイモンが妙に押し殺した声で言った。

ダフネはテラスの隅のほうを振り向いた。低い話し声はもうしないけれど、先ほどまでそばにいた人々が聞き耳を立てているだけのことかもしれない。

前方の庭園が手招きしている。これがロンドンでの舞踏会であったなら、テラスを通り抜けていける場所はなかっただろうが、レディ・トローブリッジは趣向にこだわって、毎年恒例の舞踏会をハムステッド・ヒースの別宅で催していた。メイフェアから十マイルも離れていないとはいえ、まるで別世界だった。広々とした緑地に雅《みやび》やかな邸宅が点在し、レディ・トローブリッジの庭園には高木や花々、灌木《かんぼく》や生垣もあり――カップルが身を隠せる暗がりを生みだしている。

ダフネは何か激しい感情に駆られた。「庭園を散歩しましょうよ」静かに言う。

「行けない」

「行きましょうよ」

「行けないんだ」

サイモンのせっぱ詰まった声が、もう知らずにはいられないことを告げていた。彼はわたしを求めている。わたしを欲している。狂おしいほどに。

ダフネは、まるで急に心臓が『魔笛』の歌曲を奏でだしたように思えた。

そして、考えた――サイモンとキスをしたらどうなるだろう？　彼を庭園のほうへ連れていき、自分の顔を上向かせて、唇と唇を触れあわせたらどうなるだろう？　わたしがどれほど愛しているか気づいてくれるだろうか？　わたしを愛せるようになれると思ってくれるだろうか？　そしてもしかしたら――たぶん、自分を幸せにできる相手だと気づいてくれるかもしれない。

そうしたら、きっともう、結婚はけっしてしないなどとは言わなくなるだろう。

「わたしは庭園を散歩してくるわ」ダフネは告げた。「あなたも良かったらいらしてね」

歩きだすと――彼が追いつけるようにゆっくりと――、いかにもいらだたしげな低い悪態が聞こえ、ほどなく、ふたりの距離を縮める足音が近づいてきた。

「ダフネ、まずい」サイモンが言う。けれどもそのかすれ声には、彼女をというより自分自身を説得しようとする必死な気持ちが滲んでいた。

ダフネは何も答えず、庭園の奥のほうへ歩を進めた。

「ほんとうに、頼むよ、お嬢さん、聞いてくれないか？」サイモンの手がダフネの手首を力強くつかみ、振り向かせた。「きみの兄上に約束したんだ」荒々しく言う。「誓ったんだよ」

ダフネは、求められているのを心得た女らしい笑みを浮かべた。「だったら、戻ればいいでしょう」

「そうできないのはわかるだろ。きみをひとりで庭園に残していくことはできない。その隙にきみをどうにかしようという輩がいるかもしれないんだ」

ダフネは可憐に肩をわずかに持ちあげてから、つかまれた手を引き抜こうとした。

けれど、サイモンはよけいにつかむ力を強めた。

ダフネは、彼がそういうつもりではないのを知りながら、つかまれるままに引っぱられ、三十センチほどの距離までゆっくりと身を近づけた。

サイモンの呼吸が浅くなっていく。「やめるんだ、ダフネ」

ダフネは気のきいた言葉を探した。何か誘惑的な言葉を囁きたい。でも、強気は土壇場《どたんば》でくじけた。それまでキスをしたことはなく、ほとんど自分から誘いかけておきながら、そこからどうすればいいのかわからなかった。

サイモンはわずかに手の力をゆるめたあと、ダフネの手首をぐいと引き、背の高い、入り組んだ生垣の陰に連れ込んだ。

サイモンが彼女の名を囁いて、その頬に触れる。

ダフネの目が広がり、唇が開いた。

もはや、避けられないことだった。

10

『なんと多くの女性が、たった一度のキスで身を滅ぼしていることか』

一八一三年五月十四日付〈レディ・ホイッスルダウンの社交界新聞〉より

サイモンは、いったいどの瞬間に自分がキスをしようと考えたのかわからなかった。おそらく、考えなどしなかったのだろう。

まさにその瞬間までは、ダフネを生垣の陰に連れていって、互いを苦境に陥らせるような軽率な行為を叱って諭すだけのつもりでいた。

だがそのとき、何かが起こって――いや、もしかしたらとうに起きていて、気づかないふりをしようとしていただけのことかもしれない。彼女の目はいつもとは違っていた。燃えているようにすら見えた。そして、唇が開き――ほんのひと呼吸ほどの束の間の出来事だったのだが、それだけでもう、目をそらせなくなってしまった。

白い薄地の手袋をした彼女の腕を上へたどり、素肌を通って、ついにはシルクの袖に包まれた華奢な肩に達した。そこからするりと背中へ手をまわし、引き寄せて、ふたりのあいだの距離を押しつぶした。彼女にそばにいてほしかった。自分の周りに、上にも下にも。怖くなるほど彼女を求めていた。

サイモンはダフネの体をぴったりと引き寄せ、渾身の力を込めるように抱きしめた。それで彼女の体のすべてを隅々まで感じることができた。自分よりだいぶ背が低いので、ちょうど肋骨の下に彼女の乳房が押しつけられ、太腿には――。

サイモンは欲望で身ぶるいした。

太腿は彼女の脚のあいだに挟まれ、固い筋肉に、彼女の皮膚からあふれでる熱が伝わってきた。

サイモンはいらだちと欲望の混じる荒々しい呻き声を漏らした。今夜、彼女とこうなるつもりはなかった――二度とはできないことなのだから、この感触を一生ぶん体に染みつけておかなければ。

手の下のドレスの絹地は薄く柔らかで、背中をたどると優美な曲線がしっかりと感じとれた。

そのときなぜだか――理由は終生わからないだろう――、サイモンは身を離した。ほんのわずかだったが、ふたりの体のあいだをひんやりとした夜気が通り抜けた。

「だめ！」ダフネが声をあげた。まさかそのひと言で、誘いかけたつもりなのだろうか。

サイモンは彼女の頬を両手で包んで支え、その表情に見入った。暗くて、記憶に焼きつけられるほど鮮明ではなかったけれど、唇が柔らかそうなピンク色で、口角がうっすらと薄紅がかっているのは見てとれた。目には様々な濃さの茶色が混じっていることもわかる。妖美な緑がかった瞳の外輪にじっと魅入られるうち、ほんとうに実在しているものなのか、単なる想像の産物なのかわからなくなってきた。

だがあとのこと——彼女はどのような感触で、どのような味がするのか——は、想像するよりほかにない。

ああしかし、いったいどれほど想像してきたことだろう。平静を装い、アンソニーに約束したにもかかわらず、サイモンはダフネを熱く欲していた。混みあう部屋のなかを歩く彼女を見れば、皮膚がほてり、彼女を夢に見ては燃えあがった。

そしていま——腕に抱いた彼女の呼吸が速く不規則になり、目は、おそらく本人には理解しがたい欲望で光沢を帯びている——、サイモンは破裂してしまいそうな気がした。

彼女にキスをするのはいわば、ひとつの自衛策だった。単純なことだ。いま彼女にキスをしなければ、彼女を口にしなければ、死んでしまうだろう。大げさに聞こえるかもしれないが、その瞬間にはそれが事実だと断言できた。欲望の手が腸《はらわた》に巻きついて、発火し、体ごと燃え尽くされてしまう。

そう思えるほど彼女を欲していた。

ついに彼女の唇を唇で覆うと、やさしくすることはできなかった。脈拍が激しく乱れて切迫し、やさしい求婚者ではなく、飢えた恋人のキスになった。

強引に口を開こうとしていたのだろうが、彼女のほうも瞬間的に情熱にとらわれたのか、舌で入り口を探っても、抵抗は感じなかった。

「ああ、ダフネ」サイモンは呻き声を漏らして、彼女の柔らかい尻のふくらみをぎゅっとつかんで、股間に鬱積した欲望の疼きを感じさせようとそばに引き寄せた。「知らなかった……！……夢にも思わなかった……」

だがそれは嘘だった。夢に見ていた。細部まで生々しく夢に見ていた。けれど、現実にはとうてい及ばない。

あらゆる感触、あらゆる動きがますます彼女への欲望を掻き立てて、刻一刻と、心の主導権が体にもぎとられていくような気がした。もはや、何が正しく、何が適切かなどということはどうでも良かった。大切なのは、彼女がここに、この腕のなかにいることと、自分が彼女を求めているという事実だけだった。

そして、肉体は、彼女もまた自分を求めていることを感じていた。

両手で彼女をつかみ、口で彼女をむさぼった。それでもまだ足りなかった。

彼女の手袋をした手がたどたどしく背中をのぼり、うなじに軽く触れた。触れられた部分の皮膚がじんとして、やがて熱くほてった。

それだけでは終わらなかった。唇を彼女の口から離して、首をたどりおり、鎖骨の柔らかな窪みに行き着いた。ダフネが唇の感触に反応して呻き声を漏らし、そのか細い静かな声に、サイモンはさらに情熱を煽られた。

ふるえる手で、ドレスの胸もとの優美な波形の縁飾りに触れた。襟ぐりはゆるめなので、繊細な絹地を軽く引くだけで胸のふくらみまでさがるはずだった。

そのような姿を見る権利はないし、キスをできる立場でもないのだが、もはや自分を押しとどめることはできなかった。

ダフネに拒む間を与えた。耐えがたいほどゆっくりとした動作で、手をとめると、胸を開く前にもう一度最後にいやと言える時間を与えた。けれども、ダフネは純潔の娘らしいとまどいも見せず、背をそらせて、このうえなく柔らかな、情熱で昂ぶった吐息を漏らした。

サイモンは呆然としていた。

ドレスの布地を引きさげて、欲望によろめき、ふるえながら、ただじっと彼女を見つめた。そして、唇を滑りおろして、獲物のごとく彼女を奪おうとしたとき、聞こえた――「ふざけるな！」

ダフネが先にその声に気づき、悲鳴をあげてさっと身を離した。「まあ、大変」息を呑む。

「アンソニーお兄様！」

兄はすでにあと数メートルのところまで迫っており、速足でその距離を縮めていた。激怒した形相で眉をきつくひそめ、サイモンに飛びかからんばかりの勢いで、ダフネが人生で耳にしたこともない太古の戦士のような雄叫びをあげた。およそ人間の声とは思えない。

ダフネがどうにか服を整えなおしたところで、アンソニーの体がものすごい衝撃でサイモンの体に激突し、ダフネもどちらかが振りまわした腕で地面に倒された。

「殺してやる、おまえみたいなろくでなしは――」さらに口汚い罵りを吐く前に、アンソニーはサイモンに突き飛ばされて息を詰まらせた。

「お兄様、ねえ！　やめて！」ダフネは叫んだ。すでに引っぱりあげていて落ちる心配もないドレスの胸もとを、なおもしっかり押さえていた。

だが、アンソニーは何かにとりつかれたかのようだった。怒りをあらわにした顔で、こぶしを握りしめ、粗暴な憤怒の呻き声を口から発して、サイモンに殴りかかっていく。

いっぽうサイモンはというと――身を守りつつも、実際にはやり返そうとしなかった。

脇で立ち尽くしていたダフネは、ふと仲裁しなければと気づいた。そうしなければ、まさしくレディ・トローブリッジの庭園で、アンソニーがサイモンを殺してしまう。ダフネは愛する男性から兄を引き離そうと手を伸ばしたとたん、生垣のなかに跳ね飛ばされた。

「きゃあああああ！」ダフネは悲鳴をあげた。信じられないほど体のあちこちに刺すような痛みが走った。

自分で思った以上に激しい苦痛の声を発したらしく、ふたりの男はすぐさま動きをとめた。

「ああ、なんてことだ！」サイモンが、倒れ込んだダフネを助けようと駆け寄った。「ダフネ！　大丈夫か？」

ダフネは動かないようにして、ただ哀れっぽい声を漏らした。いばらで皮膚が切れ、少しでも動くと、その切り傷が引きつれる。

「けがをしているらしい」サイモンが心配そうな鋭い声でアンソニーに言う。「まっすぐに運びださなければ。体を捻《ひね》りでもしたら、傷を広げかねない」

アンソニーはサイモンへの怒りをひとまず棚上げして、そっけなくすばやくうなずいた。ダフネが痛がっているのだから、その対処のほうが先決だ。

「じっとしてるんだ、ダフ」サイモンがやさしくなだめるような声で囁きかける。「わたしがきみの体に腕をまわす。それから前に起こして引っぱりだす。いいかい？」

ダフネは首を振った。「あなたが引っ掻き傷をこしらえてしまうわ」

「長袖の服を着ているのだから、心配しなくていい」

「わたしがやろう」アンソニーが言った。

だが、サイモンはその言葉を無視した。絡みあった生垣のいばらのなかへ手を伸ばし、手袋をした両手をゆっくりと進めて、棘《とげ》だらけの枝とダフネの傷ついた素肌のあいだへ、長袖に包まれた腕を差し入れようとした。けれども、ダフネの袖に達する手前で、ドレスの絹地から剃刀のように鋭い棘を解きほぐさなければならなかった。数本の枝が布地を貫き、皮膚に食い込んでいる。

「完全には取り除けない」サイモンは伝えた。「ドレスが破れてしまうな」

ダフネはぎこちない動きでうなずいた。「気にしないわ」息を切らして言う。「もう汚れてしまっているし」

「だが――」サイモンはまさにそのドレスを腰まで引きおろそうとしていたのだが、それでも、枝で絹のドレスが裂ければ布地がめくれてしまうことを指摘するのは気が引けた。そこでやむなくアンソニーのほうを向いて言った。「おまえの上着を貸してやってくれ」

アンソニーはすでに上着を脱いでいた。

サイモンはダフネに向きなおり、目を見つめた。「準備はいいか？」やさしく尋ねる。

ダフネはうなずいた。そして、思いすごしかもしれないが、こちらの顔を見据えた目が少しばかりやわらいだように感じられた。

ダフネの皮膚に突き刺さった枝がもうないことをたしかめてから、いばらの奥へさらに腕を差し込んだ。それから、彼女の背中に腕をまわして両手を組みあわせた。

「三つ数えるからな」サイモンが低い声で言う。

ダフネがふたたびうなずいた。「一……二……」

サイモンはぐいとダフネを引っ張りだし、その拍子にふたりとも地面に投げだされた。

「二つ数えるって言ったじゃない！」ダフネが声をあげた。

「嘘をついた。きみを緊張させたくなかったんだ」

ダフネはまだ反論したそうなそぶりだったが、ふいにドレスが裂けていることに気づき、小さな悲鳴を漏らしてさっと両手で体を隠した。

「これを使うんだ」アンソニーが言い、上着を妹に突きだした。ダフネはほっとした顔で受けとって、アンソニーの上質な上着をまとった。長身の兄の服がダフネの体をすっぽり包み込んだ。

「大丈夫か？」兄がぶっきらぼうに言う。

ダフネはうなずいた。

「良かった」アンソニーはサイモンのほうへ振り返った。「妹を引きだしてくれたことに礼を言う」

サイモンは無言だったが、アンソニーの礼を受けたしるしに顎をわずかに落とした。

アンソニーがすばやくダフネに目を戻した。「ほんとうに大丈夫なんだな？」

「少しちくちくするわ」ダフネは認めた。「家に戻ったら軟膏を塗ったほうがいいと思うけど、我慢できないほどではないわ」

「良かった」アンソニーは先ほどと同じ言葉を繰り返した。それから、こぶしを振りかぶり、サイモンの顔にぶち込んで、不意をつかれた友をたやすく地面に倒した。

「これは」アンソニーが吐き捨てる。「妹を汚したことへの一発だ」

「アンソニーお兄様！」ダフネは金切り声で叫んだ。「ばかなことはいますぐやめて！　彼はわたしを汚してなどいないわ」

アンソニーがくるりと振り返り、煮えたぎった目で妹を睨みつけた。「見たんだぞ、おまえが――」

ダフネは胸がむかむかしてきて、一瞬、ほんとうに嘔吐《おうと》してしまうのではないかと恐ろしくなった。なんてこと、アンソニーがわたしの胸を見ていたなんて！　兄なのに！

「立て」アンソニーが唸り声で言う。「そうしないと、もう一度殴れないだろ」

「気はたしか？」ダフネは叫んで、まだ地面に尻をつけたまま殴られた目を手で押さえているサイモンの前に、さっと立ちはだかった。「お兄様、もう一度彼をぶったら、許さないわだ」

よ」

アンソニーは妹を気づかいもせず押しのけた。「今度のは、友情を裏切ったことへの一発

サイモンがゆっくりと立ちあがるのを、ダフネは恐る恐る見つめた。

「やめて！」ダフネは叫んで、ふたたびふたりのあいだに飛び込んだ。

「どいてくれ、ダフネ」サイモンが穏やかに言う。「これはふたりの問題だ」

「そんなことないわよ！　ふたりとも忘れているようだけど、そもそもわたしが——」ダフネは言いかけて口をつぐんだ。話す意味などない。ふたりとも聞いていないのだから。

「どくんだ、ダフネ」アンソニーがぞっとするほど落ち着き払った声で言った。妹を見ようともしない。その視線はダフネの頭越しにまっすぐサイモンの目に据えられていた。

「こんなのおかしいわよ！　大人なら話しあいで片づけられるはずでしょう？」ダフネはサイモンから兄へ目を移し、それからまたサイモンをさっと振り向いた。「まあ、どうしましょう！　サイモン！　目が大変よ！」

ダフネは駆け寄り、すでに腫れて閉じている目に手を伸ばした。そうっと触れられてもサイモンはぴくりとも動かず、無表情のままでいた。腫れた皮膚を彼女の指に軽くかすめられ、ふいに気がやわらいだ。今度は欲望からではなく、じっとそのままでいてほしいと感じた。そばにいるダフネはやさしく、気高くて純粋で、とても素直だった。

なのに自分は、これまでの人生で最も恥ずべきことをしようとしている。

アンソニーが気のすむまで殴り終えて妹との結婚を迫ってきたら、断わるつもりだった。

「どいてくれ、ダフネ」自分の耳にすら妙な声に聞こえた。

「いやよ、わたしは――」

「どけ！」サイモンは怒鳴りつけた。

ダフネは飛びのき、つい先ほど引っかかった生垣に背中をぴたりと張りつけて、ふたりの男を恐ろしそうに見つめた。

サイモンはいかめしい表情でアンソニーにうなずいてみせた。「さあ、殴れ」

アンソニーはその要求に驚いた顔をした。

「やれよ」サイモンは続けた。「それで片をつけよう」

アンソニーはこぶしをだらんとおろした。首は動かさず、目だけをさっとダフネに振り向ける。「殴れない」唐突に言った。「殴られるために突っ立ってる男など」

サイモンは前へ踏みだして、あざけるように顔をそばに突きだした。「ほらやれよ。償《つぐな》わせてくれ」

「教会で償ってもらう」アンソニーは答えた。

ダフネが大きく息を呑み、その音にサイモンは思わず目を向けた。どうして、彼女が驚くんだ？　未遂に終わったとはいえ、ふたりの愚かな行為がどのような結果を招くのかは、わかっていたはずだろう？

「無理強いはしたくないの」ダフネが言った。

「そうはいくか」アンソニーが言い放った。

サイモンは首を振った。「あすには大陸に渡るよ」

「行ってしまうの？」ダフネが訊いた。その打ちひしがれた声が、罪を裁くナイフのようにサイモンの胸を切りつけた。

「わたしがいれば、きみはいつまでも汚名につきまとわれる。去るのが一番いいんだ」

ダフネの下唇がふるえている。それを見て、サイモンは胸をつかれた。ダフネの唇が発したのはたったひと言だった。サイモンは自分の名を呼ばれ、その哀切に満ちた声に心が引き裂かれた。

しばらくかかって、ようやく言葉を口にした。「きみとは結婚できないんだ、ダフ」

「できないのか、しないのか、どっちなんだ？」アンソニーが問いただす。

「どちらでもある」

アンソニーがまたもこぶしを突きだした。

リイモンは地面に倒され、顎を殴られた衝撃で頭がふらついた。だが、どれほど傷や痛手を負わされても当然の報いなのだ。ダフネの顔は見られないし、ちらりとでも目に入れたくないというのに、彼女はそばにひざまずき、自分を助け起こそうと背中にやさしく手をかけてきた。

「すまない、ダフネ」サイモンはどうにか彼女を見て言った。目まいがするうえ、片方の目しかまともに開かなかったが、拒まれても助けに来てくれたことにはただ感謝するしかなかった。「ほんとうに、すまない」

「情けない言葉を吐くのはあとにしろ」アンソニーが吐き捨てた。「夜明けに落ちあおう」

「だめよ！」ダフネが叫んだ。

サイモンはアンソニーを見あげて、ほんのかすかにうなずきを返した。それからダフネに向きなおって言う。「誰かと、で、できるとすれば、ダフ、きみだよ。そ、それだけは、間違いない」

「なんの話をしてるの？」ダフネは当惑して褐色の目をせわしなく動かした。「どういう意味？」

サイモンはただ目を閉じて、ため息をついた。あすのいまごろには、自分は死んでいるだろう。なぜなら、こちらは絶対に銃を向けるつもりはないし、アンソニーのほうは空に向かって撃つ程度で怒りを鎮められるとは思えないからだ。

それにしても――自分がずっと望んできたことがこんな形でついに叶うのだと思うと、なんとも意外で、切なくも感じた。これでようやく父に最後の復讐を果たせるわけだ。

よく考えていたわけではないが――たいがいの人間は自分自身の死を予測したがらない――、こんな形で終わりを迎えるとは思わなかった。憎しみで煮えたぎる目をした親友に、夜明けの寂しい野原で撃たれることになるとは。

それも、不名誉な行ないのために。

背中をやさしく撫でてくれていたダフネの手に肩を抱かれ、揺さぶられた。その振動で潤んだ目がはっと開き、サイモンは彼女の顔がすぐそばにあることに気づいた——すぐそばで、憤っていた。

「どうしたっていうのよ？」ダフネが強い口調で訊く。目は、怒りと、苦悩と、わずかに失望さえも湛《たた》えて燃え立ち、サイモンがそれまで見たことのないような表情をしている。「兄はあなたを殺そうとしてるのよ！　あす、どこかの寂れた野原に呼びだして、あなたを撃ち殺そうとしてるのよ。なのに、あなたはまるでそれを望んでいるみたいに見える」

「し、死にたくはない」サイモンは心身ともに疲れ果て、言葉のつかえすら気にならなかった。「で、でも、きみとは結婚できない」

両手がするりと肩から落ちて、ダフネはよろりと身を離した。その目には見るに耐えがたい苦痛と拒絶の表情が浮かんでいた。兄の大きすぎる上着をまとい、褐色の髪に小枝や棘を残した姿はひどく哀れに見えた。口を開いて、まるで魂から言葉を吐きだすかのように話しだした。「自、自分が男性からあこがれられる女性でないことは前からわかっていたけれど、わたしと結婚するぐらいなら死を選ぶ人がいるとは思わなかった」

「違うんだ！」サイモンは鈍い疼きと突き刺すような痛みのせいでぐらつきながらも、あわてて立ちあがった。「ダフネ、そういう意味ではないんだ」

「もうじゅうぶんだ」アンソニーがそっけない声で言い、ふたりのあいだに足を踏み入れた。妹の肩に手をおいて、その心を打ち砕き、評判に永遠に残るかもしれない傷をつけた男から向き返らせた。

「もうひとつだけ言わせてくれ」サイモンは言い、自分の目に浮かんでいるはずの、追いすがるみじめな表情を厭わしく思った。それでも、ダフネに伝えなければならない。どうしても、わかってもらわなければ。

けれども、アンソニーがあっさり首を振った。

「待ってくれ」サイモンはかつて一番の親友だった男の袖に手をかけた。「どうにもならないんだ。おれは――」考えをまとめようと疲れきった息を吐きだした。「おれは誓ったんだ、アンソニー。彼女とは結婚できない。どうにもならないことなんだ。だが、これだけは言える――」

「何が言えるというんだ？」アンソニーが完全に感情を欠いた声で訊く。

サイモンはアンソニーの袖から手を放し、髪を掻きあげた。ダフネに言うことはできない。理解してはもらえないだろう。理解してもらえたとして、同情されるだけならば、よけいにつらい。アンソニーにじれったそうに見つめられていることに気づき、サイモンはようやく答えた。「少しはましなことが言えるはずだ」

アンソニーは動かない。

「頼む」ひと言にこれほど深い願いをこめたことはあっただろうかと、サイモンは思った。

アンソニーはなおも動かず、何秒かして脇へよけた。

「ありがとう」神妙な声で言い、アンソニーをわずかにちらりと見てから、ダフネに目を据えた。

こちらも見ずに蔑んで罵られるかと思っていたのに、ダフネは顎を上げ、果敢に強気な目を向けた。いつになく彼女に称賛の念を覚えた。

「ダフ」サイモンは何を言うべきかよくわからないまま、適切な言葉が無事にでてくることを願って口を開いた。「――きみのせいじゃないんだ。できることなら、きみを選びたい。だが、わたしと結婚すれば、きみを壊してしまう。わたしはきみが望むものを与えてやれない。きみは毎日少しずつ死んでいくことになり、それを見るのは耐えられない」

「あなたは、わたしを傷つけたりしないわ」ダフネが低い声で言う。

サイモンは首を振った。「いや、信じてほしい」

ダフネは温かで誠実な目で穏やかに言った。「あなたを信じるわ。でも、あなたはわたしを信じられないのね」

その言葉が、殴られたように胸にこたえ、サイモンは無力でむなしい思いで続けた。

「けっしてきみを傷つけるつもりはなかったことだけは、どうかわかってくれ」

ダフネがずいぶんと長く動かないので、呼吸がとまっているのではないだろうかとサイモンは思った。けれどもすぐに、兄のほうを見ることもなく言った。「もう、家に帰りたいわ」

アンソニーが妹に腕をまわし、視界からサイモンの姿をさえぎりさえすれば守れるとでもいうように向き返らせた。「うちに帰ろう」なだめる口調で言う。「ベッドに入って、ブランデーを少し飲むといい」

「ブランデーはいらないわ」ダフネはきっぱりと言った。「考えたいの」

サイモンには、アンソニーがその言葉にややとまどった表情をしたように見えたが、冷静に思いやり深く妹の腕を取った。「わかったよ、行こう」

サイモンは痛めつけられて血の滲んだ顔で、ふたりが夜闇に消えるまで、その場に立ち尽くしていた。

11

『土曜の晩、レディ・トローブリッジがハムステッド・ヒースで催した毎年恒例の舞踏会は、いつもながら、ゴシップ・シーズン最大の盛りあがりを見せた。筆者は、コリン・ブリジャートンが、フェザリントン家の三人の姉妹全員と踊っているのを目撃した（むろん、いっぺんにではない）。とはいえ、このブリジャートン家の一番のやんちゃ者がさして楽しげに見えなかったことは、付記しておかねばなるまい。加えて、ナイジェル・バーブルックが、ダフネ・ブリジャートン嬢以外の女性に求愛しているのを目にした——おそらく、ミスター・バーブルックもついに、無駄な追いまわしは断念したということだろう。

かたや、ダフネ・ブリジャートン嬢のほうはというと、早々に立ち去った。ベネディクト・ブリジャートンはその理由について、頭痛のためだと語っていたが、筆者はその晩早くに、ダフネ嬢が老齢のミドルソープ公爵といたって元気そうに話しているところを見ている』

一八一三年五月十七日付〈レディ・ホイッスルダウンの社交界新聞〉より

もちろん、眠れるはずがなかった。

ダフネは子供のころから部屋に敷いてある青と白の絨毯を踏みつけて、部屋のなかを歩きまわっていた。気持ちは様々な方向にめぐるものの、ひとつだけ、はっきりしていることがあった。

決闘をとめなければならない。

けれども、その使命を成し遂げるには、容易ではない問題が立ちはだかっていた。ひとつめに、男性というものは名誉や果しあいといったことになると強情な愚か者になる傾向があり、アンソニーもサイモンも、口だしを歓迎してくれるとはとうてい思えない。ふたつめに、決闘が行なわれる場所すらわからない。ふたりはレディ・トローブリッジ邸の庭園で場所についてはは触れていなかった。ダフネは、アンソニーが使用人に命じてサイモンのところへ伝言を届けさせるのではないかと推測していた。もしくは、決闘を申し込まれた側のサイモンが場所を指定できるのだろうか。むろん決闘にも礼儀作法のようなものがあるのだろうが、それがどのようなものなのかはまるでわからない。

ダフネは窓辺で足をとめ、カーテンを脇へ押しやって外を見つめた。貴族の常識からすれば、夜はまだ浅い。アンソニーと一緒にだいぶ早くにパーティを抜けだしてきたわけだ。自分の知るかぎり、ベネディクトもコリンも母も、まだレディ・トローブリッジの屋敷に残っていた。いまもまだ（自分と兄が帰ってきて二時間近く経っている）誰も戻ってきていないということは、良い徴候と考えていいのだろう。もしもサイモンとの一件を見られたとすれば、間違いなく噂がたちまち舞踏場じゅうに広まり、母が恥ずかしさに耐えかねて家へ駆け戻ってくるはずだ。

そしておそらく、自分は一夜のうちにドレスのみならず、評判もずたずたに引き裂かれることになる。

けれど、評判を傷つけられることは、たいして恐れていなかった。べつの理由で、家族の帰りを待っていた。自分ひとりでは決闘をとめられるはずもない。いくらなんでも夜明け前にロンドンじゅうを走りまわり、戦うふたりの男を自分ひとりで説得しようと考えるほど愚かではない。だから、助けを求めるつもりだった。

ベネディクトについては、どんなことでもすぐさまアンソニーの味方につく恐れがある。実際、ベネディクトが兄の決闘の介添人に付かないとすれば不思議なくらいだ。

でも、コリンなら――ダフネの考えを理解してくれる可能性があった。ぶつくさ文句を言うだろうし、きっと、サイモンは夜明けに撃たれて当然のことをしたとも言うだろうが、頼み込めば、妹を助けてくれるはずだ。

それに、決闘はなにがなんでもとめなければならない。サイモンの頭のなかでどのようなことが起きているのかはわからないけれど、何かに苦悩し、それがおそらく父親と関係しているのはあきらかだ。サイモンが内に潜む悪魔のようなものに苦しめられていることには、ダフネはだいぶ前から気づいていた。もちろん、とりわけ自分といるときには上手に隠していたが、その目に幾度となく打ちひしがれた表情が浮かんでいた。サイモンがあれほど頻繁に黙り込む理由もその辺りにあるに違いない。時どき、彼が心から気を許して笑ったり、冗談を言ったり、世間話をしたりできる相手は自分だけのようにダフネには思えた。

それに、たぶん、アンソニーだ。こんなことになる前は、その相手はそう、おそらくアンソニーだったのだ。

けれど、どう考えても、たとえサイモンがレディ・トローブリッジ邸の庭園でひどく投げやりな態度をとっていたとしても、ダフネには彼が死を望んでいるとは思えなかった。

車輪が玉石を嚙む音を聞き、あいた窓のほうへさっと戻ると、ブリジャートン家の馬車がちょうど屋敷の前を通って厩のほうへ向かうのが見えた。

ダフネは急いで部屋のドアに駆け寄って耳を押しあてた。おりていくことはできない。アンソニーは、妹が眠っているか、少なくともベッドに入って今夜の行動について考え込んでいると思っているだろう。

兄は母にはいっさい明かすつもりはないと言っていた。いずれにせよ、母がどこまで知っているかがわかるまでは話さないはずだ。母がなかなか戻って来ないということは、忌まわしい噂は派手に広がってはいないのだろうが、だからといって必ずしも安心してはいられない。ひそひそと囁かれてはいるかもしれない。ひそひそ話はいつでも生じる。そして、そのひそひそ話を放っておけば、たちまちやかましい噂話になる。

ダフネは、いつかは母と向きあって話さなければならないことを覚悟した。遅かれ早かれ、ヴァイオレットは何かしらを耳にする。母が何かしらを耳にしたのなら、ほかの貴族たちも間違いなく何かを耳にしているということだ。母がその噂話――残念ながら、その内容のほとんどは事実――に打ちのめされる前に、どうにかして公爵との婚約をたしかなものにしておきたい。

公爵にかかわることであれば、なんであれ人々は許すだろう。

それこそが、サイモンの命を救う手立ての要《かなめ》となるはずだった。サイモンはたとえみずからを救う気はなくとも、わたしのことは救おうとしてくれるかもしれないのだから。


コリン・ブリジャートンは廊下に伸びる細長い絨毯の上を、ブーツの音を立てないよう忍び足で進んだ。母はすでに寝室に入り、ベネディクトはアンソニーの書斎にいて、兄弟ふたりじ引きこもったままだ。けれど、その三人の誰にも関心はない。コリンが会いたいのはダフネだった。

ダフネの部屋のドア下からほのかに漏れる光に励まされて、静かにノックした。部屋のなかにはあきらかに何本かの蠟燭が灯されている。妹はとても慎重な性格で、蠟燭を消さずに寝ることは考えられないので、まだ起きているはずだった。

そして、まだ起きているとすれば、妹のほうも自分に話があるということだ。

コリンはもう一度ノックしようと手を持ちあげたが、蝶番にしっかり油のきいたドアがさっとあいて、ダフネが無言でなかに入るよう身ぶりで招いた。

「話があるの」ダフネはひと息で早口に囁いた。

「こっちも話がある」

ダフネは兄を迎え入れると、廊下にぐるりとすばやく目を走らせてからドアを閉めた。

「大変なことになったのよ」

「知ってる」

ダフネの顔から血の気が引いた。「知ってる？」

コリンは緑色の目に珍しくきわめて真剣な表情を浮かべて、うなずいた。「ぼくの友人のマックルズフィールドは覚えてるか？」

ダフネはうなずいた。マックルズフィールドは、二週間前、母に強引に紹介された若い伯爵だ。サイモンと出会ったのも同じ晩だった。

「その彼が今夜、おまえがヘイスティングスと庭園に消えるのを見ていた」

ダフネは急に喉が腫れてむずがゆいような気がしてきたものの、どうにか言葉を返した。

「そうなの？」

コリンはいかめしくうなずいた。「マックルズフィールドが他言することはない。それは信じられる。十年来の友人なんだ。でも、彼が見ていたということは、ほかの人間も見ていた可能性がある。彼からその話を聞いていたとき、レディ・ダンベリーがひどくいぶかしそうにこっちを見ていたし」

「レディ・ダンベリーも見てたの？」ダフネが鋭い声で訊く。

「それはわからない。ただ」――コリンはわずかに身ぶるいした――「ぼくの罪深い行ないはすべてお見通しだという目で、こっちを見ていたというだけさ」

ダフネは小さく首を振った。「それは彼女特有のしぐさなのよ。それに彼女は、何かを見ていたとしても他言しないわ」

「レディ・ダンベリーが？」コリンが疑わしげに訊く。

「彼女はいわゆるドラゴンのひとりだし、かなり鋭い物言いもするけれど、人の評判を傷つけし楽しむような人ではないわ。何かを見たとしたら、直接わたしに問いただしてくるはずだもの」

コリンは納得のいかない様子だった。

ダフネは次の質問の言いまわしを考えようと、何度か咳払いして間をとった。「正確には、彼は何を見たの？」

コリンはけげんな目で妹を見つめた。「どういう意味だい？」

「言葉どおりの意味よ」ダフネはほとんどつっけんどんに答えた。気疲れする長い晩のせいで、神経がぴりぴりと張りつめている。「彼は、何を見たと言ってるの？」

コリンはぴんと背を伸ばし、顎を引いて身がまえた。「さっき言ったとおりさ」と返した。「マックルズフィールドは、おまえとヘイスティングスが庭園に消えるのを見ていた」

「それだけなの？」

「それだけ？」コリンはおうむ返しに訊いた。目が広がって、狭まる。「そこでいったい何があったんだ？」

ダフネは背なしの腰かけに沈み込み、両手に顔をうずめた。「ああ、コリン、頭がこんがらがってるの」

兄が何も言わないので、ダフネは涙もでていないのに濡れている気がする目をぬぐい、ようやく顔を上げた。兄は見たこともないほど年上らしい、きびしい表情をしていた。両脚を堂々と開き、厳然とした態度で腕を組み、ふだんは陽気で茶目っ気のある目がエメラルドのごとく硬い色をしている。妹が顔を上げて話しだすのを待ちかまえていた。

「そうやって自己憐憫《れんびん》に陥っているということは」コリンがきつい声で言う。「今夜レディ・トローブリッジの庭園で、ヘイスティングスと何かしたわけか」

「そういう言い方はやめてよ」ダフネは言い返した。「それに、自己憐憫にも陥るわよ。だって、ああ、ひとりの男性があすには死のうとしているのよ。少しぐらい動揺しても当然でしょう」

コリンはたちまちひどく心配そうに表情をやわらげて、向かいあわせの椅子に腰をおろした「全部、話してくれないか」

ダフネはうなずいて、その晩の出来事を順を追って話した。けれど、恥ずべき行為の詳細は語らなかった。アンソニーが目にしたことまで正確にコリンに知らせる必要はない。話せることだけでもじゅうぶん、評判を傷つけられる状況に追い込まれているのだから。

ダフネは締めくくった。「それで、決闘が行なわれることになって、サイモンが死のうとしてるのよ！」

「そんなことはわからないだろう、ダフネ」

ダフネはつらそうに首を振った。「彼はアンソニーお兄様を撃たない。断言できるわ。でも、お兄様のほうは――」声が途切れた。「お兄様は頭に血がのぼってる。許すとは思えない」

「おまえはどうしたいんだ？」

「わからない。決闘がどこで行なわれるかもわからないんだもの。わかっているのは、わたしがとめなければいけないということだけなのよ！」

コリンは低い声で毒づいてから、穏やかに言った。「おまえに何かできるとは思えないな、ダフネ」

「やらなくてはいけないの！」ダフネは叫んだ。「コリン、サイモンが死ぬというのに、ここでじっと天井を見てることなんてできないわ」声色が変わり、言い添えた。「彼を愛してるの」

コリンは青ざめた。「拒まれたのにか？」

ダフネは沈んだ顔でうなずいた。「哀れな愚か者と思われてもかまわない。でも、どうしようもないのよ。わたしはそれでも彼を愛してる。彼にはわたしが必要なのよ」

コリンが静かに言う。「それがほんとうなら、アンソニー兄さんに詰め寄られたときに、結婚を承諾していたはずだと思わないか？」

ダフネはかぶりを振った。「思わないわ。わたしにはわからない理由が何かあるのよ。うまく説明できないけど、まるで彼の一部が、わたしと結婚したがっているように感じるの」息がきれぎれになりだして、気が動転しているのを感じながらも、ダフネは続けた。「わたしにもわからないの、コリン。でも、あのときの彼の顔を見ていたら、この気持ちがわかってもらえたはずよ。彼は何かから、わたしを守ろうとしてくれていた。間違いないのよ」

「ヘイスティングスのことは、アンソニー兄さんのことと同じくらいわからないよ」コリンが言う。「おまえのことも。でも、ほんとうに深刻な悩みを打ち明けてくれたことはこれまでほとんどなかったよな。だからきっと――」コリンは言葉を途切らせ、しばし両手に顔を伏せてから上げた。ふたたび話しだした声は胸をつかれるほどやさしかった。「だからきっと、おまえは彼の気持ちを勝手に思い込んでいるわけじゃないんだよな？」

ダフネは傷つきはしなかった。自分の話が妄想めいていることはわかっている。でも、間違ってはいないという確信があった。「彼を死なせたくないの」低い声で言う。「結局、重要なのはそれだけなのよ」

コリンはうなずき、最後の質問を投げかけた。「彼を死なせたくないのか、それとも自分のせいで彼を死なせたくないのか、どちらなんだ？」

ダフネはよろよろと立ちあがった。「でていってくれないかしら」気力を振り絞って必死に平静な声を保った。「そんなこと訊くなんて、信じられない」

けれど、コリンはでていかなかった。ただ手を伸ばし、妹の手を握りしめた。「力になるよ、ダフ。おまえのためなら、もちろん、なんでもする」

そして、ダフネも兄の腕にただ身をあずけて、気力でこらえていた涙をいっきにあふれさせた。

二十分後、ダフネの目は乾き、心は晴れていた。泣くことが必要だったのだ。その事実に改めて気づいた。心のなかにあまりに多くのものが閉じ込められていた――つのりつのった感情、とまどい、痛み、怒り。それを吐きだす必要があったのだ。でもいまはもう感情にとらわれている暇はなかった。冷静さを保ち、やるべきことに意識を集中しなければならない。

コリンは、書斎でひそひそと深刻そうな声で話していたというアンソニーとベネディクトのもとへ探りを入れに向かった。アンソニーがベネディクトに決闘の介添人を頼むだろうというダフネの推測には、コリンも同意見だった。そして決闘の場所を聞きだす役目を引き受けてくれたのだ。ダフネはコリンならうまくやるだろうと確信していた。コリンは必ず、誰からでも、どんなことでも聞きだしてしまう。

ダフネはとりわけ着慣れた、最も動きやすい乗馬服に着替えていた。どのような朝になるのかはわからないけれど、レース飾りやペチコートにつまずくことだけは避けたい。

すばやいノックの音に注意を引き戻され、ダフネがドアノブに手をかけるより早く、コリンが部屋のなかに入ってきた。兄も夜会服を着替えていた。

「わかった?」ダフネはあわただしく尋ねた。

兄のうなずきは鋭く速かった。「のんびりしている時間はない。誰も来ないうちに、先に現場に着いていたいだろう？」

「サイモンがアンソニーお兄様より早く来れば、誰にも銃を抜かせずに、わたしと結婚するよう説得できるかもしれないもの」

コリンは緊張した息を漏らした。「ダフ」と切りだす。「説得できないかもしれない可能性は考えないのか？」

ダフネは喉に弾丸がつかえたように感じて、唾を呑み込んだ。「それは考えないようにしてるの」

「でも——」

ダフネは兄の言葉をさえぎった。「考えていたら」張りつめた声で言う。「集中できなくなるわ。怖気づいてしまいそうなの。そんなふうではいられない。サイモンのために、そんなふうになってはいられない」

「彼が自分の気持ちに気づくことを願うよ」コリンが静かに言う。「そうでなければ、ぼくが彼を撃ち殺してしまいそうだ」

ダフネはさらりと言った。「行きましょう」

コリンがうなずき、ふたりは出発した。


サイモンは、ブロード・ウォーク沿いに馬を駆り、できたばかりのリージェンツ・パークの最も遠く奥まった場所へ向かった。アンソニーにメイフェアから離れた場所で片をつけることを提案され、自分も承諾した。むろん、夜明けで人けはないかもしれないが、ハイド・パークでわざわざ決闘を披露する必要もない。

サイモンは決闘が違法行為であることを気にしているわけではなかった。いずれにせよ、合法的に報いを受ける方法などありそうもないのだから。

とはいえ、死に方としてはひどくぶざまだ。だが、サイモンにはほかに選択の余地はなかった。結婚するつもりもなく良家の子女を辱《はずかし》めれば、報いは受けなければならない。それぐらいはキスをする前にわかっていて当然のことだった。

指定された野原へ近づいていくと、アンソニーとベネディクトがすでに馬をおりて待っているのが見えた。ふたりとも栗色の髪をそよ風になびかせ、陰気な顔をしている。

こちらの心と同じぐらい陰気に見える。

ブリジャートン兄弟の数メートル手前で手綱を引いて馬をおりた。

「介添人は？」ベネディクトが大声で問いかけた。

「頼んでいない」サイモンは答えた。

「だが介添人は必要だ！　いなければ決闘にはならない」

サイモンは仕方なく肩をすくめた。「そんなことはどうでもいいだろう。銃を持ってきてるんだろ。きみたちを信用するよ」

アンソニーが歩いてくる。「こんなことはしたくないんだ」

「おまえが選べる道はほかにないんだもんな」

「だが、おまえにはあるぞ」アンソニーが勢い込んで言う。「妹と結婚すればいいんだ。妹を愛してはいないかもしれないが、じゅうぶんに好意を抱いているのはわかっている。どうして結婚しない？」

サイモンは、妻を娶《めと》って系図を伸ばすことはけっしてしまいと誓った理由をすべて話してしまおうかと思った。だが、理解してはもらえないだろう。家族とは、温かく、やさしくて、信じられるものだとしか考えていないブリジャートン一族には。この一族には、家族に罵られ、夢を打ち砕かれることなど想像もつかないだろう。拒絶せずにはいられない気持ちがわかるはずもない。

サイモンは、何か残酷な言葉を、アンソニーとベネディクトに軽蔑されるような言葉を吐いて、この形ばかりの決闘をさっさと終わらせたいと思った。けれども、そのためにはダフネをけなさねばならず、それだけはどうしてもできない。

そこで結局、イートンに入学以来の友人だったアンソニー・ブリジャートンの顔をただ見つめて言った。「とにかくダフネのせいではない。おまえの妹は、おれが知りあえる栄誉に授かった女性たちのなかでも、とりわけすてきな人だ」

そうして、アンソニーとベネディクトのふたりにうなずくと、ベネディクトがあらかじめ地面に並べていた二挺の片方の銃を拾いあげて、野原の北側の端に向かって長い道のりを歩きだした。

「待ってえ――――！」

サイモンは息を呑んで身を翻《ひるがえ》した。なんてことだ、ダフネじゃないか！

ダフネが雌馬の上で頭を低くして、全速力で野原に突っ込んでくる。サイモンはしばし呆然となり、決闘を邪魔されたことを怒るのも忘れ、鞍《くら》にまたがったダフネはなんと勇ましく見えるものかと感嘆するばかりだった。

とはいえ、ダフネが手綱を引いて、目の前で馬をとめたときには、猛烈な怒りを取り戻していた。

「いったい、きみは何をしてるんだ？」サイモンは問いただした。

「あなたの哀れな命を救いにきたのよ！」燃えさかる目で見つめられ、サイモンは彼女がこれまでにないほど怒っていることに気づいた。

自分とほとんど同じぐらいの怒りに駆られている。「ダフネ、きみはばかな小娘だな。こんな曲芸じみたまねをして、どれほど危険なことなのか、わかってるのか？」サイモンは自分でも気づかないうちに彼女の肩に手をまわし、揺さぶっていた。「われわれの誰かがきみを撃ってしまったかもしれないんだぞ」

「あら、平気よ」ダフネは笑い飛ばした。「あなたはまだ決闘場の端に着いてないじゃない」

まさしくそのとおりなのだが、サイモンは怒りのあまりそこまで考えがまわらなかった。

「しかも、夜も明けきらないうちに馬を走らせてくるなんて」わめくように言う。「もっとよく考えるべきだ」

「考えてるわ」ダフネは言い返した。「コリンに付き添ってもらったもの」

「コリン？」サイモンは左右を見まわして、彼女の一番若い兄を探した。「殺してやる！」

「アンソニーに心臓を撃たれる前とあとのどちらに？」

「そんなこと、前に決まってるだろう」サイモンが唸り声で言う。「どこにいるんだ？　ブリジャートン！」怒声をあげた。

栗色の髪の三人がくるりと振り向いた。

サイモンは血走った目で草を踏みつけて進んでいった。「愚か者のブリジャートンのことだ」

「ということはつまり」アンソニーがとぼけた声で言い、コリンのほうへ顎をしゃくった。

「おまえのことだろう」

コリンがげんなりした目をサイモンのほうへ向けた。「妹を家にとどまらせて、泣きじゃくらせておけば良かったと？」

「そのとおり！」今度は三方向から声がした。

「サイモン！」ダフネは呼びかけて、彼を追って草の上を走りだした。「待って！」

サイモンはベネディクトのほうを向いた。「彼女をここから連れだしてくれ」

ベネディクトは決めかねているらしかった。

「そうしろ」アンソニーが指示した。

ベネディクトは動かず、兄弟、妹、その妹を辱めた男のあいだに視線をさまよわせた。

「まったく、何をもたもたしてるんだ」アンソニーが叱りつける。

「ダフネには発言する権利があります」ベネディクトは言うと、腕組みをした。

「ふたりとも、頭がいかれたのか？」アンソニーが怒鳴り声で言い、弟ふたりを睨みつけた。

「サイモン」ダフネは野原を走ってきて、息を切らしながら言った。「わたしの話を聞いてほしいの」

サイモンは袖を引っぱられても取りあおうとしなかった。「ダフネ、手を放せ。きみにできることはない」

ダフネはすがるように兄たちを見やった。コリンとベネディクトはあきらかに同情的な表情をしていたが、ふたりが妹を助けるためにできることがあるとは思えない。アンソニーはいまだ怒れる神のように見える。

ついにダフネは、決闘を遅らせることができそうな唯一の策にでた。サイモンを殴ったのだ。

無傷のほうの目を。

サイモンは苦痛の呻き声をあげて、後ろへよろめいた。「いったいなんのために？」

「倒れるのよ、ばか」ダフネは囁き声で叱った。サイモンが地面に倒れ込めば、アンソニーも平然と撃つことなどできないはずだ。

「絶対に倒れないぞ！」サイモンが目を押さえてつぶやく。「まったく、女ひとりに倒されてたまるか。耐えがたきことだ」

「男って」ダフネが不満げに言う。「ほんと、愚か者よね」ダフネが振り返ると、兄たちは三人ともそっくりの表情で、呆然と口をあけて妹を見つめていた。「なに見てるのよ？」鋭い声で訊いた。

コリンが拍手を始めた。

アンソニーがその肩をぴしゃりと叩く。

「ほんの少し、ちょっとだけでも、公爵様とふたりきりにさせてくれない？」ダフネは半ばただ叱りつける調子で言った。

コリンとベネディクトはうなずいて立ち去った。アンソニーは動かない。

ダフネは長兄を睨みつけた。「お兄様もぶつわよ」

さいわいベネディクトが引き返してきて、肩がはずれそうなほど強く兄の腕を引いて連れ去ってくれなければ、ほんとうに殴りつけていただろう。

ダフネはサイモンを見つめた。目の痛みをやわらげようとしているつもりなのか、眉を手で押さえつけている。

「殴ることはないだろう」サイモンが言う。

ダフネは兄たちを見やって、声の届かないところまで離れたのをたしかめた。「いい考えだと思ったのよ」

「きみがここに何をしにきたのかわからない」と、サイモン。

「どうみてもあきらかだと思うけど」

サイモンはため息をついた。とたんにやつれて哀れに老け込んだように見えた。「もう言ったはずだ。きみとは結婚できない」

「しなくてはいけないのよ」

切迫した強引な声に、サイモンは鋭く機敏に目を上げた。「どういうことだ？」感情を押し殺した声で訊く。

「見られていたということよ」

「誰に？」

「マックルズフィールドに」

サイモンはいかにもほっとした表情を浮かべた。「彼なら話さない」

「でも、ほかの人にも見られてたわ！」ダフネは唇を噛んだ。あながち嘘とは言えないだろう。ほかにも誰かが見ていたかもしれないのだから。実際、おそらく誰かは見ていたはずだ。

「誰に？」

「わからないわ」ダフネは認めた。「でも、ひそひそ声を耳にしたのよ。あすにはロンドンじゅうに噂が広がるわ」

サイモンがひどく荒々しく悪態をついたので、ダフネは思わず一歩あとずさった。

「あなたが結婚してくれなければ」ダフネは低い声で続けた。「わたしは身を滅ぼすことになるわ」

「そんなことはないさ」だが、その声に説得力はなかった。

「そんなことになるわよ。あなたもわかってるはずだわ」ダフネは無理やり視線を合わせた。

自分の今後の人生は——彼の人生も！——この瞬間にかかっている。怯んでいる場合ではない。「誰もわたしとは結婚してくれないわ。田舎の人目につかない辺鄙な場所に追いやられて——」

「きみの母上が、きみを追いやるようなことをするはずがないだろう」

「でも、わたしはけっして結婚できなくなるわ。それはわかるわよね」ダフネは一歩踏みだして、近づいていることに気づかせた。「わたしは永遠にきずものだという汚名を背負うことになる。夫も、子供も、けっして持つことはできないし——」

「やめろ！」サイモンは大声で叫んだ。「ほんとに頼むから、やめてくれ」

その叫び声に、アンソニー、ベネディクト、コリンがいっせいに引き返そうとしたが、ダフネは激しく首を振って三人を押しとどめた。

「どうして、わたしと結婚できないの？」ダフネは低い声で訊いた。「わたしのことを気づかってくれてるのはわかってる。それなのにどうして？」

サイモンは片手で顔を押さえ、親指と人差し指で思いきりこめかみを押した。くそっ、頭痛がしてきた。そして、ダフネが——ああ、勘弁してくれ、ますます近づいてくる。ダフネが手を伸ばし、肩に触れ、それから頬に触れてきた。おれはそれほど強くはない。ああ、それほど強くはなれない。

「サイモン」ダフネは懇願した。「わたしを助けて」

そして、サイモンは陥落した。

12

『決闘、決闘、決闘、決闘。これほど刺激的で、ロマンチックで……はたまた、まったく愚かしい行為があるだろうか？

今週初め、リージェンツ・パークで決闘が行なわれたとの情報が寄せられた。決闘は違法であるゆえ、当事者の名は伏せるが、そのような暴力行為を筆者がいたく嫌悪していることは付記しておく。

むろん、本号をお届けしているからには、決闘の当事者である愚か者は（紳士と呼ぶのは気が進まない。紳士とはある程度の知性と品位を備えた者を意味する呼び名で、それらを備えた者ならば間違いなく、そのような朝を迎えることにはならないからだ）、ふたりとも無事であるということだ。

ひょっとすると、感性と理性の天使が、運命の朝に、ふたりに微笑みかけてくれたのかもしれない。

そうだとするならば、この天使にぜひとも、貴族の大多数の殿方たちにも力をふるってもらいたい。そうすれば、より平和で友好的な環境が生みだされるはずで、ひいてはこの世に大きな進歩をもたらすであろう』

一八一三年五月十九日付〈レディ・ホイッスルダウンの社交界新聞〉より

サイモンは弱りきった目を上げてダフネと視線を合わせた。「きみと結婚するよ」低い声で言う。「だが、知っておいてほしい――」

サイモンの言葉はダフネの歓喜の叫びと熱烈な抱擁に打ち切られた。「ああ、サイモン、心配しなくていいのよ」安堵した口調で言葉をほとばしらせた。目は涙で潤んでいるものの、嬉しそうに輝いている。「わたしがあなたを幸せにするわ。約束する。あなたをとっても幸せにしてみせる。後悔はさせないから」

「やめろ！」サイモンは唸り声で言い、ダフネを払いのけた。彼女の無邪気な喜びようをとても見てはいられない。「話を聞くんだ」

ダフネは動きをとめ、気づかわしげな表情に変わった。

「これから話すことを聞くんだ」ざらついた声で言う。「それから、わたしと結婚するかどうかを決めてくれ」

ダフネが下唇を噛みしめて、どうにかうなずいた。

サイモンはふるえる息を吸い込んだ。どう話せばいいんだ？　何を言えばいい？　真実を話すことはできない。少なくとも、すべては話せない。しかし納得させなければならない

……もしも自分と結婚すれば……。

ダフネは思いもよらなかったことをあきらめざるをえなくなるのだ。

彼女に拒む機会を与えてやらなければならない。彼女はその機会を与えられる資格のある女性だ。サイモンは唾を呑み込んで、後ろめたさを喉の奥へ無理やり滑り落とした。彼女はもっと多くのものを得られて当然の女性だが、自分が与えてやれるのはこれだけなのだから。「ダフネ」彼女の名を呼ぶと、いつものように口の疲れがやわらいだ。「わたしと結婚すれば……」

ダフネは手を伸ばしかけたが、彼の煮えたぎる目に誡《いさ》められて、その手を引っ込めた。

「なんなの？」囁き声で訊く。「そんなひどいことがあるはずない――」

「子供を持てないんだ」

そうだ。これならうまくいくだろう。それに、ほぼ真実と言える。

ダフネの唇は開いたが、そのほかには話が聞こえたことを示す反応すら見えなかった。

残酷な言葉であるのは知りながら、彼女にわからせるためにはほかに手立てが見つからなかった。「わたしと結婚すれば、きみはけっして子供を持てない。その腕に赤ん坊を抱くことはできないし、わが子を愛して育てる喜びも味わえない。きみはけっして――」

「どうしてわかるの？」ダフネは不自然に大きな抑揚のない声でさえぎった。

「わかるからだ」

「でも――」

「わたしは子供は持てないんだ」サイモンは非情に繰り返した。「納得してもらうしかない」

「わかったわ」ダフネの唇はまるで言葉が見つからないかのようにわずかにふるえ、まぶたがいつもより少し速くまたたいているように見えた。

サイモンはその表情を窺《うかが》ったが、それまでとは違って感情を読みとることはできなかった。いつもなら、ダフネは表情豊かで、驚くほど正直に感情が目に表れるので、まさに心の奥底まで見えるような気がしていた。けれどもいま、その表情は閉ざされ、凍りついている。

ダフネは動揺している――それは見るからにあきらかだ。だが、何を言おうとしているのかはさっぱりわからない。どう答えるつもりなのか想像もつかない。

そしてサイモンは、ダフネ自身もわかっていないのではないかという、なんとも妙な印象を受けた。

ふと右手に人の気配を感じ、振り向くと、アンソニーが怒りと心配に揺れる顔で立っていた。

「どうかしたのか？」アンソニーが妹のゆがんだ表情に目をくれて穏やかに尋ねた。

サイモンが答える前に、ダフネが口を開いた。「どうもしないわ」

ふたりの視線が、ダフネに注がれた。

「決闘はいらなくなったわ」ダフネが言う。「公爵様とわたしは結婚するから」

「そうか」アンソニーはもっと大いに安堵したそうなそぶりだったが、妹の沈痛な表情を見て無理に平静さを取りつくろった。「みんなに伝えるよ」そう言うと、歩き去った。

サイモンは急に胸が締めつけられるような違和感を覚えた。空気か、と心のなかでつぶやいた。息をとめていたのだ。息をとめていたことにすら気づいていなかった。

さらに、ほかにも何かが胸に詰まっていた。熱く、恐ろしく、誇らしいような、すばらしいもの。それはまぎれもなく純粋な、安堵、喜び、欲望、怖さが入りまじった不可思議な感情だった。人生のほとんどを、そうした複雑な感情を避けて生きてきたサイモンには、どう対処していいかわからなかった。

目がダフネの目をとらえた。「それでいいのか？」囁くように静かな声で尋ねた。

ダフネがまったく感情を欠いた顔でうなずいた。「あなたにはそれだけの価値があるわ」

そう言うと、ゆっくりと自分の馬のほうへ歩いていった。

そして、サイモンはまるで天国へ連れ去られていくような気がした——それともこの先は、地獄の最も暗い片隅に続いているのだろうか。

ダフネはその日の残りを家族に囲まれて過ごした。もちろん、婚約の知らせにみな沸き立った。といっても、兄たちだけは妹の幸せを祝いつつ、いくぶん沈みがちだった。三人を責めることはできない。ダフネ自身もだいぶ気分が沈んでいた。その日の出来事で、四人とも疲れきっていた。

結婚式はできるだけ早く執《と》り行なうことが決定した（ヴァイオレットは、レディ・トローブリッジ邸の庭園でダフネとサイモンがキスしているところを見られたかもしれないと聞かされ、ただちに結婚特別許可証を大主教に申請した）。ヴァイオレットはすでに披露パーティの詳細をあれこれ考えるのに没頭していた。結婚式は小規模であれ、みすぼらしくする必要はないというのが母の主張だった。

　エロイーズ、フランチェスカ、ヒヤシンスは、花嫁付添い人として何を着るかという話に大はしゃぎして、とめどなく質問を浴びせてきた。サイモンはなんてプロポーズしたの？　肩膝をついて言ったの？　お姉様は何色の服を着て、いつ指輪をもらうの？

　ダフネは妹たちの質問に精一杯答えようとしたが、ほとんど集中することはできなかった。午後も夕方近くになるころには、返事もそっけなくなっていた。ついには、ヒヤシンスにブーケには何色の薔薇を入れたいかと尋ねられて「三本」と答えると、妹たちはお喋りをあきらめて部屋をでていった。

　自分がしたことの多さを考えると、言葉にはできない思いだった。ひとりの男性の命を救った。あこがれていた男性から結婚の約束を取りつけた。そして、子供のいない人生をみずから選択した。

　すべて、この一日に。

　ダフネはもはや開きなおりの心境で笑った。あす、きょうをもう一度やりなおすことはできないものかしら。

　アンソニーを振り返って「決闘はいらなくなったわ」と言う直前に、自分の頭のなかで起こっていたことがわかればいいのだけれど、じつのところ、何ひとつ思いだせそうにない。頭のなかでどんなことがめぐっていたにしろ、それを単語や文章や筋の通った考えにすることはできないだろう。まるで、色で埋め尽くされたような気がしていた。赤色、黄色、それに、その二色が渦巻くように混ざりあったオレンジ色。純粋な感情と、直感。あのとき感じられたのはそれだけだった。理由も、論理もなければ、分別や理性といったものはみじんも存在していなかった。

そしてどういうわけか、そのように思考が激しく掻き乱されたなかで、とるべき道を見いだした。それまで耐えられないと思っていた子供のいない人生を受け入れることはできても、サイモンがいなければ生きられない、と。子供はまだ形もない見知らぬもので、思い浮かべることも触れることもできない。

でも、サイモンは――サイモンは現実の存在で、ここにいる。彼の頰の感触も、笑い声の響きも知っている。彼のキスの甘味も、皮肉っぽくゆがめた笑顔も。

そして、彼を愛している。

それに、なるだけ考えないようにしているものの、彼は間違っているかもしれないという思いもあった。子供を持てる可能性があるかもしれない。無能な医者に誤診されたのかもしれないし、神が奇跡をもたらす時期を待ちかねているのかもしれない。ブリジャートン家ほどたくさんの子の母になることは考えられないが、ひとりでも子を授かれたなら、満ち足りた思いを味わえるだろう。

この気持ちをサイモンに明かすつもりはない。もしも相手が子を持てる望みをほんのわずかでも抱いていることを知れば、サイモンは結婚しないはずだ。ダフネにはそう確信できた。

サイモンは冷酷なほど率直に話をしていた。こちらが完全に事実を受け入れられなければ、結婚するという決断を聞き入れてはくれなかっただろう。

「ダフネ?」

ダフネはブリジャートン家の客間のソファに気だるげに腰かけており、顔を上げると、母がひどく心配そうな表情でこちらを見つめていた。

「大丈夫?」ヴァイオレットが訊く。

ダフネは物憂い笑みをこしらえた。「疲れただけよ」たしかにそうだった。まさにその瞬間まで、三十六時間以上も一睡もしていなかったことにも気づかなかった。

ヴァイオレットが隣りに腰かけた。「もっとはしゃぐのではないかと思ってたわ。あなたがどれほどサイモンを愛しているかはわかっているつもりよ」

ダフネは母の顔に驚いた目を向けた。

「そんなこと、すぐにわかるわ」母は静かに言い、娘の手を軽く叩いた。「彼はすてきな男性だもの。すばらしい選択だわ」

ダフネはふいに弱々しい笑みを浮かべた。すばらしい選択のはずだった。そして、幸せな結婚生活を送りたい。子を授かれなくとも幸せに暮らしている夫婦もいくつか知っているし、その人々がみな結婚の誓いを立てる前に、子を授かれない運命であることを知らなかったわけではないだろう。それに、七人も兄弟姉妹がいれば、間違いなくたくさんの姪《めい》や甥《おい》を抱きしめ、あやすことができるはずだ。

愛していない男性と子をもうけるより、愛する男性と生きていくほうがいい。

「お昼寝したらどうかしら？」ヴァイオレットが勧めた。「ひどく疲れているようだわ。その目の下の隈《くま》は見ていられないもの」

ダフネはうなずいて、よろよろと立ちあがった。母はよくわかっている。必要なのは睡眠だ。「一、二時間寝れば、だいぶ気分が良くなると思うわ」そう言うと、大きくあくびをした。

ヴァイオレットも立ちあがり、娘に腕を差しだした。「ひとりでは階段をちゃんと上がれないでしょう」微笑んで、ダフネを導いて部屋をでて階段を上がっていった。「一、二時間で起きられるとは思えないわ。みんなには朝まであなたの睡眠を邪魔しないよう、よく言っておくわね」

ダフネが眠そうにうなずいた。「助かるわ」つぶやくと、おぼつかない足どりで部屋に入った。「朝まで寝られて」

ヴァイオレットがダフネをベッドまで連れていき、手を貸してのぼらせた。靴は脱がせたけれど、それでやめにした。「服を着たままでも寝られるでしょう」やさしく言うと、身をかがめて娘の額にキスを落とした。「あなたの体を動かして服を脱がせるなんて、とても無理だもの」

ダフネから返ってきたのは静かな寝息だけだった。

サイモンもまた疲れきっていた。男が死を甘んじて受け入れる決断など毎日できることではない。しかもそれから、この二週間、毎晩夢に現れていた女性に命を助けられ、婚約させられたのだ！

両目が黒ずんで、顎に大きな痣をこしらえていなければ、すべては夢だったのだと思ったことだろう。

ダフネは自分のしたことがわかっているのだろうか？　自分が何をあきらめたのか、わかっているのだろうか？　彼女は良識を備え、ばかげた夢や突飛な妄想にとりつかれるような女性ではない。後先のことも考えずに結婚を承諾するとは思えなかった。

そのうえダフネは、ほんの一分足らずで決断をくだした。一分足らずで、きちんと考え抜くことなどできるだろうか？

彼女が自分にのぼせきっていたとしたらできるかもしれない。愛しているから、家族を持つという夢をあきらめきれるというのか？

いや、もしかしたら、罪の意識からとった行動なのかもしれない。自分が決闘で死ねば、ダフネは間違いなく、みずからのせいにするための理由を山ほど考えだしていただろう。あぁ、ダフネのことは好きだ。自分の知る最もすばらしい人間のひとりだ。サイモンは自分のせいでダフネが死にでもしたら、生きていけるとは思えなかった。たぶん、ダフネも自分に対して同じように感じているのだろう。

だが、ダフネの動機がなんであれ、今度の土曜日に（レディ・ブリジャートンはすでに、婚約期間は一日も延ばせないことを申し伝える書状を送ってきていた）、彼女と人生をともにすることを誓うのはまぎれもない事実だ。

そして、ダフネを妻にする。

もはやとめられはしないのだと、サイモンは覚悟した。ダフネはこの期に及んで結婚を取りやめはしないだろうし、それは自分も同じだった。しかも、自分でもまったく意外なことに、この結婚にほとんど宿命めいた確信を抱いていた……。

これでいい。

ダフネが自分のものになる。ダフネはこちらの問題点をわかっていて、与えてもらえないものを承知のうえで、それでも自分を選んだのだ。

その事実が、考えられなかったほどに胸を熱くした。

「旦那様」

リイモンは、書斎の革張りの椅子に前かがみに腰かけたまま目を上げた。低く平坦な声の主が執事であるのはわかっていた。「ああ、ジェフリーズ？」

「ブリジャートン様がいらしています。お留守だとお伝えしますか？」

サイモンは足を引きずるように立ちあがった。ふう、それにしても疲れている。「彼のことだ、信じまい」

ジェフリーズはうなずいた。「かしこまりました。旦那様」立ち去ろうと三歩進んでから振り返った。「ほんとうに客人をお迎えしてよろしいのですか？　いえあの、少しご気分がすぐれないようにお見受けしますので」

サイモンは乾いた笑いを漏らした。「わたしの目のことを言っているのなら、ふたつの痣のうち大きなほうの原因はブリジャートンだ」

ジェフリーズは梟《ふくろう》のように目をぱちくりさせた。「大きいほうでございますか、旦那様？」

サイモンは苦笑いを浮かべた。たやすいことではない。顔全体が痛むのだから。「見わけるのは難しいだろうが、右目のほうが左目より、たしかにややひどいんだ」

ジェフリーズは興味津々にそばへ身を傾けた。

「ほんとうだよ」

執事は背を起こした。「わかっております。ブリジャートン様を客間にお通ししますか？」

「いや、ここに案内してくれ」ジャフリーズが気づかわしげに唾を呑みくだしたので、サイモンは付け加えた。「わたしの身を案じる必要はない。ブリジャートンがこの大事なときに、これ以上わたしにけがを負わせるとは思えない。それに」つぶやくように続ける。「まだ殴れる場所を探すのは容易ではないからな」

ジェフリーズはきょとんと目を広げてから、速足で部屋をでていった。

まもなくして、アンソニー・ブリジャートンが大股で入ってきた。サイモンをひと目見るなり、言う。「ひどい顔だな」

サイモンは立ちあがって片眉を吊りあげてみせた——現状ではたやすい技《わざ》ではないのだが。

「どうだ、驚いたか？」

アンソニーが笑った。やや陽気さの欠けた笑いだったが、サイモンには古い友人らしい響きが聞きとれた。なつかしい友情の響き。その笑いに思いのほか嬉しさを感じた。

アンソニーがサイモンの目を手ぶりで示す。「どちらがわたしのほうだ？」

「右だ」サイモンは答え、そうっと腫れた皮膚に触れた。「ダフネは女性にしてはなかなかの腕前だが、面積と強度はおまえには叶わない」

「まあ、でも」アンソニーが身を乗りだして、妹の仕事の成果を調べた。「なかなかいい出来だ」

「誇れる妹じゃないか」サイモンが唸り声で言う。「すこぶる逞しい」

「たしかに」

それからふたりは沈黙した。言いたいことは山ほどあるのに、切りだし方がわからない。

「こんなふうになるとは思っていなかった」アンソニーがようやく口を開いた。

「おれもだ」

アンソニーはサイモンの机の端に寄りかかったが、どうにも落ち着きが悪いと見えて、もそもそと身を動かした。「おまえが妹に求愛するのをおとなしく見ていられなかったんだ」

「本物ではないと知ってただろう」

「ゆうべは本物だったよな」

なんと言えばいい？　自分ではなく、ダフネが先に誘惑してきたのだと？　彼女に導かれてテラスを離れ、夜闇のなかへのこのこついていったのだと？　そんなことはどれも言い訳

だから。にもならない。自分のほうがダフネよりはるかに経験豊富で、とめることはできたはずなの

サイモンは答えなかった。

「わたしとおまえのあいだのことは水に流さないか」アンソニーが言う。

「たしかにそれがダフネの一番の望みだろうな」

アンソニーの目が狭まった。「つまり、妹の一番の望みを叶えることを、人生の目的にできるんだな？」

ひとつを除けばだ、とサイモンは思った。ほんとうに重要なひとつのことを除いて。「むろん、彼女を幸せにするために、できることはすべてするつもりだ」サイモンは静かに答えた。

アンソニーがうなずく。「もしも妹を傷つけたら――」

「傷つけるようなことはしない」サイモンは燃え立った目で誓った。

アンソニーは無表情な目で長々とサイモンを見つめた。「妹を辱めるようなことをすれば、おまえを殺す覚悟はできている。妹の心を傷つけたら、おまえが生涯、穏やかに暮らせないようにしてやる。その生涯も」わずかに視線を強めて続ける。「長くはないだろう」

「痛めつけられるだけ痛めつけて殺すわけか？」サイモンが軽い調子で尋ねた。

「そのとおりだ」

サイモンはうなずいた。アンソニーに痛めつけて殺してやると脅かされても、敬意の念を

感じるだけのことだった。妹への献身ぶりはあっぱれとしか言いようがない。

サイモンは、ほかの誰にもわからないことをアンソニーには見抜かれているかもしれないと思った。もう人生の半分以上のつきあいになる仲だ。アンソニーにはひょっとすると心の最も暗い部分を見抜かれているのではないだろうか？　懸命に隠そうとしてきた苦悩と憤りを。

だからこそ、彼は妹の幸せを案じているのか？

「約束は守る」サイモンは言った。「ダフネが穏やかに満ち足りた人生を送れるよう、全力を尽くすよ」

アンソニーはぶっきらぼうにうなずいた。「見てるからな」机からぐいと離れて、ドアのほうへ歩きだした。「それを忘れるなよ」

アンソニーは立ち去った。

サイモンは唸り声を漏らして、革張りの椅子に沈み込んだ。いつから自分の人生はこれほど複雑なものになってしまったのだろう？　いつから友人同士が敵同士となり、恋愛の芝居が強烈な欲望に変わってしまったのだろう？

そして、これからダフネとどのようにつきあっていけばいいのだろう？　彼女を傷つけたくはないし、じつのところ、傷つけることなど耐えられないが、結婚するだけでも、傷つけることになるのは目に見えている。自分はダフネに燃えあがっている。彼女を横たわらせて体を重ね、ゆっくりとなかへ入って、自分の名を喘ぐように呼ぶ声を聞く日が待ちきれない

――

サイモンは身をふるわせた。そのような考えが体に良い影響をもたらすとは思えない。

「旦那様？」

またジェフリーズか。疲れ果てていて目を上げるのも億劫《おっくう》で、聞こえているしるしにただ手を動かした。

「お休みになられたいのではございませんか、旦那様」

サイモンはどうにか置き時計に目をやった。午後七時になったばかりだ。いつもの就寝時刻にはほど遠い。「まだ早いな」つぶやいた。

「ですが」執事が諭すように言う。「お休みになられたいのでは」

サイモンは目を閉じた。ジェフリーズの言うとおりだ。おそらく、いま必要なのは、羽根敷布団と上質の亜麻布のシーツに、ゆっくりとくるまれることなのだろう。寝室に逃げ込めば、ひと晩はブリジャートン一族のことを考えずにいられる。

ああ、できることなら、何日間かそのまま引きこもりたい心境だった。

13

『ヘイスティングス公爵とブリジャートン嬢が結婚する！
　親愛なる読者のみなさま、ぜひこの機会に、まさしく本コラムがふたりの結婚を予測していたことを思いだしていただきたい。本紙が独身紳士と未婚令嬢の新たな恋愛を報じると、数時間のうちに紳士の会員制クラブの賭け表の賭け率が変動し、必ず結婚するほうに賭ける人々が増えることも、ご報告しておかねばなるまい。
　筆者は〈ホワイツ〉への入場を許されないが、信頼に足る話によれば、公爵とブリジャートン嬢の結婚について公表された賭け率は、２対１だったとのことである』
一八一三年五月二十一日付〈レディ・ホイッスルダウンの社交界新聞〉より

　その週の残りはあわただしく飛ぶように過ぎていった。ダフネはサイモンと数日顔を合わせていなかった。街をでているのかもしれないと考えていたのだが、アンソニーから、ヘイスティングス館《ハウス》で婚姻契約の詳細を詰めてきたと知らされた。

　サイモンが花嫁持参金の受けとりを一ペニーたりとも拒否したことに、アンソニーはたいそう驚いていた。結局、父親がダフネの結婚のために遺《のこ》した資金は、彼女の特有財産という形でアンソニーが受託人として預かることで、ふたりの紳士は話をつけた。使うのも貯めておくのも、ダフネが自由に決められる資産となったのだ。

「ふたりの子供たちに相続させることもできる」アンソニーは説明した。

ダフネはただ微笑んだ。泣くわけにもいかない。

その数日後の午後、サイモンがブリジャートン館を訪ねてきた。結婚式は二日後に迫っていた。

ダフネはフンボルトに彼の到着を告げられ、客間で待った。ダマスク織りのソファの端で背を伸ばし、両手を膝の上できちんと組みあわせ、かしこまって坐っていた。いかにも上品なイングランド女性の手本のように見えるはずだと、ダフネは思った。

神経がぴりぴりと張りつめているのを感じた。

訂正。より正しくは、胃がひっくり返って、神経のはしばしが擦《す》り切れて、ぴりぴり張りつめている。

ダフネは両手を見おろし、指の爪が手のひらに赤い三日月形を付けていることに気づいた。ふたたび訂正。矢で貫かれたかのごとく神経のはしばしが擦り切れて、ぴりぴり張りつめている。それも、たぶん、燃える矢だ。

場違いにも急に笑いだしたい衝動に駆られた。これまでサイモンと会うときに緊張を感じたことはなかった。実際、それがふたりの友情関係の最もすばらしい点だった。サイモンに熱気のくすぶった目で見つめられ、自分の目も同じように情熱を帯びていることがわかっていても、いたって心地良くそばにいられた。たしかに、胸は高鳴り、肌はぞくぞくしたけれど、それは不安のせいではなく、欲望の表れだった。なによりもまず、サイモンはこれまでずっと友人だった。そしてダフネは、そばにいるときにはいつも感じていた幸せでくつろいだ気分が、あたりまえのものではなかったことに気づいた。

心地良く愉快な雰囲気を取り戻せる自信はあるものの、リージェンツ・パークでの出来事のあとでは、すんなり戻れるのかきわめて不安だった。

「やあ、ダフネ」

サイモンが現れ、逞しい体で戸口を満たした。いや、いつもほど逞しいとは言えないかもしれない。両目のどちらにもまだ紫がかった痣を残していて、顎のほうはくっきりと緑色を帯びている。

それでも、心臓を銃弾に貫かれるよりはましだ。

「リイモン」ダフネは答えた。「お目にかかれてとても嬉しいわ。なぜ、ブリジャートン館へ？」

サイモンは驚いた目を向けた。「婚約したんだよな？」

ダフネは顔を赤らめた。「ええ、もちろんよ」

「男性は婚約者のもとを訪問するものだと思っていたんだが」ダフネの向かい側に腰をおろす。「レディ・ホイッスルダウンがそういう作法について書いてなかったかい？」

「読んだ記憶はないわね」ダフネはつぶやいた。「でも、母ならたしかにそう言ってたような気がするけれど」

　ふたりは微笑んだ。その瞬間、ふたたびうまくやれそうに思えたが、微笑みが消えるとたちまち、気詰まりな沈黙が部屋に垂れ込めた。

「目の具合はいかが？」ダフネはようやく尋ねた。「さほど腫れているようには見えないけど」

「そう思うかい？」サイモンは大きな金縁の鏡のほうへ顔を向けた。「むしろ、痣の青みが目立ってきたような気がするんだ」

「紫よ」

　サイモンは身をかがめたが、鏡までの距離はたいして変わらなかった。「ならば紫でもいいが、判断の難しいところだな」

「痛むの？」

　サイモンがさして面白くもないふうに微笑む。「誰かにつつかれるとな」

「だったら、わたしはやめとくわね」秘密を打ち明けるかのように囁く。「もちろん、つらいことだけど、我慢するわ」

「ああ」サイモンが完璧にまじめくさった顔をつくろって言う。「女性がつつきたくなるような目をしてると、よく言われるんだ」

　ダフネはやっと安堵の笑みを浮かべた。こんなふうに冗談をやりとりできるのなら、間違いなく、何もかもいつものふたりに戻れるはずだ。

サイモンが咳払《せきばら》いした。「きみに会いにきたのには特別な理由がある」

ダフネは期待をこめて彼を見つめ、言葉の続きを待った。

サイモンが宝石店の箱を取りだした。「これをきみに」

ダフネは喉の奥に息を凝らし、ビロードに覆われた小さな箱に手を伸ばした。「いいの？」

「婚約指輪は絶対欠かせないものだろう」サイモンが静かに言う。

「ええ。わたしったら、なんてばかなのかしら。そんなことも忘れていたなんて……」

「婚約指輪しかないだろう？　そうでなければ、なんだと思ったんだい？」

「考えてなかったの」ダフネは恥ずかしそうに打ち明けた。サイモンからはまだ何も贈られたことがなかった。彼に婚約指輪を贈る義務があることを完全に忘れていたのは、自分でも驚きだった。

〝義務〟。好ましい響きではないし、そう考えるだけでもいやな気がした。でも、サイモンが指輪を選ぶときにその言葉を頭に浮かべていたはずであることも、じゅうぶん承知している。

そう思うと、気分が沈んだ。

ダフネは無理やり笑みをこらした。「これは公爵家に代々引き継がれているものなの？」

「違う！」サイモンの語気の荒さに、ダフネは目をしばたたいた。

「まあ」

ふたたび、ぎこちない沈黙が落ちた。

サイモンが空咳をひとつして、言う。「きみにふさわしいものがいいと思ったんだ。ヘイスティングス公爵家の宝飾品はどれも、ほかの誰かのためにあつらえたものだ。だからこれは、きみのために選んだんだ」

ダフネは自分がその場に溶け落ちてしまわないのが不思議なくらいだった。「やさしいのね」感傷的な啜り泣きをどうにかこらえて言った。

サイモンが落ち着かなげに椅子の上で身じろいでも、意外には思わなかった。男性はやさしいと言われるのがひどく気恥ずかしいものなのだろう。

「あけないのかい？」

「えっ、ええ、もちろん」ダフネははっと意識を引き戻されて、わずかに首を振った。「ほんと、どうかしてるわよね」目をいくぶん潤ませて、宝石箱を見つめる。何度か瞬きをして視界を晴らし、慎重に留め金をはずして箱をあけた。

言葉など、とても見つかりそうになかった。「まあ、どうしましょう」それすら声というより息を吐きだすように言った。

箱に入っていたのは、ホワイトゴールドのリングに大きなマーキーズ・カットのエメラルドをあしらい、その両脇にもひとつずつ最上質のダイヤモンドが付いた指輪だった。きらびやかだけれど上品で、いかにも高価そうだけれど派手すぎず、いままで目にしたなかで、最も美しい指輪。

「美しいわ」ダフネは囁いた。「とてもすてき」

「ほんとうに？」サイモンは手袋をはずし、身を乗りだして箱から指輪を取りだした。「きみの指輪だからだね。これをはめるのはきみなのだから、わたしではなく、きみの好みに合わなければ意味がない」

ダフネはわずかに声をふるわせながら答えた。「間違いなく、わたしの好みにぴったりよ」

サイモンは小さな安堵のため息をついて、ダフネの手を取った。まさにその瞬間、指輪を気に入ってもらえたことの意味の大きさに、サイモンは初めて気づいた。数週間あまり、いたって気楽な友人同士で過ごしてきたというのに、ダフネがひどく緊張しているのが気に入らなかった。それまでダフネは自分にとって唯一、間をおいたり言葉を考えたりする必要のない相手だったというのに、ふたりの会話が沈黙にさえぎられるのも気に入らなかった。

いまは話をするのに何かさしつかえがあるわけではない。ただ、話すべきことを思いつけなかった。

「はめてもいいかい？」サイモンは囁くように訊いた。

ダフネがうなずき、手袋をはずしにかかった。

けれども、サイモンは彼女の手をとめて、その作業をみずからの手で引き継いだ。それぞれの指先を軽く引きだしてから、ゆっくりと手袋を脱がせる。その動作は厚かましいほどに淫《みだ》らで、サイモンがほんとうにしたいことの短縮形でもあった。ほんとうは、彼女の体から布地をすべて剝ぎとりたい。

手袋の裾が指先を通り抜けると、ダフネは息を呑んだ。その息が彼女の唇をかすめた音に、サイモンはいっそう情欲をそそられた。

ふるえる手で、彼女の指にゆっくりとリングを滑らせた。

「大きさもぴったり」ダフネは言うと、様々な角度から光にかざせるよう手を動かして眺めた。

それでもサイモンは彼女の手を放さなかった。ダフネが手を動かすと肌と肌がすれあい、そのぬくもりに妙に気がやわらいだ。そうして彼女の手を口もとに持ちあげて、指にやさしく口づけた。「嬉しいよ」囁く。「きみに似合って」

ダフネの口角が持ちあがる――サイモンがいつも見とれてしまう大きな微笑みの兆し。そしておそらくは、ふたりの関係がすべてうまくいく兆し。

「わたしがエメラルドを好きだってどうしてわかったの?」ダフネが尋ねた。

「知らなかった」サイモンは答えた。「きみの目を思い浮かべて選んだんだ」

「わたしの――」ダフネは小さく首をかしげて、すねたような笑みを浮かべた。「サイモン、わたしの目は茶色よ」

「ほとんど茶色だろ」サイモンが言いなおす。

ダフネは、先ほどサイモンが痣を眺めた金縁の鏡に映るよう顔を振り向け、何度かまたたいた。

「違うわ」はるかに知性の足りない相手に話すかのようにゆっくりと言う。「茶色よ」

サイモンが手を伸ばし、一本の指で彼女の目の下の縁をそっとなぞると、繊細な睫毛が蝶のキスのように皮膚をくすぐった。「瞳の縁は違う」

ダフネはあまり信じていないような目を向けつつ、ほんのわずかな希望を覗かせて、面白がるふうに小さな吐息をついて立ちあがった。「自分でたしかめてみるわ」

サイモンは、鏡のほうへ歩いていって顔を近づけたダフネを愉快げに見ていた。ダフネが何度が瞬きをしてから目を大きく広げて、さらに何度か瞬きを繰り返す。

「あら、ほんとう！」ダフネが声をあげた。「いままで気づかなかったわ！」

サイモンも立ちあがってそばにいき、ダフネと一緒に鏡の前にあるマホガニーのテーブルに寄りかかった。「そのうちすぐに、わたしがいつも正しいことを学ぶさ」

ダフネが皮肉っぽい目を向けた。「でも、どうして気づいたの？」

サイモンは肩をすくめた。「とてもじっくり見たから」

「あなたは……」ダフネは言うのを取りやめることにしたらしく、テーブルにもたれて目を見開き、もう一度まじまじと調べた。「すごい」つぶやく。「緑色の目をしてる」

「いや、そこまでは言ってない――」

「せめてきょうは」ダフネがさえぎった。「緑色以外の色だとは思いたくないの」

サイモンはにやりとした。「お好きなように」

ダフネがため息を吐いた。「いつもコリンのことを羨ましく思ってたの。あんなにきれいな目は男性にはいらないわよ」

「彼にのぼせあがってる令嬢たちは賛同しないだろうな」

ダフネがとりすました視線を向ける。「あら、でも彼女たちは気にもしないでしょう？」

サイモンは笑いだしたいのをこらえた。「きみが口だしさえしなければね」

「あなたもすぐに」ダフネが茶目っ気たっぷりに言う。「わたしがいつも正しいことを学ぶわ」

とうとうサイモンは吹きだした。もうどうにもこらえることはできなかった。ようやく笑いを鎮めて、ダフネが黙り込んでいることに気づいた。こちらを見つめる目は温かだが、口もとをゆがめ、しみじみとした笑みを浮かべている。

「良かった」ダフネは言うとサイモンの手に手を重ねた。「ほとんど前のようになれたわよね？」

サイモンはうなずき、手のひらを上に返して彼女の手を握った。

「またこうしていられるのよね？」その目に怯えがちらりとよぎった。「もとのように戻れるのよね？　何もかも元どおりに」

「ああ」サイモンはそうではないことを知りながら答えた。ふたりとも満ち足りた思いを得られたとしても、前とまったく同じにはなれない。

ダフネは微笑んで目を閉じ、彼の肩に頭をあずけた。「良かった」

サイモンは鏡に映ったふたりの姿にしばし見入った。そして、彼女を幸せにできると信じられそうな気がした。

翌日の晩——ダフネがブリジャートン嬢でいられる最後の晩——、ヴァイオレットが寝室のドアをノックした。

ダフネはちょうどベッドの上で子供時代の思い出の品を広げていてノックの音を聞き、「どうぞ！」と呼びかけた。

ヴァイオレットがぎこちない笑みを貼りつけて顔を覗かせた。「ダフネ」不安げな声で言う。「いまちょっといいかしら？」

ダフネはいぶかしんで母を見やった。「もちろん」立ちあがると同時に、ヴァイオレットがそろそろと部屋に入ってきた。肌の色にすばらしく調和する黄色のドレスをまとっている。

「お母様、体調は大丈夫？」ダフネは尋ねた。「少し顔色が悪いわ」

「わたしは元気よ。ただ——」ヴァイオレットは咳払いして、肩をいからせた。「話しておかなくてはいけないことがあるの」

「あっ、ああ」ダフネは期待に胸を高鳴らせて息を吸い込んだ。このときをずっと待っていた。結婚式の前夜には母親から結婚についての様々な奥儀を伝授されるのだと、友人たちから聞かされていた。ついにまさしく、大人の女性として認められ、未婚の娘たちには慎重に隠されてきた怪しくも甘美な話がすべて明かされるのだ。もちろん、同じ令嬢の友人たちの何人かはすでに嫁いでいて、ダフネはほかの友人たちとともに、誰も明かしてくれないことを聞きだそうともしたのだが、若い既婚婦人たちはただくすくす笑って、こう言うだけだった。「あなたたちにも、もうすぐわかるわ」

「もうすぐ」がとうとう「いま」となり、ダフネは待ちきれない思いだった。

かたや、ヴァイオレットのほうはいまにも胃の中身を吐きだしそうな表情をしていた。

ダフネはベッドの上をぽんと叩いた。「お母様、お坐りになったら？」

ヴァイオレットは気もそぞろな様子で目をしばたたいた。「ああ、ええ、それがいいわね」ベッドに腰を中途半端にのせて坐った。心地良さそうにはとても見えない。

ダフネは母の心情を慮って、自分から切りだした。「結婚についての話？」静かに訊く。

ヴァイオレットがかすかにわかる程度にうなずく。

ダフネはあふれんばかりの嬉しさが声にでないよう取りつくろった。「結婚初夜のこと？」

今度は母の顎が数センチ程度の幅を上下した。「あなたにどうやって話したらいいのか、ほんとうにわからないのよ。とっても品のないことだから」

ダフネは辛抱強く待とうとした。いずれは母も本題に入るはずだ。

「ええと」ヴァイオレットが途切れがちに言う。「知っておいてほしいことがあるの。あすの晩に起こることよ。つまり」――咳き込む――「花婿とすること」

ダフネは身を乗りだし、目を見開いた。

母は娘のあからさまな好奇心に気おされたようにのけぞった。「ええと、あなたの夫……つまり、もちろん、サイモンなのだけれど、彼はあなたの夫になるわけだから……」

母の考えがまとまる気配がないので、ダフネは小声で言った。「ええ、サイモンはわたしの夫になるわ」

　ヴァイオレットは唸り声を漏らして、紫がかった青い目を娘の顔以外のあらゆる場所へさまよわせた。「わたしにはとても難しいわ」

「そのようね」ダフネはつぶやいた。

　ヴァイオレットは深呼吸すると、背を伸ばして坐りなおし、ことさら難儀な仕事に挑む覚悟を決めたかのように、華奢な肩を後ろに引いた。「結婚初夜には」母は切りだした。「夫はあなたに、夫婦のお勤めを果たすことを求めるわ」

　それは、ダフネがまだ知らないことではなかった。

「ふたりは結婚の契《ちぎ》りを結ばなくてはならないの」

「もちろんよ」ダフネがつぶやく。

「彼はあなたと一緒にベッドに入るわ」

　ダフネはうなずいた。それも、もう知っている。

「そして、彼は」――ヴァイオレットは実際に両手を空《くう》にさまよわせて、言葉を探した――「あなたの肉体に親密な行為をする」

　ダフネの唇がわずかに開き、短く吸い込まれた息の音だけが部屋に響いた。ようやく、面白くなってきた。

「あなたに言っておきたいのは」ヴァイオレットの口調が急に歯切れよくなった。「夫婦のお勤めを恐れる必要はないということなの」

でも、いったいどんなものなの？

ヴァイオレットの頬が紅潮した。「なかには、つまり、不快な行為だと感じる女性たちもいるのだけれど――」

「そうなの？」ダフネは不思議そうに訊いた。「だったらどうして、あれほどたくさんの女中たちが従僕たちと逢引《あいびき》してるの？」

ヴァイオレットはとたんに憤慨した雇い主の態度に様変わりした。「どの女中のことかしら？」問いただす。

「話をそらさないで」ダフネがたしなめる。「この一週間ずっと待ってたんだから」

母はどこかふっと気が抜けたように見えた。「そうだったの？」

ダフネの表情はまぎれもなく、当然だと告げていた。「ええ、もちろんよ」

ヴァイオレットがため息をつき、小声で言った。「どこまで話したかしら？」

「夫婦のお勤めを不快に感じる女性もいると言ってたわ」

「そうね。ええ。ええと」

ダフネは母の手もとを見おろし、ハンカチが実際に引き裂かれていることに気づいた。

「これだけは覚えておいて」母はもはや逃れられないのだと観念したように言葉を繰りだした。「まったく恐れる必要はないの。ふたりが互いに思いやりさえすれば――公爵様はあなたをとても思いやってくださると信じているけれど――」

「わたしも彼を思いやるわ」ダフネはやんわり口を挟んだ。

「もちろんだわ。そのとおりよ。ですから、つまり、あなたたちが互いに思いやりさえすれば、とてもすてきな格別の瞬間を迎えられるはずよ」ヴァイオレットがベッドの足もとのほうへじりじりと動きだし、淡い黄色のシルクのスカートがキルトの上掛けに広がっていく。「これに、あなたは緊張しなくていいのよ。公爵様はとてもやさしくしてくださるはずだから」

ダフネはサイモンの焼けつくようなキスを思い起こした。〝やさしい〟という言葉はふさわしくない。「でも――」

ヴァイオレットがさっと立ちあがった。「これでいいわ。ゆっくりお休みなさい。用件はすんだから」

「これだけ？」

母はさっさとドアのほうへ歩いていく。「ええ、まあ」後ろめたそうに視線をずらす。「ほかにも何か期待していたの？」

「そうよ！」ダフネは急いで母を追いかけ、逃がさぬようドアの前に立ちはだかった。「これだけでは逃がさないわ！」

ヴァイオレットが恨めしそうに窓を見やる。ダフネは自分の部屋が階上にあることに感謝した。そうでなければ、母なら窓から逃走しようとしても不思議ではない。

「ダフネ」母の声は息苦しそうにすら聞こえた。

「だって、わたしはどうすればいいの？」

「花婿が教えてくれるわ」ヴァイオレットがとりすまして言う。

「恥をかきたくないのよ、お母様」

ヴァイオレットは唸り声を漏らした。「恥などかかないわ。わたしを信じなさい。殿方は……」

ダフネは言葉が途切れた隙をついた。「殿方はなんなの？　なんなのよ、お母様？　なんて言おうとしたの？」

いまや母の顔全体が真っ赤に染まり、首や耳までがピンク色がかってきた。「殿方は、たやすく喜ぶものなのよ」小声で言う。「失望されることはないわ」

「でも――」

「でもはもうなし！」ヴァイオレットはついにきっぱりと言った。「わたしの母が話してくれたことはすべてあなたに話したわ。子供みたいにぐずるんじゃありません。これでうまくすれば、子を授かるかもしれないのだから」

ダフネはぽかんと口をあけた。「なんですって？」

ヴァイオレットが落ち着かなげに苦笑いした。「赤ちゃんのことは言い忘れてたかしら？」

「お母様！」

「わかったわよ。夫婦のお勤め――つまり、結婚の契りを結ぶことは、子を授かる手立てなのよ」

ダフネは壁にぐったりもたれかかった。「つまり、お母様はそれを八回もしたということ？」囁き声で訊く。

「違うわ！」

ダフネは困惑して目をしばたたいた。母の説明はあまりにあいまいで、夫婦のお勤めというものがまだよくつかめていないのだが、辻褄が合わないことはたしかだ。「でも、八回していないとおかしいわよね？」

ヴァイオレットはぱたぱたと手で扇ぎはじめた。「ええ。いえ違うの！　ダフネ、これはとても個人的なことなのよ」

「でも違うのなら、どうやって八人の子を――」

「八回以上したということよ」ヴァイオレットは吐きだすように言い、壁にでも溶け込んでしまいたそうな顔をしている。

ダフネは信じられない思いで母を見つめた。「そうだったの？」

「人は時どき」ヴァイオレットは唇をどうにか動かしたものの、目は床のただ一点から離そうとしなかった。「それを、ただしたくてするものなのよ」

ダフネの目がぐんと大きく広がった。「そうなの？」囁くように言う。

「ええまあ、そうよ」

「男性と女性がキスをするように？」

「ええ、そのとおりだわ」ヴァイオレットは答えて、ほっとため息をこぼした。「たしかにちょうど――」目が細まる。「ダフネ」突如声が鋭さを帯びた。「公爵様とキスをしたことがあるの？」

ダフネは母に負けず劣らず顔が染まっていくのを感じた。「したかもしれないわ」つぶやいた。

ヴァイオレットは娘に向かって人差し指を振った。「ダフネ・ブリジャートン、あなたがそんなことをしていたなんて、信じられないわ。そんなふうに殿方の自由にさせてはならないと忠告しておいたはずですよ！」

「わたしたちは結婚するんだから、いまとなっては気にすることもないじゃない！」

「そうはいっても――」ヴァイオレットは気落ちした吐息をついた。「もういいわ。あなたの言うとおり。気にすることではないのよね。あなたは結婚するんだもの。それも、ほかならぬ公爵様と。彼があなたにキスをしたのなら、きっとそのときにはお気持ちが決まっていたのだわ」

ダフネは驚いて、ただじっと母を見つめた。頼りなげな、たどたどしい喋り方が母にはひどく似つかわしくないように思えた。

「さてと」母が告げた。「ほかに質問がないようなら、もう行くわね。あなたはきっと、えぇと」――ダフネが混ぜ返していた思い出の品々にぼんやり目をくれる――「何かしらやることがあるでしょうから」

「でも、まだ訊きたいことがあるのよ！」

けれども、すでに母は逃げ去っていた。

そしてダフネも、夫婦のお勤めの奥儀についてどんなに知りたくても、廊下へでてまで――家族や使用人たちみんなから見えるところで――母を追いかけようとは思わなかった。

そのうえ、母の話を聞いて、新たな不安が湧きあがっていた。夫婦のお勤めは子供を授かるために欠かせない行為なのだと母は言っていた。サイモンが子を持てないということはつまり、母が話していたような親密な行為が出来ないということなのだろうか？

それにそもそも、その親密な行為というのはいったいなんなのだろう？　おそらくはキスと関係のあることなのだろうと察した。社交界では、若い令嬢が唇を清らかに慎み深く守ることがとても重んじられているからだ。そうして、ダフネは庭園でサイモンと過ごしたときのことを思いだして頬を赤らめ、女性の胸にも関係があるのかもしれないと考えた。

欲求不満のため息を吐きだした。母は緊張しなくていいと簡単に言うけれど、いったいどうすれば緊張せずにいられるというのだろう――なにしろ自分の勤めをどう果たせばいいのかをまるで知らないのでは、婚姻関係を結べるのかもわからない。

それに、サイモンのことはどう考えればいいのだろう？　彼に結婚の契りを結ぶ行為ができないとすれば、結婚したとすら言えるのだろうか？

疑問がふつふつと湧いてきて、ダフネの不安はつのるばかりだった。

結局のところ、覚えているのは結婚式のこまごまとしたことばかりだ。母の目に（やがては顔にまで）涙があふれていたこと、妹を花婿に引き渡すときのアンソニーの声が妙にかすれていたこと。ヒヤシンスがせっせと薔薇の花びらを撒き散らしていたせいで、教会に着くころには花がほとんど散ってしまっていたこと。まさに結婚の誓いを述べようというときに、グレゴリーが三度もくしゃみをしたこと。

そして、サイモンが誓いの言葉を繰り返したときの集中した顔つきは忘れられない。一音節ずつゆっくりと慎重に発していた。強い意志のみなぎる目と、低いけれど誠実な声、ダフネにしてみれば、ふたりで大主教の前に立ち、彼が述べる言葉ほどこの世で大事なものはないように思えた。

ダフネの心は安らぎに満たされた。これほど真剣に誓いの言葉を述べる男性が、結婚を単に都合のいいものだと考えているはずがない、と。

〝神の合わせたまえる者は、人これを離すべからず〟

背筋に寒気が走り、ダフネはよろりとした。まさにいま、自分は永遠にこの男性のものになるのだ。

サイモンがわずかに首を向けて、さっと顔を見た。大丈夫か？　目顔で尋ねる。

ダフネはかろうじてわかる程度にほんのかすかにうなずいた。彼の目が何かで輝いた——安堵だろうか？

〝……によりて、彼らの夫婦たることを示す〟

グレゴリーが四回目のくしゃみをして、五回目、六回目と続け、大主教の「夫婦」という言葉が完全に掻き消されてしまった。ダフネは、おかしさがものすごい勢いで喉もとにこみあげてくるのを感じた。その場にふさわしい神妙な表情を保たなければと、唇をぎゅっとつぐんだ。なんといっても結婚は厳粛な儀式で、冗談で片づけられるようなものではない。

ちらりと目をやると、サイモンがけげんな表情でこちらを見ていた。澄んだ青い目が彼女の口もとに据えられ、口角が引きつりはじめた。

ダフネはますますおかしくてたまらなくなってきた。

〝新婦にキスを〟

サイモンが凄まじいほどの力でダフネを押さえつけ、勢いよく口と口をぶつけたので、招待客の小さな集団がいっせいに息を呑んだ。

それから、新郎新婦の唇がひと塊りにくっついたまま、大きな笑い声をあげた。

ヴァイオレット・ブリジャートンはのちに、自分が目にする機会に恵まれたキスのなかで最も奇妙な光景だったと語った。

グレゴリー・ブリジャートン――そのときにはくしゃみを終えていた――は、見ていられないものだったと言い捨てた。

歳を重ねた大主教はうろたえていた。

けれども、十歳で、誰よりキスについての知識が少ないはずのヒヤシンス・ブリジャートンは、考え深げに目をまたたいて言った。「すてきだと思うわ。ここで笑えるのだから、ふたりはいつまでも笑っていられるはずだもの」母のほうを振り向いた。「いいことなのでしょう？」

ヴァイオレットは末娘の手を取って、ぎゅっと握りしめた。「笑うというのは、いつでもすばらしいことなのよ、ヒヤシンス。それを思いださせてくれたことに感謝しましょう」

そういうわけで、新しいヘイスティングス公爵夫妻は、この数十年間に結婚した人々のなかで最も幸せそうな愛情深いカップルだという評判が広まった。なんといっても、これほど笑いにあふれた結婚式がいまだかつてあっただろうか？

14

『ヘイスティングス公爵と、旧姓ブリジャートン嬢の結婚式は、小規模ながら、きわめて波乱に富んだものだったと伝えられている。ヒヤシンス・ブリジャートン嬢（十歳）がフェリシティ・フェザリントン嬢（同じく十歳）に密かに漏らした話では、式のあいだ、花嫁と花婿が実際に声をあげて笑っていたとのこと。フェリシティ嬢はこの情報を母、フェザリントン夫人に伝え、夫人の口からちまたに広まった。

筆者はこの結婚式に招かれず見逃したので、ヒヤシンス嬢の話を信じるほかにない』

一八一三年五月二十四日付〈レディ・ホイッスルダウンの社交界新聞〉より

新婚旅行の予定はなかった。なにぶん、計画する時間が取れなかった。その代わり、サイモンが、バセット家に代々引き継がれる田舎の本邸、クライヴェドン城で数週間を過ごす段取りを整えた。ダフネはすばらしい案だと思った。ロンドンと、詮索好きな貴族たちの目と耳からどうにかして逃れたかったからだ。

それに、サイモンが育った場所を見てみたいという好奇心も湧いていた。

ダフネは気がつくと少年時代のサイモンを想像していた。いま自分と一緒にいるときのように、押しの強い自信家だったのだろうか？　それとも、社交界のたいがいの人々に接するときのように、打ち解けない態度の物静かな子供だったのだろうか？

新婚夫婦は温かな励ましの声と抱擁を浴びて、ブリジャートン館をあとにした。サイモンは手ぎわよく最上等の馬車にダフネを乗り込ませた。初夏とはいえ、外気は冷たいので、妻の膝をていねいに毛布で覆った。ダフネは笑った。「ちょっと大げさじゃない？」からかうように言う。「たった数ブロック先のあなたの家まで行くあいだに、風邪をひくとは思えないわ」

サイモンがいぶかしげに見返した。「クライヴェドンへ行くんだ」

「今夜？」ダフネは驚きを隠せなかった。翌日に旅立つものと思っていたのだ。クライヴェドンの村は、だいぶ離れたイングランド南東岸の街へイスティングスの近くにある。もう正午もとうに過ぎている。城に着くのは真夜中になってしまうだろう。

そのような結婚初夜は思い描いていなかった。

「ロンドンで一泊して、クライヴェドンへ発つほうがいいのではないかしら？」ダフネは尋ねた。

「すでに段取りを整えてしまったんだ」サイモンが不満げに言う。

「そう……わかったわ」ダフネはけなげに落胆を隠そうとした。沈黙して一分後に、馬車ががくんと揺れて動きだした。ばねがよくきいた車輪でも、でこぼこの玉石敷きの衝撃は隠しきれなかった。角を折れてパーク・レーンの通りへ入ると、ダフネは訊いた。「宿屋に立ち寄るのでしょう？」

「もちろんだ」サイモンは答えた。「夕食をとらなければいけない。結婚初日にきみを飢えさせるわけにはいかないだろう？」

「宿屋で一泊するのではないの？」ダフネは念を押した。

「いや――」サイモンは唇を一本線に引き結び、それからなぜだかやわらげた。心をとろけさせるようなやさしい表情に変わる。「気分を壊したかい？」

ダフネは赤面した。彼にそうやって見つめられると必ず赤面してしまうのだ。「いいえ、そうではなくて、ただ驚いたものだから――」

「いや、きみの言うとおりだな。今夜は宿屋で休むことにしよう。海岸までのちょうど中間地点にいい宿屋があるんだ。〈野兎と犬〉という宿だ。料理は温かいし、ベッドも清潔だ」妻の顎に触れる。「きょうじゅうに無理にクライヴェドンまで旅をして、きみを疲れさせたくはない」

「それぐらいの旅もできないほど弱くはないわ」ダフネは次の言葉を考えて、ますます顔を赤らめた。「ただ、わたしたちはきょう結婚したのだから、宿屋に泊まらないとすると、馬車のなかにいるうちに日が暮れてしまうし――」

「その先はいい」サイモンが彼女の唇に指をあてた。

ダフネはほっとしてうなずいた。ほんとうはこんな形で結婚初夜のことを口にしたくはなかった。それに、妻ではなく、夫のほうが持ちだすべき事柄ではないだろうか。つまるところ、その手の話題については間違いなく、サイモンのほうが精通しているはずなのだから。サイモンが精通していないわけがないのだと思い、ダフネは不満げに顔をゆがめた。母はさんざんためらい、口ごもったあげく、結局何も教えてくれなかった。たしかに、子を授かる行為だとちらりとほのめかされはしたが、それでは細かなことは何ひとつわからない。けれど、向こうはきっと——。

喉の奥で息が詰まった。もしもサイモンがそれをできない——あるいは、したくないのだとしたら——。

いいえ、したいに決まっている、とダフネは決めつけた。しかも、わたしを求めているに決まっている。夜の庭園で目にした燃えたぎる瞳や、耳にした高鳴る鼓動は、空想ではなかったはずだ。

窓の外に目をやると、ロンドンの街が田園へ移り変わっていくのが見えた。女性がこんなことばかり考えていたら、気が変になってしまうだろう。ダフネは考えないようにしようと思った。絶対に、きっぱりと、永遠に考えないようにしよう。

いいえ、せめて夜になるまでは。

結婚初夜なのだ。

そう思うと、体がふるえた。

サイモンはダフネを見やった――まだ少し信じがたい気持ちもあるが、自分の妻なのだと改めて思い返した。妻を娶るとはけっして考えてはいなかった。実際、断固として娶らないと胸に決めていた。それなのに、自分はいま、ダフネ・ブリジャートンではなく、ダフネ・バセットとともにいる。ということはつまり、ああ、まったく、彼女はヘイスティングス公爵夫人であるということだ。

それがおそらく、なにより奇妙なことだろう。公爵として生涯、公爵夫人を娶るつもりはなかった。爵位など陳腐で煩わしいだけだ。

サイモンは深い呼吸で気を落ち着けて、ダフネの横顔に目をくれた。それから、顔をしかめた。「寒いのか?」ダフネはふるえていた。

ダフネの唇がわずかに開き、〝いいえ〟と発しかけたように見えたが、すぐに舌が動いて言った。「ええ。ええ、でも、ちょっとだけよ。心配しなくても――」

サイモンは毛布をもう少ししっかり引きあげてやり、なぜたわいもない嘘をついたのだろうかと不思議に思った。「長い一日だったからな」低い声で言った。ほんとうにそう思ったからではなく――たしかに改めて考えれば長い一日だったのだが――、この瞬間には慰める言葉がふさわしいと感じたからだ。

サイモンは慰める言葉や、思いやりある行動を心がけようと考えていた。ダフネのために、いい夫になろうと心に決めていた。彼女にはせめてそれぐらいの気づかいを受ける権利がある。与えてやれないものが数多くあり、残念ながら、ふたりのあいだに本物の完璧な幸せは生みだせないが、彼女を無事に守り、なるだけ満足できるよう最善を尽くすことはできる。ダフネが自分を選んでくれたことをサイモンは改めて考えた。けっして子供を授かれないことを知りながら、自分を選んでくれたのだ。誠実な良き夫になることが、自分にできるせめてもの償いのように思えた。

「わたしは楽しめたわ」ダフネが穏やかに言った。

サイモンは目をしばたたいて、ぼんやりとした表情で振り向いた。「なんだって？」

ダフネの口もとにかすかな笑みが浮かんだ。温かみ、からかい、ほんのわずかにいたずらっぽさも含んだ、目を奪われてしまう笑み。そのせいで、欲望の疼きがまっすぐ体の芯に達し、彼女の次の言葉に意識を向けるだけで精一杯だった。「あなたが長い一日だったと言ったから、わたしは楽しめたと答えたのよ」

サイモンは呆然と彼女を見つめた。

ダフネの顔が可愛らしくすねた表情にゆがむのを見て、サイモンは思わず唇を引きあげて微笑んでいた。「あなたが長い一日だったと言ったから」ダフネが繰り返す。「わたしは楽しめたと答えたのよ」サイモンがなおも話さずにいると、ダフネは小さく鼻を鳴らして、付け加えた。「たぶん、『そうね』と『でも』をあいだに挟めば、もっとはっきり伝わるのよね。『そ**う**ね、**で**も、わたしは楽しめたわ』」

「そうか」サイモンはできるかぎりいかめしさをつくろってつぶやいた。

「ほんとうはちゃんとわかってて」ダフネが不満げに言う。「半分くらいはとぼけたふりをしてるんでしょう」

サイモンが片眉をゆがめたので、ダフネはぼそりと文句をつぶやき、そのせいで案の定、サイモンは彼女にキスをしたくなった。

彼女の何を見ても、キスをしたくなってくる。

おかげで、ずいぶんとつらい状態に陥っていた。

「日暮れまでには宿屋に着きたい」てきぱきとした態度で緊張を振り払うかのように、歯切れよく言った。

むろん、うまくいかなかった。初夜がまる一日先延ばしになることをよくよく思い知らされただけのことだ。まる一日、求めて、欲情し、解き放たれたがる体の叫びを聞かねばならない。とはいえ、どれほど清潔でこぎれいな所であろうと、道沿いの宿屋で彼女とことにおよぼうという気はなかった。

ダフネはもっと大事にあつかうべき女性だ。ダフネにとってはたった一度の結婚初夜なのだから、完璧に満足できるようにしてやらなければならない。

ダフネは突然話題を変えられて、やや驚いたような目を向けた。「着けるといいわよね」

「最近、夜道はあまり安全ではないからな」サイモンは、クライヴェドンへまっすぐ向かうはずだった当初の計画など忘れたふりで言った。

「そうね」ダフネが相槌を打つ。

「それに腹も減ってしまうし」

「ええ」ダフネは言い、宿屋に泊まるという新たな計画に急に乗り気になった夫に不審そうな視線を向けはじめた。彼女を責めるわけにもいかないが、馬車のなかでは、とことん旅の計画を話しあうか、おとなしく押さえつけておくことしかできない。

どちらも選ぶ気にはなれない。

そこで、サイモンは言った。「料理もうまい」

ダフネはひとたび目をしばたたいてから、指摘した。「それはもう聞いたわ」

「そうか」サイモンは咳払いした。「昼寝でもするとしよう」

ダフネの暗褐色の目が広がり、実際に顔をひょいと前にだして尋ねた。「いまから？」

サイモンはすばやくうなずいた。「繰り返しになる気もするが、きみが改めて思いださせてくれたからあえて言うと、長い一日だったからだ」

「それはわかるけど」ダフネは、最も快適な姿勢を探して腰をずらすサイモンを不思議そうに見つめた。まもなくして、訊いた。「ほんとうに、動いている馬車のなかで眠れるの？ちょっと揺れるわよね？」

サイモンは肩をすくめた。「眠りたいときにいつでも眠れるたちなんだ。長旅のあいだに身についてしまった」

「才能だわね」ダフネがつぶやく。

「非常に便利だ」サイモンは応じた。それから目を閉じて、三時間近く眠ったふりを続けた。

ダフネはサイモンを見つめた。じいっと。サイモンは寝たふりをしている。七人もきょうだいがいれば、ありとあらゆる手口を心得ているから、サイモンが寝ていないことはあきらかにわかった。

サイモンの胸は驚くほど自然に上下しているし、呼吸の強弱を絶妙に調節して、いかにももっともらしい寝息を立てている。

でも、ダフネのほうが上手《うわて》だった。

わざと身じろいで衣擦《きぬず》れの音をさせたり、ほんの少し大きめの音を立てて息を吸い込んだりするたび、サイモンの顎が動くのだ。かろうじてわかる程度だが、動いているのは間違いない。それに、あくびをして、眠そうな低い声を漏らしてみると、彼の目がまぶたの下で動くのがわかった。

とはいえ、サイモンはこの芝居を二時間以上も続けているのだから、称賛に値する。自分だったら、二十分が限度だろう。

寝たふりをしていたいのなら、好きなようにやらせておこうと、ダフネは寛大に思い定めた。これほど見事な演技をぶち壊す気にもなれない。

最後にもう一度あくびをすると——音を立てて、彼の目がまぶたの下で反応するのを念のため確認し——馬車の窓に向きなおり、ビロードの重たいカーテンをめくって外を覗き込んだ。西の地平線にオレンジ色のふっくらとした太陽が落ちて、その三分の一はすでに沈んで隠れている。

旅の所要時間がサイモンの見込みどおりだとすれば——数学が得意な人々が概してそうで

あるように、このような事柄にはサイモンはたいがい正確だった――もうすぐ、道のりの中間地点に達するころだ。もうすぐ、〈野兎と犬〉亭に到着する。

もうすぐ、結婚初夜。

ああもう、そんなふうに大げさに考えないようにしなくては。さもないと、気が変になりそうだ。

「サイモン?」

サイモンは動かない。その反応にダフネはいらだった。

「サイモン?」先ほどより少し大きめの声。

サイモンの口の片端がぴくりと引きつり、ほんのわずかに顔がゆがんだ。はっきりと呼びかけられても寝たふりを続けていいものか決めかねているのだと、ダフネは見てとった。

「サイモン!」ダフネは突いた。胸の前でちょうど腕が組みあわさっているところを強く。

そこまでされて寝ていられる人間がいるとは思えない。

まぶたがぱたぱたと開き、人が目覚めるときに立てるような音に似せた、ため息まじりの妙な低い声が漏れた。

なかなかの演技だ。ダフネは不本意ながら感心させられた。

サイモンはあくびをした。「ダフ?」

ダフネは率直に言った。「まだ着かないの?」

サイモンが眠くもないのに目をこする。「なんだって?」

「まだ着かないの？」

「ううん……」サイモンが、何も教えてくれるはずもない馬車のなかを見まわす。「まだ進んでるかい？」

「ええ、でも、もうすぐ着くはずよね」

サイモンは小さなため息をついて、窓の外を覗いた。そちら側は東に面しているので、ダフネの側の窓から見える景色よりも空がはるかに暗い。「あれ」サイモンが驚いたような声で言う。「ほんとに、もうすぐだ」

ダフネは鼻で笑わないよう懸命に取りつくろった。

馬車がゆっくりと動きをとめ、サイモンが飛びおりた。御者といくつか言葉を交わし、計画を変更して一泊することを伝えたらしかった。それから、ダフネの手を取って馬車からおろした。

「気に入ってもらえるかな？」サイモンが宿屋のほうへ顎をしゃくって手を向ける。

ダフネは室内を見なければ判断のくだしようがないのにと思いながらも、ひとまず、「ええ」と答えておいた。サイモンは彼女をなかへ導いて、玄関口に待たせ、宿屋の主人のところへ話しに行った。

ダフネは旅行者たちの往来を興味深く眺めた。ちょうど、地主階級とおぼしい若い男女が仕切られた食堂へ案内され、ひとりの母親が四人の子を階上へせかしている。サイモンは宿屋の主人と何事か揉《も》めていて、長身でひょろりとした紳士が寄りかかって――。

ダフネは夫のほうへさっと顔を戻した。サイモンが宿屋の主人と揉めている？　いったい何を揉めることがあるのだろう？　ダフネは首を伸ばした。ふたりの男は低い声で話しているが、サイモンがひどく不機嫌そうなのはあきらかだった。宿屋の主人のほうは、ヘイスティングス公爵の機嫌を損ねた無礼を、死んでしまいたいほど恥じている顔つきだ。

ダフネは眉をひそめた。好ましい状況とは思えない。

仲裁に入るべきだろうか？

ダフネは揉めている様子をもうしばらく観察した。仲裁に入ったほうが良さそうだ。ためらいはしなかったが、けっして力強いとも呼べない足どりで進み、夫のそばに寄った。

「何か問題でも？」慎ましやかに尋ねた。

サイモンはちらっとだけ目をくれた。「玄関口で待っていたのではないのか」

「待ってたわ」ダフネは明るく微笑んだ。「移動したのよ」

サイモンはしかめ面をして、また宿屋の主人のほうを向いた。

ダフネは彼を振り向かせようと小さく咳払いをした。振り向かない。ダフネは顔をしかめた。無視されるのは気に入らない。「サイモン？」夫の背中を軽く突く。「サイモン？」

ゆっくりと振り返ったサイモンの顔はまぎれもなく、怒気に満ちていた。

ダフネはふたたび、まるで屈託なく微笑んだ。「どうかしたの？」

サイモンに説明する隙を与えず、宿屋の主人が助けを求めるように両手を掲げた。「ひと部屋しか空いていないのです」平謝りに徹した口調で言う。「まさか今夜、公爵様がご宿泊をご予定くださっていたとは存じませんでした。存じておりましたら、もうひと部屋をウェザービー夫人と子供たちにお貸しすることはありませんでした。むろん」――宿屋の主人は前かがみになって、哀れむ目をちらりとダフネに見せた――「そのまま通り過ぎてもらいましたとも！」

最後のひと言とともに両手が大げさに振られるのを見て、ダフネは船酔いのような気分を覚えた。「ウェザービー夫人という女性は、四人の子供たちを連れて、ここまで歩いていらしたの？」

宿屋の主人はうなずいた。「子供たちをお連れでなければ――」

ダフネは、罪もない女性を夜闇に放りだす言葉は聞きたくなくて、口を挟んだ。「わたしたちがひと部屋で満足できない理由は何もないわ」

隣りで、サイモンが歯軋りする音がたしかに聞こえた。

リイモンは別々の部屋を望んでいたの？　結婚したての花嫁にとっては、とうてい喜べない事実だ。

宿屋の主人がサイモンのほうを向き、承諾を待ち受ける。サイモンがぞんざいにうなずくと、主人は嬉しそうに（おそらく安堵もあったのだろう。激怒した公爵に入り口に立たれるほど仕事がやりにくいこともない）手を叩いた。鍵をつかんで、受付机の後ろ側からいそいそとでてきた。「ご案内します、こちらへ……」

サイモンが先に行くよう手振りで促したので、ダフネは彼の脇をすり抜けて、宿屋の主人について階段をのぼっていった。曲がりくねった廊下をいくつか折れるとすぐに、広々として居心地の良さそうな調度を揃えた、村を見渡せる部屋に通された。

「あら、ここ」ダフネは宿屋の主人が出ていくとすぐに言った。「なかなかすてきだわ」

サイモンは唸り声を返した。

「ずいぶん、はっきりしたお返事だこと」ダフネはつぶやいて、着替え用の衝立《ついたて》の後ろに消えた。

サイモンは何秒か待ってからふと、彼女が消えてしまったのではないかと心配になった。

「ダフネ？」押し殺した声で呼びかける。「着替えてるのか？」

ダフネがひょいと顔を覗かせた。「違うわ。見学してるだけよ」

サイモンの鼓動は急激にというほどではないにしろ、すでに高鳴り続けていた。「そうか」低い声で言う。「もう少ししたら夕食をとりにおりよう」

「そうね」ダフネは微笑んだ――サイモンにはややむっとくるほど、自信たっぷりの余裕のある笑みに見えた。「お腹が空いてるの？」ダフネが訊く。

「すこぶる空いてる」

ぶっきらぼうな返事に、ダフネの笑顔がかすかにゆがんだ。サイモンは心のなかで自分を叱った。自分自身にいらだっているからといって、彼女に八つ当たりする必要はない。彼女にはなんの罪もないのだ。「きみは？」声を穏やかに抑えて尋ねた。

ダフネは衝立の後ろからすっかり姿を現して、ベッドの端に腰かけた。「少しだけ」落ち着きなく唾を呑み込む。「でも、食べられるかわからないわ」

「この前ここで食べた料理はすばらしかった。きみもきっと――」

「お料理の味を心配しているのではないの」ダフネがさえぎった。「緊張してるのよ」

サイモンはぽかんとした顔で彼女を見つめた。

「サイモン」ダフネがあきらかにいらだちを隠そうとしている声（サイモンには成功しているようには思えなかった）で言う。「わたしたちは今朝、結婚したのよ」

ようやく呑み込めた。「ダフネ」サイモンはやさしく言った。「心配する必要はない」

ダフネが目をぱちくりする。「必要がない？」

サイモンは荒い息をついた。やさしい、気づかえる夫になるというのは、言うほど簡単ではない。「結婚の契りを結ぶのは、クライヴェドンに着いてからにしよう」

「そうするの？」

サイモンは驚きで目を見開いた。いまのはたしかに、がっかりした声ではなかっただろうか？「道沿いの宿屋で、きみとことにおよぼうとは思わない。きみにはもっと敬意を払いたいんだ」

「しないの？　そうなの？」

息がとまった。やはり彼女はがっかりしている。

「ああ、まあ」

ダフネがわずかに踏みだした。「どうして？」

サイモンは何秒か彼女の顔を見つめ、ベッドに腰かけるとまた見つめた。見つめ返す彼女の褐色の目は大きく、やさしさと、好奇心と、わずかなためらいに満たされている。ダフネが唇を舐めた——これも緊張の表れに違いないのだが、欲求が鬱積したサイモンの体は、この色っぽいしぐさにたちまち反応した。

ダフネはおずおずと微笑んだものの、しっかりと目を合わせようとはしない。「わたしは気にならないわ」

サイモンは妙なことにその場に凍りついて動けなくなり、体の叫び声を聞いた。彼女に襲いかかれ！　ベッドに引っぱり込め！　なんとしてでも、のしかかるんだ！

そしてまさに、自尊心が本能に打ち破られかけたとき、ダフネが低い苦し気な悲鳴を漏らしてさっと立ちあがり、手で口を覆って背を向けた。

ちょうど彼女を引き寄せようとした腕が空を切り、サイモンはバランスを崩してベッドに顔をうつ伏せた。「ダフネ？」

ベッドに埋もれてもごもごつぶやく。

「わかっていたことなんだもの」ダフネが泣き声で言う。「ごめんなさいね」

ごめんなさい？　サイモンはぐいと起きあがった。彼女は泣いているのか？　いったいどうなってるんだ？　ダフネはめそめそ泣くような女性ではない。

ダフネが振り返って、打ちひしがれた目で見つめている。サイモンはもっと気づかってやるべきだったのだろうと思いつつ、なぜこれほど突然、彼女が取り乱したのかは想像もつかなかった。そして、想像がつかないのだから大事ではないと信じることにした。

傲慢だろうが、ほかにどうしようもない。

「ダフネ」やさしく抑えた声で言う。「どうかしたのか?」

ダフネが向かい側に腰かけ、彼の頬に手を沿わせた。「わたしはとても無神経だったわ」

囁きかける。「わかっていたのだもの。わたしが何か言えるようなことではないのに」

「何がわかってたんだ?」サイモンは歯軋りするように言った。

ダフネの手が頬からはらりと離れた。「つまり、あなたができない——できないのかもしれないことを——」

「何ができないんだ?」

ダフネは自分の膝の上を見おろした。両手をちぎれんばかりにきつく揉みあわせている。

「わたしに言わせないで」

「こういうふうだから」サイモンはつぶやいた。「男たちは結婚を避けたがるんだ」

彼女にというより自分自身につぶやいたつもりが、あいにくダフネがその言葉を耳にして、またも哀れっぽい呻き声を漏らした。

「いったい、どうしたというんだ?」サイモンはとうとうきつい声で訊いた。

「あなたは結婚の契りを結べないのよね」ダフネが泣き声で言う。

その瞬間、股間が萎《な》えなかったのは驚きだった。じつを言えば、言葉を絞りだせたことにすら驚いた。「なんだって?」

ダフネはうつむいた。「それでも、あなたのいい妻になるわ。けっして誰にも言わない」

一語一語につかえて口ごもっていた子供時代以降、これほど言葉に詰まったのは初めてだ。

ダフネに、〝不能〟だと思われているのか？

「どう、どう、どうして？」つかえたのか？　それとも、ただ単に衝撃を受けたせいだろうか？　たしかに衝撃を受けた。思考を集中できず、たったひと言を発するのがやっとだった。

「男性にとってはとても繊細な問題なのよね」ダフネが静かに言う。

「とりわけ、事実ではない場合にはな！」唐突に声を発した。

ダフネがさっと顔を上げた。「違うの？」

サイモンの目が細長く狭まる。「きみの兄上がそう言ったのか？」

「違うわ！」ダフネは彼の顔から目をそらした。「母よ」

「きみの母上が？」サイモンはむせた。結婚初夜にこんな言われようをされた男はおそらくいるまい。「君の母上がきみに、わたしが〝不能〟だと言ったのか？」

「そういうふうに言うの？」ダフネが興味深そうに訊く。それから、サイモンにぎろりと睨みつけられて、あわてて続けた。「いいえ、違うの、母はそんなに詳しく説明してくれなかったのよ」

「だったら」サイモンはきびきびした口調で訊いた。「正確にはなんと言ったんだ？」

「ええと、あまりはっきり言ってくれなくて」ダフネが言う。「ほんとうに、じれったかったのだけれど、母は夫婦のお勤めだと――」

「お勤めだと言ったのか？」

「みんな、そう呼ぶのではないの？」

サイモンは手を振ってその質問を払いのけた。「ほかになんと言っていた？」

「母は、ええと、あなたがなんと呼びたいのかは知らないけれど——」

このような状況でも皮肉を込められるダフネに、サイモンは妙に感心した。

「——それが、子供を授かるための何らかの行為と関係していると言ったの。それで——」

サイモンは喉が締めつけられそうな気がした。「なんらかの行為？」

「ええ、そうなの」ダフネが眉をひそめる。「具体的にはあまり話してくれなかったのよ」

「そのようだな」

「一生懸命話そうとしていたのだけれど」ダフネは少しでも母の肩をもちたくて説明した。

「母にとっては、とても恥ずかしいことだったのね」

「八人も子供を産んでるんだぞ」サイモンはつぶやいた。「いまさら、恥ずかしがることでもないだろう」

「そんなことないわよ」ダフネは首を振って否定した。「だって、わたしがその——」いらだたしげな表情で彼を見る。「お勤めと言うよりほかに、ほんとうに呼び方がわからないんだもの」

「それで先へ進めてくれ」サイモンが手を振りながら、ひどく張りつめた声で言う。

ダフネは不安げに目をしばたたいた。「大丈夫？」

「もちろんだ」サイモンがむせた。

「大丈夫そうには見えないけど」

サイモンはまたも手を振って、口をあけずにあいまいにごまかした。

「そのお勤めに八回も参加したのかと訊いたら、母はとても恥ずかしそうな顔をして――」

「母上にそう訊いたのか？」噴火のごとく、サイモンの口から言葉がほとばしった。

「ええ、そうよ」ダフネの目が狭まる。「笑ってるの？」

「いいや」サイモンは息を呑んだ。

ダフネの唇が引きつり、ややむっとした表情が浮かんだ。「笑っているように見えるけど」

サイモンはすぐに激しく首を振って、きっぱり否定した。

「それで」ダフネはあきらかに不満そうに続けた。「母は八人の子を授かったわけだから、わたしの質問は完全に筋が通っていると思ったのよ。でも、そのとき母は――」

サイモンが首を振って片手を上げて話をとめた。笑いたいのか泣きたいのか自分でも決めかねているような表情だった。「やめてくれ。頼む」

「まあ」ダフネはなんと言うべきなのかわからなかったので、膝の上で両手をぴたりと合わせて口をつぐんだ。

ようやく、サイモンが長く、荒々しい息をつくと、言った。「このまま話を聞き続けたら、後悔すると思うんだ。実際、すでに後悔してるんだが、いったいなぜきみは、わたしが」身をふるわせる。「お勤めができないと思ったんだ？」

「だって、あなたは子供を持てないと言ったわ」

「ダフネ、夫婦が子を持てないのには、いくつもの様々な理由があるんだ」

ダフネは無理やり歯軋りをとめた。「愚か者みたいな言い方をされるのは心外だわ」つぶやいた。

サイモンは前のめりになって、彼女の両手を引き離した。「ダフネ」やさしく呼びかけて、指で彼女の指を擦る。「男と女のあいだにどんなことが起こるのか、わかるかい？」

「手がかりがないのよ」素直に答えた。「三人も兄がいるのだから、知っていてもいいはずなのに。だから、ゆうべ、母からようやく真実を聞けると思ったのに――」

「それ以上言わなくていい」声が裏返った。「もういいんだ。その話は耐えられない」

「でも――」

サイモンが両手に顔をうずめる。ダフネは一瞬、泣いているのだろうかと思った。ところが、じっと坐って、結婚した日に夫を泣かせてしまった自分を責めていると、その夫の肩が笑い声とともにふるえだした。

もう、悪魔。

「わたしを笑ってるの？」唸り声で言った。

リイモンが顔を上げずに首を振る。

「だったら、どうして笑ってるの？」

「ああ、ダフネ」ひいひいと息をつく。「きみには学ぶべきことがたくさんある」

「ええ、それについては反論しないわ」ぼそりとつぶやいた。だいたい、世の中がこれほどかたくなに結婚の現実を若い女性たちに隠し続けていなければ、このような場面は避けられたはずなのに。

サイモンが身を乗りだしてきて、ダフネの膝に肘をおいた。目がみるみる輝きを増す。

「わたしが教えてあげよう」囁きかけた。

ダフネの胸が小さく弾んだ。

サイモンは彼女の目から一瞬も目をそらさず、手を取って唇に近づけた。「約束する」つぶやいて、彼女の中指に舌を這わせる。「ベッドできみを完璧に満足させてみせる」

ダフネは急に呼吸が苦しく思えてきた。それに、この部屋はこれほど暑かったかしら？

「あ、あなたの言ってることが、よくわからない」

サイモンは彼女を腕のなかに引き寄せた。「わかるようになるさ」

15

『社交界が愛する公爵と、その公爵が愛する夫人が田舎へ旅立ち、今週のロンドンは恐ろしく静かだ。そこで今回は、ミスター・ナイジェル・バーブルックがペネロペ・フェザリントン嬢にダンスを申し込んでいたことをご報告しよう。もっとも、このペネロペ嬢、母に上機嫌でせき立てられて、ついには申し込みを受けたものの、さして熱をあげているそぶりは見えなかった。

だが、じつのところ、ミスター・バーブルックや、ペネロペ嬢に関心のある読者がいるのだろうか？　ごまかすのは無理というもの。いまだ誰もが、かの公爵と公爵夫人に並みならぬ関心を寄せている』

一八一三年五月二十八日付〈レディ・ホイッスルダウンの社交界新聞〉より

ふたたびレディ・トローブリッジ邸の庭園に舞い戻ってしまったようで、ダフネは激しく感情を掻き立てられた。とはいえ今回は、邪魔は入らない――憤慨した兄たちはいないし、誰かに見られる心配もない。存在するのは、夫と妻と、昂る情熱だけ。

サイモンの唇がやさしく、けれども熱烈にダフネの唇を探りあてた。触れられ、舌にはじかれるたび、胸がぞくぞくして、欲望の小さな疼きの頻度と激しさが増していく。

「もう話したかな?」サイモンが囁く。「きみの唇の形がたまらなく好きなことを」

「い、いいえ」ダフネはふるえる声で答えた。一度でも唇を見つめられたことがあっただろうかと不思議な気がした。

「ここが大好きなんだ」サイモンはつぶやいてから、どれほど好きかを行動で示そうとした。歯で彼女の下唇を擦り、舌を突きだして唇の輪郭にぐるりとめぐらせる。

そのくすぐったさに、ダフネは自分の唇が広がって、大きくほころぶのを感じた。「やめて」くすくす笑いながら言う。

「だめだ」サイモンは拒否した。身を引いて、彼女の顔を両手で包み込む。「きみのような美しい笑顔は見たことがない」

ダフネはとっさに、「ばかなこと言わないで」と言おうとしてふと思った――この瞬間を台無しにする気?――だからすぐに言った。「ほんとう?」

「ほんとうだ」サイモンが彼女の鼻にキスを落とした。「笑うと顔の半分が口になる」

「サイモン!」ダフネは声をあげた。「ひどい顔みたいじゃない」

「それが魅力的なんだ」

「ひねくれてるわ」

「それでけっこう」

ダフネは顔をしかめながら、どういうわけか同時に笑い声をあげていた。「間違いなく、あなたは女性の美しさの基準を知らないんだわ」

サイモンは片眉を吊りあげた。「もはや、きみを基準にしか考えられないんだ」

ダフネはしばし言葉をなくしたあと、彼の胸に倒れ込み、ふたりで体をふるわせながら笑い声を吹きだした。「ああ、サイモン」ダフネは息を切らして言った。「あなたってほんとうに獰猛《どうもう》なんだもの。ほんとうにすばらしく、完璧に、とんでもないほど獰猛だわ」

「とんでもないほど？」サイモンは繰り返した。「とんでもない男だと言うのかい？」

ダフネは笑いがこぼれないよう唇を引き結んだけれど、まるで効き目はなかった。

「不能と呼ばれるのと同じくらいひどいな」サイモンは不満げに言った。

ダフネはすぐさま真剣な顔に戻った。「ああ、サイモン、そんなつもりでは……」途中で説明を取りやめて、言う。「そのことについては、ほんとうにごめんなさい」

「気にしないでくれ」サイモンは手を振って詫びる言葉を拒んだ。「きみの母上にはともかく、きみにあやまってもらう必要はない」

ダフネの唇から驚きまじりの笑いがこぼれた。「母は一生懸命だったのよ。それに、わたしが誤解してしまったのは、あなたが――」

「おっと、ではすべて、わたしのせいだと言うのかい？」サイモンは怒ったふりで言った。けれどもそのうち、いたずらっぽい誘惑的な表情に変わった。そばに身を寄せ、ダフネが背をそらさなければならないほど上体を傾けてきた。「能力を証明するために、二倍は精をださなくてはな」

サイモンは片手を彼女の腰に滑らせ、支えながらベッドに倒した。ダフネは体から息が抜けるのを感じて、彼の熱烈な青い目を見あげた。こうして横たわってみると、世界がなんだか違うものに見えてくる。もっと暗くて、危険なものに。そして、サイモンが覆いかぶさってきて視界を満たすと、いっそう胸が沸き立ってきた。

それから、サイモンがゆっくりとふたりの距離を詰めてきて、彼が世界そのものになった。今度のキスは軽くなかった。くすぐられるのではなく、むさぼられた。からかわれるのではなく、奪いとられた。

両手が体の下側へ滑りおりて、尻を包み込み、硬い股間に押しつけられた。「今夜」温かいかすれ声が耳もとで囁いた。「きみをわたしのものにする」

ダフネの呼吸はしだいに速まり、きれぎれの息が信じられないほど大きく耳に響いた。サイモンがあまりに接近し、体の隅々までぴったりと密着している。リージェンツ・パークで、結婚してくれるという彼の言葉を聞いて以来、この晩を何度となく想像してきたけれど、彼の体の重みをじかに感じることが、これほど刺激的なものだとは思いもしなかった。彼は大きくて、硬くて、とてつもなく筋肉質だ。たとえ望んだとしても、この誘惑的な猛襲から逃れられるはずがない。

すっかり力を奪われながら、ぞくぞくする心地良さを感じているのが、ダフネにはとても妙に思えた。彼は自分を望みどおりにできるし――自分もまた、されるがままになりたいと思った。

けれど、サイモンが身をふるわせ、その唇で名を呼びかけようとして言葉に詰まったとき、ダフネは自分もそれなりの支配力を持てることに気づいた。彼のほうは自分を求めるあまり息がつけなくなり、自分を欲するあまり、うまく話せなくなっているのだから。

そして、自分の新たな力に気づいて嬉しさに胸を満たされると、いつしか体がするべきことを悟ったかのように動きだした。腰を持ちあげて彼の腰に合わせ、スカートをめくりあげられると、彼の脚に脚を絡ませて、彼をもっと引き寄せて太腿のあいだに包み込もうとした。

「たまらないよ、ダフネ」サイモンが喘いで、肘をついて上体を起こした。「欲しくて――できない」

ダフネは彼の背中をつかんで、自分のほうへ引き戻そうとした。彼の体が離れたせいで、ひんやりとした空気を感じた。

「ゆっくりとできないんだ」サイモンが呻くような声で言う。

「かまわないわ」

「そうはいくか」サイモンの目が淫らなたくらみで燃えたぎっている。「どうも先走ってしまったようだ」

ダフネはただ相手を見つめて呼吸を整えようとした。サイモンが起きあがり、彼女の体に目を走らせながら、片手で足先から膝をたどった。

「まずは」サイモンが囁く。「身につけているものをどうにかしなくては」

サイモンが立ちあがり、ダフネも引っぱりあげられて呆然と息を呑んだ。足の力が抜け、平衡感覚を失っていたけれど、サイモンがスカートを束ねて持って、まっすぐに支えてくれた。彼が耳もとに囁きかけた。「横になっていては、きみを裸にするのは難しい」

サイモンの片手が彼女の尻の丸みを探りあて、円を描くように撫ではじめた。「質問だ」考えるふりで言う。「ドレスは上へ引きあげるほうがいいかい、それとも、下に引きさげるほうがいいかな?」

実際には答えを期待されていないことをダフネは願った。なにしろ声が出せないのだから。

「それとも」サイモンがゆっくりと言い、一本の指を身ごろのリボンの結び目に滑らせる。「両方かい?」

それから、ダフネに一瞬たりとも答える間を与えず、彼がドレスを引きさげ、腰の周りに服が垂れさがった。脚は剝きだしだったので、絹の薄いシュミーズを着ていなければ、完全に裸になっていただろう。

「これは驚いたな」サイモンがつぶやき、絹地の上から片方の乳房に手のひらを沿わせる。「むろん、好ましくないわけでもない。絹は肌ほど柔らかくはないが、それなりの良さもあるんだ」

ダフネは息を詰めて、彼の手が絹地をゆっくりと左右に滑らせるのを見つめた。甘美な刺激に乳首がすぼまり、硬くなっていく。

「知らなかったわ」ダフネは囁いた。唇から漏れる息が熱さと湿り気を帯びている。

サイモンがもう片方の乳房に取りかかった。「何を知らなかったんだい？」

「あなたがこんなに危険な人だったなんて」

サイモンはゆっくりと、このうえなくいたずらっぽい笑みを広げた。彼女の耳もとに唇を寄せて囁く。「きみは親友の妹で、絶対に手を出せない相手だった。何ができたというんだい？」

ダフネは欲望の疼きにふるえた。彼の息が触れたのは耳だけなのに、体じゅうの肌が粟《あわ》立《だ》った。

「何もできなかった」サイモンが続けて言い、シュミーズの片方の紐を肩からはずす。「想像すること以外は」

「わたしのことを考えてたの？」ダフネはそう思うだけで体がぞくぞくして囁いた。「こういうことを考えてたの？」

尻をつかむ彼の手の力が強まった。「毎晩。眠る前にはいつも考えて、肌がほてって、放たれたくてたまらなかった」

ダフネはふらりとよろめきかけて、サイモンに支えられた。

「そうして、眠っているときには……」サイモンの唇が首に動いてきて、ほとんどキスのような熱い吐息が肌に触れた。「わたしはほんとうに淫らなことをした」

ダフネは息苦しくて、頭が混乱し、欲望に満たされて、呻き声を漏らした。

シュミーズのもう片方の紐が肩からはずれて、サイモンの唇は乳房のあいだの欲望をそそる窪みを探りあてた。「だが今夜は――」囁いて、片方の乳房の絹地をめくり、それからもう片方の乳房もあらわにした。「今夜は、夢がすべて現実になる」

ダフネが息を呑んだとたんに彼の唇が乳房におりて、硬くなった乳首をしっかりと含んだ。

「レディ・トローブリッジの庭園で、こうしたかったんだ」サイモンが言う。「気づいてたかい？」

ダフネは彼の肩につかまって、激しくかぶりを振った。左右にふらつきながら、どうにか頭を起こしていた。純粋な感情のふるえが全身を突き抜けて、呼吸も、平衡感覚も、思考すらも奪いとられた。

「気づいてたはずがないよな」サイモンがつぶやく。「こんなに無垢なのだから」

サイモンは慣れた手つきで器用に残りの衣類をはぎとって、裸のダフネを腕に抱いた。彼女が昂ぶりながらも相当に緊張しているのはわかっていたので、そっとベッドの上におろした。

自分の服は、力まかせに荒々しく脱ぎにかかった。肌はほてり、体全体が欲情で燃えさかっている。けれども一度として彼女から目が離せなかった。ベッドに寝そべるダフネに、これまでに感じたことがないほどそそられた。肌はゆらめく蠟燭の明かりで艶やかな薄紅色に輝き、ほどかれた髪は長く、顔の周りに無造作に広がっている。

あれほど巧みにすばやく彼女の服を脱がせた手が、自分の服のボタンや結び目をはずそうとするときには、ぎこちなく不器用に感じられた。

サイモンがズボンに手をかけたとき、彼女がシーツを体の上に引きあげようとした。「だめだ」自分の声とはとても思えない。

ふたりの目が合って、サイモンは言った。「わたしがきみの毛布になるから」

サイモンはすっかり服を脱ぎ捨てると、ダフネにひと言も発する間を与えずにベッドに上がり、覆いかぶさった。ダフネが彼の感触に驚いて息を呑み、わずかに身をこわばらせたのがわかった。

「しいっ」甘く囁きかけて、彼女の首に鼻を擦りつけながら、片手で太腿の側面を撫でまわした。「わたしを信じてくれ」

「信じてるわ」ダフネがふるえる声で言う。「ただ――」

彼女の尻に片手をまわす。「ただ、なんだい?」

いかにもしかめ面を想像させる声で言う。「ただ、わたしはこんなに無知でいたくはなかったのよ」

サイモンは胸をふるわせて低い笑い声を立てた。

「ひどい」ダフネが文句を言って、彼の肩をぴしゃりと叩いた。

「きみを笑ってるんじゃない」サイモンは否定した。

「あきらかに笑ってるわ」ダフネがつぶやく。「それと、き、き、きみにつられた、と言うのもなしよ。そんな言い訳は通用しないんだから」

「たしかに笑ったよ」サイモンは穏やかに言い、肘をついて、彼女の顔が見えるよう身を起こした。「なぜかと言えば、きみが無知でいてくれて、心から嬉しく思うからさ」顔をさげて、唇を彼女の唇に羽根のように軽くかすめる。「つまり、わたしは光栄にも、きみに触れる唯一の男になれるからだ」

ダフネがあまりに純真に目を輝かせるので、サイモンはうろたえそうになった。「ほんとうに？」ダフネが低い声で言う。

「ほんとうだ」サイモンは、なんとぶっきらぼうな口調になってしまったのかとたじろいだ。「だが嬉しいぶんだけ不安もある」

ダフネは何も言わなかったが、その目は好奇心でうっとりと輝いていた。

「きみに色目を使うような男がいたら、殺してしまいそうだからだ」唸り声で言った。

意表をついて、ダフネがいきなり笑いだした。「もう、サイモンったら」息をつく。「そんなばかげた焼きもちをやいてもらえるなんて、ほんとうに、とんでもないぐらい、すてきだわ。ありがとう」

「感謝されるのはこれからだ」サイモンは請けあった。

「そして、たぶん」突如、ダフネの褐色の目が尋常とは思えないほどに誘惑的な色を帯びた。「あなたもわたしに感謝してくれるのよね」

サイモンは彼女の太腿がしだいに開くのを感じて、熱くなった股間を彼女の下腹部におしあてた。「とっくに感謝してる」言いながら鎖骨に口づけて、言葉を肌に溶け込ませる。「信じてくれ、もうすでに感謝してるんだ」

おのれのために苦労して身につけた自制心をこれほどありがたく思ったことはなかった。彼女のなかに入って、いよいよほんとうに自分のものにしたくて全身が疼いていたが、今夜――結婚初夜――は、自分のためにではなく、ダフネのためにあるものなのだと承知していた。

ダフネには初めての体験なのだ。自分は彼女にとって初めて愛しあう男で――しかも唯一の男になるのだと、いつになく残忍な気持ちが芽生えた――、この晩になんとしても至極の悦びを味わわせてやらなければならない責務がある。

サイモンには彼女が自分を欲していることがわかっていた。彼女の呼吸は乱れ、目は欲情でどんよりとしている。サイモンはその顔を見ていることに耐えられそうになかった。半開きで興奮に喘ぐ唇を見るたび、押し入りたい衝動に打ち負かされそうになる。

それで代わりにキスをした。至るところにキスをして、ダフネの喘ぎや、昂ぶったぐずり声を聞くたび脈打つ激情をはねのけた。そしてとうとう、ダフネが自分の下で見悶えて呻き声を漏らすと、狂おしく求められていることを悟り、脚のあいだに手を滑り込ませて彼女に触れた。

サイモンは彼女の名を呼ぶことしかできず、その声もくぐもった呻きにしかならなかった。準備ができているどころか、彼女は夢見ていた以上に熱く濡れていた。それでもなお、念のために――あるいは、自分をじらしたいゆがんだ衝動に抗えなかったからかもしれない――、中指を彼女のなかに差し入れて、ぬくもりをたしかめ、そこをくすぐった。

「サイモン！」ダフネが喘ぎ声で言い、体を跳ねあげた。すでに彼女の筋肉は収縮し、達するのも近いことをサイモンは悟った。哀れっぽい抵抗の声を無視して、いきなり指を抜いた。

　太腿を使って彼女の脚をさらに押し開き、ふるえる呻き声を漏らしながら、彼女のなかへ入る体勢を整えた。「少し、痛いか、かもしれない」かすれ声で囁く。「だが、約束す、する――」

「いいからして」ダフネが呻くように言い、頭を左右に激しく揺さぶった。

　サイモンはそのとおりにした。ぐいと突いて、すっぽりと入った。処女膜が破れるのを感じたが、彼女が痛みに怯んだ様子はない。「大丈夫か？」サイモンは声を絞りだして、彼女のなかで動かないよう全身の筋肉を張りつめた。

　ダフネはうなずき、喘ぐように浅い息をした。「とても変な感じだわ」

「でも悪くないだろう？」サイモンは訊いて、切迫した自分の声にやや気恥ずかしさを覚えた。

　ダフネは首を振り、口もとに女らしい笑みをかすかに浮かべた。「悪くなんてないわ」かすれ声で言う。「でも、さっき……あなたが……指でしたときみたいに……」

　蠟燭の薄明かりの下でも、ダフネの頰が恥ずかしそうに染まるのが見てとれた。「こうしてほしいということかな？」サイモンは囁いて、途中まで引き抜きかけた。

「違うわ！」ダフネが声をあげた。

「だとすると、こうしたほうがいいということか」戻し入れる。

ダフネは息を切らした。「ええ。いいえ。両方よ」

サイモンは彼女のなかで、ことさらゆっくりと静かなリズムで動きだした。突くたびに彼女の唇から喘ぐ息が漏れて、動きに調和した呻き声がサイモンを激しく掻き立てた。

やがてその呻き声が悲鳴に変わり、喘ぐ声がきれぎれになって、ダフネが頂点に近づいていることをサイモンは悟った。歯を食いしばって動きを速め、彼女が高みに昇りつめるまで懸命にこらえた。

ダフネが彼の名を呻いて、さらには叫ぶように呼んで、全身を張りつめた。彼の肩をつかんで、信じられない勢いで腰を突きあげる。ついに、最後に一度激しく身をふるわせると、解き放たれることだけに力を振り絞って、サイモンの下で崩れ落ちた。

サイモンはこらえきれずに最後にもう一度突いて、とっぷりと押し入り、彼女の体の甘美なぬくもりに浸った。

それから、彼女の唇に焼けつきそうなぐらい熱く口づけると、引き抜いて、隣りのシーツの上に放出した。


それは幾多の情熱的な夜の始まりに過ぎなかった。新婚夫婦はクライヴェドンに到着したのち、ダフネにとってはきわめて気恥ずかしいことではあったけれど、それから一週間以上も寝室に引きこもった。

（もっとも、実際にふたりの寝室をでようと本気で考えるほど、気恥ずかしく感じていたわ

けではないけれど）

新婚旅行気分で閉じこもっていた部屋からでるとすぐに、ダフネはクライヴェドン城めぐりに連れだされた――到着してから目にしていたのは正面玄関から公爵の寝室までの経路だけだったので、しごく当然のことだった。それからダフネは、上級の使用人たちに挨拶してまわるのに数時間を費やした。もちろん、到着してすぐに使用人たちには正式に紹介されていたのだが、特に重要な役目の使用人たちには、個別にもっときちんと会っておきたいと考えたからだ。

サイモンは何年もクライヴェドンを留守にしていたので、主人を知らない新しい使用人たちも大勢いたが、彼の子供のころからクライヴェドン城にいる使用人たちは妄信的なまでに――ダフネの目には――忠誠を尽くしているように見えた。ふたりきりで庭園にでたときにその印象を話して笑うと、あきらかに心を閉ざした目で見つめ返された。

「イートンに入るまで、ここに住んでいたんだ」まるで説明はそれでじゅうぶんだろうとでもいうように、サイモンは答えた。

その抑揚のない声を聞いて、ダフネはふいに落ち着かない気分を覚えた。「ロンドンへ出かけたことはなかったの？　わたしたちが小さいころはよく――」

「もっぱらここだけで暮らしていた」

サイモンの口調は、その話題を打ち切りたがっている――いや、打ち切らなければならない――ことを告げていたが、ダフネは意を決して、なんとしても続けようと思った。「あなたは、大事にされて育ったのね」意識的に陽気な声をつくろう。「それとも、いつまでも長く見守りたくなるような、ものすごいやんちゃ坊主だったのかしら」

サイモンは答えない。

ダフネは慎重に話を進めた。「兄も——コリンのことよ——まさにそうだったのよ。幼いころはほんとに悪がきだったのだけれど、癪にさわるほど愛嬌があるものだから、使用人たちみんなに可愛がられてたわ。だから一度なんて——」

ダフネの口は半開きのまま凍りついた。話し続けてもあまり意味はなさそうだ。サイモンは踵を返して、すでに歩きだしていた。


サイモンは薔薇になど興味はなかった。菫《すみれ》が咲いているかどうかなど気にしたこともなかったが、いまは木の垣根に寄りかかって、まるで真剣に園芸家になる道を考えているかのように、クライヴェドンの名高い花園を眺めていた。

ただ、子供時代についてのダフネの質問に向きあいたくないという理由で。

だが、ほんとうは思いだすのがいやだからだ。当時のことを思いださせるものは厭わしかった。このクライヴェドンに滞在していることすら、居心地が悪い。ダフネを子供時代の家に連れてきたのは、ロンドンから二日でたどり着けて、急な滞在にもすぐに対応できる領地のひとつだからに過ぎない。

思い出は感情を呼び戻す。そして、サイモンは、少年時代の感情を二度とよみがえらせたくなかった。幾度となく父に手紙を送り、来ない返事を待ちわびていたことを思いだしたくはない。使用人たちのやさしい微笑み——必ず哀れんだ目をした、やさしい微笑みも。使用人たちにはたしかに可愛がられていたが、同時に哀れまれてもいた。

それに、使用人たちが自分のために父を憎んでいたことも思いだしたくはない——実際、どういうわけか、気分のいいものではなかった。かつては——じつを言えば、いまも——父の人望のなさに納得できないといった高潔な志を持ちあわせているわけではなかったが、好ましくない評判を耳にすれば、とまどいや不快感はぬぐい去れなかった。

恥ずかしさも。

サイモンは哀れまれるのではなく、褒められたかった。そして、いきなりイートン校へ押しかけて自立する道を選んでいなければ、成功の味を知ることもなかったはずだ。

そうしてここまでやってきた。昔の感情を呼び戻されるくらいなら、地獄へ旅していたほうがましだった。

むろん、ダフネにはなんの罪もない。何か思惑があって子供時代について尋ねたのではないこともわかっている。彼女に何ができるというのだろう？　夫が時おり、話し言葉に難儀していることはまるで知らない。ダフネにはけっして見せないよう苦心してきたのだから。

いや、そうとも言えないか、とサイモンは物憂いため息をついた。ダフネに隠すことにたいして苦心などしていない。彼女といるといつもほっと心がなごみ、くつろいだ気分でいられるからだ。言葉をつかえるのは必ず緊張や怒りを感じたときで、最近はめっきり症状が表れていない。

　そして、日常のどのような場面であれ、ダフネといるときには緊張や怒りを感じることはないのだから。

　サイモンは後ろめたさの重みに押されるように前かがみになり、垣根にさらにどっかりともたれかかった。ダフネを邪険にあつかってしまった。同じようなことを幾度も繰り返してしまうのではないかと不安だった。

「サイモン？」

　呼びかけられる前に彼女の気配を感じていた。ダフネは背後から、ブーツで草地をそっと静かに踏みしめてきた。だがサイモンには、彼女がそこにいることがわかった。彼女のほのかな香りがしたし、その髪をなびかせる密やかな風音が聞こえた。

「美しい薔薇ね」ダフネが言う。不機嫌な気分をなだめようとしてくれているのがわかった。もっといろいろと訊きたくてたまらないはずだ。だが、彼女は年齢に見合わぬほど思慮深い。それに、いつもなら愉快にからかっている点ではあるが、彼女は自分で言うとおり、男性と、男性のばかげた気質についてじゅうぶん承知している。だから、もう何も訊きはしないだろう。少なくとも、きょうのところは。

「母が植えたのだと聞いている」サイモンは答えた。意図したよりもぶっきらぼうな口調になってしまったが、和解したい気持ちを汲み取ってくれることを祈った。返事がないので、説明のつもりで付け加えた。「母は、わたしを産んだときに亡くなった」

ダフネはうなずいた。「聞いたわ。お気の毒に」

サイモンは肩をすくめた。「わたしは母を知らない」

「だからといって、悲しみがないわけではないでしょう」

サイモンは子供時代に思いめぐらせた。母が生きていれば、息子の苦難に父よりも思いやりをかけてくれたかどうかは知る由もないが、あれ以上ひどいあつかいができたはずもない。

「ああ」サイモンは低い声で答えた。「そうかもしれないな」


その日の午後、サイモンが領地の会計仕事を片づけるあいだ、ダフネはこの機会に家政婦のコルソン夫人とじっくり話してみようと思いついた。サイモンとはまだ住まいについては話しあっていないが、先祖代々の家であるクライヴェドン城にまったく滞在しないということは考えられない。そうだとすれば、女主人はなにはともあれ、家政婦と良好な関係を築かなければならないことを、母を見て学んでいたからだ。

コルソン夫人とのつきあいについてはさほど心配していなかった。サイモンに使用人たちを紹介されたときに家政婦にもちらりと会い、ひと目で親しみやすく話し好きな女性だとわかった。

ダフネは、お茶の時間の少し前に、コルソン夫人の仕事部屋――厨房の脇のとても小さな部屋――を訪ねた。五十代のきりりとした家政婦は小さな机に向かって、一週間の献立表づくりに取りかかっていた。

ダフネはあいたドアをノックした。「コルソン夫人？」

家政婦が顔を上げて、即座に立ちあがった。「奥様」わずかに膝を曲げてお辞儀する。「お呼びくだされば、まいりましたのに」

ダフネは、ただの令嬢から急に地位が上がったことにまだ慣れず、ぎこちなく微笑んだ。「ちょうどひとめぐりしてきたところだから」そういって、使用人の領域に唐突に現れたことを言い訳した。「でも、コルソン夫人、少しお時間があるのなら、あなたともうちょっと親しくなりたいと思ったの。あなたはここに長くお住まいだし、これからも末永くいらしてほしいと思っているから」

コルソン夫人はダフネの温かな口調に微笑んだ。「もちろん、承りますわ、奥様。何か特にお尋ねになりたいことはございますか？」

「特には。でも、きちんと務めを果たすには、クライヴェドン城のことをもっとよく知っておいたほうがいいと思うのよね。黄色の間でお茶でもいかがかしら？　あのお部屋の装飾が気に入ってるの。とても温かいし明るくて。私室にしたいと考えているのだけれど」

コルソン夫人が驚いたような目を向けた。「亡き公爵夫人も、同じようにおっしゃってましたわ」

「まあ」ダフネは、不愉快な気分にさせてしまったのだろうかと見きわめかねて答えた。

「あの部屋には長いあいだ、格別に気を配ってきました」コルソン夫人が続ける。「南側に面していて、ずいぶんと陽光が入ります。三年前にすべての家具の布張りを替えたんです」

少しばかり誇らしげに顎を持ちあげる。「はるばるロンドンまで出向いて、同じ布地を調達しました」

「そうなの」ダフネは答えて、先に部屋をでた。「亡き公爵は奥様をとても愛していらしたのね。そこまで手間をかけてお部屋を保存していたのですもの」

コルソン夫人は目を見ようとしなかった。「わたしの判断でした」静かに言う。「つねに公爵様から、屋敷の維持費として決まったお金をお預かりしていたんです。最もふさわしい使い道であると考えました」

家政婦が女中を呼んでお茶の用意を指示するあいだ、ダフネは待っていた。「すてきなお部屋よね」厨房を出るとすぐに話しだした。「いまの公爵はお母様に会うことはできなかったけれど、気に入っていた部屋をあなたが大切にしてくれていたことには、とても感謝するはずだわ」

「わたしにできたことはそれぐらいです」コルソン夫人は廊下を進みながら言った。「バセット家にずっとお仕えしてきたわけではないですし」

「そうなの？」ダフネは妙に思って尋ねた。一般に上級の使用人たちは忠誠心が強いのが当然のように見なされていて、代々同じ一族に仕えることも多い。

「ええ、わたしはもともと公爵夫人の侍女だったんです」コルソン夫人は黄色の間の戸口に立って、ダフネを先になかへ進ませた。「その前は、遊び相手でした。母が奥様の乳母だったものですから。奥様の一族はご親切に、わたしにも一緒に授業を受けさせてくださいました」

「とても近しい間柄だったのでしょうね」ダフネはつぶやくように言った。

コルソン夫人がうなずく。「奥様が亡くなられてから、わたしはこのクライヴェドン城で様々な役目で働き、とうとう家政婦になりました」

「そうだったのね」ダフネは微笑みかけて、ソファに腰をおろした。「お坐りになって」向かい側の椅子を手振りで示した。

コルソン夫人は無遠慮なふるまいをためらっている様子だったが、ようやく腰かけた。

「奥様が亡くなられたときには、胸が張り裂けそうでした」やや気づかわしげな目を向けた。

「こんなことをお話ししてしまって、どうか悪く思わないでください」

「もちろん、思わないわ」ダフネはすぐに答えた。サイモンの子供時代のことを知りたくてたまらなかった。本人はほとんど話してくれないけれど、それには必ず何か理由があると感じていた。「お願い、もう少し聞かせて。亡くなった奥様のことを知りたいのよ」

コルソン夫人の目が潤んできた。「誰も比べものにならないくらい、やさしくて思いやりのあるご婦人でした。公爵様とも――恋愛結婚ではなかったのですが、仲良くされていました。ご友人同士のような感じで」目を上げる。「おふたりとも、公爵と公爵夫人としての務めをとても大事にされていました。きわめて強い責任感をお持ちだったんです」

ダフネは理解を示してうなずいた。

「奥様は夫のために息子を産むのだと決意されていました。医者たちに危険だと言われたあとも懸命に努力して。月のものが来るたび、わたしの腕にすがって泣いておられました」

ダフネはふたたびうなずいて、ふいに張りつめた表情を隠したつもりだった。子ができないという話を聞くのはつらい。けれど、慣れていかなければならないことなのだろう。子ができないことを問われる側になれば、もっとつらい思いをしなければならないはずだ。

しかも、しじゅう問われることになるだろう。腹立たしいほど気をつかい、ぞっとするほど哀れみのこもった質問を。

けれどさいわい、コルソン夫人はダフネの内心の思いには気づかなかった。鼻を啜りながら話を続ける。「奥様は、息子を授からなければ、公爵夫人としての務めを果たせないというようなことをいつもおっしゃってました。わたしは胸が張り裂けそうでした。毎月、胸を痛めていたんです」

自分も毎月打ちのめされることになるのだろうかとダフネは思った。おそらく、そうはならないだろう。少なくとも、子供を持てないことをすでに承知している。サイモンの母親は四週間ごとに望みを砕かれていたのだ。

「しかも案の定」家政婦が続ける。「子ができないのは夫人のせいだと、誰もが囁いていました。誰にそんなことがわかるんです？　不妊は必ずしも女性のせいとはかぎらないのに。ときには男性のせいということもありますわよね」

ダフネは黙っていた。

「わたしはそのことを何度も話したんですが、それでも奥様は罪の意識を感じていました。

わたしは奥様に言ったんです――」家政婦の顔がピンク色に染まった。「あからさまに申しあげてもよろしいですか？」

「どうぞおっしゃって」

家政婦がうなずく。「つまり、わたしが母から言われたことを奥様に申しあげたんです。子宮は、強くて健康な精子が入らなければ働かない」

ダフネはただ冷静な表情のままでいた。そうすることしかできなかった。

「けれどもとうとう、サイモン坊っちゃまを身ごもられたのです」コルソン夫人は母親のようなため息を漏らしてから、不安げな表情でダフネを見やった。「失礼しました」あわてて言う。「そうお呼びすべきではありませんわよね。いまは公爵様ですもの」

「わたしへの気づかいはいらないわ」ダフネは笑って答えられる問いかけでほっとした。

「この歳になると、習慣を変えるのは難しいんです」コルソン夫人がため息をこぼす。「それと、まだわたしのどこかにいつも、気の毒な坊っちゃまの顔が残っているんですわ」ダフネを見て首を振る。「公爵夫人が生きてらしたら、もっと健やかに過ごせたでしょうに」

「健やかに？」ダフネはつぶやいて、このひと言でコルソン夫人がさらに説明する気になってくれることを願った。

「公爵様は幼い坊っちゃまのことを、まったく理解されていなかった」家政婦が語気を強めた。「怒鳴りつけて、愚か者と呼び捨てて――」

ダフネはびくんと顔を上げた。「公爵はサイモンのことを愚か者だと思っていたの？」

とっさに口を挟んだ。奇妙な話だ。サイモンは自分の知る人々のなかでも、とりわけ賢い。オックスフォードでの勉強について少し尋ねたときには、数字を使いもしない数学も学んだと聞いて驚かされたのだから。

「公爵は目先の世界のことしか見ることができなかったんですわ」コルソン夫人が鼻を鳴らして言う。「坊っちゃまにけっして機会をお与えにならなかった」

ダフネはいつしか身を乗りだし、家政婦の言葉に耳をそばだてていた。いったい、公爵はサイモンに何をしたのだろう？　父親の名がでるたび彼が冷ややかな表情になる原因はそこにあるのだろうか？

コルソン夫人がハンカチを引っぱりだして目頭を押さえた。「坊っちゃまがどれほど懸命に努力されたのか、お見せしたかったですわ。胸が張り裂けそうでした。ほんとに胸にこたえました」

ダフネはソファをぎゅっとつかんだ。コルソン夫人は肝心なことに触れようとしない。

「でも、坊っちゃまは公爵様を満足させることができませんでした。これはわたし個人の意見ですけれども――」

ちょうどそのとき、女中がお茶を運んできた。ダフネはじれったくて叫びだしたい思いだった。茶器が用意されてお茶が注がれるまで優に二分はかかった。その間、コルソン夫人はビスケットについてあれこれ語り、ダフネもプレーンやざらめ糖がのったものが好みだと答えた。

ダフネは、コルソン夫人がたいそう大事に保ってきた布張りに穴をあけないよう、ソファから無理やり手を引き放した。ようやく女中が部屋を出ていき、コルソン夫人がお茶をひと口含んでから言った。「ええとそれで、どこまでお話ししましたっけ？」

「公爵のことを話してらしたわ」ダフネはすぐさま答えた。「亡き公爵。わたしの夫は公爵を満足させることができなくて、あなたの意見は――」

「まあ、ほんとうに、聞いてくださっていたのですね」コルソン夫人がにっこりした。「とても光栄ですわ」

「それで、あなたのお話は……」ダフネはせきたてた。

「ええ、もちろん、お話ししますよ。わたしはただ、ずっと個人的にこう思っていたと言いたかったんです。亡き公爵は、息子が完璧でなければ許せなかったのだろう、って」

「だけど、コルソン夫人」ダフネは静かに言った。「完璧な人などいないわ」

「それはいないでしょうけれど――」家政婦の目にほんの一瞬、亡き公爵を蔑《さげす》む表情が浮かんだ。「旦那様をご覧になっていたら、おわかりになったはずです。旦那様は長いあいだ息子を待ち望んでおられました。そして、バセットとは、完璧を意味する名前だと信じてらしたんです」

「それなのに、わたしの夫は、公爵の望んでいた息子ではなかったと？」ダフネは訊いた。

「公爵が望んでいたのは息子ではなくて、自分に完璧にそっくりの子供だったんですよ」

ダフネはもはや好奇心を抑えられなくなった。「でも、公爵はサイモンのどこがそれほど気に入らなかったというの？」

　コルソン夫人が驚いて目を広げ、片手をさっと胸に添えた。「あら、ご存知ないのですね」静かな声で言う。「ご存知なくて当然ですわよね」

「なんのこと？」

「お話しになれなかったんです」

　ダフネは啞然として唇を開いた。「なんですって？」

「坊っちゃまは、お話しになれなかったんです。四歳まではひと言も。そのあとも、どもったりつかえたりしてばかりで。坊っちゃまが口を開くたび、わたしは胸が張り裂けそうでした。ほんとうは聡明なお子さんだとわかってましたから。ただ言葉がきちんと発音できなかっただけなんです」

「でも、いまはきちんとお話しできているわ」ダフネはかばうような自分の口調にはっとした。

「言葉がどもるのを聞いたことがないわ。聞いていれば、わ、わたしも気づいていたはずだもの。まあ！　ねえ、わたしもいまどもったわよね。誰でも動揺すれば、少しは言葉がたどたどしくなるものでしょう」

「坊っちゃまは懸命に努力して克服されたんです。七年はかかりましたわ。七年間、乳母と一緒にひたすら話す練習をしていたんです」コルソン夫人は眉間に皺を寄せて考えた。「えっと、名前はなんといったかしら？　そうそう、乳母のホプキンズ。まさに彼女は聖人そのものでしたわ。自分の子供であるかのように、坊っちゃまに尽くされて。当時、わたしは家政婦の下で働いていたのですけれど、よく彼女に呼ばれて、坊っちゃまのお話しの練習をお手伝いしたんですよ」

「夫は苦労していたの?」ダフネは低い声で訊いた。

「たまに、もどかしさのあまり壊れてしまうのではないかと心配しました。でも、坊っちゃまはほんとうに頑固でした。失礼ながら、頑固な少年でした。あれほど意志の強い人間は見たことがないくらいです」コルソン夫人は悲しげに首を振った。「なのに、お父上はそれでも息子を拒絶したんです。そのときにはもう――」

「胸が張り裂けそうだったのよね」ダフネは代わって締めくくった。「わたしでもきっと胸が張り裂けてしまったわ」

気詰まりな長い沈黙が落ちて、コルソン夫人がお茶を啜った。「お茶をご一緒させていただいて、ありがとうございます、奥様」ダフネの沈黙を、気分を害したせいだと取り違えて言った。「ほんとうに特別なご配慮だと存じてますが、奥様はとても……」

ダフネは、適切な言葉を探すコルソン夫人を見やった。

「親切」家政婦はようやく言葉を継いだ。「とても親切な方ですわ」

「ありがとう」ダフネはうわの空でつぶやいた。

「あら、でも、クライヴェドン城についてはほとんどお話ししてませんわ」コルソン夫人が唐突に言った。

ダフネは小さく首を振った。「またべつの機会にでも」静かに言う。いまやほかのことで頭がいっぱいだった。

コルソン夫人は女主人がひとりになりたがっていることを察して、膝を曲げてお辞儀をすると、黙って部屋をでていった。

16

『今週のロンドンの蒸し暑さは、間違いなく社交界行事の妨げとなっている。筆者は、ハクスリー家の舞踏会でプルーデンス・フェザリントン嬢が卒倒するのを目にしたが、それが暑さでたまたま平衡感覚を失ったせいなのか、大陸旅行から戻って以来、社交界に旋風を巻き起こしているミスター・コリン・ブリジャートンのせいなのかは定かではない。

時季はずれの暑さはさらに、レディ・ダンベリーにも被害をもたらしている。というのも、飼猫が（毛が長くてふさふさ）この気候に耐えられないと訴えて、数日前にロンドンをあとにした。サリーにある田舎の本邸に引きあげたと思われる。

おそらく、ヘイスティングス公爵夫妻はこの気温の上昇の影響を免れているに違いない。ふたりは海岸沿いに滞在中で、海風とはつねに心地良いものだからだ。だが、ふたりが楽しんでいるとは断言できない。おおかたの予測に反して、筆者は主要な一家すべてを見張っているわけではないし、いくらなんでもロンドンの外までは目が届かない！』

一八一三年六月二日付〈レディ・ホイッスルダウンの社交界新聞〉より

考えてみれば結婚して二週間も経っていないのに、すっかり心地良い日課や習慣ができあがっていることが、サイモンには妙に思えた。いまは、素足で化粧室の戸口に立ち、クラバットをゆるめながら、妻が髪にブラシをかけるのを眺めている。

そして、きのうもまったく同じことをしていた。きのうを繰り返していることが、なんとも心地よかった。

二回とも、サイモンは横目がちに彼女をベッドに誘い込む手立てを考えた。きのうはむろん、うまくいった。

きちんと結ばれていたクラバットがだらんと伸びて床に落ちると、サイモンは踏みだした。きょうもまた、うまくいきそうだ。

ダフネの脇で足をとめ、鏡台の端に腰かける。ダフネが目を上げて、梟《ふくろう》のように目をまたたいた。

ダフネの手のそばに手を添えて、ふたりでブラシの柄を握った。「きみが髪を梳かすのを見るのが好きなんだ。でも、わたしにやらせてくれれば、もっとうまくできる」

ダフネが目を凝らすふうに見つめた。ゆっくりとブラシから手を放す。「会計のことについてはすべて話がついたの？　領地の管理人とずいぶん長い時間、引きこもっていらしたみたいだけれど」

「ああ、片づけておかねばならない雑務があったから――」サイモンは凍りついた。「何を見てるんだ？」

ダフネが彼の顔からすっと目をそらした。「何も」不自然にたどたどしい声。サイモンはどちらかというと自分自身に向けて小さく首を振ってから、彼女の髪にブラシをかけはじめた。一瞬、ダフネに口を見られているような気がしたのだ。

サイモンはふるえそうになるのをこらえた。子供のころはずっと、誰からも口を見られていた。みな恐ろしいほどにじっと見入って、時どきは強引に目に視線をのぼらせるものの、必ずまた口へ戻ってきた。まるで、いたって正常に見える人間が、これほどまともに話せないのは信じられないとでもいうように。

だが、今回は思い過ごしに違いない。どうしてダフネに口を見られる必要がある？ サイモンはダフネの髪にやさしくブラシをかけながら、同時に指で艶《つや》やかな髪の房を梳いた。

「コルソン夫人とのお喋りは楽しめたかい？」

ダフネはたじろいだ。ほんのかすかな動きで、巧みにごまかしてもいたが、サイモンは見逃さなかった。「ええ」ダフネが言う。「とても知識豊富な女性だわ」

「そうだろう。彼女はここに来てもうずいぶん——何を見てるんだ？」

ダフネは実際に椅子から飛びあがった。「鏡を見てるのよ」むきになって言う。

それは事実なのだが、サイモンの疑念は消えなかった。彼女の目はただ一点に集中して据えられている。

「前にも話したけれど」ダフネがあわてたように続ける。「わたしがクライヴェドンをうまく取り仕切れるようになるには、コルソン夫人の手助けがとても重要だと思うの。広大なお屋敷だから、学ばなければならないことがたくさんあるわ」

「それほど気を張る必要はないさ」サイモンは言った。「ここに滞在する時間はたいして長くはないのだから」

「そうなの？」

「おもにロンドンのほうに住むことにしようと思ってるんだ」彼女の驚いた表情を見て、付け加えた。「きみのご家族が田舎の本邸に帰っているあいだも、ここよりは近くにいられる。そのほうがきみのためにもいいと思ったんだ」

「ええ、それはそうだわ」ダフネが言う。「家族は恋しいもの。いままで、それほど長く離れていたことがないのよ。もちろん、結婚したら自分の新しい家族ができるのだとわかっていたし――」

気まずい沈黙が落ちた。

「でも、その家族があなたになったのよね」その声はやや寂しげに響いた。

サイモンはため息をついて、銀の背のブラシを濃い色の髪の途中でとめた。「ダフネ、きみの家族はこれからもずっと家族だ。わたしは彼らの代わりにはなれない」

「そうよ」ダフネが言う。身をひねって向きあい、温かなチョコレート色の目で囁いた。

「でも、あなたはそれ以上の存在だわ」

それでサイモンは、誘惑しようとしたもくろみが未遂に終わったことを悟った。なぜならあきらかに、彼女のほうがこちらを誘惑しようとしているからだ。

ダフネは立ちあがり、絹地の化粧着を肩から滑り落とした。その下には、ほとんど隠す役目を果たしていない揃いの寝間着を身につけている。

サイモンの大きな片手がダフネの片側の乳房に添えられた。寝間着の灰緑色の生地にくっきり映える指。「きみはこの色が好きなんだな？」サイモンはかすれがかった声で言った。

ダフネが微笑み、サイモンは呼吸を忘れた。

「わたしの瞳の色と同じなの」おどけた口調で言う。「そうだったわよね？」

サイモンはどうにか微笑みを返した。酸欠状態から脱しようとしながら微笑めるとは思わなかった。たまに、彼女に触れたい欲求が激しすぎて、その姿を見るのもつらくなる。

サイモンはダフネを引き寄せた。引き寄せずにはいられなかった。そうしなければ、気が変になってしまうだろう。「ということはつまり」彼女の首に唇を寄せて囁いた。「わたしのためにこの服を買ったのかい？」

「もちろんよ」ダフネは舌で耳たぶをなぞられて声を途切らせた。「ほかに誰に見せるというの？」

「誰にも見せてはだめだ」断言して、彼女の腰のくびれに手を滑らせ、みなぎった股間にぐいと引き寄せる。「誰にも。絶対に見せてはだめだ」

ダフネはいきなり嫉妬心を燃やされて、ややとまどったような顔をした。「それに」付け加える。「わたしの嫁入り衣装のひとつだし」

サイモンは唸り声を漏らした。「きみの嫁入り衣装は気に入ってる。とてもいいよ。もう話したかな？」

「まだちゃんと言ってくれてなかったわ」ダフネが息を切らした。「でも、それぐらいのことはわかるもの」

「もっぱら」彼女をベッドのほうへ軽く突いて、シャツを脱ぐ。「嫁入り衣装を着てないきみのほうが好きだが」

ダフネが何を言おうとしたにせよ――いかにも嬉しそうに口を開いたので、何かしら言おうとしたのは間違いない――、ベッドに倒れ込んだせいで掻き消された。

サイモンはすぐさま覆いかぶさった。彼女の腰の両脇に手をのせると、するりとのぼらせて、彼女の腕を頭上に押しあげた。上腕の素肌の上でいったん手をとめて、やさしく握りしめる。

「きみはとても強い。たいがいの女性よりは強いな」

ダフネはややいたずらっぽい目を向けた。「たいがいの女性のことなんて聞きたくないわ」

サイモンは思わず含み笑いを漏らした。それから、ほんの一瞬のうちに彼女の手首に両手をずらし、頭上で押さえ込んだ。「だが」のんびりとした声で言う。「わたしほどは強くない」

ダフネがはっと息を呑んだ音に格別な興奮を見てとって、サイモンはすばやく彼女の両手首を片手に持ち替えて、空いたもう片方の手で体をまさぐった。

そして体でまさぐる。

「きみが完璧な女性でないとすれば」囁きかけて、寝間着の裾を腰の上へ引きあげていく。

「この世は――」

「よして」ダフネがふるえ声で言う。「わたしが完璧ではないことは知ってるくせに」

「そうかな?」怪しくいたずらな笑みを浮かべて、片手を彼女の尻の後ろに滑らせる。「きみは誤解してるようだな。なぜならこれは」――尻をぎゅっと握る――「完璧だ」

「サイモン!」

「そしてここについては――」手をのぼらせて片方の乳房を覆い、絹地の上から乳首をくすぐった。「まあ、どう感じているかはあえて言うまでもないだろう」

「いかれてるわ」

「そうかもな」サイモンは認めた。「だが、わたしの舌はすばらしく肥えている。そしてきみは」――いきなり身をかがめて乳首を口に含んだ――「極上の味がする」

ダフネはどうにも抑えきれずにくっくっと笑い声を漏らした。

サイモンは眉をぴくりと動かした。「わたしをからかうつもりだな?」

「そうしたいところだけれど」ダフネが返す。「両手を頭の上で押さえられていては無理だわ」

サイモンは片手でズボンのボタンをはずしにかかった。「どうやら、わたしは抜群に機転の利く女性と結婚したらしい」

ダフネはその言葉がサイモンの唇からごく自然にでたのを見て、誇らしさと愛情で胸をいっぱいにして見つめ返した。こうして聞いているかぎり、子供のころにうまく話せなかったとはとうてい想像できない。

なんてすばらしい人と結婚したのだろう。そのような困難にぶつかりながら、意志の力で懸命に乗り越えたのだ――自分の知る誰よりも、強くて、おのれにきびしい男性であるに違いない。

「あなたと結婚して、ほんとうに良かった」愛情がこみあげて言った。「あなたがわたしのものであることが、すごく誇らしいの」

サイモンは突然の真剣な告白に驚いたらしく、動きをとめた。低く、かすれがかった声で言う。「きみが自分のものであることを、わたしも誇りに思っている」ズボンを引きおろす。「どれほど誇りに思っているか、証明したいんだが」唸り声で言う。「この邪魔なやつがなかなか抜けないな」

ダフネはまた喉の奥から笑いがこみあげてくるのを感じた。「両手を使えばいいのに……」指摘した。

サイモンは目顔で〝それほどまぬけな男じゃない〟と返した。「それには、きみを放さなくちゃならないからな」

ダフネはすまし顔で小首をかしげた。「わたしが腕を動かさないって約束したら？」

「信じる気にもなれない」

ダフネは意味ありげにいたずらっぽく微笑んでみせた。「わたしが腕を動かすって約束したら？」

「それなら、信じてみてもいいかもな」サイモンは優雅さと猛烈さが絶妙に相まった動きでベッドから飛びおりると、ほんの三秒ですべてを脱ぎ捨てた。ひょいと舞い戻って、ダフネの脇に並んで寝そべる。「さあて、どこまでいってたかな？」

ダフネはふたたびくすくすと笑い声を立てた。「そんなところじゃないかしら」

「ふうむ」サイモンがふざけて咎める表情で言う。「きみはちゃんと注意を払ってなかったな。ちょうどここまで」――さっと上にかぶさって、自分の重みでダフネをベッドに沈み込ませる――「いってたんだ」

ダフネのくすくす笑いが大きな笑い声となってはじけた。

「誘惑しようとしている男を笑ってはいけないと、誰にも教わらなかったのかい？」

ダフネに笑い声をとめるつもりがあったのだとしても、もはや機は逃していた。「ああ、サイモン」きれぎれに息をつく。「あなたをほんとに愛してるわ」

サイモンはぴたりと動きをとめた。「どうしたんだ？」

ダフネはただ微笑んで、彼の頬に触れた。いまは前よりずっと彼のことが理解できる。子供のころに拒絶される経験をしたせいできっと、自分が愛される価値のある人間だと思えなくなってしまったのだろう。だからきっと、愛情を相手に返す方法もわからないのかもしれない。でも、待つことはできる。この人のためならいつまででも。

「何も言わなくていいわ」ダフネは囁いた。「ただ、わたしが愛していることは知っておいてほしいの」

サイモンの目には歓喜と衝撃の両方が混在しているように見えた。ふとダフネは、彼はいままで誰かに〝愛している〟と言われたことがあるのだろうかと思った。彼はひとりの家族もなく、自分が当然のように与えられていた愛情のぬくもりや思いやりも知らずに生きてきたのだろう。

サイモンがようやく発した声はかすれ、たどたどしかった。「ダ、ダフネ――」

「しいっ」ダフネは甘く囁いて、彼の唇に指をあてた。「いまは何も言わなくていいわ。ちゃんと言える日まで待ってるから」

と、ダフネは不安になった。サイモンはおそらくちゃんと話しているつもりなのに、このうえなく傷つけることを言ってしまったのではないだろうか？

「キスしてくれればいいの」あわてて言った。気詰まりな間を生む隙を与えたくない。「お願い、キスして」

そして、サイモンはキスをした。

ふたりのあいだに流れる情熱と欲望のすべてに焚《た》きつけられて、凄まじく熱烈なキスをした。彼の唇と手が体じゅうにくまなく触れて、キスを落とし、握りしめ、愛撫して、やがて寝間着が床に放られ、シーツと毛布はベッドの足もとに絡みあって溜まった。

けれど、いつもの晩とは違って、ダフネはわれを忘れる状態に至ることはできなかった。

その日聞いたことが頭から離れず、肉体の荒々しい切望ですら、あわただしく働く思考をとめることはできなかった。欲望の海に浸り、全身の神経は巧みに熱情のきわみに導かれていくのに、頭は相変わらずせっせと分析を続けている。

彼の目が、蠟燭の明かりのもとですら青く光り輝いて見えたとき、ダフネはもしや、彼は感情を言葉に表せないぶんだけ激しく駆り立てられているのではないかと感じた。彼が喘ぎ声で自分の名を呼んだとき、わずかな言葉のつかえに耳を澄まさずにはいられなかった。そして、彼が自分のなかに沈み、頭をそらせて、背筋を浮き立たせてかすれた吐息を漏らしたとき、なぜそれほど苦しそうなのだろうかとダフネは思った。

苦しい？

「サイモン？」ダフネは、自分の欲望の湿り気が足りないのではないかと不安になって、ためらいがちに問いかけた。「大丈夫？」

サイモンはうなずいて、歯を食いしばった。のしかかったまま本能的なリズムで腰を動かしながら、彼女の耳もとに囁いた。「きみをいかせる」

乳房の先を彼の口に含まれて息を呑み、それは難しいことではないだろうとダフネは思った。難しいはずがない。サイモンは触れ方も、動くべきときも、ひと所にとどまってじらす長さも的確に心得ているように思えた。彼の指がふたりの体のあいだを滑りおり、熱い皮膚をくすぐられて、ダフネも彼と同じぐらい激しく腰を動かした。

またもあの無我の高みに昇っていくのを感じた。そして、とても心地良く……。

「頼む」サイモンが切迫した声で言い、もう片方の手を彼女の尻の下に滑らせて、さらにきつく自分に押しつけた。「きみが先に――ダフネ、さあ、早く！」

そして、ダフネは達した。周りの世界が爆発し、目をぎゅっとつむると、幾つもの点や、星や、きらめく光の筋の流れが見えた。音楽が聞こえた――それとも、達したときの自分自身の甲高い叫びが、力強く弾む鼓動に重なって旋律に聞こえただけなのかもしれない。

サイモンは魂を引き裂かれたかのような喘ぎ声を漏らし、身を引き離すとほとんど間をおかず、ベッドの端のシーツに――いつものように――放出した。

そうしてすぐさま向きなおってダフネを腕に引き寄せる。ダフネの胸を熱くする儀式だった。サイモンが背後からきつく抱きしめ、髪に顔を擦りつけてくる。それから、互いに呼吸が鎮まってきて穏やかな吐息をつき、やがて眠りに落ちるのだ。

けれど、今夜は違っていた。今夜、ダフネの気分は妙に落ち着かなかった。体は心地良く疲れて満ち足りているのに、何かが変だった。心の奥に何かがわだかまり、潜在意識をつついている。

サイモンが隣りにさっと身を転がし、ベッドの汚れていないほうへダフネを押した。いつもそうやって自分の体を楯にして、汚れた場所にダフネが転がらないようにしてくれた。たしかに、思いやりのあるしぐさなのだけれど――。

ダフネはぱっと目を開いた。思わず声を発しかけた。

〝子宮は、強くて健康な精子が入らなければ働かない〟

その日の午後、コルソン夫人からその言葉を聞いたときには、そこまで考えが及ばなかった。サイモンの痛ましい子供時代の話に気を奪われ、どのように愛情を注げば、夫のつらい記憶を完全に消し去れるのだろうかということばかり考えていた。

ダフネは唐突に起きあがり、毛布を腰の辺りまでさげると、ふるえる手でベッド脇のテーブルの上にある蠟燭を灯した。

サイモンが気だるそうに目をあけた。「どうしたんだ？」

ダフネは答えず、ただじっとベッドの向こう端の染みを見つめた。

大の精子。

「ダフ？」

リイモンは子供は持てないと言っていた。自分に嘘をついたのだ。

「ダフネ、どうしたんだ？」サイモンが起きあがった。心配そうな顔に見える。

この心配も、嘘なの？

ダフネは指差した。「それはなんなの？」かろうじて聞きとれる低い声で訊いた。

「それとはなんのことだ？」サイモンの目が彼女の指先を追い、なんでもないベッドを見つめる。「なんのことを言ってるんだ？」

「どうして子供は持てないと言ったの、サイモン？」

サイモンの目が突如、翳った。何も言わない。

「サイモン、どうしてなの？」ダフネはほとんど叫ぶように訊いた。

「細かなことは重要ではないだろう、ダフネ」

穏やかになだめようとする声には、かすかに見くだすような調子が含まれていた。ダフネのなかで何かがぶちんと切れた。

「でてって」ダフネは命じた。

サイモンがぽかんと口をあけた。「ここはわたしの寝室だ」

「だったら、わたしがでてくわ」ベッドからさっとおりてシーツを身に巻きつける。

サイモンはすぐさま彼女を向きなおらせた。「この部屋をでていかせはしない」声を引きつらせて言う。

「あなたはわたしに嘘をついたわ」

「嘘など――」

「嘘をついたじゃない」ダフネは声を張りあげた。「わたしに嘘をついたわ。そのことはけっして許せないわ！」

「ダフネ――」

「わたしが無知であることにつけこんだのよ」ダフネは信じられないほど大量の息を吐きだした。つい先ほど衝撃で締めつけられた喉からでたとは思えないほどに。「わたしが夫婦のお勤めのことについてほとんど無知であるのを知って、さぞ嬉しかったでしょうね」

「男女の交わりと言うんだ、ダフネ」サイモンが言う。

「わたしたちのあいだでは、そうじゃないわ」

ダフネの憎しみがこもった声に、サイモンは怯みかけた。真っ裸で部屋の真ん中に立ち尽くし、その場を収める方法を懸命に考えた。いったい彼女が何を知ったのか、あるいは何を知ったと思い込んでいるのかすらわからない。「ダフネ」興奮して言葉をつかえないよう、きわめてゆっくりと言った。「いったいどういうことなのか、きちんと話してもらえないだろうか」

「あら、まだお芝居を続ける気？」冷ややかに鼻で笑う。「いいわ、だったらお話をしてあげるわよ。昔、昔、あるところに――」

怒りに満ちたとげとげしい声が、短剣のごとくサイモンの胸を刺した。「ダフネ」目を閉じて、首を振る。「こんなふうに話したくない」

「昔、昔」ダフネがさらに声を高めて言う。「あるところに、若い娘がいました。彼女の名前はダフネというのよ」

リイモンは大股で化粧室へ歩いていって、ガウンを引っぱりだした。男には裸で片を付けられないこともある。

「ダフネはとても、とても、愚かでした」

「ダフネ！」

「ええ、わかってるわよ」ダフネは払いのけるようにぞんざいに片手を振った。「無知なのよね。ダフネはとても、とても、無知でした」

サイモンは胸の前で腕を組んだ。

「ダフネは男と女のあいだに起こることを何も知りませんでした。何も知らずに、ベッドで何かをすれば、そのうち赤ん坊を授かるのだろうと思っていました」

「もうじゅうぶんだ、ダフネ」

彼女の目に浮かんだ暗い憤怒の光だけが、聞こえていることを示していた。「ところが、ダフネには赤ん坊を授かる仕組みがよくわかっていなかったので、夫に子供が持てないのだと言われて――」

「話したのは結婚する前だった。きみに自由に断われる選択肢を与えた。忘れたわけではないだろう」サイモンはかっとなって言った。「忘れるはずがないよな」

「わたしはあなたを気の毒に思ったのよ！」

「おっと、男冥利《みょうり》に尽きる言葉じゃないか」自嘲ぎみに笑う。

「ちゃんと聞いてよ、サイモン」ダフネはきつく返した。「あなたを気の毒に思ったから結婚したわけじゃないわ」

「だったら、どうしてなんだ？」

「あなたを愛しているから」そう答えたものの、きつい口調のせいで感情を欠いた台詞のように響いた。「それに、あなたに死んでほしくなかったからよ。あなたは愚かにも死んでしまおうとしていたから」

サイモンは答えようがなかったので、ただ鼻を鳴らし、睨みつけた。

「でも、ごまかそうとしても無駄よ」ダフネが憤然と言う。「わたしは騙されないわ。あなたは子供が持てないと言ったけれど、ほんとうは、子供を持ちたくないのよね」

サイモンは黙っていたが、自分の目に答えが表れていることは承知していた。

ダフネが踏みだして、必死に怒りを抑えた声で続けた。「あなたがもしほんとうに子供を持てないのだとしたら、〝精子〟をどこにだそうと気にしないわよね？　毎晩そんなにあわてて、わたしのなかではない所にだそうとはしないはずだわ」

「ダフネ、きみは事情をよ、よくわかっていないんだ」その声は低く、いらだたしげで、ほんのわずかに苦しげだった。

ダフネは胸の前で腕を組んだ。「それなら説明してよ」

「わたしはけっして子をもうけるつもりはない」言いきった。「絶対に。わかったか？」

「わからないわ」

サイモンは怒りが沸きあがるのを感じた。胸のなかで暴れだし、皮膚を圧迫し、突き破りそうに思えた。ダフネに対する怒りでもなければ、自分自身に対する怒りでもない。いつものように、その存在で――あるいはその存在の欠如で――自分の人生を支配しようとしてきた男に向けられていた。

「父は」サイモンは必死の思いで感情をこらえて言った。「愛情深い男ではなかった」

ダフネの目が彼の目をとらえた。「お父様のことは知ってるわ」

その言葉にサイモンは虚をつかれた。「何を知ってる？」

「あなたを傷つけたことよ。あなたを拒絶したこと」ダフネの褐色の目に何かが浮かんだ

——哀れみとまではいかないが、それに近いものが。「あなたを愚かだと思い込んでいたことも」

胸の鼓動が早鐘を打っている。サイモンはどう話せばいいのかわからなくなった——呼吸の仕方すらよくわからない——が、どうにか言葉を発した。「ということは、きみは——」

「どもること？」ダフネが代わりに言葉を継いだ。

サイモンは助けられたことを心のなかで感謝した。「つかえ」と「どもり」の二語はいまだまともに発声できない言葉なのだから。

ダフネは肩をすくめた。「あなたのお父様はわからず屋だったのよ」

サイモンは呆れてダフネを見つめた。どうして何十年もの怒りを、そのような軽々しいひと言で片づけてしまえるというのだろう。「きみにはわからない」首を振りつつ言った。「わかるはずがないんだ。きみのように愛情あふれる家庭で育った人間には。彼にとって重要なのは血統だけだった。血統と爵位。そして、わたしが完璧ではないと知って——ダフネ、あいつは息子が死んだと言いふらしてたんだ！」

ダフネの顔から血の気が引いた。「そうとまでは聞いてなかったわ」つぶやいた。

「それどころじゃない」吐き捨てるように言う。「わたしは手紙を書き送った。何百通も書いて、会いに来てくれと一生懸命頼んだんだ。あいつは一通も返事をよこさなかった」

「サイモン——」

「わたしが四歳まで話せなかったと、き、聞いたか？　聞いたんだろ？　ああ、話せなかったんだよ。それで、あいつはやって来て、肩を揺さぶって、声をだしてみろと脅した。そいつが、わたしのち、父親だったんだ」

ダフネは、彼がどもりはじめたことに気づかないふりをした。胸のむかつきも、サイモンが受けたひどい仕打ちに対して沸きあがってきた怒りも無視しようとした。「でも、いまはもういない」ふるえがちな声で言った。「その人はもういないけれど、あなたはここにいる」

「あいつは、わたしを見るのもた、耐えられないと言った。何年も後継ぎを授かることを祈ってたんだ。息子ではなく」危ういほどに声を張りあげた。「後継ぎを、だ。そ、それでなんだと？　ヘイスティングス公爵が愚か者に引き継がれてしまう。大事な公爵位が能無しに汚されるだと！」

「でも、彼は誤解してたのよ」ダフネは囁いた。

「誤解だろうと知ったことじゃない！」サイモンがわめき声をあげる。「あいつの頭には爵位のことしかなかった。わたしのことなど、く、口がうまくまわらなくて息子がどんな気持ちでいるかも、まるで考えようとしなかったんだ！」

ダフネは憤りの激しさに気おされて、よろりとあとずさった。何十年ぶんもの憎しみがつのりにつのった憤怒だ。

サイモンは突如つかつかと歩み寄ってきて、ダフネの顔のすぐそばに顔を近づけた。「だが、きみに何がわかる？」凄んだ声で言う。「最後に笑うのはこっちだ。あいつはヘイスティングス公爵の爵位が、愚か者に引き継がれることをなにより恐れていたが——」

「サイモン、あなたは愚か者では――」

「ちゃんと話を聞いてるのか？」サイモンは息巻いた。

ダフネはとうとう恐ろしくなって急いであとずさり、逃げなければならない場合に備えてドアノブに手をかけた。

「もちろん、自分が愚か者でないことぐらい知ってるさ」吐き捨てた。「それに、最後にはあいつにもそれがわかったらしい。そりゃあ、ほ、ほっとしただろう。公爵位は安泰だとな。息子がどんな思いで苦しみを克服したのかも考えずに。あいつにとって大事なのは――公爵位だけなんだ」

ダフネは吐き気を覚えた。次に来る言葉は察しがついた。

サイモンはふっと微笑んだ。それまでダフネに見せたことのない、冷酷な険しい表情。「だが、ヘイスティングス公爵はわたしで途絶える」サイモンが言う。「あいつが相続人としてたいそう気にかけていた親類は……」肩をすくめて、乾いた笑い声を漏らした。「みんな、娘しか授からなかった。どういうわけだろうな？」

サイモンは肩をすぼめてみせた。「それで、ち、父は急に、息子がそれほど能無しではなかったことに気づいたんだろう。頼みの綱はわたしだけだと」

「自分が誤解していたことに気づいたのよ」ダフネは静かな自信をこめて言った。ふいに、ミドルソープ公爵から預かった手紙のことを思いだしたのだ。サイモンの父親が書いた手紙。その手紙はロンドンのブリジャートン館に残してきていた。まだどのようにあつかうべきか決められそうにはないので、そうしておいて良かったと思った。

「そんなことは関係ない」サイモンは皮肉めかして言った。「わたしが死ねば、爵位は途絶える。これほどゆ、愉快なことはない」

サイモンはそう言うと、ドアをダフネにふさがれていたため、自分の部屋の側の化粧室を通り抜けてすたすたとでていった。

ダフネは、ベッドから引き剝がした柔らかな亜麻布のシーツにくるまれたまま、椅子にどさりと腰を落とした。これからどうすればいいのだろう？

とうしようもない妙なふるえに襲われ、その振動が全身に広がった。そしていつしか涙がこぼれていることに気づいた。音を立てず、息をつきさえせずに、泣いていた。

ああ、もう、いったい、これからどうすればいいの？

17

『男は雄牛のように強情だなどという喩《たと》えは、雄牛に失礼である』
一八一三年六月二日付〈レディ・ホイッスルダウンの社交界新聞〉より

結局、ダフネがとるべき道はひとつしかなかった。ブリジャートン家はつねに声の大きい、賑やかな一族で、隠し事をしたり、わだかまりを残しておける者はひとりもいない。なので、ダフネもサイモンと話をすることにした。話しあって解決するために。

翌朝（彼がどこで夜を過ごしたのかはわからない。どこであるにしろ、ふたりのベッドではないことはたしかだ）、ダフネは書斎で夫を見つけた。おそらくはサイモンの父親が設《しつら》えたと思われる、暗く、威圧的な男性らしい感じのする部屋だ。正直なところ、サイモンがそのような空間でくつろいでいられるとは信じられなかった。亡き公爵を思いださせるものを疎んでいたはずなのに。

けれど、サイモンはちっとも居心地が悪そうには見えなかった。机の後ろに腰かけて、上質な桜材の机の表面を保護する革張りの吸い取り器《ブロッター》に足を横柄に立てかけていた。磨きあげられたなめらかな石を片手から片手に転がしている。手前の机の上にはウィスキーの瓶。ここでひと晩明かしたのだろうとダフネは察した。

けれども、たいして飲んではいない。ダフネはせめてもの救いに感謝した。

ドアは少し開いていたので、ノックはしなかったが、平然と入っていくほどの勇気はない。

「サイモン？」ダフネはドアのそばにとどまって問いかけた。

サイモンは目を向けて、片眉を持ちあげた。

「忙しい？」

リイモンが石を置く。「ご覧のとおり、何もしてない」

ダフネは石のほうを手振りで示した。「旅から持ち帰ったの？」

「カリブ海から。海辺で過ごした記念品だ」

サイモンが完璧に流暢《りゅうちょう》に話していることにダフネは気づいた。ゆうべ表れていたどもりの徴候はまったく感じられない。サイモンはいま落ち着いている。腹立たしいほどに。「ここの海辺とはまるで違うのでしょうね？」ダフネは尋ねた。

サイモンが高慢に片眉を吊りあげてみせる。「もっと暖かい」

「そう。まあ、なんとなく想像はつくわ」

サイモンが突き刺すような揺るぎない視線を向けた。「ダフネ、南の海の話をするために、わざわざここに来たわけではないだろう」

そのとおりだけれど、簡単に切りだせる話ではない。それでも、しばらくあとまわしにしたいと思うほど臆病者でもない。

ダフネは深く息を吸い込んだ。「ゆうべのことを話しあわなければいけないわ」

「きみならそう考えると思ったよ」

ダフネは、その平然とした顔を身をのりだしてぴしゃりと打ちたい衝動をこらえた。「わたしは考えてるんじゃないわ。そうしなければいけないと言ってるの」

サイモンはしばし押し黙ったあと、言った。「きみが騙されたと思っているのなら申し訳ないが――」

「正確に言うと、違うわ」

「――わたしがきみとの結婚を避けようとしていたことは覚えているはずだ」

「たしかに、うまい言い方よね」ダフネはつぶやいた。

サイモンは講義を行なうかのような口ぶりで話し続けた。「知ってのとおり、わたしには結婚する意志がまるでなかった」

「そんなことは問題じゃないのよ、サイモン」

「そこがまさに問題なんだ」サイモンが足をおろすと、後ろの二本の脚でバランスを取っていた椅子がどしんと大きな音を立てて床に着いた。「なぜ、それほど固い決意で結婚を避けようとしていたかわかるか？　妻を娶って子供を授かることを拒めば、その女性を傷つけてしまうからだ」

「あなたは妻になる人のことなんて考えてなかったでしょう」ダフネは言い返した。「考えていたのは自分のことだけよ」

「そうかもしれないが」と認めながら「その妻がきみになったとき、ダフネ、すべてが変わったんだ」

「そうとは思えないけど」ダフネはとげとげしく言った。

サイモンが肩をすくめる。「わたしがきみに最大の敬意を払っていたのは知っているはずだ。きみをけっして傷つけたくなかった」

「いまこうして傷つけてるじゃない」ダフネは小声でこぼした。

サイモンの目に一瞬後ろめたさがよぎったが、すぐに強固な意志に取って代わられた。「見えているはずだが、わたしはきみの兄上に強要されても、結婚を申し込むことを拒んだんだ。たとえ」もったいぶって付け加える。「死を迎えることになろうとも」

ダフネは反論しなかった。お互いに、サイモンがあの決闘の場で死んでいたかもしれないことは承知している。ダフネがいま彼のことをどう感じて、彼を蝕《むしば》んでいる憎しみをどれほど嫌悪していようと、サイモンが名誉を重んじてアンソニーを撃たないことはわかっていた。そして、アンソニーのほうは妹の名誉を大事にするあまり、間違いなくサイモンの心臓に照準を定めていただろう。

「わたしが拒んだのは」サイモンが言う。「きみにとって良い夫にはなれないとわかっていたからだ。きみが子供を欲しがっていることは知っていた。きみはたびたびそう話していたし、大人数の愛情深い家庭で育ったのだから」

「あなたもそういう家庭を築けるわ」

サイモンはその言葉が聞こえなかったかのように続けた。「それに、きみが決闘の邪魔に入って、結婚を迫ったときにも、警告したはずだ。わたしは子供を持つつもりはないと――」

「あなたは、子供を持てないと言ったのよ」ダフネは目に怒りをたぎらせてさえぎった。

「だいぶ差があるわ」

「ないね」サイモンがそっけなく返す。「わたしは子を持つことができないんだ。わたしの魂がそれを許さない」

「わかったわ」その瞬間、ダフネのなかで何かが萎《しぼ》み、それが自分の心かもしれないと思うと、とても怖かった。ここまで言われては、どう反論すればいいのかわからない。サイモンがたとえこれからどれほど自分への愛を深めてくれたとしても、父親への憎しみの強さを上まわることはとうていできないように思えた。

「もういいわ」ダフネはきびきびと言った。「あなたはこの件について、心を開いて話す気はまるでないのよね」

サイモンがそっけなくうなずく。

ダフネはひと言で返した。「それなら、良い一日を」

そして、去っていった。

その日のほとんどをサイモンは部屋に閉じこもって過ごした。何にもまして、ダフネと顔を合わせたくなかった。会えば罪の意識を感じずにはいられないからだ。いや、罪の意識を感じるようなことは何もしていないのだと自分に言い聞かせた。結婚する前に、子供は持てないと話しておいたはずだ。ダフネにはできるかぎり、結婚をとりやめる機会を与えたし、それでも自分との結婚を選んだのは彼女だ。何ひとつ強制していない。ダフネが言葉の意味を取り違えて、身体的に子をつくれない男なのだと思い込んでいたのはこちらのせいではない。

それでも、ダフネのことを考えるたび（つまりはほぼ一日じゅう）罪の意識にしつこく苛まれ、ダフネの痛ましい顔を思いだすたび腹が引きつるのだが（つまりはほぼずっと胃痛が続いている）、いっぽうで、いまやすべてがあきらかとなり、とても重たい肩の荷がおりた気もしていた。

隠し事をするのはひどく苦痛なもので、もはやふたりのあいだにはそれがなくなった。間違いなく、好ましいことであるはずだ。

陽も落ちるころには、やはり自分は何も悪いことはしていないのだとほぼ心は定まった。ほぼであって、完全にではないのだが。自分はダフネの気持ちを傷つけるとわかっていて、この結婚に踏みきった。そこがどうにもすっきりしない点だった。ダフネのことは好きだ。いや、それどころか、この世で知る人間の誰よりも好きだ。だからこそ、彼女との結婚にどうにも気が進まなかったのだ。ダフネの夢を打ち砕きたくはなかった。心から望んでいる家族の誕生をあきらめさせたくなかった。自分は身を引いて、彼女がほかの誰かと結婚し、たくさんの子供たちを授かる姿を見守る覚悟はできていた。

サイモンはふいに寒気を覚えた。ほかの男といるダフネを想像することなど、ほんの一カ月前とまるで変わらず、とても耐えられそうにない。

むろん、そんなことはありえないのだとサイモンは思いなおし、理性を働かせようとした。ダフネはもう自分の妻だ。自分のもの。

いまはもう状況は一変している。

どれほどダフネが子供を欲しがっているのかを知りながら、子供を授かれないことを承知させて結婚したのだが。

それでも、おまえは彼女に警告していたはずだろう、とサイモンは自分に問いかけた。ダフネはどのような結婚であるかをきちんと理解していたはずなのだ。

サイモンは夕食後からずっと書斎で腰かけたまま、変哲もない石を両手のあいだで投げあっていたが、突如すっと背を伸ばした。ダフネを騙したわけではない。ほんとうに騙すつもりなどなかった。自分はあらかじめ子供を持てないことを話し、それでも彼女は結婚することに同意した。事実を知って少しぐらい動揺するのは仕方がないとしても、この結婚に子供を望むことは受け入れられない。

サイモンは立ちあがった。今度は自分のほうから、話しあいを求めなくてはならない。ダフネは夕食の席に現れず、サイモンがひとりで食事をするあいだ、夜の静けさのなかで、フォークが皿にあたるかちゃかちゃという音だけが響いていた。今朝以来、妻の姿は見ていない。そろそろ行動を起こす頃合だろう。

ダフネはわが妻なのだ、と改めて自分に言い聞かせた。こちらから会いたいときにはいつでも会うことができるはずだ。

サイモンは廊下をつかつかと進んでいき、何かしらを（用件など必要に応じて考えればいい）講釈する気満々で主寝室のドアを勢いよく開いたが、妻はそこにいなかった。

サイモンは自分の目が信じられずに目をまたたいた。いったい、どこへ行ったというのだ？　もう午前零時になろうというのに。ベッドにいて当然だろう。

化粧室。ダフネは化粧室にいるのかもしれない。数分後にはどうせ夫に脱がされてしまうというのに、小生意気な妻は頑固に毎晩、化粧着を身につける。

「ダフネ？」サイモンは大声で呼びかけて、部屋を横切って化粧室のドアのほうへ歩いていった。「ダフネ？」

返事がない。それに、ドアと床の隙間から明かりが漏れてもいない。まさか暗闇のなかで着替えることはあるまい。

サイモンはドアを手前に開いた。妻の影も形もない。

それから呼び鈴の紐を引いた。力強く。そして廊下へでていって、不運にも主人の呼びだしに答えるはめとなった使用人を待ち受けた。

やって来たのは階上女中のひとりで、名前は思いだせない、小柄なブロンド娘だった。女中は主人の顔をひと目見るなり青ざめた。

「妻はどこだ？」声高に訊く。

「奥様のことですか、旦那様？」

「ああ」いらだたしげに答える。「わたしの妻だ」

女中はぽかんと見つめている。

「わたしが誰のことを言っているのかはわかるだろう。きみと同じくらいの背丈で、髪は長く、濃い色で……」サイモンはさらに続けようとしたが、女中の怯えた表情を見て、自分のいやみたらしい言い方がひどく恥ずかしくなった。ゆっくりと張りつめた息を吐きだす。「妻がどこにいるか知らないか？」口調をやわらげて尋ねた。他人からすれば穏やかな声とは言えないかもしれないが。

「寝室にいらっしゃいませんか、旦那様？」

サイモンは空《から》の部屋のほうへ顎をしゃくった。「見てのとおりだ」

「でも、そこは奥様の寝場所ではありませんわ、旦那様」

サイモンはぎゅっと眉を引き寄せた。「どういうことだ」

「奥様は――」女中が怯えて目を広げ、辺りにすばやく視線を走らせた。逃げ道を探していることはあきらかだ。あるいは、主人の凄まじい剣幕から救ってくれる誰かを。

「はっきり言いたまえ」大声で詰め寄る。

女中の声はとても小さかった。「公爵夫人の寝室にいらっしゃるのでは？」

「公爵夫人の……」にわかに湧きあがった怒りを押し込めた。「いつから?」

「きょうだと存じますが、旦那様。わたしどもはみな、おふたりが新婚期を終えたら、寝室をべつにされるものと思っておりました」

「なぜそんなことを?」唸り声で言う。

女中はふるえはじめた。「旦那様のご両親がそうなさって――」

「両親とわれわれは違う!」声を荒らげた。

女中は後ろへ飛びのいた。

「それに」うんざりとした声で付け加える。「わたしは父とは違う」

「も、もちろんです、旦那様」

「妻が公爵夫人の寝室だと決めた部屋はどこなのか、教えてくれないか?」

女中は廊下の先のドアへふるえる指を向けた。

「ありがとう」サイモンは四歩進んで、いきなり振り返った。「きみはさがっていい」あすには使用人たちのあいだで、ダフネがふたりの寝室をでたという噂話で持ちきりになるだろう。わざわざこの女中の目の前で派手な言い争いを繰り広げて、さらなる話の種を与えてやる必要はない。

女中が急いで階段をおりていくのを見届けてから、サイモンはいらだった足どりでダフネの新たな寝室へ向かって廊下を突き進んだ。ドアの前で立ちどまり、なんと切りだそうかと考えたものの浮かばないので、ひとまずノックした。

返答なし。

力強くドアを叩く。

返答なし。

もう一度叩こうとこぶしを持ちあげて、ふと、ダフネは鍵をかけていないのではないかと思いついた。そんなことも思いつけずにばかばかしいことを――。

ドアノブをまわした。

鍵がかかっていた。サイモンは罵り言葉を早口で流暢につぶやいた。悪態については生まれてこのかた一度もつかえたことがないとは滑稽だ。

「ダフネ！　ダフネ！」半ば叫ぶように呼びかけた。「ダフネ！」

ようやく、部屋のなかを移動する足音が聞こえた。「はい？」ダフネの声がした。

「なかに入れてくれ」

しんと静まり返ってから、「だめ」

サイモンは呆然として頑丈な木のドアを見つめた。ダフネが自分の直接の指示に逆らうとは思ってもみなかった。彼女はわが妻だぞ。夫に従うと誓ったのではないのか？

「ダフネ」怒気を含んだ声で言う。「いますぐ、このドアをあけろ」

ダフネはドアのすぐそばまで来ているに違いない。というのも、言葉を発する前にまさにため息が聞こえたからだ。「サイモン、あなたをベッドに入れたいと思わないかぎり、この部屋にあなたを入れる理由はないわ。そして、わたしはそう思わないのだから、願わくは

——たぶん、屋敷じゅうの人も同じ願いでしょうけれど——、さっさと自分のベッドへ戻ってくれないかしら」

サイモンは実際に口をぽっかりあけた。頭のなかでドアの重さを推し量《おしはか》り、このどでかい物体を打ち破るには、どれぐらいの力がいるのだろうかと思いめぐらせた。

「ダフネ」自分でもぞっとするほど穏やかな声で呼びかけた。「いますぐこのドアをあけなければ、打ち破る」

「しないわよ」

サイモンは何も答えず、ただ腕組みして睨みつけた。ダフネがこちらの表情を正確に読みとっていることはまず間違いない。

「そうよね？」

沈黙が最も効果的な返事であることを悟り、今度は答えなかった。

「そうであることを願うわ」どことなく頼むような口調で付け加える。

サイモンは疑わしげにドアを見つめた。

「あなたがけがをしてしまうもの」ダフネが言う。

「だったら、このどでかいドアをあけるんだ」サイモンは吐きだすように言った。

沈黙があって、ゆっくりと錠前がまわる音がした。サイモンは乱暴にドアを開くまいとどうにか気を落ち着けた。おそらくはダフネと間近で向きあうことになってしまう。なかへ踏みこむと、およそ五歩先で、ダフネが腕を組み、足を開いて喧嘩腰《けんか》の態度で立っていた。

「わたしにはもう二度と、ドアの鍵をかけるな」唾を飛ばした。

ダフネが肩をすくめる。ほんとうに肩を持ちあげてみせた！「ひとりになりたいときもあるわ」

サイモンは数歩進んだ。「朝までに身のまわりの物をふたりの寝室に戻すんだ。そして、きみは今夜から戻れ」

「いやよ」

「いやとは、どういうことなのかわかってるのか？」

「どういうことだとあなたは思うの？」ダフネは訊き返した。

これほど衝撃的で腹立たしいことがあるだろうか——ダフネが自分に逆らい、悪態をついている。

「いやというのは」ダフネが声を高めて続ける。「いやということよ」

「きみはわたしの妻だ！」サイモンは声を荒らげた。「きみはわたしと一緒に寝るんだ。わたしのベッドで」

「いやよ」

「ダフネ、言っておくが……」

ダフネの目が細く狭まった。「あなたがわたしから何かを取りあげるのなら、わたしもあなたから取りあげるわ。わたしを」

サイモンは言葉を失った。まるで言葉がでてこない。

ダフネのほうは違った。ドアのほうへ歩いていき、そこを通るようぞんざいに手ぶりで示す。「わたしの部屋からでてって」

サイモンは怒りのあまりふるえだした。「この部屋もわたしの持ち物だ」唸り声で言う。「きみも」

「あなたの持ち物はお父様の爵位だけだわ」ダフネは切り返した。「自分自身すら持っていないのよ」

低い轟《とどろ》きが耳を満たした――燃えあがる憤りの轟き。サイモンは、ほんとうに彼女を傷つけてしまいそうで怖くなり、よろりとあとずさった。「それはいったい、どういうい、意味だ？」問いただす。

腹立たしくも妻はまた肩をすくめた。「自分で考えたら」

良心はいっさい部屋の外へ吹き飛んで、サイモンはずんずん進んで彼女の上腕をつかんだ。つかむ力が強すぎることはわかっていたが、体内を駆けめぐる灼熱の怒りをどうすることもできなかった。「きみが説明するんだ」食いしばった歯を開くことができず、その隙間から吐きだすように言った。「さあ」

ダフネがいかにも冷静な訳知りふうの目を向けたので、サイモンは怯みかけた。「あなたは自分の意志で生きてない」さらりと言う。「いまだに、お墓に眠るお父様に支配されてるのよ」

サイモンはとてつもない憤怒に襲われ、言葉を呑み込んだ。

「あなたの行動や、選択は――」言いながら、ダフネは目に切ない表情を浮かべた。「あなたとも、あなたの求めるものとも、あなたの欲求ともなんのかかわりもない。サイモン、あなたがしていることはすべて、動作も、話す言葉も、単に父親に反抗するためのものなんだもの」途切れがちな声で締めくくる。「彼はもう、生きてもいないのに」

サイモンは捕食動物のごとく異様に優雅なしぐさで踏みだした。「動作も言葉も」低い声で言う。「支配されてなどいない」

ダフネは彼の野性的な目の表情に怖気づいて、身をのけぞらせた。「サイモン？」おずおずと呼びかけた。体は自分の二倍はあり、三倍もの力がある男性に立ち向かう勇気や虚勢はたちまち消えうせた。

サイモンの人差し指の先が彼女の上腕を滑りおりる。ダフネは絹の化粧着をまとっていたものの、彼の熱気と力強さが布地を通してじんと伝わってきた。サイモンが身を寄せて、片手をするりと動かして彼女の尻を包み、ぎゅっとつかんだ。「こうしてきみに触れることは」耳に触れそうなほど口を近づけて囁く。「父とはなんのかかわりもない」

ダフネは彼を求めている自分自身が腹立たしくて身ぶるいした。自分にこのような感情を抱かせる彼のことも腹立たしい。

「わたしの唇がきみの耳に触れるのも」サイモンが彼女の耳たぶを軽く噛んでつぶやく。「父とはなんのかかわりもない」

ダフネはサイモンを押しのけたかったけれど、両手が彼の肩に触れると、つかむことしかできなかった。

サイモンがゆっくりと、容赦なく、ベッドのほうへ彼女を押しはじめた。「そして、きみをベッドに導いて」熱い言葉を彼女の首の皮膚に吹きかける。「肌と肌と重ねるときも、存在するのはふたりきり――」

「違うわ！」ダフネは声をあげて、精一杯の力で押しやった。サイモンは不意をつかれて後ろへよろめいた。

「あなたがわたしをベッドへ導くとき」声を絞りだす。「存在するのは、わたしたちふたりきりじゃないわ。あなたの父親がつねにそこにいるのよ」

化粧着の幅広の袖の下を這いのぼっていた彼の指が、ダフネの皮膚に食い込んだ。サイモンは口をつぐんでいたが、言葉はいらなかった。青い目に凍てついた怒りがすべてを伝えている。

「わたしの目を見て言える？」ダフネは囁きかけた。「わたしの体からでて、代わりにベッドの上で果てるとき、あなたはわたしのことを考えてるかしら？」

サイモンは引きつった険しい表情で、彼女の口に目を据えた。

ダフネは首を振りながら、力の抜けた彼の腕から逃れた。「わたしにはそう思えない」小声で言う。

サイモンからも、ベッドからも離れていった。彼がその気になれば、間違いなく自分を誘惑できるだろうとダフネは思った。キスをして、愛撫され、めまいがするほどの恍惚のきわみに達して、翌朝、彼を厭《いと》わしく思うに違いない。

それ以上に、自分がいやでたまらなくなるはずだ。

部屋はしんと静まり返り、ふたりは離れて向きあっていた。サイモンは両手を脇に垂らし、衝撃と痛みと憤りの入りまじった悲痛な面持ちで立っている。そして目が合った瞬間、彼が当惑しているように見えて、ダフネはわずかに心がひび割れた気がした。

「たぶん」穏やかに言う。「部屋をでたほうがいいと思うわ」

サイモンは悩ましげな目を上げた。「きみはわたしの妻だ」

ダフネは黙っていた。

「法的には、わたしのものだ」

ダフネはじっと彼を見て言った。「そのとおりよ」

サイモンが一瞬のうちに距離を詰めて、両手を彼女の肩にかけた。「きみをその気にさせることはできる」囁いた。

「そうね」

サイモンがさらに低い、さし迫ったかすれ声で言う。「たとえそれができなくても、きみは法的にはわたしのものだ。わたしはここに強引に残ることもできる」

ダフネは百歳にも老けた気分で口を開いた。「そうするつもりはないでしょう」

サイモンはその言葉が正しいことを悟って彼女から身を引き離し、部屋を飛びだしていった。

18

『このところ、上流社会で（紳士の）男性諸氏の酒量が増えていると見るのは、筆者だけだろうか？』

一八一三年六月四日付〈レディ・ホイッスルダウンの社交界新聞〉より

リイモンは飲みに出かけた。たびたびすることではない。とりたてて楽しいこととも思えないが、そんなことはどうでもよかった。

クライヴェドン城からわずか数マイル先の海辺には、多くの酒場が軒を連ねている。そしてそこへ多くの船乗りたちが喧嘩相手を求めてやって来る。そのうちのふたりが、サイモンに目をつけた。

サイモンはふたりとも叩きのめした。

胸には怒りが沸いていた。何年も心の奥深くにくすぶっていた憤怒。それをようやく発散できる手立てを見いだして、たいして挑発も受けずにすんなり喧嘩の誘いに乗った。

そのときには、赤く日焼けした船乗りが父親にしか見えない程度には酒が入っていた。毎回、あの拒絶の罵り言葉を思いだしては、こぶしを突きだした。爽快だった。自分はたいして暴力的な男ではないと思っていたが、この日ばかりはこのうえなく爽快に感じた。

ふたりの船乗りを片づけてしまうと、もう誰も近づいてこようとはしなかった。地元の人々は強さを見てとり、それよりなにより怒りを感じとっていた。しかも、ふたりのうちの後者は前者よりも見るからにひどい痛手を負っていた。

サイモンは空に曙光《しょこう》が射してくるまで酒場にいた。代金を払った酒瓶からせっせと呑み続け、帰るときにはふらつく脚で立ちあがり、その瓶をポケットにしまって、家路を進みだした。

馬に乗っているうちに酔いがまわり、安いウィスキーに胸をじりじりと焼かれた。靄《もや》がかった頭で考えられることはただひとつだった。

ダフネを取り戻したい。

なんといっても、わが妻だ。そばにいるのがもう当然のように思っていた。彼女が朝目覚めて、ふたりの寝室からでていくことすら耐えられない。

ダフネを取り戻さなければ。誘いをかけて、口説き落として、それから——。

サイモンは大きく無作法なげっぷを吐いた。まったく、誘いをかけて口説き落とせれば、それでもうじゅうぶんだろう。酔いがひどくて、それ以上のことは考えられなかった。

クライヴェドン城に帰ったときには、見事に独りよがりの酔っ払いができあがっていた。

そして、ふらふらとダフネの部屋のドアにたどり着くと、死人も目覚めそうなほどの大声をあげた。

「ダフネ――――！」切迫した思いはみじんも感じさせないよう声を張りあげた。哀れみをかけられたくはない。

サイモンは眉をひそめて考え込んだ。いや、考えようによっては、切迫した声で呼んだほうが、相手もドアをあけやすいかもしれないぞ。何度か音を立てて鼻を啜ってから、もう一度声を張りあげる。「ダフネ――――！」

二秒で返事がないので、重厚なドアにもたれかかった（じつはほとんど、ウィスキーで平衡感覚をやられてしまったせいなのだが）。「ああ、ダフネ」額を木のドアにつけて、ため息を吐く。「きみがもし――」

ドアが開いて、サイモンは床に転がり落ちた。

「ど、どうして……しょ、しょんなに早くあけるんだ？」もごもごとつぶやいた。

ダフネは化粧着の胸もとをぎゅっと引き寄せたまま、床でぐったりしている人間を見て、ようやく夫だと気づいた。「あらやだ、サイモン。いったい――」助け起こそうとして身をかがめ、彼が口をあけて息を吐きだしたとたん、うっとのけぞった。「お酒を飲んでるのね！」咎める口調で言った。

サイモンは神妙にうなずいた。「しょうなんだ」

「どこに行ってたの？」ダフネは問いただした。

サイモンはなんとくだらない質問をするのかというように瞬きをして、目を向けた。

「酔っ払ってきた」と言って、げっぷを吐く。

「サイモン、ベッドに入るべきだわ」

今度はずいぶんと元気よく素直にうなずいた。「ああ、うん、しょうだな」立とうとしたものの、膝が伸びる前につんのめり、またも絨毯の上に転がった。「ううむ」自分の下半身を見おろす。「ううむ、変だな」顔を上げ、途方に暮れてダフネを見やった。「自分の脚とは思えない」

ダフネはぐるりと目をまわした。

サイモンはもう一度その脚を立たせようと試みたが、同じ結果に終わった。「手足がちゃんと動かないみたいにゃんだ」ぼそりと言い訳する。

「ちゃんと動いてないのは、あなたの頭よ！」ダフネは言い返した。「わたしにどうしろっていうの？」

サイモンがダフネのほうを向いてにやりとした。「愛してくれるか？　愛してると言っただろう」眉をひそめる。「取り消しはできないぞ」

ダフネは大きなため息を吐きだした。ここは怒るべきなのだろうが——実際、かなり頭にきている！——、これほど哀れっぽい姿を目にしてはそれなりの怒りを保つのは難しい。

それに、三人も兄がいるので、呆れた酔っ払いのあつかいにも少しは覚えがあった。酔いを醒《さ》まさせるには眠らせなければならず、ほかに策はない。おそらくは当然の報いとして、目覚めたときには猛烈な頭痛に苦しみ、有害な飲み物なのだとしっかり思い知らされたころ、一日酔いが完全に抜けるのだ。

「サイモン？」ダフネは辛抱強く問いかけた。「どれぐらい飲んだの？」

サイモンがしまりのない笑みを浮かべる。「たくさん」

「でしょうね」ダフネは小声でつぶやいた。しゃがんで彼の腕に手をくぐらせる。「さあ、立って、あなたのベッドへ行きましょう」

けれど、サイモンは動かず、床に尻をついたまま、なんともまの抜けた顔でダフネを見やった。「にゃんで、立たなきゃならないんだ？」もつれる舌で言う。「一緒に坐らないのか？」ダフネに腕をまわして、だらりと抱きしめた。「坐れよ、ダフネ」

「サイモン！」

サイモンが自分の脇の絨毯を叩く。「ここがいい」

「サイモン、だめよ、そこには坐れないの」ダフネは唸り声で言うと、彼の重たい体の下からどうにか逃れた。「ベッドに行くのよ」もう一度サイモンを動かそうとしたが、またも悲惨な結果に終わった。「まったくもう」つぶやくように言う。「どうして、そんなに飲んでこなければならなかったわけ？」

耳を傾けているそぶりはなかったのに、聞こえたらしく、小首をかしげて言った。「きみを取り戻したかったんだ」

ダフネは驚いて唇を開いた。そのためにはしなければならないことがあるのは互いにわかっているが、サイモンがこれほど酔っていてはきちんと話しあえるはずもない。だから彼の腕を引いて言った。「それについてはあす話しましょう、サイモン」

サイモンは続けざまにすばやく何度か目をまたたいた。「考えてみれば、もうあすだ」きょろきょろ首をまわして、窓のほうを見やった。カーテンは開いていないが、新たな日の光がすでに漏れ射している。「夜が明けてる」サイモンがぼそりと言う。「だろ？」窓のほうへ腕を振る。「もう、あすだ」

「それなら、夜に話しましょう」投げやりぎみに言った。すでに心が風車に巻き込まれた気分に陥っている。これ以上一秒たりとも耐えられそうにない。「お願いよ、サイモン、その話はあとにして」

「だけど、ダフニェ――」サイモンは、犬が水を振り払うのとそっくりのしぐさで首を振った。「ダフニェ」ゆっくりと言いなおす。「ダ、フ、ニェ」

ダフネはどうにも笑いをこらえられなかった。「なんなの、サイモン？」

「問題はだ」――サイモンが頭を掻きむしる――「きみがわかってないことなんだ」

「わたしが何をわかってないの？」静かに言った。

「どうして、できないのか」サイモンが言い、彼女と同じ高さに顔を上げた。その目に浮かんだ哀しみに、ダフネはたじろいだ。

「ほんとうに、きみを傷つけたくなかったんだ、ダフ」サイモンがかすれ声で言う。「わかってくれるよな？」

ダフネはうなずいた。「わかってるわ、サイモン」

「良かった。だから――」サイモンが全身をふるわせるようにして大きく息を吸う。「きみの望みを叶えてやりゅことができない」

ダフネは黙っていた。

「ずっと」サイモンが悲しげに言う。「ずっと、あいつが勝ってきた。わかりゅか？　いつも、あいつの勝ちなんだ。今度こそ、勝ってやる」ゆっくりとぎこちなく、片腕を水平に弧を描くように伸ばしてから、胸に親指を突きつけた。「ぼくが。一度でいいから勝ちたい」

「ああ、サイモン」ダフネは囁きかけた。「あなたはもうずっと前から勝ってるわ。彼の予想を超えたときに、あなたは勝ったの。弱点を克服したときに、友人をつくったときに、新しい世界へ旅したときに、もう勝っていたのよ。あなたは、彼が考えてもいなかったことをすべてやってのけた」息をついてから、彼の肩をぎゅっと握った。「彼を負かしたのよ。あなたが勝った。どうしてそれがわからないの？」

サイモンは首を振った。「あいつが望んだ人間にはなりたくない。たとえ――」しゃっくりする。「たとえ、ぼ、ぼくにはけっして期待してなかったとしても、あいつがの、望んでたのは、完璧な息子、完璧なこ、公爵になって、完璧な公爵夫人とけ、結婚して、か、完璧な子供をこしらえることなんだ」

ダフネは下唇を噛みしめた。サイモンがまた言葉をつかえはじめた。だいぶ動揺しているに違いない。なによりも父に認められることをひたすら望んでいた幼いサイモンを想像すると、胸が張り裂けそうな思いがした。

サイモンが首を傾けて、異様に落ち着いた目を向けた。「あいつも、きみのことは気に入るな」

「まあ」サイモンの言葉をどう解釈していいものかわからずに言った。

「だが」――肩をすくめて、密やかないたずらっぽい笑みを浮かべる――「それでも、きみと結婚した」

サイモンが真剣そのもので、少年のようにむきになる姿を見て、ダフネは抱きしめて慰めてやりたい思いをこらえなければならないのがつらかった。けれど、どれほど深く苦悩し、心が傷ついていたとしても、彼の考え方は間違っている。父親への一番の復讐は、充実した幸せな人生を生きて、父親が彼には無理だと決めつけていた、至福の喜びや栄光を手にすることなのに。

ダフネはいらだたしく重苦しい喉のつかえを呑みくだした。サイモンがつねに死んだ人間に逆らうことを基軸に行動のすべてを決めているのだとすれば、幸せな人生を送れるとはとても思えない。

でも、いますぐその話を持ちだす気にはなれなかった。疲れているし、サイモンのほうも酔っ払っているのだから、ふさわしい機会であるはずがない。「ベッドへ行きましょう」ダフネはようやく言った。

サイモンが慰みを求める本能に駆られた目で、しばらく妻に見入った。「おいてかないでくれ」囁き声で言う。

「サイモン」ダフネは声を詰まらせた。

「お願いだ。あいつは去っていった。みんな去っていった。だから、ぼくも去った」ダフネの手を握りしめる。「きみはいてくれ」

ダフネはおずおずとうなずいて立ちあがった。「わたしのベッドで寝るといいわ。午前中には気分も良くなるわよ」

「でも、きみはいてくれるんだよな？」

それは違う。ダフネはそれはできないと思いつつ、言った。「そばにいるわ」

「良かった」サイモンがふらふらと立ちあがる。「だって無理だもんな――ほんとうに――」ため息をついて、苦しげな目を向けた。「きみがいないと」

ダフネはサイモンをベッドのほうへ連れていき、自分も引きずられそうになりながら、ベッドに倒れ込ませた。「じっとしてて」指示をして、ブーツを脱がせるためにひざまずいた。兄たちにも同じことをしたことがあるので、爪先ではなく踵をつかんだほうがやりやすいことは知っていた。けれど、今回は足にぴったりと張りついていたので、なんとか引き抜いたと同時に体ごと床に倒れた。

「なんてことかしら」こぼしながら、もう一度、腹立たしい作業に取りかかる。「女性は服飾の奴隷《どれい》だなんてうまい格言よね」

サイモンからいびきらしき音が聞こえてきた。

「寝てるの？」ダフネは信じられない思いで問いかけた。もう片方のブーツは先ほどよりは少し楽に抜けて、両脚——ずしりと重い——をベッドの上にのせてやった。

濃い睫毛を頬にぴたりと伏せた顔は若々しく、安らかに見える。ダフネは彼の顔に手を伸ばして、額にかかった髪を払いのけた。「あなた、よく眠ってね」囁いた。

けれども離れようとしたとき、彼の腕がさっと伸びてきてダフネに巻きついた。「いてくれると言ったのに」咎めるように言う。

「眠ったのかと思ったわ！」

「約束を破ることは認めない」サイモンに腕を引っぱられ、ダフネはついに抵抗をあきらめて、彼の隣りに身を横たえた。彼は温かく、自分だけのものだった。ふたりの未来に深刻な不安を感じていても、その瞬間は彼のやさしい抱擁に抗うことはできなかった。

ダフネは一時間ほどで目を覚まし、すっかり寝入ってしまったことに驚いた。サイモンはまだ隣りに横たわり、静かな寝息を立てている。ふたりともそのままの格好で、サイモンはウィスキーの匂いのする服を、ダフネは化粧着を身につけていた。

そっと彼の頬に触れた。「わたしにどうしろっていうの？」囁いた。「もちろん、あなたを愛してるわ。愛しているけど、あなたが自分にしていることがいや」ふるえる息を吸う。「それに、わたしにしたことも。あなたがわたしにしていることがいやなの」

サイモンが眠そうに身じろぎ、その瞬間とっさに、起きているのだろうかと不安になった。

「サイモン？」呼びかけても反応がないので、ほっと胸をなでおろした。彼に話す心がまえができていないことを声にだすべきではないのはわかっているけれど、純白の枕で眠る彼の顔はあまりに無邪気に見える。そのせいで、心の奥に秘めた思いがついぽろりと口をついていた。

「ああ、サイモン」吐息を漏らし、こみあげる涙をこらえて目を閉じた。起きあがらなければ。いますぐ、なんとしても起きあがって、ひとりで部屋をでるべきだ。サイモンがこれほどまで自分の子を世に産みだすことを拒む理由はわかったけれど、彼を許せはしないし、その考えにはどうしても従えない。サイモンが目覚めたときにまだ腕のなかにいたら、妻も自分が望む家族の形に納得したものと思われてしまう。

ゆっくりと、心ならずも、ダフネは身を引き離そうとした。でも、サイモンは腕をきつく巻きつけていて、寝言のようにつぶやいた。「だめだ」

「サイモン、わたし――」

サイモンに引き寄せられ、ダフネは彼がじゅうぶんに昂ぶっていることに気づいた。

「サイモン？」目をぱちぱち見開いて小声で呼びかけた。「起きてるの？」

また寝言らしきつぶやきを返して、誘惑する様子もなく、ひたすら身をすり寄せてくる。

ダフネは驚いて目をしばたたいた。男性が寝ながらでも女性を欲することができるとは、知らなかった。

頭を少し引いて彼の顔を眺め、手を伸ばして顎の輪郭に触れた。サイモンが小さな呻き声を漏らす。その低くかすれた声が、ダフネを大胆な行動に駆り立てた。そっと、思わせぶりな手つきで彼のシャツのボタンをはずし、しばしとまって、臍《へそ》の周りをなぞる。

　サイモンがそわそわと身じろぎ、ダフネは力が湧きあがってくるような得体の知れない高揚感を覚えた。彼は自分の手の内にある、と気づいた。眠っているし、まだ少なからずお酒が残っているだろうから、いまなら彼を自分の思いのままにできるかもしれない。

　思いのままにできるはずだ。

　ちらりと顔に目をやり、彼がまだ眠っているのを見て、ダフネはすばやくズボンをおろした。その下で、彼は硬く、切迫していた。手で包み込むと、激しく脈打つ血潮を指に感じた。

「ダフネ」サイモンが吐息をついた。目をぱたぱたとあけて、しわがれた呻き声を漏らした。

「ああ、たまらない。すごく気持ちいい」

「しいっ――――」ダフネは甘く囁いて、絹の化粧着を脱ぎ捨てた。「わたしにまかせて」

　愛撫を続けるあいだ、サイモンは仰向けで両脇に垂らした手を握りしめていた。結婚してわずか二週間のあいだに、ダフネにたくさんのことを教えてくれた彼がやがて欲情に悶え、きれぎれに喘ぎだした。

　そして、とうとう、ダフネも彼を欲しはじめた。自分に彼にのしかかれるほどの力があるように思えてきた。主導権を握っているという感覚に想像もできなかったほど欲情をそそられた。胸がざわざわして、そのうち妙に気が急いてきて、彼を求めていることを悟った。

　彼になかに入ってほしい。自分を満たして、男が女に与えられるすべてのものを与えてほしい。

『ああ、ダフネ」サイモンが呻いて、左右に首を振る。「きみが欲しい。欲しいんだ、いますぐ」

ダフネは彼の上に移動し、両手を彼の肩についてまたがった。自分の手で、すでに欲望で濡れている入り口へ導いていく。

サイモンが背を反らせると、ゆっくりと、そのほとんどをなかへ滑り込ませた。

「もっと」サイモンが喘ぐ。「早く」

ダフネは頭を引いて、ぎりぎりまで腰を落とした。彼の肩をぎゅっとつかんで荒く息をつく。そうして完全に彼がなかに収まると、死んでしまいそうなほどの快感を覚えた。これほど満たされたのも、女性であることを実感したのも初めてだった。

ダフネは彼の上で動きながら咽《むせ》ぶような声をあげ、背を弓なりにして悦びに身を悶えた。両手を腹部にぴたりと広げて身をくねらせながら、その手を乳房のほうへのぼらせていく。

サイモンがそれを見つめて、しゃがれた呻き声を漏らした。目はとろんとして、開いた唇から熱く、荒い息を吐いている。「ああ、たまらない」かすれてざらついた声。「どうしようというんだ？　きみはいったい――」ダフネが自分で乳首に触れたのを見て、腰を突きあげた。「そんなことをどこで覚えた？」

ダフネは見おろして、とまどいの笑みを浮かべた。「わからないわ」

「もっと」サイモンが呻くように言う。「見せてくれ」

ダフネはどうすればいいのかよくわからないので、ただ本能に身をまかせた。彼に擦りつけるようにして腰をまわし、背を反らせて、乳房を誇らしげに突きだした。それを両手で包み込み、やさしく握って、サイモンの顔からけっして目を離さずに指で乳首を転がす。サイモンが激しく、荒っぽく腰を突きあげはじめ、大きな手でシーツをがむしゃらにつかんだ。彼は達しようとしているのだと、ダフネは察した。いつもなら、彼女に念入りに悦びを味わわせ、絶頂に達するのを見届けてから、自分も同じ恵みに浴するのに、今回は彼が先に爆発しようとしていた。

「くそ、だめだ」突然、サイモンが叫んで、欲望が剝きだしのざらついた声で言う。「もう――我慢できな――」懇願するようなさし迫った目をダフネに据え、弱々しく引き抜こうとした。

ダフネは思わず力をこめて上から押さえつけた。

サイモンがなかで爆発し、その勢いで腰が跳ねあがり、ダフネも一緒に押しあげられた。ダフネは彼の体の下に両手をまわし、精一杯の力で抱え込んだ。今回はいや。このチャンスを逃したくない。

サイモンはわれに返って目をあけて、いまさらながら自分のしていることに気づいた。だが体はもう言うことをきかなかった。達した勢いをとめることはできない。自分が上にのっていれば、引き抜く気力を残しておけただろうが、彼女の下で、みずからの体を欲望の塊りのように弄《もてあそ》ぶさまを見せられては、猛烈に煽られた欲求をどうすることもできなかった。

歯を食いしばって腰を上げたままでいると、彼女の小さな手が自分の下に添えられ、さらにきつく子宮に食い込ませようと押していることに気づいた。サイモンはダフネの無心な恍惚の表情を見やって、突如悟った――意図的なのか。こうなることをもくろんだのか。

ダフネは、夫の酔いが醒めきっていないのをいいことに、寝ているあいだに昂ぶらせ、体を押さえつけて自分のなかに放出させたのだ。

サイモンは目を広げて彼女の目を見据えた。「どういうことだ?」低い声で言う。

ダフネは黙っていたが、顔色が変わったので、聞こえているのは見てとれた。

サイモンはきつく締めつけられはじめたのを感じて、すぐにダフネを押しやり、自分は先にすませておきながら彼女の恍惚を無情にも断ち切った。「どういうことだ?」繰り返した。

「わざとなんだな。こ、こ、こんな――」

ところが、ダフネは膝を胸に引き寄せて、小さなボールのように身を丸めた。

サイモンはぐいと立ちあがると、激しく毒づいた。油断した隙《すき》に自分を欺いたことを咎めようと口を開いたものの、舌がもつれて、一文はおろか、初めの言葉すらでてこない。

「き、き、きみ――」それでやっとだった。

ダフネが怯えた目で見つめた。「サイモン?」囁きかける。

サイモンは耐えられなかった。彼女に、このような取り乱した姿を見られるのは耐えられない。くそ、なんでなんだ。七歳のときに戻ってしまったように思えた。話せない、口がうまく動かない。気が動転した。

ダフネの顔が気づかわしげに曇った。いりもしない哀れみを含んだ気づかい。「大丈夫？」小声で訊く。「息はできる？」

「ど、ど、ど――」〝同情するのはやめろ〟にはほど遠く、それしか言葉にならなかった。あざける父の顔が浮かび、喉が締めつけられ、舌が貼りついた。

「サイモン？」ダフネが言い、急いでそばにきた。声がうろたえている。「サイモン、何か言って！」

ダフネが腕に手を伸ばしてきたが、サイモンはそれを振り払った。「触るな！」怒鳴りつけた。

ダフネはたじろいだ。「話せる言葉もあるのね」低い寂しげな声で言う。

サイモンは自分自身も、妻の呆れたような声も、自制心を打ち砕かれたことも腹立たしかった。喉が詰まって、締めつけられるような気がして、まったく話せない――それを克服するためにずっと努力してきたはずなのに、彼女のせいでまさしくもとの状態に引き戻されようとしている。

彼女にそんなことをさせるわけにはいかない。昔のように引き戻されてたまるものか。

彼女の名を呼ぼうとしても、何も言葉がでてこない。

去らなければならない。彼女の顔を見られない。一緒にいることなどできない。自分自身の存在すら疎ましいが、残念ながら、それればかりはどうにもならない。

「ち、ち、か、か、づくな」サイモンは息を切らしながら言い、彼女に指を突きつけて、ズボンを引っぱりあげた。「き、き、きみのせいだ！」

「なんのこと？」ダフネが問いかけて、シーツを身に巻きつけた。「サイモン、落ち着いてよ。わたしはそんなに悪いことをした？　わたしを求めたでしょう。あなたは、わたしを求めてたわよね」

「こ、これは！」サイモンは声をあげて、自分の喉を指差した。それから、ダフネの腹部に指先を向ける。「そ、そのせいだ」

もはやそれ以上、彼女の顔を見ていることに耐えられなくなり、サイモンは部屋を飛びだしていった。

同じように簡単に、自分自身からも逃れられればいいのだが。

一時間後、ダフネは置き手紙を見つけた。

急用ができたので、べつの領地へ向かわねばならない。きみの妊娠の企てが成功したなら、知らせてくれ。

必要とあらば、わたしの指示は家令からきみに伝える。

サイモン

一枚の紙が、ダフネの指のあいだからゆっくりと床に舞い落ちた。激しい嗚咽《おえつ》が漏れて、ダフネはこみあげる感情をせきとめるかのように手で口を押さえた。

サイモンは去った。ほんとうに自分をおいて去ってしまった。怒っていたのはわかっていたし、許してくれないかもしれないと心配もしたけれど、ほんとうに去ってしまうとは思わなかった。

じつを言えば、彼が部屋を飛びだしていったときも、ふたりで問題を解決できるはずだと考えていたのだが、もうそれも叶わないかもしれない。

きっと、高望みしすぎたのだろう。独りよがりに、彼の心の傷を埋めて、癒すことができるものと信じていた。実際よりも自分には力があるのだと自惚れていたことを、いまさらながら思い知らされた。自分は深く、純粋に愛しているのだから、サイモンもそのうち、長年みずから焚《た》きつけてきた憤りや痛みを捨て去れるだろうと思い込んでいた。

なんという思いあがりをしていたのだろう。いまにして考えれば、なんて浅はかだったの。自分の力ではどうしようもないこともあるのだ。家族の愛に守られた人生を送ってきたせいで、そのことにいままで気づくことができなかった。一生懸命努力して、自分がそうしてほしいように人にも接しさえすれば、報われるものだとずっと信じていた。

でも、今度は違った。サイモンはもう手の届かないところに行ってしまった。

ダフネは静まり返った屋敷のなかを黄色の間へ向かった。使用人たちはみな彼が屋敷を離れたことを知って、慎重に自分を避けているのだろうか。ゆうべの口論のことはあれこれ取り沙汰されているに違いない。

ダフネはため息をついた。悲しみは、身近な集団に知られるとよけいにつらいものになる。たとえ、その人々の姿がこちらには見えない場合でも、とダフネは思いながら、呼び鈴の紐を引いた。使用人たちの姿は見えないけれど、みなすぐそこにいて、密かに囁きあい、自分を哀れんでいることはわかっていた。

使用人たちの噂話のことなど、これまでたいして考えたことはなかったものだと不思議な気がした。けれどこうして――沈んだ小さな呻き声を漏らしてソファにどさりと腰かける――ひとりでいると、あまりに侘しい。ほかに考えられることなどあるだろうか?

「奥様?」

目を上げると、若い女中が遠慮がちに戸口に立っていた。膝を曲げて小さくお辞儀して、指示を待ち受ける目を向けた。

「お茶をお願い」ダフネは静かに言った。「ビスケットはいらないわ、お茶だけで」

若い女中はうなずいて、走り去った。

女中が戻ってくるのを待つあいだ、ダフネは腹部に触れ、穏やかな敬意をこめて見おろした。目を閉じて、願いを念じた。お願いします、神様、お願いですから、子供を授けてください。

ダフネはもう二度と機会はないだろうと思った。

自分のしたことを恥じてはいない。恥じるべきなのかもしれないけれど、恥じたくはなかった。

もくろんでいたわけではない。サイモンが寝ている顔を見て、考えてはいなかった——〝彼はたぶんまだ酔っている。愛しあって、彼の精子を奪って、黙っていよう〟などとは。

そんなふうに起こったことではない。

どうしてあのようになったのかはよくわからないけれど、いつしか彼の上にのっていて、その次に気がついたときには彼が引き抜く機を逃し、もう抜けはしないのだと悟って……

いや、あるいは——ダフネは目を閉じた。きつく。あるいは、そうではなかったのかもしれない。自分は、その瞬間に乗じて、つまり彼の隙につけこんだのだろうか。

ダフネにはほんとうにわからなかった。すべてが混ざりあっていた。サイモンの言葉のつかえ、自分が赤ん坊を切望する思い、サイモンが父親に抱いている憎しみ——そのすべてが心のなかで一緒くたに渦を巻き、混じりあって、どこからが始まりで、どこが終わりなのかがわからなかった。

そして、あまりに孤独を感じていた。

戸口から音が聞こえたので、内気な若い女中が戻ってきたのかと思い振り向くと、代わりにコルソン夫人が立っていた。張りつめた表情で心配そうな目をしている。

ダフネは家政婦に弱々しく微笑んだ。「女中かと思ったわ」低い声で言う。

「隣りのお部屋に用事があったものですから、わたしがお茶をお持ちしました」コルソン夫人が答えた。

ダフネはそれが嘘だと知りながら、かまわずうなずいた。

「女中は、ビスケットは不要だと言ってましたが」家政婦が続ける。「奥様は朝食をとってらっしゃらなかったので、念のため、お盆にのせてきました」

「気づかってくれてありがとう」自分の声とは思えなかった。いつもより抑揚がなく、まるでほかの人間の声のようだ。

「たいしたことではありませんわ」家政婦はさらに何か言いたそうなそぶりだったが、結局ただすっと背を伸ばして尋ねた。「ほかにご用はございませんか？」

ダフネは首を振った。

コルソン夫人がドアのほうへ歩きだし、ダフネはほんの一瞬、呼びとめようかと考えた。名前を呼んで、坐って一緒にお茶を飲むよう誘おう、と。そうしたら、秘めた思いや、後ろめたい気持ちがあふれだして、涙をこぼしてしまうだろう。

家政婦と格別に親しいからではなく、単にほかに誰もいないからという理由で。

けれども、ダフネは呼びとめず、コルソン夫人は部屋をでていった。

ダフネはビスケットを一枚つまんで、かじった。きっと、そろそろ家に帰るべきときなのだろう。

19

『本日、新妻のヘイスティングス公爵夫人がメイフェアで目撃された。フィリッパ・フェザリントンが、付近を足早に散歩する元ダフネ・ブリジャートン嬢を見かけたらしい。フェザリントン嬢は呼びかけたのだが、公爵夫人に聞こえないふりをされたという。
公爵夫人が聞こえないふりをしたとしても不思議ではない。フェザリントン嬢の叫び声でひと目を引かないためには、聞こえないふりが得策である』
一八一三年六月九日付〈レディ・ホイッスルダウンの社交界新聞〉より

心の痛みはけっして消え去らないものなのだ、とダフネはようやく学んだ。ただ、やわらぐだけに過ぎない。呼吸するたび感じていた刺すような鋭い痛みは、しだいにもっと鈍く、弱い痛みに変わっていく――けっして完全にではないけれど、ほとんど無視していられる程度のものに。

ダフネはサイモンが去った翌日にクライヴェドン城をでて、ブリジャートン館に戻る決意を固めてロンドンへ向かった。けれども、実家に戻るのはなんとなく失敗を認めることになるような気がして、到着する寸前に、ヘイスティングス館へ向かうよう御者に指示した。手助けや相談相手が必要なときには家族のそばにいたい。けれど、自分はもう嫁いだ女性だ。自分の家に住むべきだと思った。

だから、みずから新たな使用人たちに挨拶し、使用人たちのほうも何も訊かずに迎え入れてくれたので（興味津々なのはあきらかだったけれど）、見捨てられた妻として新たな生活を始めた。

最初に訪ねてきたのは母だった。ロンドンに戻ってきたことは、あえてほかの誰にも知らせていなかったので、さして驚きはしなかった。

「彼はどこ？」ヴァイオレットは前置きもなしに訊いた。

「わたしの夫のこと？」

「いいえ、あなたの大叔父様、エドモンド」ヴァイオレットがいかにも鋭い口調で言う。

「と言いたいところだけれど、もちろん、あなたの旦那様」

ダフネは母といっさい目を合わせないようにして答えた。「田舎の領地のひとつで、用事に迫われているらしいわ」

「らしい？」

「いいえ、そうなのよ」ダフネは言いなおした。

「それで、どうしてあなたは一緒に行かないの？」

ダフネは言い訳を考えた。借地人たちにかかわること、たとえば、家畜や病気や何かで緊急事態が起きたというような下手な作り話でごまかそうとも考えた。でも結局、唇をふるわせ、目に涙を溜めて、ひどく小さな声で言った。「彼に連れて行ってもらえなかったからよ」

ヴァイオレットは娘の両手を取った。「まあ、ダフ」ため息をつく。「何があったの？」

ダフネは母を引っぱり込むようにして、ソファに沈んだ。「とても説明しにくいことなの」

「話してみる？」

ダフネは首を振った。人生で一度たりとも、母に秘密を持ったことはない。母とは話せないと思うようなことを経験したことがなかったのだ。

でも、これはその初めての経験だった。

母の手をそっと叩いた。「わたしは大丈夫だから」

ヴァイオレットは釈然としない表情だった。「ほんとうなのね？」

「わからない」ダフネはしばし床を見つめた。「でも、そう信じるしかないのよ」

母が帰ったあと、ダフネはお腹に手をあてて祈りをこめた。


次にやって来たのはコリンだった。およそ一週間後、広場を足早に散歩して戻ると、客間でコリンが腕組みをして、いらだたしげな表情で立っていた。

「あら」ダフネは手袋をはずしながら言った。「わたしが戻ったのを聞いてきたのね」

「いったい、何があったんだ？」コリンが問いただす。

コリンは母の巧みな話術を受け継いではいないようだと、ダフネは内心苦笑しながら思いめぐらせた。

「言えよ！」コリンが吠えるように言う。

ダフネは一瞬、目を閉じた。その一瞬で、ここ何日も悩まされている頭痛を取り除けたらと思った。コリンに苦しみを打ち明ける気はない。母に話した範囲のことですら、言いたくない。もっとも、兄の耳にはすでに入っているはずだった。ブリジャートン館ではいつでも情報がたちまち伝わるのだから。

気力など、どこに残っているのかもわからなかったけれど、体面を取りつくろうことで自分を奮い立たせようと肩をいからせ、片眉を上げて言った。「つまり、何を言えというわけ……？」

「だから」コリンが唸り声で言う。「夫の居場所だよ」

「はかで忙しくしてるのよ」ダフネは答えた。〝わたしをおいてでていった〟と言うよりは、だいぶましな返答だ。

「ダフネ……」長口舌になりそうな声。

「ひとりで来たの？」兄の口調にはそしらぬふりで尋ねた。

「アンソニー兄さんとベネディクト兄さんのことなら、今月は田舎の本邸に帰ってる」コリンが言う。

ダフネは思わず安堵のため息を漏らしかけた。いま最も避けたいのは、長兄のアンソニーと顔を合わせることだ。もうすでに一度、アンソニーがサイモンを殺そうとするのをとめている。二度目もうまくとめられるとは思えない。けれども、ダフネが何も答えないうちに、コリンが続けた。「ダフネ、あのろくでなしがどこに隠れているのか、話せと言ってるだろ」

背筋に力が入るのをダフネは感じた。自分には行方知れずの夫を悪者呼ばわりする資格があるとしても、兄に言われる筋合いはない。「もしかして」冷ややかに言う。「そのろくでなしというのは、わたしの夫のことかしら」

「あたりまえだろう、だって――」

「帰ってと言わざるをえないわね」

コリンは妹の頭に突然角でも生えてきたかのように見つめた。「なんだって？」

「わたしの結婚について話すつもりはないわ。だから、求めてもいない意見を控えられないのなら、帰ってもらうしかないの」

「追いだすことはできないぞ」コリンが呆気にとられて言う。

ダフネは胸の前で腕を組んだ。「ここはわたしのうちよ」

コリンはダフネを見つめて、それから部屋――ヘイスティングス公爵夫人の客間――を見まわし、ふたたび妹に目を戻した。自分に輪をかけて能天気だと思っていた妹が、いつのまにかりっぱな大人の女性になっていたことに初めて気づいたかのように。

コリンは手を伸ばして妹の手を取った。「ダフ」静かに言う。「おまえが正しいと思うようにすればいい」

「ありがとう」

「ただし、いまだけだ」コリンが警告した。「こんな中途半端な状態をいつまでも続けさせろわけにはいかないからな」

でも、続きはしないのだ。ダフネは三十分ほどでコリンが去ったあと、思った。中途半端なままにはならない。あと二週間ほどで、答えはでるのだから。

毎朝、ダフネは目覚めて息を凝らした。まだ月のものがくる時期に入る前でも、唇を嚙んで、小声で祈りを唱え、用心深くベッドの上掛けをめくって、血がついていないかをたしかめた。

そして毎朝、目にしたのは真っ白な亜麻布だけだった。

月のものが始まる予定日から一週間が過ぎてようやく、かすかな希望を抱きはじめた。ダフネの周期は必ずしも正確ではなかったので、まだいつ始まっても不思議ではないと自分を諭していた。とはいえ、これほど遅れたことはなかったはず……。

さらに一週間が過ぎると、毎朝、宝物のように秘密を胸に温めて微笑んだ。まだ誰にも打ち明ける心の準備はできていなかった。母にも、兄たちにも、当然、サイモンにも。

サイモンに黙っていることにはそれほど後ろめたさを感じなかった。彼のほうも、精子を与えないようにしていることを黙っていたのだから。それよりもむしろ、感情的に非難されることを恐れていた。不機嫌な態度でこの至福の喜びを壊されるのは耐えられない。それでも、夫の新しい住所を知らせてくれるよう家令に書付を送っておいた。

そしてついに、三週目が過ぎると、良心がとがめてきて、机の前に腰をおろし、夫への手紙をしたためた。

残念ながら、その手紙の封蠟《ふうろう》が乾きもしないうちに、アンソニーがどうやら田舎の本邸から戻ってきたらしく、部屋に押し入ってきた。ダフネは階上の、客人を迎えるはずのない私室にいたので、兄が上がってくるまでに何人の使用人を傷つけたのだろうかと考えるだけでもぞっとした。

アンソニーは怒り心頭の形相だった。ダフネは煽るべきではないと知りながら、いつものように長兄を少しばかりからかわずにはいられずに尋ねた。「どうしてここまで上がってきたの？　執事はいなかった？」

「さっきまでは、いた」アンソニーが唸り声で言う。

「まったく、もう」

「あいつはどこだ？」

「見てのとおり、ここにはいないわ」兄が誰のことを言っているのかわからないふりをしても、意味はないと思った。

「殺してやる」

ダフネは立ちあがって、睨んだ。「だめよ、そんなこと！」

アンソニーが腰に手をあてて身を乗りだし、視線を突き刺した。「おまえと結婚する前に、わたしがヘイスティングスに誓わせたことを知らなかったのか？」

ダフネは首を振った。

「おまえの評判を傷つけたら殺してやると言っておいた。むろん、おまえの心を傷つけた場合にもな」

「わたしは傷つけられていないわよ、アンソニーお兄様」お腹に手をやる。「じつを言えば、その正反対だわ」

アンソニーが妙な言葉だと気づいたとしても、ダフネには知りようがなかった。なぜなら、兄は書き物机のほうへ視線をさまよわせ、目をすがめたからだ。「それはなんだ？」

兄の視線の先には、サイモンへの手紙を仕上げるまでに書き損じた紙くずが、小さな山を築いていた。「なんでもないわ」ダフネは言うと、手を伸ばして証拠の品をつかみとった。

「あいつに手紙を書いてたんだな？」すでに荒れ模様だった兄の表情が雷を起こした。

「おっと、いまさら否定しても無駄だぞ。紙の一番上に、あいつの名前があるのを見たのだから」

ダフネは書き損じた紙を握りつぶして、机の下のかごに放り込んだ。「お兄様には関係ないわ」

アンソニーはいまにも机の下に突進して書きかけの手紙を取りだしかねない目で、かごを見つめている。ようやくダフネに視線を戻して言った。「今回は、あいつの好きなようにはさせないからな」

「お兄様が口だしする問題ではないわ」

兄は答える気すらなさそうだった。「あいつを見つけてやるからな。見つけて、殺して

――」

「もう、いい加減にして」ダフネはとうとう憤慨した。「わたしの結婚なのよ。アンソニーお兄様の結婚じゃないわ。それにもし、お兄様のせいでこの結婚がだめになったら、天に誓って、二度と口をきいてあげないから」

妹のまなざしの強さと激しい口調に、アンソニーはやや怯んだように見えた。「わかったよ」ぼそりと言う。「殺しはしない」

「感謝するわ」ダフネは皮肉たっぷりに応じた。

「だが、あいつを見つける」アンソニーは断言した。「そして、不満は晴らさせてもらう」

ダフネは兄の顔を一瞥して、本気で言っていることを見てとった。「わかったわ」書きあげて抽斗に入れておいた手紙を取りだした。「これを届けて」

「承知した」アンソニーが封筒に手を伸ばす。

ダフネは兄の手の届かない所へ動かした。「ただし、ふたつ約束してほしいの」

「何を……？」

「ひとつは、お兄様はこれを絶対に読まないこと」

兄は疑われることすらひどく心外だという顔をした。

「そんな『侮辱するのか』って顔しないでよ」ダフネは苦笑して言った。「わかってるんだ

から、アンソニー・ブリジャートン。この手紙を持って行けるとわかった瞬間に、読もうと思ったでしょう」

アンソニーは妹を睨みつけた。

「でも、もうひとつわかってることがあるわ」ダフネは続けた。「お兄様はわたしときちんと約束したら、それをけっして破らない。だから、約束してほしいのよ、アンソニーお兄様」

「言うまでもないだろう、ダフ」

「約束して！」ダフネは迫った。

「ああ、わかったよ」兄がぼそぼそと言う。「約束する」

「それでいいわ」ダフネは手紙を渡した。兄がそれを手にして物欲しげに眺める。

「ふたつめは」ダフネは声を高めて、兄の注意を引き戻した。「彼を傷つけないこと」

「おい、それはちょっと待ってくれ、ダフネ」アンソニーがあわてて言う。「注文が多すぎるぞ」

ダフネは手を差しだした。「その手紙を返して」

アンソニーが手紙をさっと背中に隠す。「もう預かったものだ」

ダフネはすました笑みを浮かべた。「まだ彼の住所を教えてなかったわよね」

「こっちで調べる」兄が答えた。

「それは無理よ、わかってるくせに」ダフネは切り返した。「彼の領地は数えきれないほどあるのよ。いまいる場所を突きとめるのに何週間もかかってしまうわ」

「なるほど！」アンソニーが得意げに言う。「つまり、領地のどこかにいるわけだな。妹よ、貴重な手がかりを漏らしてしまったな」

「ゲームでもしてるつもり？」ダフネは呆れて訊いた。

「どこにいるのか言ってしまえ」

「約束してくれなきゃいやよ――暴力はふるわないって、アンソニーお兄様」ダフネは胸の前で腕を組んだ。「わたしは本気よ」

「わかったよ」兄がこぼす。

「ちゃんと言って」

「まったく、しっかりしたご婦人だ、ダフネ・ブリジャートン」

「それを言うなら、ダフネ・バセットよ。きっと家庭教師たちが優秀だったおかげね」

「約束する」アンソニーはやっと応じた。歯切れよくとはとても言えない口調で。

「もうひと言、必要だわ」ダフネは腕をほどいて、兄の唇から言葉を誘いだすかのように、右の手のひらを上に向けて巻きあげた。「さあ……」

「おまえの大ばか野郎の夫を傷つけないと、約束する」アンソニーは吐き捨てた。「どうだ、これで満足か？」

「もちろん」ダフネは愛想よく答えた。抽斗《ひきだし》に手を入れて、その週の初めにサイモンの家令から届いた、夫の居所を記した手紙を取りだした。「はい、これ」

アンソニーは無遠慮に、ありがたみもなくひったくった。目を落とし、ざっと読んでから言う。「四日で戻る」

「きょう発つの？」ダフネは驚いて訊いた。

「殴りたい衝動を、どれぐらい抑えておけるかわからないからな」間延びした口調で言う。

「それなら絶対、きょう出発して」ダフネは言った。

兄は旅立った。


「おまえの口から肺を引き抜かなくてもすむよう、納得できる説明をしてくれ」

サイモンは机から顔を上げ、旅路の埃にまみれて書斎の戸口でいきり立っているアンソニー・ブリジャートンを見やった。

「それにしても、会えて嬉しいよ、アンソニー」サイモンはつぶやいた。

アンソニーが凄まじい嵐のような勢いでずんずん部屋のなかへ進み、サイモンの机に両手をついて、威嚇《いかく》するように身を乗りだした。「さて、公爵様、説明してもらえませんかね。どうして妹がロンドンで毎晩泣き寝入りしていて、おまえが――」書斎をぐるりと見まわして、顔をしかめる。「ここはどこだったかな？」

「ウィルトシャー」サイモンが助け船をだした。

「ウィルトシャーの取るに足りない私有地でぶらぶらしてるんだ？」

「ダフネがロンドンに？」

「夫のくせに」アンソニーが唸り声で言う。「そんなことも知らないのか」

「おまえの場合はいろいろ知ってるが」サイモンがぼやく。「ほとんど間違ってるよな」サイモンがクライヴェドンをでてから二カ月が経っていた。ダフネの前で、まるで言葉がでなくなったときから二カ月。まるで虚しい日々を過ごして二カ月。

正直なところ、ダフネがこれほど長く連絡してこなかったことにサイモンは驚いていた。たとえ、いささか喧嘩早い兄を連絡役に選んだにしても。理由は定かではないが、自分を非難したいだけなのなら、ダフネはもっと早く連絡してきたはずだという気がした。腹を立てたときに黙ってくよくよ悩んでいるような女性ではない。彼女が自分を見つけだして、大ばか者である理由をあらゆる方法で説いてくれるのではないかと半ば期待していた。

そしてじつを言えば、一カ月をこえたあたりからは、そうしてほしいと半ば願っていた。

「ほんとうなら、おまえの大ばか頭を引きちぎっているところだ」アンソニーの唸り声に、サイモンの思考は無理やりさえぎられた。「おまえに危害を加えないと、ダフネに約束してさえいなければ」

「簡単にできる約束じゃないもんな」サイモンは言った。

アンソニーが腕を組んで、サイモンの顔にいかめしい目を据える。「守るのも簡単じゃない」

サイモンは咳払いして、あからさまにではなくダフネについて聞きだす方法を思案した。彼女が恋しかった。自分がまぬけのようにも、無能にすら思えるが、彼女のことが恋しい。

彼女の笑い声や匂いも。真夜中には時どき、彼女がいつも自分の脚に脚を絡ませてくるぬくもりが恋しくなった。

ひとりでいることには慣れていたはずだが、このような寂しさを感じたことはなかった。

「ダフネに、夫を連れて帰ってきてくれと頼まれたのか？」

「いいや」アンソニーはポケットに手を入れて、小さな象牙色の封筒を取りだし、机の上に叩きつけた。「これをおまえに届ける役目を引き受けた」

サイモンは封筒を見つめて恐ろしさをつのらせた。この手紙の内容はひとつしか考えられない。さりげなく「そうか」と言おうとしたが、喉が詰まった。

「この手紙を、喜んでおまえに届けてやると答えたよ」アンソニーがいやみたらしく言う。

サイモンは聞き流した。アンソニーに手のふるえが気づかれないことを祈りながら、封筒に手を伸ばした。

だが、アンソニーは見ていた。「どうかしたのか？」ぶっきらぼうな口調で言う。「顔色が悪いぞ」

サイモンは封筒をさっと取って引き寄せた。「おまえに会えて嬉しいと、こうなるんだ」皮肉っぽく言う。

こちらをまじまじと眺めるアンソニーの顔には、怒りと心配がせめぎあう表情がはっきりと見てとれた。アンソニーは何度か空咳をしてからようやく、驚くほどやさしい口ぶりで尋ねた。「具合が悪いのか？」

「とんでもない」

アンソニーが青ざめた。「ダフネが病気なのか？」

サイモンはさっと頭を上げた。「そんなことは聞いてない。なぜだ？　具合が悪そうに見えたのか？　何か――」

「いや、元気そうだった」アンソニーの目が好奇心で染まった。「サイモン」間をおいて、首を振りながら問いかける。「おまえはここで何してるんだ？　どうみても妹を愛している。それに、とうてい理解できないことだが、妹も同じようにおまえを愛しているらしい」

サイモンは指でこめかみを押し、このところ痛まない日はないほどの激しい頭痛を抑え込もうとした。「おまえが知らないこともあるんだ」目を閉じて痛みをこらえ、疲れた声で言う。「おまえにはけっしてわからないことも」

アンソニーはしばらく黙り込んだ。ようやくサイモンが目をあけると、机を押しやるようにして離れ、ドアのほうへ歩いていく。「おまえをロンドンに引きずり戻すつもりはない」低い声で言う。「そうしたいところだが、やめておく。ダフネは、おまえが自分のために帰ってきてくれるかどうかを知りたがってるんだ。兄に銃を突きつけられて帰ってくるのではなく」

まさに銃を突きつけられて結婚させられたのだとサイモンは指摘したくなったが、こらえた。それは事実ではない。少なくとも、それだけが理由ではない。生まれ変わってとしても、片膝をついて、ダフネに結婚を申し込むだろう。

「だが、知っておいてくれ」アンソニーが続ける。「もう噂になりはじめている。ダフネはずいぶんとあわただしく結婚して、わずか二週間でロンドンにひとりで戻って来たのだからな。本人は明るくふるまっているが、内心は傷ついているだろう。本人の前で口にだしたり侮辱したりする者は誰もいないが、それが哀れんで気づかっているからだということは、じゅうぶん感じているはずだ。しかも、あのいまいましいホイッスルダウンなる婦人が、ダフネのことを書いている」

サイモンは顔をしかめた。イングランドに戻ってまだ日は浅くとも、レディ・ホイッスルダウンなる婦人に相当な精神的打撃や痛みをもたらす影響力があることぐらいは気づいていた。

アンソニーが捨て台詞のように言った。「医者に診てもらえよ、ヘイスティングス。それから、自分の意志で妻のもとへ帰るんだ」そうして、大股でドアをでていった。

リイモンは手にした封筒をあけずに何分も見つめていた。アンソニーは動揺した妹の姿を目にしてやって来たのだ。ダフネと会ってきた友から聞かされた話に、サイモンの胸は痛んだ。

まったく、なんてことだ。ここまで彼女が恋しくなるとは考えてもいなかった。

とはいえまだ、ダフネへの怒りが収まったというわけではない。率直に言えば、自分が与えたくなかったものを彼女に奪いとられたのだ。子供は欲しくない。それはちゃんと話していたはずだ。ダフネはそれを承知で結婚した。そして、自分を罠にはめた。

ほんとうにそうだろうか？　サイモンは目や額をだるそうに手でこすりながら、あの日の朝の出来事を正確に思いだそうとした。あの交わりでダフネが主導権をとっていたのはたしかだが、自分も彼女をせかす声をだしていたことも、はっきりと覚えている。自分をとめられなくなるのがわかっていて、煽り立てるようなことをすべきではなかったのだ。

けれどもきっと、ダフネは妊娠していないだろう、とサイモンは決めつけた。母は十年間でたったひとりの子しか産めなかったのではなかったか？

だが、サイモンは晩にひとり、ベッドで過ごすうちに、真実を見いだしていた。逃げてきたのは、ダフネに反抗されたからでも、子ができる可能性があるからでもない。

ダフネに見せてしまったふるまいに耐えられなくて、逃げてきたのだ。ダフネの前で、子供のころのように言葉をつかえてどもる姿をさらした。ダフネの前で口がきけなくなり、ひどく息苦しい、考えを何も伝えられない恐怖をよみがえらせた。

ほとんど話のできなかった少年時代の感覚が呼び起こされるのなら、ダフネと一緒に生きていける自信は持てない。サイモンは、ふたりの恋愛期間――恋愛の芝居をしていたときのことを思いだそうとした。そして、彼女と一緒にいて、話しているとどれほど安らげたのかを思いだして、ふっと微笑んだ。だが、そのどの思い出も、ダフネの寝室で舌がもつれて喉が詰まった、あの忌まわしい朝の記憶に掻き消されてしまう。

あのような姿をさらした自分が厭わしかった。

だから、べつの田舎の領地に逃げてきたのだ――公爵位のおかげで、領地は数多くある。

このなかでも、ウィルトシャーのこの屋敷を選んだのは、クライヴェドンから遠すぎないからだった。馬を急がせれば、一日半で戻れるはずだ。ほんとうに逃げるつもりであれば、そんなに簡単に戻れる場所を選びはしなかっただろう。

そしてそろそろ、戻らなければならないときがやってきたらしい。

サイモンは深呼吸をすると、ペーパーナイフを取りあげ、封を切った。一枚の紙を引きだして、目を走らせた。

サイモンへ

あなたの言う、わたしの企てが成功しました。家族のそばにいたいので、ロンドンに戻っています。あなたの指示をお待ちしています。

ダフネより

リイモンはろくに息もせず、クリーム色の紙を手の先にぶらさげたまま、机の後ろにずいぶんと長いあいだ坐っていた。それからようやく、そよ風に吹かれたのか、もしかしたら陽射しが変化したのか、家が軋んだのかはわからないが、何かのせいでふいにわれに返って即座に立ちあがり、足早に廊下にでて、大声で執事を呼びつけた。

「馬車を用意してくれ」声を張りあげると、すぐさま執事が現れた。「ロンドンへ行く」

20

『今シーズンに結婚したふたりの雲行きが怪しくなっている。ヘイスティングス公爵夫人（元ブリジャートン嬢）がロンドンへ戻ってきて二カ月近く経つが、結婚したばかりの夫である公爵のほうについては、筆者は影も形も見ていない。

噂によれば、ふたりが幸せそうに新婚旅行で向かったクライヴェドンにもいないようだ。実際、筆者は、公爵の居所を明言できる人物を探しだせていない（公爵夫人は知っていても明かさないだろう。そのうえ夫人は、大所帯の実家の人々以外とはいっさいのつきあいを避けているため、尋ねる機会もほとんど見いだせない）。

むろん、そのような不和のいきさつを憶測するのが筆者の役目であり、まさしく義務であるのだが、正直、当惑さえしていることを告白しよう。ふたりはほんとうにとても愛しあっているように見えたのに……』

一八一三年八月二日付〈レディ・ホイッスルダウンの社交界新聞〉より

二日がかりの旅で、サイモンはさらに二日もひとりで考えをめぐらさざるをえなくなった。

退屈な旅のあいだ、気をまぎらわせようと何冊か本を持ってきたのだが、ページを開いても結局ずっと膝の上にのせているだけだった。

　ダフネのことを考えずにいるのは難しかった。

　父親になることを考えずにいるのはもっと難しかった。

　ロンドンの街に入るとすぐに、まっすぐブリジャートン館に向かうよう御者に指示した。旅の疲れもあるし、着替えたいとも思ったのだが、この二日間、ただひたすらダフネとの再会を思い描いていたので、無駄に先延ばしするのもばからしい気がした。

　けれどもブリジャートン館の玄関扉が開かれるとすぐに、ダフネがそこにはいないことを知らされた。

「どういうことだ？」怒りをかう覚えのない執事をたいして気づかいもせず、むっとした声で尋ねた。「公爵夫人がここにいないとは」

　執事がむっとした声に反応して上唇の片端を引きつらせた。「ですから、公爵様」――もはやさほどていねいな口調ではない――「奥様はここにお住まいではないのです」

「妻から手紙を受け取ったのだ――」サイモンはポケットに手を突っ込んだ。だが――どういうことだ――手紙が見つからない。「とにかく、どこからか手紙を受け取ったんだ」ぼそぼそと言う。「そこにははっきりと、ロンドンに戻っていると書いてあった」

「戻っておられますとも、公爵様」

「ならば、いったいどこにいる？」歯軋りして言う。

執事は平然と片眉を持ちあげた。「ヘイスティングス館です、公爵様」

サイモンはぴたりと口をつぐんだ。たかが執事にやり込められるほど屈辱的なこともない。

「なにしろ」いまやあきらかに執事は楽しんで続けた。「い、い、あなた様と、ご結婚なされましたよね？」

サイモンは執事を睨みつけた。「きみは自分の立場に相当に自信があると見えるな」

「ありますとも」

サイモンはさっとうなずいて（礼を述べる気にはとてもなれなかったので）、なんともばからしい思いで大股で立ち去った。考えてみれば、ダフネがヘイスティングス館に向かったのは当然のことだ。つまり、自分のもとを去ったわけではなかった。実家の近くに来ただけのことだったのだ。

できるものなら、馬車へ戻るまでのあいだに地団太を踏んでいただろう。

だが、実際は乗り込んでから自分を罵った。わが家は、ブリジャートン家からグロヴナー・スクウェアを挟んだ目と鼻の先にある。あいだの芝を突っ切って歩いて行ければ、さらに半分の時間に短縮できるに違いない。

だが結局のところ、急いでもあまり意味はなかった。ヘイスティングス館の玄関扉を勢いよく開いて広間に飛び込むと、妻が家にいないことがわかったのだ。

「乗馬にお出かけになりました」ジェフリーズが言う。

サイモンは啞然として執事を見つめた。「乗馬？」おうむ返しに訊く。

「はい、旦那様」ジェフリーズは答えた。「乗馬です。馬に乗られて」

サイモンは執事を絞め殺せばどんな刑罰がくだされるのだろうかと考えた。「どこに」噛みつくように言う。「どこに行った？」

「ハイド・パークだと思いますが」

血が脈打ちはじめ、呼吸が乱れてきた。乗馬だと？ ダフネは頭がいかれてるのか？ なんたって、妊娠してるんだぞ。男の自分ですら、妊娠中の女性に乗馬が危険なことぐらいは想像がつく。

「鞍を付けた馬を用意してくれ」サイモンは命じた。「早急に」

「馬のご指定は？」ジェフリーズが尋ねた。

「足の速いのを」サイモンは鋭い声で答えた。「いますぐ。いや、わたしが自分で行ったほうが早いな」そう言うと、踵を返して屋敷を飛びだした。

厩へ行くまでに、動揺が血液から骨にまで沁み込んでいき、てきぱきとした足どりが駆け足に変わった。


馬にまたがって乗っているときほどではないけれど、少なくとも速く進んでいるとダフネは思った。

田舎では子供のころ、いつもコリンの乗馬用ズボンを借りて、猛烈な速さで馬を駆る兄たちについてまわっていた。母はたいがい、長女が泥まみれで目立つ痣もしじゅうこしらえてくるたび、心配顔でかっかと湯気を立てていたが、ダフネは気にしなかった。兄たちがどこへ行こうと、どこから走りだそうとかまわなかった。とにかく、速ければそれでよかった。

もちろん、街では乗馬用ズボンを穿くわけにはいかないので、こうして横乗りをせざるをえないが、もしも社交界がまだ寝静まっている早朝に愛馬を連れだせたなら、そしてハイド・パークのとりわけ人目のつかない場所を見つけられたなら、鞍に身をかがめて、馬を疾走させてみたかった。風で束ねた髪がほつれ、目に涙が溜まるけれど、それぐらいのことは気にならない。

お気に入りの雌馬に乗って野原を突っ切っていると、自由になれた。傷ついた心にこれほどよく効く薬はないだろう。

厩番に「お待ちください！　奥様！　お待ちを！」と叫ばれても聞こえないふりをして振りきってから、だいぶ時間が経っている。

彼にはあとであやまろうと思った。ブリジャートン館の厩番たちはダフネのお転婆《てんば》ぶりにも慣れていて、乗馬の腕もよく心得ている。でも、夫の使用人たちとは知り合ったばかりだから、おそらく心配していることだろう。

ダフネはちらりと後ろめたさを覚えた――ほんのちらりとだけれど。どうしてもひとりになりたかった。

少しばかり樹木が茂った辺りに来ると速度を落とし、すがすがしい初秋の空気のなかで深く息を吸い込んだ。しばし目を閉じて、公園の音と匂いに感覚を研ぎ澄ます。ダフネはかつで出会った目の見えない男性のことを思いだした。視力を失ってから、以前より残りの感覚器官が鋭くなったと話していた。ダフネは馬の上で森の匂いを吸い、彼の言うとおりかもしれないと思った。

耳を澄ますと、まずは小鳥たちの甲高いさえずりが聞こえ、そのあとに、冬に備えて木の実集めに駆けまわるリスの軽快な足音が響いた。それから――。

ダフネは眉をひそめて目をあけた。なんてこと。それはあきらかに、誰かが馬を走らせて近づいてくる音だった。

連れはいらない。ひとりでじっくり考え、感傷に浸りたいのであって、社交界のご親切などなたかに、公園にひとりでいる理由を説明したくなどない。ダフネは改めて耳を澄まし、近づいてくる馬の進行方向をたしかめて、それとはべつの方向へ馬を駆った。

向きを変えれば、やり過ごせるだろうと思い、馬を静かに小走りに進ませた。ところが、方向を変えても、音は追いかけるように近づいてくる。

ダフネは馬を駆り立てて、木々が茂った場所には適さないほど速度を上げた。低木や突きだした樹木の根がそこらじゅうに見える。けれど、いまやダフネは怯えはじめていた。耳に鼓動が響き、幾つもの恐ろしい疑問が頭のなかをめぐった。

馬の乗り手は貴族の誰かだと思っていたけれど、ひょっとすると違うのだろうか？　もしかしたら犯罪者？　それとも、酔っ払い？　まだ早朝だ。人通りはない。叫び声をあげたら、誰かに聞こえるだろうか？　でも厩番とはまだそれほど離れていないかもしれない。あの厩番は振りきった場所にとどまっただろうか、それとも追いかけようとしただろうか？　追いかけたとすれば、正しい方向に来ているだろうか？

厩番！　ダフネは安堵の叫びをあげそうになった。きっとあの厩番に違いない。乗り手の顔をちらりとたしかめようと雌馬を向きなおらせた。ヘイスティングス公爵家のお仕着せはとても鮮やかな赤色だ。それが確認できれば――。

パシッ！

枝が胸にまともにぶつかり、ダフネの全身から息がいっきに吐きだされた。押し殺した呻き声が唇から漏れ、ダフネは雌馬が勝手に進みだしたのに気づいた。そして体が下へ……下へ……。

どさっと骨に響く音を立てて着地した。地面を覆う秋めいた茶褐色の葉がわずかに衝撃をやわらげてくれた。ダフネの体はすぐさま胎児のように丸まった。できるかぎり小さくなって、できるかぎり痛みを小さくしようとするかのように。

ああ、でも、痛い。ああもう、あちこちが痛い。ダフネは目をぎゅっとつむり、呼吸に意識を集中した。けっして口にできないような悪態を心のなかでぶちまけた。それでも、痛い。ものすごく痛くて息がつけない。

でも、呼吸しなければ。息をして。息を吸うのよ、ダフネ。自分に言い聞かせた。息を吸って。息を吐いて。できるはずだから。

「ダフネ！」

ダフネは答えなかった。哀れっぽい声を漏らすのが精一杯だった。呻き声すらだせそうもない。

「ダフネ！　しっかりしろ、ダフネ！」

誰かが馬から飛びおりて、葉に覆われた地面を近づいてくるのがわかる。

「ダフネ？」

「サイモン？」ダフネは信じられない思いで囁いた。サイモンがここにいるはずもないけれど、彼の声だ。それにまだ目をあけられなくても、彼を感じた。彼がそばにいると空気が変わるのだ。

彼の手がそっと触れてきて、骨が折れていないかをたしかめている。「痛いところを教えてくれ」

「めちこち」ダフネは息を切らしながら答えた。

リイモンは小さく毒づいたが、彼の手の感触はじんとくるほどやさしく心地良かった。

「目をあけるんだ」サイモンが静かに言う。「こっちを見て。顔に焦点を合わせてごらん」

ダフネは首を振った。「できない」

「できる」

手袋をはずす音がした。それから、彼の温かな指がこめかみを撫でて、緊張をやわらげた。指が眉へ動き、そこから鼻筋をおりていく。「しいっ」やさしく囁く。「そのままにして。ほうら痛みが抜けていくぞ。目をあけてごらん、ダフネ」

ゆっくりと、必死の思いで、目を開いた。サイモンの顔が視界を満たし、その瞬間、ダフネは、ふたりのあいだに起こったことをすべて忘れた。彼を愛していて、彼がここにいて、痛みを消し去ってくれたこと以外はすべて。

「こっちを見て」サイモンがふたたび、低く強い口調で言った。「こっちを見て、わたしから目をそらしてはだめだ」

ダフネはほんのかすかにうなずいた。彼の顔に目の焦点を合わせ、彼の圧倒的な視線にただじっと、とらわれたままでいた。

「さあ、体の力を抜いて」サイモンの声は穏やかだけれど威厳があり、まさにダフネが必要としているものだった。サイモンが話しながら彼女の体を手でたどり、骨や筋の具合をたしかめた。

サイモンはけっして目をそらさなかった。

低く、なだめるような声で話しかけながら、けがの状態を調べていった。いくつか大きな痣があり、呼吸が乱れている以外にけがはなさそうだが、念を入れるにこしたことはないし、赤ん坊でもいたら……。

サイモンの顔から血の気が引いた。ダフネ本人の身が心配で動転し、妊娠していることをすっかり忘れていた。自分の子供。

ふたりの子供。

「ダフネ」ゆっくりと言った。慎重に。「大丈夫そうか？」

ダフネがうなずく。

「まだ痛むか？」

「少し」ダフネは正直に答えて、ぎこちなく唾を呑み込んで目をまたたいた。「でも、ましになってきたわ」

「大丈夫なんだな？」

ダフネはもう一度うなずいた。

「そうか」穏やかに言う。数秒押し黙ってから、いきなり怒鳴りつけた。「いったい全体、自分のやっていることがわかってるのか？」

ダフネはぽかんと口をあけ、まぶたをすばやくあけ閉めした。何か言葉を発しかけたものの、サイモンがさらに怒鳴り声をあげてさえぎった。

「厩番の付き添いもなしに、なんでこんなところまで来てるんだ？　それに、見るからに危なっかしい地形の場所で、なんで馬を駆けさせてたんだ？」眉根をぎゅっと寄せる。「だいたいなんだって、きみが、馬に乗る必要があるんだ？」

「乗馬よ」ダフネは弱々しく答えた。

「ふたりの子供のことが気にならないのか？　一瞬でも、子供のことを心配したか？」

「サイモン」ダフネがとても小さな声で言う。

「妊娠中の女性は、馬の数メートル以内に近づくことすらしてはならない！　きみにもそれぐらいはわかるだろう！」

ダフネは急にやつれた目つきで彼を見つめた。「どうして気にするの？」淡々と言う。「子供は欲しくないはずなのに」

「ああ、欲しくない。だが、そこにいるのなら、きみに殺させたくはない」

「だったら、心配いらないわ」ダフネは唇を噛んだ。「ここにはいないから」

サイモンは息を凝らした。「どういう意味だ？」

ダフネがサイモンの顔からさっと目をそらす。「妊娠してないのよ」

「きみは――」最後まで言葉を継ぐことができなかった。奇妙な感覚が体内に広がった。自分では落胆ではないと思うのだが、はっきりとはわからない。「きみは嘘をついたのか？」低い声で訊いた。

ダフネは激しく首を振りながら身を起こして向きあった。「違うわ！」叫んだ。「違う、嘘なんてついてない。誓うわ。妊娠したと思ったのよ。ほんとうにそう思ってたの。でも――」泣き声を詰まらせ、目をぎゅっと閉じて、こみあげる涙をこらえた。両脚を胸に引き寄せて、膝に顔を突っ伏している。

サイモンは、こんなふうに悲しみに打ちひしがれた彼女を見たことがなかった。息を切られるような無力感に襲われて、ただ見つめていた。ともかく、気を取りなおしてもらいたい。悲しみの原因が自分であるならば、どうしようもないのだが。「でも、なんなんだ、ダフ？」そう尋ねた。

ダフネがようやく顔を上げ、大きな目に悲しみをたたえてサイモンを見つめた。「わからないのよ。たぶん、とっても子供を欲しがっていたせいで、月のものが止まっちゃったんだわ。先月はすごく幸せな気分だった」むせび泣きの余韻で不安定にふるえる息を吐きだす。「いつくるか、いつくるかと思って、あて物も用意しておいたんだけど、まったくこなくて」「こない？」その手のことについてはまるで知識がない。

「こなかったの」ダフネが唇をふるわせて、わずかに自嘲ぎみの笑みを浮かべた。「なんにもこなくて、あんなに幸せな気分でいられたのは生まれて初めてよ」

「吐き気はあったのか？」

ダフネは首を振った。「体調に変わりはなかったわ。血がでないだけで。それなのに、三日前……」

サイモンは彼女の手の上に手を重ねた。「ごめん、ダフ」

「よしてよ」ダフネは手を引き抜いて、きつい口調で言った。「本気で思ってもいないことを言う必要はないわ。お願いだから、もうわたしに二度と嘘はつかないで。あなたはこの子を欲しがってなどいなかったじゃない」虚ろな乾いた笑い声を漏らす。「この子だなんて。やだわ、まるでほんとうにここにいたみたいな言い方よね。わたしの想像の産物に過ぎなかったのに」目を伏せて、痛々しいほど悲しげな声でふたたび話しだした。「わたしの夢だったのね」

サイモンは唇を何度か動かしてから、ようやく言葉を発した。「きみがそんなふうに悲しむ姿は見たくない」

ダフネは疑念と悔しさの入りまじった表情で彼を見つめた。「ほかに、わたしにどうしろと言うのよ」

「き、き、き」サイモンは喉をゆるめようと唾を呑み、心をこめてただひと言を告げた。「きみを取り戻したい」

ダフネは何も言わなかった。サイモンは心のなかで何か言ってくれと願ったが、返事はなかった。彼女の沈黙を天に嘆いた。つまりはまた自分が話さなければならないということだ。

「言い争ったとき」ゆっくりと言う。「わたしは気が動転していた。しゃ、喋れなかった」顎のこわばりを感じて、つらさに目を閉じた。ふるえる息を大きく吐きだして、ようやく言った。「そういう自分がいやだった」

ダフネが小首をかしげて、眉間に皺を寄せた。「それが、あなたが去った理由？」

サイモンは即座にうなずいた。

「つまり――わたしがしたことのせいではなかった？」

目と目がかち合った。「きみがしたことは気に入らなかった」

「でも、それはあなたが去った理由ではないのね？」ダフネが念を押す。

ひと呼吸の間があって、サイモンは答えた。「それが理由ではない」

ダフネは胸の前で膝を抱きしめて、その言葉を反芻した。いままでずっと、自分がしたことのせいで嫌われて見捨てられたのだと思っていたのに、彼が去った理由は自分自身に嫌気がさしたからだったのだ。

ダフネは穏やかな声で言った。「あなたがどもるのは、わたしはなんとも思ってないのよ」

「わたしが、いやなんだ」

ダフネはゆっくりとうなずいた。もちろん、そうだろう。サイモンは誇り高く頑固で、貴族社会で尊敬を集めている男性なのだから。男性たちには誉めそやされて、女性たちにはちやほやまとわりつかれる。そのあいだじゅう、彼は口を開くときにはいつも怯えていたに違いない。

いいえ、いつもではないかもしれない。ダフネは彼の顔に見入りながら思った。ふたりでいるときには、たいていなめらかに話していたし、返答もすばやかったから、ひと言ひと言に気をつかっていたとは思えない。

ダフネは彼の手に手を重ねた。「あなたは、お父様が思っていたような男の子ではなかったのよ」

「わかってる」サイモンはそう答えながら、目を合わせようとはしなかった。

「サイモン、わたしを見て」やさしく呼びかけた。彼が目を向けると、もう一度繰り返した。「あなたは、お父様が思っていたような男の子ではなかった」

「わかってる」サイモンも繰り返して、当惑と、おそらくはわずかにいらだちも混じった表情を浮かべた。

「ほんとうに？」ダフネは穏やかに尋ねた。

「しつこいぞ、ダフネ、わかってると――」言葉が途絶えて、身をふるわせはじめた。ダフネは一瞬、彼が泣きだしそうに見えて、たじろいだ。けれど、彼の目に溜まった涙はけっしてこぼれてこなかった。身を小刻みにふるわせながら彼女を見つめ、口を開いた。「あいつが憎いんだ、ダフネ。に、に、に——」

ダフネは両手で彼の顔を包んで自分のほうへ振り向かせ、じっと目を見つめた。「もう大丈夫。彼はひどい人だったのよね。でも、もう忘れなければ」

「できない」

「できるわ。怒りを持ち続けることはかまわないけれど、その怒りに人生を支配されてはだめ。いまでも、あなたは彼に選択を左右されているのよ」

サイモンは顔をそむけた。

ダフネはその顔から手を離したが、今度はしっかりと彼の膝に手をのせた。繋がっていなければいけない。どういうわけか、いま手を放したら、永遠に彼を失ってしまいそうな気がして怖かった。「ほんとうは、自分が家族を求めているのかもしれないと考えたことはないの？　自分の子が欲しいと思わない？　あなたはきっとすばらしい父親になるわ、サイモン。でも、あなたはそういうことを考えようとすらしない。自分では復讐を果たそうとしているつもりかもしれないけれど、実際は、お墓にいるお父様に支配されてしまっている」

「あいつのために子供を授かれば、あいつの勝ちになる」サイモンが低い声で言う。

「違うわ、あなたのために子供を授かれば、あなたの勝ちよ」ダフネは喉をひくつかせて唾を呑み込んだ。「わたしたちふたりの勝ち」

返事はないけれど、サイモンの体がふるえているのが見てとれた。

「あなたが欲しくないから子供はいらないというのなら、仕方がないわ。でも、死んだ人のせいで父親になる喜びをあきらめようとしているのなら、あなたは臆病者よ」

ダフネは内心怯みながら、きつい言葉を続けずにはいられなかった。「いつかはお父様のことにはけりをつけて、自分自身の人生を生きはじめなければいけないわ。怒りを捨て去って――」

サイモンが途方に暮れた目で、かぶりを振る。「無理なことは言わないでくれ。わたしにはそれしかなかった。それしかなかったんだよ、わかるか?」

「わからないわ」

サイモンが声を荒らげる。「なぜこうしてちゃんと話せるようになったのか知ってるのか? なんのおかげだと思う? 怒りだよ。ずっと怒りを持ち続けてきたんだ、あいつに見せてやるために」

「サイモン――」

サイモンの喉からあざけるような笑い声が噴きだした。「笑っちゃうよな? あいつが憎い。すごく憎んでいるのに、そのおかげで成功することができたなんて」

ダフネは首を振った。「そうじゃないわ」感情をこめて言う。「そんなものがなくても、あなたは成功していたわ。あなたは頑固で、すばらしく有能だもの。わたしにはわかる。あなたは、彼のおかげではなく、自分の力で話せるようになったのよ」言葉が返ってこないので、穏やかな声で付け加えた。「彼が愛情を与えてくれていたら、もっとずっと簡単にやり遂げられたのでしょうけれど」

サイモンが首を振りだしたが、ダフネはその手を握りしめてさえぎった。「わたしは愛情を与えられてきたわ」囁きかける。「献身的な愛情に包まれて育ってきた。わたしを信じて。愛情がすべてを簡単にしてくれるわ」

サイモンは数分間、ただじっとその場に坐っていた。聞こえるのは、感情を鎮めようとする彼の風音のような低い息づかいだけだった。怒らせてしまったのだろうかとダフネが不安になってきたとき、とうとう彼が打ちひしがれた目を向けた。

「幸せになりたいんだ」サイモンはつぶやいた。

「なれるわよ」ダフネは言いきって、彼に腕を巻きつけた。「幸せになれるわ」

21

『ヘイスティングス公爵が帰ってきた!』
一八一三年八月六日付〈レディ・ホイッスルダウンの社交界新聞〉より

ふたりで馬に乗って帰るあいだ、サイモンは喋らなかった。ダフネの雌馬は二十メートルほど先の草地で満足そうに草を食んでいて、ダフネはひとりで乗って帰れると主張したが、サイモンは耳を貸さなかった。自分の去勢馬に雌馬の手綱を繋ぐと、ダフネを鞍の上に押しあげて、その後ろにまたがり、グロヴナー・スクウェアへ戻っていった。

彼女をつかんでいたいという思いもあった。

生きるには、何かをつかんでいなければいけないということがわかってきたのだ。それに、おそらくダフネの言うとおり――怒りが解決にはつながらないことも。おそらく――たぶんきっと、代わりに愛をつかむことを学べるはずだ。

ヘイスティングス館に着くと、厩番が二頭の馬の世話に駆けつけたので、サイモンとダフネは正面の踏み段をゆっくりとのぼって、玄関口の広間に入った。

と、ブリジャートン家の年長の三兄弟が目を凝らしていた。

「いったい、きみたちはわたしの家で何をしてるんだ?」サイモンは詰問した。いますぐ階段を駆けあがって妻と愛しあいたいところなのに、喧嘩腰の三人組に出迎えられるとは。三人ともそっくりの格好で足幅を広げ、両手を腰にあてて、顎を突きだして立っている。腹立たしくもこれほど人数がいなければ、平気な顔で少しばかり脅しをかけようという気にもなれただろう。

相手がひとりなら間違いなく立ち向かえる――おそらくふたりでも――が、三人揃われては、わが身が危うい。

「おまえが戻ってきたと聞いた」アンソニーが言う。

「ああ、そうだ」サイモンは答えた。「だから帰ってくれ」

「そうあわてなくても」ベネディクトが腕組みをして言う。

サイモンはダフネのほうを向いた。「どれから先に撃てばいいんだ？」

ダフネが兄たちにしかめ面を向けた。「どれでもかまわないわ」

「あなたにダフネを渡す前に、いくつか訊きたいことがあるんです」コリンが言う。

「なんなのよ？」ダフネが声をあげた。

「彼女はわたしの妻だぞ！」サイモンは声高に言い、さりげなくダフネの甲高い声を掻き消した。

「その前に、われわれの妹だ」アンソニーが唸り声で言う。「その妹に、おまえはみじめな思いをさせた」

「お兄様たちには関係のないことだわ」ダフネが言い返した。

『おまえは、うちの人間だ』ベネディクトが言う。

「彼女はこのうちの人間だ」サイモンは嚙みつくように返した。「だからいますぐ、この屋敷から出ていきたまえ」

「三人とも結婚したら、忠告を聞いてあげるわよ」ダフネが腹立たしげに言う。「でもそれまでは、お節介な口だしはやめてもらいたいわ」

「悪いが、ダフネ」アンソニーが言う。「今回はゆずれないんだ」

「今回って何よ？」ダフネがまくしたてる。「いつだって、ゆずる気なんてないくせに。お兄様たちには関係のないことなの！」

コリンが進みでた。「この人がおまえを愛しているとわかるまで、ぼくたちは帰れないんだ」

ダフネの顔から血の気が引いた。サイモンから一度も愛していると言われたことはない。愛されていることは、彼のたくさんの様々なしぐさのはしばしに表れていたけれど、言葉では聞いたことがない。ダフネはその瞬間を、横柄な兄たちに無理強いされて迎えたくはなかった。もっと自然な状況で、サイモンの心からの言葉を聞きたいのに。

「もうやめてよ、コリン」ダフネは囁きかけて、自分の哀れっぽくすがるような口調にぞっとした。「自分たちで解決させてほしいの」

「ダフ――」

「お願いよ」ダフネは懇願した。

サイモンがふたりのあいだに割って入った。「ちょっと失礼する」コリンに言い、続いてアンソニーとベネディクトにも目顔で言った。ダフネを広間の反対側の、ふたりだけで話せる場所へ導いていく。いっそ別室へ移動したいところだが、厄介な三兄弟が追いかけてくるともかぎらない。

「兄たちのこと、ごめんなさい」ダフネは囁き、熱くなっていっきに言葉を継いだ。「三人ともがさつなわからず屋なのよ。兄たちにあなたの家にまで押しかける権利はないわ。できるものなら縁を切ってやりたいくらい」

サイモンは彼女の唇に指をあてて黙らせた。「まずひとつに、ここはわたしの家ではなく、わたしときみのふたりの家だ。それと、きみの兄上たちについては――まったくもって腹立たしいが、きみを愛すればこその行動なのだろう」サイモンが身をかがめた。ほんの少し近づいただけなのに、ダフネは彼の息を肌に感じた。「だとすれば、三人を責められるかい？」サイモンがつぶやいた。

ダフネの心臓がとまった。

サイモンはさらに身を近づけて、彼女の鼻に鼻を触れさせた。「愛してるよ、ダフネ」囁いた。

ダフネの心臓が今度は猛烈に動きだした。「ほんとう？」

サイモンはうなずいて、鼻と鼻を擦りあわせた。「仕方ない」

ダフネは唇をふるわせて、はにかんだ笑みを浮かべた。「ぜんぜんロマンチックじゃないんだから」

「たしかに」サイモンは情けなさそうに肩をすくめた。「こんなつもりじゃなかったことは、誰よりきみが一番よく知ってるだろう。妻も、家族も欲しくなかったし、恋に落ちるなんてありえないと思ってた」唇で彼女の唇をやさしくかすめると、その振動がふたりの体に広がった。「だが、わかったんだ」――唇をふたたび触れさせる――「なんとも困ったことに」――もう一度、口づける――「きみを愛さずにいるのはとても無理だと」

ダフネは彼の腕のなかでとろけた。「ああ、サイモン」ため息をこぼす。

サイモンは唇でダフネの唇をとらえて、言葉にするのにはまだ練習が必要なことをキスで伝えようとした。彼女を愛している。彼女に心酔している。彼女のためなら、炎の上を歩くこともいとわない。それに――。

――いやまだ、彼女の三人の兄たちが見ている。

ゆっくりと唇を離し、顔を横へ向けた。アンソニー、ベネディクト、コリンが、まだ玄関口の広間に突っ立っていた。アンソニーは天井を眺め、ベネディクトは指の爪を点検するふりをして、コリンはまるで恥ずかしげもなくじっとこちらを見つめている。

サイモンはダフネをぎゅっと抱き寄せたまま、広間のほうをきっと睨んだ。「三人とも、わたしの家のなかでいったい何をしてるんだ?」

当然ながら、誰ひとり即答できなかった。

「でていけ」サイモンは唸り声で言った。

「お願い」ダフネがていねいにとは言いがたい口調で頼んだ。

「さてと」アンソニーが応じて、コリンの後頭部をぱしりと叩く。「弟たちよ、われわれはもう用済みらしい」

サイモンはダフネを導いて階段のほうへ歩きだした。「むろん、見送りせずとも帰れるよな」肩越しに言う。

アンソニーがうなずいて、弟たちを玄関扉のほうへせっついた。

「じゃあな」サイモンはそっけなく言った。「われわれは階上《うえ》でやることがある」

「サイモン！」ダフネが甲高い声をあげた。

「われわれがこれからすることぐらい、三人ともわかってるさ」サイモンは彼女の耳もとに囁いた。

「そんなこと言ったって——三人とも、わたしの兄なのよ！」

「知るものか」サイモンがつぶやいた。

けれど、サイモンとダフネが踊り場にも達しないうちに玄関扉が勢いよく開き、あきらかに女性の声と思われる罵り言葉が聞こえてきた。

「お母様？」ダフネは喉から言葉を絞りだした。

だが、ヴァイオレットの視線は息子たちのみに向けられていた。「ここにいると思ったのよ」叱りつけた。「揃いも揃って、雄牛みたいに強情で、わからず屋で——」

母の言葉の続きはダフネの耳に届かなかった。サイモンが大きな笑い声をあげたからだ。

「妹がみじめな思いをさせられたんですよ！」ベネディクトが抗議する。「兄として、務めを果たさなければ――」

「あなたたちの妹には、自分で問題を解決できるぐらいの知性はあります」ヴァイオレットはぴしゃりと跳ねつけた。「それに、どう見ても不幸な顔はしてないじゃないの」

「それは――」

「それは、あなたたちがおつむの弱い羊の群れみたいに、彼女の家に乗り込んだおかげだとでも言うのなら、三人とも親子の縁を切りますからね」

二人ともぴたりと口をつぐんだ。

「さてと」ヴァイオレットがきびきびと続ける。「もう失礼すべきではないかしら？」それでも思うように息子たちがさっさと動かないので、手を伸ばし――。

「うわっ、母上！」コリンが悲鳴をあげた。「やめてください――」

母は息子の耳をつかんでいた。

「耳は」コリンはしょんぼり言い終えた。

ダフネはサイモンの腕をつかんだ。階段を踏みはずのではないかと心配になるほど、いまやサイモンは大笑いしていた。

ヴァイオレットは、「進め！」と号令をかけて息子たちを玄関の外へ追い立ててから、階段にいるサイモンとダフネを振り返った。

「ロンドンであなたにお会いできて嬉しいわ、ヘイスティングス公爵」呼びかけて、晴れやかに満面の笑みを向けた。「あと一週間経っていたら、わたしが自分であなたをここに連れ戻していたところよ」

そうして外へ踏みだすと、玄関扉をぱたんと閉めた。

サイモンはなおも身をふるわせて笑いながら、ダフネのほうに向きなおった。「きみの母上はああいう方だったのか？」微笑んで尋ねる。

「計り知れない人なのよ」

「たしかに」

ダフネが真剣な表情になった。「ごめんなさい。兄たちが押しかけてきたせいで――」

「ばかな」サイモンは彼女の言葉をさえぎった。「きみの兄上たちが押しかけてきたからといって、わたしは思ってもいないことを言いはしない」頭をかしげて、しばし思いめぐらせる。「まして、銃を突きつけられていたわけでなし」

ダフネは彼の肩をぴしゃりと叩いた。

サイモンはかまわず彼女の体を引き寄せた。「本気で言ったんだ」腰を抱いて囁きかける。「きみを愛してる。しばらく前から自分でも気づいていたんだが――」

「いいのよ」ダフネは答えて、彼の胸に頰を添わせた。「説明はいらないわ」

「いや、したいんだ」サイモンは言い張った。「わたしは――」けれど、言葉がでてこない。気がたかぶり、たくさんの感情に胸を揺さぶられた。「行動で示そう」かすれ声で言う。「きみをどれほど愛しているか見せてあげよう」

ダフネは答える代わりに顔を上向かせて、彼のキスを受けとめた。そして唇が触れあったとき、ため息をこぼした。「わたしも、あなたを愛してるわ」

サイモンは、ふいに彼女が消えてしまうことを恐れるかのように背中をしっかりとつかんで、むさぼるふうに熱く唇を重ねた。「うえへ行こう」囁きかける。「さあ、わたしと一緒に」

ダフネはうなずいたものの、足を進める前にさっと彼の腕に抱きあげられて、そのまま運ばれていった。

階上に着いたときには、サイモンの体は岩のように固くなり、解き放たれたくて張りつめていた。「きみはどの部屋を使ってるんだい？」息を切らして言う。

「あなたの部屋よ」ダフネが尋ねるまでもないことだという口調で答えた。

サイモンは低い唸り声で応じ、自分の——いや、ふたりの——部屋へすばやく入っていって、足を後ろに蹴りあげてドアを閉めた。「きみを愛してる」そう言うと、ふたりでベッドに倒れ込んだ。一度言ってしまうと、もはや声にだして言いたくてたまらなくなってきた。彼女に気持ちをわかってもらうために、どれほど大切に思っているのかを伝えるために、言わずにはいられなかった。

千回言うことになっても、かまわない。

「きみを愛してる」もう一度言って、彼女のドレスの留め具にせわしなく手をかけた。

「わかってるわ」ダフネはふるえる声で答えた。両手で彼の顔を包み込み、目と目を合わせる。「わたしも、あなたを愛してる」

それから彼の唇を自分の唇に引き寄せ、愛らしい無邪気なキスで彼を燃え立たせた。

「もしもまた、きみを傷つけてしまうようなことがあれば」サイモンが唇を彼女の口角にずらして熱っぽく言う。「わたしを殺してくれ」

「絶対いや」ダフネは答えて微笑んだ。

サイモンは唇を耳たぶの裏の敏感な部分に動かした。「だったら、痛めつけてくれ」囁きかける。「腕をねじりあげて、足首をひねるんだ」

「ばかなこと言わないで」ダフネは彼の顎に触れて自分の正面に顔を戻した。「あなたはわたしを傷つけたりしない」

ダフネへの愛にサイモンは満たされた。愛が胸からあふれだし、指が疼き、まさしく息を奪われた。「時どき」低い声で言う。「きみを愛しすぎて、怖くなるんだ。できることなら、きみに世界を贈りたいぐらいなんだ、わかるか？」

「わたしが欲しいのは、あなただけ」ダフネは囁いた。「あなたの愛があれば、世界なんていらないわ。あとはたぶん」苦笑いして付け加えた。「あなたがブーツを脱いでくれれば」

サイモンは自分の顔がぱっとほころぶのを感じた。どういうわけか、妻には自分が求めていることをいつもしっかり見抜かれてしまうらしい。ちょうど感きわまって、危うく涙をこぼす寸前で、ダフネは気分をなごませ、笑わせてくれたのだ。「きみの望みならなんなりと」サイモンは言うと、彼女の脇に転がって、邪魔な履き物を引き抜いた。

片方のブーツが床に転がり、もう片方も部屋の向こう側にすっ飛んだ。

「奥様、ほかにご要望は？」サイモンは尋ねた。

ダフネはやや恥ずかしげに小さく首をかしげた。「シャツも脱いでもらおうかしら」

サイモンはその言葉に従い、亜麻布のシャツがナイトテーブルに着地した。

「これでよろしいですか？」

「それも」ダフネは言いながら、ズボンの腰まわりに指をかけた。「間違いなく邪魔よね」

「同感」サイモンはつぶやいて、ズボンを脱ぎ捨てた。彼女を上から覆うように両手と膝をついて、熱い監獄に閉じ込めた。「お次は？」

ダフネが息を呑んだ。「もう、あなたはすっかり裸だわ」

「そのとおり」サイモンは同意して、燃えるような目で見おろした。

「でも、わたしは違う」

「それもそのとおり」サイモンはにっと微笑んだ。「残念なことだ」

ダフネは完全に言葉を失って、うなずいた。

「起きてごらん」サイモンがやさしく言う。

ダフネは起きあがり、瞬く間にドレスが頭の上から引き脱がされた。

「これで」サイモンが乳房を物欲しげに見つめて、かすれ声で言う。「やりやすくなった」

ふたりは重厚な四柱式ベッドの上で、膝立ちで向かいあった。ダフネは夫に目を据えて、荒い息をつくたび上下する広い胸を見つめるうち、脈拍が速まってきた。ふるえる手を伸ばして彼に触れ、指でそっと温かな肌をたどっていく。

その指が乳首に触れると、サイモンは息を呑み、彼女の手にすばやく手を重ねた。「きみが欲しい」

ダフネがぱっと目をさげて、唇をほんのかすかにゆがめた。「わかってるわ」

「いや」サイモンは呻くように答え、彼女を引き寄せた。「きみの心のなかに入りたいんだ。きみの――」ふたりの肌が触れあうと、サイモンの全身にふるえが走った。「きみの魂のなかに」

「ああ、サイモン」ダフネはため息を吐いて、彼の濃い褐色の髪に指を沈めた。「あなたはもうそこにいるわ」

互いの唇と手と肉体が触れあって、もはや言葉はいらなかった。

サイモンはあらゆる手を尽くして彼女を慈しんだ。両手で脚をたどり、膝裏に口づけた。尻を揉みしだき、臍をくすぐった。そして、全身がかつてないほどにとてつもなく熱烈な欲求に張りつめて、いよいよなかに入る態勢を整えると、涙を溜めた彼女の目を敬意をこめて見おろした。

「愛してる」サイモンは囁いた。「生涯をかけて、きみだけを愛す」

ダフネはうなずいて、声にはならなかったけれど、唇の動きで言葉を伝えた。「わたしも愛してる」

サイモンはゆっくりと力強く突き進んだ。そして彼女の体のなかにすっぽり収まったとき、自分の居場所だと感じた。

ダフネの顔を見おろした。頭をのけぞらせ、唇を開いて、苦しげに息をついている。その紅潮した頬に唇を擦りつけた。「きみほど美しい人は見たことがない」囁きかける。「わからないよ――どうしたらいいのか――」

ダフネは背をそらせて答えた。「愛してくれればいいわ」喘ぎ声で言う。「お願い、わたしを愛して」

サイモンは動きだし、本能にまかせた絶妙なリズムで腰を上げ下げした。奥へ突くたび、ダフネの指が背中を押し、爪が皮膚に食い込んだ。

ダフネが呻いて哀れっぽい声を漏らし、その情熱的な声にサイモンの身は焼かれた。サイモンはしだいに昂ぶりを抑えられなくなり、動きがせわしなくぎくしゃくしてきた。「あまり長くこらえられそうにない」息を切らして言う。こらえたかった。彼女が達したのをたしかめてから、自分自身を解き放ちたい。

だが、もはや体を抑える力がくじかれようとしたとき、下でダフネが彼の名を呼びながら、最も奥深い場所の筋肉を締めつけた。

サイモンはその顔を見て、息が詰まった。これまでは精子をなかに入れないよう注意することに忙しく、彼女が達する顔を見たことがなかった。優美な首を伸ばして頭をのけぞらせ、声にならない叫びをあげている。

サイモンは畏敬の念に打たれた。

「愛してる。ああ、ほんとに、ものすごく愛してる」そうしてさらに深く突いた。

また腰を動かしはじめると、ダフネがぱっと目を開いた。「サイモン？」かすかに切迫感の滲む声で訊く。「いいの？」

ふたりとも、その言葉の意味はわかっていた。

サイモンはうなずいた。

「わたしのためにそうする必要はないわ」ダフネは言う。「あなたも、そうしたいと思わないのなら」

喉に妙なつかえを覚えた——どもったり、言葉をつかえたりするときの感覚とは違う。愛のせいにほかならなかった。目に涙がこみあげ、サイモンは言葉を発することができずに、うなずいた。

深く貫いて、彼女のなかで放たれた。心地いい。ああ、なんと心地いいのだろう。これほどの心地良さは感じたことがなかった。

とうとう腕の力が抜けて、彼女の上に崩れるように果てた。部屋のなかには、自分の荒々しい息づかいだけが響いている。

やがて、ダフネが彼の額から髪をそっと払いのけて、眉の上に口づけた。「愛してるわ」囁いた。「これからもずっと」

サイモンは彼女の首に顔をうずめて、彼女の香りを吸い込んだ。彼女のなかで、彼女にくるまれ、サイモンは完全に満たされた。

何時間も過ぎて、ダフネは瞬きをして目をあけた。伸びをして、ふとカーテンがしっかりと閉められていることに気づいた。サイモンが閉めたのだろうとあくびをしながら思った。窓の隅から光が漏れて、部屋は柔らかな陽射しに染まっている。

ダフネは首を曲げて凝りをほぐしてから、ベッドを滑りおりて、化粧着を取りに化粧室へ歩いていった。昼日中に目覚めるのはなんだか妙な気分だった。でも、こんな日はめったにあるとは思えない。

化粧着を羽織って、絹地の腰帯《サッシュ》を結ぶ。サイモンはどこに行ったのだろう？　ベッドをでてそれほど時間は経っていないはずだ。眠りながらでもぼんやりと、つい先ほどまで彼の腕のなかにいた記憶が残っていた。

ふたつある寝室は大きな居間で繋がっている。その居間のドアが少し開き、隙間から明るい陽光が漏れていたので、室内のカーテンがあいているのが窺えた。ダフネは足音を立てないよう慎重に開いた戸口へ歩いていき、なかを覗いた。

サイモンが窓辺に立って、じっと街を眺めていた。濃厚な赤ワイン色の部屋着を羽織っているが、はだしのままだ。澄んだ青い目には、どこかうつろで、わずかに侘しさを帯びた思慮深い表情が浮かんでいる。

ダフネは不安になって眉をひそめた。部屋を横切って近づいていき、そっと声をかけた。

「ご機嫌よう」少し距離をあけて足をとめた。

サイモンがその声に振り返り、ダフネの姿を見て、やつれた表情をやわらげた。「ご機嫌よう」言葉を返して、彼女を腕のなかに引き寄せた。自然にサイモンの広い胸にダフネが背中を押しつける格好になり、サイモンは彼女の頭の上に顎をのせてグロヴナー・スクウェアを見やった。

しばし間をおいて、ダフネは勇気をだして尋ねた。「後悔してるの？」

彼の顔は見ることができないけれど、顎が頭皮に擦れて、首を振ったのがわかった。

「後悔はない」サイモンが静かに言う。「ただ……考えてた」

その声に不自然な響きを感じて、ダフネは腕のなかで身をひねって彼の顔を見つめた。

「サイモン、どうしたの？」囁きかける。

「なんでもない」だが、サイモンは目を合わせようとしない。

ダフネはサイモンをふたり掛けのソファへ導いて腰をおろし、腕を引いて隣りに坐らせた。

「まだ父親になる心の準備ができないのなら」低い声で言う。「それでいいのよ」

「そうじゃないんだ」

けれど、ダフネはその言葉が信用できなかった。返答があまりに早かったし、詰まりぎみの声に不安がつのった。「待つのはかまわないの。正直に言うと」はにかんで言葉を継ぐ。「もうしばらく、ふたりだけの時間をもつのもいいかなと思うの」

サイモンは何も答えなかったが、つらそうな目になり、ついにはその目を閉じると、手で眉を押さえて擦った。

突如胸騒ぎに襲われて、ダフネは早口で話しはじめた。「わたしはすぐに赤ちゃんが欲しいわけでもないのよ。ただ……いつかはひとりぐらい欲しいなと思うだけ。あなたにもじっくり考えてもらえば、そう思ってもらえるかなって。わたしがむきになっていたのは、お父様への単なる腹いせで家族を増やすことを拒まれるのがいやだったからよ。べつに――」

サイモンが彼女の太腿に重たい手をおいた。「ダフネ、やめてくれ。頼む」

その声には苦悩がありありと滲んでいて、ダフネは即座に口を閉じた。落ち着かなげに下唇を噛みしめる。サイモンの話す番だ。彼はあきらかに重い難題に苛《さいな》まれているけれど、それを言葉にするのに一日かかろうとも、ダフネは待とうと思った。

彼のためならいつまででも待てる。

「子を持つことに心が弾むとは言えない」サイモンがゆっくりと言った。

ダフネは彼の呼吸がやや苦しげなのに気づいて、慰めようと前腕に手をおいた。

サイモンはわかってくれと懇願するような目を向けた。「ずいぶんと長いあいだ、子供を持つまいと決心して生きてきた」唾を呑み込む。「子供を持つということをどう考えればいいのかすら、わ、わからない」

ダフネは励ますように微笑んだ。そうしてからふと、その励ましが自分のためでもあることに気づいた。「これから学べばいいのよ」囁いた。「わたしもあなたと一緒に学ぶわ」

「そ、そういうことじゃない」首を振る。もどかしげに息を吐きだした。「父への腹いせのためだ、だけに……生きたく……ない」

サイモンが顔を向けたとき、ダフネはいちずな思いで紅潮した彼の表情に打ちのめされそうになった。顎がふるえ、頬の筋肉が激しく引きつっている。まるで全精力を話すことに傾けているかのように、首が驚くほど張りつめている。

ダフネは彼を抱きしめて、そのなかにいる少年を慰めてやりたかった。顔を撫でて、手を握りしめたい。してあげたいことは幾つもあったけれど、ただ黙って、視線で話を続けてほしいと励ました。

「きみの言うとおりだった」サイモンの口から言葉がこぼれだした。「最初から、きみの言うとおりだったんだ。父のことだ。け、結局、自分で彼を勝たせていた」

「まあ、サイモン」ダフネはつぶやいた。

「だ、だけど、もし」いつも揺らがず、つねに冷静で威厳のある端正な顔がくしゃくしゃにゆがんだ。「もし……子供ができたら、わ、わたしのようになってしまわないだろうか？」

一瞬、ダフネは言葉がでなかった。目がこみあげる涙で疼き、衝撃で開いた自分の唇をとっさに手で覆った。

サイモンは顔をそむけたけれど、ダフネは打ちひしがれた目の表情を見逃さなかった。息を呑んで、平静を保とうと必死に吐きだした不安定な呼吸の音も聞き逃さなかった。

「生まれた子供がどもってしまったら」ダフネは慎重に言葉を継いだ。「わたしは愛すわ。そして、その子の力になる。そして――」自分が正しいことをしていますようにと祈って、ひくつく喉に唾を呑み込んだ。「そして、あなたに助言を求めるわ。だって、あなたは間違いなく、克服の仕方を知っているはずだもの」

サイモンが驚くべき速さで顔を振り向けた。「自分の子供に、同じ苦しみを味わわせるのは耐えられない」

ダフネは自分でも気づかぬうちにふっと微笑んでいた。体が心よりも先に言うべきことをたしかに悟ったかのように。「でも、その子は同じ苦しみを味わわないわ」ダフネは言った。「父親があなたなんですもの」

サイモンの表情は変わらなかったけれど、目に希望らしき不思議な新しい光が灯った。

「あなたはうまく話せない子供を拒む？」ダフネは静かに問いかけた。

サイモンは即座にきっぱり否定して、やや冒瀆《ぼうとく》めいた文句を吐き捨てた。

ダフネは穏やかに微笑んだ。「それなら、わたしたちの子供は心配ないわね」

サイモンはまだしばし動かなかったが、それからいきなりダフネを腕のなかに引き寄せて、しなやかな首に顔をうずめた。「愛してる」押し殺した声で言う。「とても愛してるよ」

ダフネはようやく、すべてがうまくいくことを確信した。

数時間後、ダフネとサイモンはまだ居間のふたり掛けソファに坐っていた。その午後のあいだじゅう、手をつないだまま、ぴったりと寄り添っていた。言葉はいらなかった。太陽は輝き、小鳥がさえずり、ふたりが一緒にいる。それだけで満足だった。

でも、ダフネの頭の片隅には何かが引っかかっていた。そして、机の上の筆記具に目を落としたとき、とうとう思いだした。

サイモンの父親からの手紙。

手紙をサイモンに渡すべきときがきたことに気づき、ダフネは目を閉じて息を吐きだし、勇気を奮い起こした。ミドルソープ公爵から、サイモンに渡すべきときがわかる相手だという理由で手紙を託されたのだ。

ダフネはサイモンの逞しい腕をほどいて、公爵夫人の私室へ向かって歩きだした。

「どこへ行くんだ？」サイモンが眠たげに尋ねた。ちょうど暖かな午後の陽射しにまどろんでいた。

「あの、ちょっと取ってきたい物があるの」

サイモンはその声にためらいを聞きとったらしく、目をあけて彼女を見ようと首を伸ばした。「何を取りに行くんだ？」不思議そうに訊く。

ダフネは答えるのを避けて、そそくさと隣りの部屋に入った。「すぐに戻るわ」と声高に返した。

手紙は赤と金の飾り紐――ヘイスティングス公爵家の伝統色――で束ねて、机の一番下の抽斗にしまってあった。ロンドンに戻ってから最初の数週間は手紙のことをすっかり忘れていて、ブリジャートン館で使っていた寝室に置きっぱなしになっていた。けれども、母を訪ねたとき、たまたま目に留まった。母に階上で身のまわりの品をいくつか片づけるよう言われ、古い香水瓶や十歳で縫った枕カバーを整理していて、ふたたび手紙を目にしたのだ。

夫をもっと理解できるのならばと、何度となく手紙をあけたい誘惑に駆られた。じつを言えば、もし封蠟がされていなかったとしたら、良心をかなぐり捨てて、読んでいたかもしれない。

ダフネは手紙の束を取りだして、ゆっくりと居間へ戻っていった。サイモンはまだソファに坐っていたが、すっと背を伸ばし、興味深そうに目を見張った。

「あなた宛のものよ」ダフネは彼のそばに寄って手紙の束を掲げた。

「それはなんだい？」サイモンが訊く。

けれどその口調から、サイモンがすでに答えを知っていることがはっきりと聞きとれた。

「あなたのお父様からの手紙よ」ダフネは答えた。「ミドルソープ公爵から預かったの。覚えてる？」

サイモンはうなずいた。「彼に燃やしてくれと頼んだことも」

ダフネは弱々しく微笑んだ。「彼はもちろん応じなかったけれど」

サイモンは手紙の束を見ていた。ダフネの顔以外のところを。「そして、きみもどうやら同意見だったわけだな」とても静かな声で言った。

ダフネはうなずいて、彼の隣りに腰をおろした。「読んでみたい？」

サイモンは何秒か思案したあと、しごく正直な返答に落ち着いた。「わからない」

「読めば、お父様のことを忘れるのに役立つかもしれないわ」

「その逆の可能性もある」

「そうね」ダフネは認めた。

サイモンは、彼女がなにげなく持っている、飾り紐で束ねた手紙を見つめた。憎しみが湧いてくるだろうと思っていた。怒りがこみあげるに違いなかった。だが実際は……。

何も感じなかった。

なんとも不思議な気がした。目の前にあるのは、すべて父の手で書かれた手紙の束だ。それなのに、火に投げ込みたいとか、引きちぎりたいといった衝動は覚えなかった。

同時に、とりたてて読みたいとも思わない。

「待とうと思う」サイモンは微笑んで言った。

ダフネは自分の耳が信じられないというように、何度か目をしばたたいた。「読みたいと思わないの？」

サイモンが首を縦に振る。

「燃やしたいとも思わない？」

サイモンは肩をすくめた。「特には」

ダフネは手紙を見おろして、それから彼の顔に目を戻した。「あなたはこれをどうしたい？」

「どうもしたくない」

「どうもしたくない？」

サイモンはにやりとした。「言葉どおりだ」

「まあ」ダフネの困惑した顔はすこぶる愛らしく見えた。「わたしの机のなかに戻しておく?」

「お好きなように」

「そこに入れっぱなしにしておくの?」

サイモンは彼女の化粧着の腰帯をつかんで引き寄せはじめた。「ううむ」

「でも――」ダフネがしどろもどろに言う。「でも――でも――」

「でも、ばかり言って」サイモンがおどけた。「わたしに似てきたな」

ダフネはぽかんと口をあけた。その反応にサイモンは驚かなかった。この苦難を冗談にして笑い飛ばせたのは生まれて初めてのことなのだから。

「手紙は逃げはしない」と、ちょうどそのとき手紙が彼女の膝の上から床に滑り落ちた。

「どうやらようやく――きみのおかげで――わが人生から父を追いだせたようだ」首を振りながら微笑んだ。「いまそれを読んだら、呼び戻してしまうだけだ」

「でも、お父様が何を書いたのか知りたくないの?」ダフネは念を押した。「あやまっているかもしれないのよ。あなたに許しを請うているかもしれない!」手紙を取ろうと身をかがめたが、サイモンにぐいと引っぱられて届かなかった。

「サイモン!」ダフネは甲高い声をあげた。

サイモンが片眉を吊りあげる。「なんだ?」

「何してるの?」

「きみを誘惑しようとしている。成功しているかい？」

ダフネは赤面して、「たぶん」とつぶやいた。

「たぶん、程度か？　まずいな。腕が落ちたか」

彼の手が尻の下に滑り込み、ダフネは小さな悲鳴をあげた。「あなたの腕はなかなかいいわよ」急いで言う。

「なかなかいい、程度か？」サイモンがむくれたふりをする。「ずいぶんあいまいな言いまわしじゃないか？　がっかりだ」

「そうね」ダフネは認めた。「適切ではなかったかも」

サイモンは心のなかで笑みが生まれるのを感じた。その笑みが唇にまで達するころには立ちあがり、妻の腕を引いて四柱式ベッドのほうへ進みだしていた。

「ダフネ」サイモンは努めて改まった口調で言った。「提案があるんだ」

「提案？」ダフネが眉を上げて訊く。

「要望かな」サイモンは訂正した。「要望があるんだ」

ダフネは小首をかしげて微笑んだ。「どんな要望？」

サイモンは彼女を軽く押しながら戸口を抜けて寝室に入った。「正しくは、その要望はふたつにわけられる」

「なんだか面白そうね」

「ひとつは、きみとわたしと」――くすくす笑いだしたダフネをひょいと持ちあげてベッドにのせる――「この頑丈な年代物のベッドでしたいことがある」

「頑丈？」

自分も彼女の隣りにのぼって唸り声で言う。「頑丈であるのに越したことはないだろう」

ダフネは軽やかに笑って、彼の手からさっと逃れた。「頑丈そうよね。それで、ふたつめのご要望は？」

「悪いが、一定期間、きみに負担をかけることになる」

ダフネは目をすがめたものの顔は笑っていた。「どれぐらいの期間？」

驚くほどのすばやさで、サイモンは彼女をベッドに押しつけた。「九カ月ぐらい」

ダフネの唇が驚きでゆるんだ。「本気？」

「九カ月ぐらいかかるんだろう？」サイモンがにやりとする。「たしかそう聞いているが」

けれども、ダフネの目から陽気さが消え去った。「ほんとうに、無理をする必要はないのよ」ダフネが穏やかに言う。

「ああ」サイモンは答えて、真剣なまなざしをかちあわせた。「だが、本気なんだ。死ぬほど怖いし、心底ぞくぞくしてもいる。ほかにも、きみが現れる前には思いもよらなかった様々な感情が湧いてくる」

ダフネの目に涙があふれた。「あなたがわたしに言ってくれたことのなかで、一番の褒め言葉だわ」

「ほんとうなんだ」きっぱりと言う。「きみと出会う前は、生きている実感がなかった」

「それで、いまは？」ダフネがかすれ声で訊く。

「それで、いまは？」サイモンは繰り返した。「いまはいっきに、幸せと、喜びと、愛する妻を手に入れた。それがどういうことなのかわかるかい？」

胸が詰まって言葉がでずに、ダフネは首を振った。

サイモンは身をかがめてキスをした。「いま、このときですら、あすには及ばない。そして、あすとは比べものにならない翌日が来る。この瞬間を完璧だと感じていても、あすはもっとすばらしい日になるだろう。ああ、ダフ」囁いて、唇を彼女の唇に触れさせる。「日を追うごとに、どんどんきみを好きになっていくだろう。約束する。日を追うごとに……」

エピローグ

『ヘイスティングス公爵夫妻に男子誕生！

社交界一の熱愛夫婦として名高いふたりが、三人の娘に次いでついに後継ぎを授かった。ヘイスティングス公爵家がさぞかし安堵していることは想像に難くない。資産豊富な既婚男性に後継ぎが望まれるのは、まさしくこの世の倣い。

新生児の名前はまだおおやけにされていないが、筆者の勝手な推測をお許し願いたい。娘たちを、アメリア、ベリンダ、キャロラインと名づけたからには、アルファベット順と考えて、新たなクライヴェドン伯爵は、デイヴィッド以外にありえようか？』

一八一七年十二月十五日付〈レディ・ホイッスルダウンの社交界新聞〉より

サイモンが呆れ顔で両腕を振りかぶり、一枚刷りの新聞を部屋の向こう側に放り投げた。

「なんで彼女にばれたんだ？」強い口調で言う。「名前をデイヴィッドに決めたことは、誰にも言っていないのに」

文句を言いながら部屋を歩きまわる夫を見て、ダフネは笑みをこらえた。「きっと、偶然に勘が当たったのよ」そう言うと、腕に抱いた赤ん坊に注意を戻した。この子の目が青いままなのか、上の娘たちのように褐色に変わるのかを見定めるにはまだ日が足りないが、すでにもう父親にそっくりの面差しを見せている。目の色が濃くなって、その印象が変わるのは、ダフネには想像できなかった。

「うちに密偵をもぐり込ませているのかもしれないぞ」サイモンが腰に手をあてて言う。

「間違いない」

「そんなことをするはずがないでしょう」ダフネは目も上げずに言った。デイヴィッドの小さな手が自分の指をつかむしぐさに気を取られていた。

「だが——」

ダフネはようやく顔を上げた。「サイモン、騒ぎすぎよ。ただのゴシップ紙の記事じゃない」

「何が、ホイッスルダウンだ！」腹立たしげに言う。「ホイッスルダウン家など聞いたことがないぞ。このいまいましい婦人が誰なのか、突きとめてやりたいものだ」

「ロンドンじゅうの人々がそう思ってるわよ」ダフネは低くつぶやいた。

「誰かがこの婦人にすっぱり仕事をやめさせるべきだ」

「ほんとうにそう思うのなら」ダフネは指摘せずにはいられなかった。「彼女の新聞を買って手助けするようなことはやめたら」

「でも——」

「わたしのために〈ホイッスルダウン〉を買ってるなんて言い訳は許さないわよ」

「きみが読んでるだろう」サイモンがつぶやく。

「あなたも読んでるわ」ダフネはデイヴィッドの頭のてっぺんにキスを落とした。「たいがい、わたしが手にする前にさっさとね。それに、わたしは最近、レディ・ホイッスルダウンのことがなんだか好きになってきたの」

サイモンがいぶかしげな顔をした。「どうして？」

「彼女がわたしたちについて書いたことを読んだ？　ロンドン一の熱愛夫婦ですって」ダフネはいたずらっぽく微笑んだ。「その表現、ちょっぴり気に入ったわ」

サイモンが不服そうに言う。「それは単に、フィリッパ・フェザリントンが――」

「いまは、フィリッパ・バーブルックよ」ダフネは指摘した。

「ああ、名前がなんであれ、ロンドンで最もお喋りなその彼女に、先月劇場できみを『愛しいさみ』と呼んだのを聞かれたせいで、こっちは会員制クラブにも顔をだせなくなってしまったんだ」

「妻を愛することがそんなに格好の悪いことかしら？」ダフネはからかうように言った。

サイモンがすねた少年のようにしかめ面をした。

「まあ、いいわ」ダフネは言った。「返事はべつに期待してないから」

サイモンが、恥ずかしさと茶目っ気の混じりあった人懐こい笑みを浮かべた。

「ねえ」ダフネはデイヴィッドを抱きあげた。「この子を抱きたい？」

「もちろん」サイモンは部屋を横切ってきて、赤ん坊を腕のなかに引きとった。しばし抱きしめてから、ダフネのほうを見やってにやりとする。「わたしに似ているよな」

「そうよね」

サイモンは息子の鼻にキスをして、囁きかけた。「心配いらないぞ、かわいい息子よ。いつだって、おまえを愛してる。文字の書き方も、計算も、馬の乗り方も、なんでも教えてやるぞ。それに、世間のどんな恐ろしい連中からも守ってやるからな。むろん、ホイッスルダウンとかいう婦人からも……」

ヘイスティングス館からさほど遠くない、優美に設えられた小さな部屋で、ひとりの若い女性が机の上に羽根ペンとインク瓶を用意して、一枚の紙を取りだした。微笑みを浮かべ、紙に羽根ペンを走らせた。

レディ・ホイッスルダウンの社交界新聞

一八一七年十二月十九日

ああ、寛大な読者のみなさま、喜ばしいご報告を……。

訳者あとがき

『……ダフネがもし今シーズンも売れ残ってしまうようなことがあれば、レディ・ブリジャートンは屈辱を味わうことになるだろう！』

一八一三年四月三十日付〈レディ・ホイッスルダウンの社交界新聞〉より

と、ロンドンのゴシップ紙にまで書かれてしまった、ブリジャートン子爵家の長女、ダフネは社交界の〝結婚市場〟に登場して早二シーズン目を迎え、母、レディ・ブリジャートンからも熱心に結婚をせつかれて、ややうんざり気味の日々を送っていた。〝友人〟としては男性からもそこそこ人気を得ているものの、熱愛された経験はなし。このまま一度も心ときめくことなく、無難な相手に嫁ぐことになるのだろうかと半ばあきらめていた。

ところが、ある舞踏会の晩、ひとけのない廊下で、数年ぶりに旅を終えて戻ってきた、遊び人との悪評高いヘイスティングス公爵、サイモンと遭遇。ひょんなことから、ふたりは互いの利益のため、しばらく恋人同士の芝居を打とうと取り決めた。〝芝居〟を続けるうち、ついに初めて心ときめく相手に出会ったことに気づいていくダフネ。けれども、サイモンは幼少時に負った心の傷のせいで、生涯結婚はしないと決意していた。愛する男性の心を開かせようとけなげに奮闘するダフネだったが、サイモンの心の闇は思いのほか深く……。

米国でヒストリカル・ロマンス作家として根強い人気を誇る、ジュリア・クインの代表作〈ブリジャートン家〉シリーズの第一作をお届けします。

このシリーズのおもな舞台は、十九世紀初頭のロンドンの社交界。第一作（原題 *The Duke and I*）では、毎夜のように華やかな舞踏会が催され、若い令嬢たちが熾烈な花婿争奪戦を繰り広げるシーズンのさなか、ブリジャートン子爵家の第四子で長女のダフネが、名門ヘイスティングス公爵家のひとり息子サイモンと出会い、切なくもどこかユーモラスに愛を育む姿が描かれています。

三人の妹と弟ひとりを従えた長女らしく、しっかり者で聡明なダフネが恋をした相手は、長兄アンソニーの親友でもある、ハンサムで放蕩者とうわさされる公爵サイモン。地位や名誉に恵まれ、頭脳明晰で容姿端麗と完璧に見える男性ですが、じつは幼少時代に吃音に苦しみ、父親から疎まれ、愛情を知らずに育ったという葛藤を抱えています。かたや愛情あふれる大家族で育ったダフネは純粋な愛が受け入れられるものと信じて、彼の閉ざされた心の扉を懸命に開こうとします。

けれども、なんにつけおとなしく黙ってはいられないブリジャートン一家のこと、いわば八人きょうだい初の結婚騒動というわけで、子供たちの縁結びに猛進する母ヴァイオレットを筆頭に、アンソニー、ベネディクト、コリンの三人の兄たちが、ダフネのことを思うあまり、あらゆる形で首を突っ込んできます。シリーズ全八作の第一作ゆえ、家族勢ぞろいでのピクニックをはじめ、人物紹介の要素も色濃く含む本作ですが、三人の兄たちが邪魔立てともとれる手助けに奔走する様子など、ジュリア・クイン独特のウィットに富む筆致が随所で笑いを誘います。父親に深い憎しみを抱くサイモンが本物の愛情に目覚めていくという、本来なら感傷的になりがちな筋立てが、賑やかなブリジャートン一家の面々が絡み合い、いささかコミカルながらもじんわりと心温まる一作に深められているのです。

著者について、改めて簡単にご紹介しておきます。ジュリア・クインは、現在まで延べ三十七作を発表している米国の人気ロマンス作家です。ハーバード大学ラドクリフ・カレッジを卒業後すぐに小説を書き始めたのですが、当時はまだ将来の道が定まらず、いったんは医師になるべくイェール大学医学部に入学。けれどまもなく、処女作『すみれの瞳に公爵のキスを』*Splendid* の出版が決定し、医学部を三カ月で退学して専業作家となることを決意しました。その後次々に発表した作品で順調に愛読者を増やし、RITA（全米ロマンス作家協会）賞では最優秀長編ヒストリカル部門賞を二度受賞し、殿堂入りを果たしています。なかでも本作から始まる〈ブリジャートン家〉シリーズは、世界二十数カ国で翻訳出版されるほど好評で、米国の人気医療ドラマ『グレイズ・アナトミー』などで知られるテレビプロデューサー、ションダ・ライムズ率いる制作集団ションダランドにより映像化され、二〇二〇年十二月二十五日からＮｅｔｆｌｉｘ（ネットフリックス）での世界配信が決定し、本書もこのたび新装版でのお届けが叶ったしだいです。

〈ブリジャートン家〉シリーズは現在までに本編の全八作のほか、後日譚の『幸せのその後で』、本編で狂言まわし的な役割を務める謎のゴシップ記者レディ・ホイッスルダウンの視点から描かれた趣向のスピンオフ二作品『レディ・ホイッスルダウンの贈り物』『レディ・ホイッスルダウンからの招待状』が出ており、さらにブリジャートン家の祖先に遡った新シリーズもスタートしています。本編で描かれるのは、亡きブリジャートン子爵エドモンドと妻ヴァイオレットのあいだに生まれ、アルファベット順に名づけられた、アンソニー、ベネディクト、コリン、ダフネ、エロイーズ、フランチェスカ、グレゴリー、ヒヤシンス——八人それぞれの恋愛物語（『不機嫌な子爵のみる夢は』『もう一度だけ円舞曲を』『恋心だけ秘密にして』『恋のたくらみは公爵と』『まだ見ぬあなたに野の花を』『青い瞳にひそやかに恋を』『夢の乙女に永遠の誓いを』『突然のキスは秘密のはじまり』）。

とてもよく似た容姿端麗なきょうだいで、舞台は華やかな時代の社交界とあって、そのつど見ロマンティックな恋愛が展開されるのですが、じつはなかなかに強烈な個性を持つ八人なので、作品ごとに別の趣きがあるのも読みどころです。

映像化にあたっては著者も英国の撮影地を何度か訪れ、出演者たちとの交流が公式ホームページでも報告されています。正式な配信を前に公開されている予告編映像では原作にある兄妹喧嘩シーンも盛り込まれ、細部までていねいに掬い上げられているのが窺えて、なおさら期待は高まるばかりです。

最後に、ジュリア・クインがこの〈ブリジャートン家〉シリーズ第一作の再版時にかつて寄せた文章の抜粋をここにまた記します。著書についてはどれも一作ごとにあらゆる思い入れを抱いていると前置きしたうえで、次のように述べています。

「わたしは *The Duke and I* にはずっと格別な愛着を抱いてきました。本書はわたしの執筆活動に、新たな方向性をもたらしてくれたのです。とりたてて何が起きたというわけではないのですが、それまで執筆したどの作品よりも深く、濃密に取り組むことができました。さらに、本書から始まった全八作のブリジャートン・シリーズは読者のみなさまのご支持を得て、つねにわたしに驚きと謙虚な気持ちを抱かせてくれています。

ともあれ、すべては、*The Duke and I*、父への根深い憎しみから逃れようともがくサイモンと、彼が自分には与えることはできないと思い込んでいるものを求めるダフネから始まったのです。そしてもちろん、折々に見解を差し挟む辛らつなゴシップ記者、レディ・ホイッスルダウンが登場します（各章の冒頭頁をめくると、その内容がご覧いただけます）。

もしまだ、ブリジャートン・シリーズを一冊も読んでいない方がおられたら、本書こそ手始めに最適の一冊です。どうぞ、お楽しみください」

二十年前に米国で出版された本が各国で翻訳されて世界に広まり、ついには映像化により、改めていま世界の読者の人々と同時に楽しめるとは、訳者のひとりとして至福の喜びです。

これを機に、いままで手に取る機会のなかったみなさまにも、ぜひ読んでいただけましたら幸いです。

二〇二〇年十二月

村山美雪

本書は、2008年1月17日に発行された〈ラズベリーブックス〉「恋のたくらみは公爵と」の新装版です。

ブリジャートン家1
恋のたくらみは公爵と

２０２１年２月１７日　初版第一刷発行

著……ジュリア・クイン
画……村山美雪
ブックデザイン……小関加奈子
本文ＤＴＰ……ＩＤＲ

発行人……後藤明信
発行……株式会社竹書房
〒102-0072　東京都千代田区飯田橋２－７－３
電話　03-3264-1576（代表）
03-3234-6208（編集）
http://www.takeshobo.co.jp
印刷・製本……中央精版印刷株式会社

ISBN978-4-8019-2608-0　C0197
Printed in JAPAN